Dane Rahlmeyer

Der Schatz der gläsernen Wächter

Der Autor

Dane Rahlmeyer, Jahr 1980, schreibt Romane, Drehbücher und Hörspiele und dreht gelegentlich den einen oder anderen Kurzfilm. Weitere Bücher aus seiner Feder und etliches mehr gibt es auf: **www.dane-rahlmeyer.de**

Dane Rahlmeyer

Der Schatz der gläsernen Wächter

Lektorat und Satz: ebokks, Braunschweig
Umschlaggestaltung: Colin Winkler
Druck und Bindung: Amazon Distribution GmbH, Leipzig
ISBN-13: 978-1478249788 | ISBN-10: 1478249781

Dieser Titel ist ebenfalls als eBook (in den Formaten EPUB und MOBI) erhältlich.

Inhalt

Erster Teil

Zweiter Teil

DRITTER TEIL

ERSTER TEIL

Der Tempel der Zeit

Kriss konnte es fühlen: das Allerheiligste war zum Greifen nahe!

Ihr Herz schlug schneller und schneller, mit jedem vorsichtigen Schritt, den sie die enge Treppe aus abgewetztem Stein hinabsetzte. Der Schein ihrer Petroleumlaterne fiel auf uraltes Mauerwerk, während vor ihr, ein Dutzend Stufen tiefer, ein Schlund aus Dunkelheit gähnte. Spinnweben hingen von der Decke wie geronnener Nebel, die Luft roch verbraucht, nach Moder, nach Grab. Seit einer Ewigkeit war niemand mehr hier gewesen, im verlorenen Tempel der Zeit. Nach über dreitausend Jahren waren sie die ersten!

Der Gedanke raubte Kriss fast den Atem. Genau wie die Vorstellung, dass jeder ihrer Schritte vielleicht ihr letzter war. Sie schluckte mit trockener Kehle, als sie an Giftpfeile dachte, die aus Wänden schossen, geheime Kammern, aus denen tödliches Gas drang, und andere, heimtückischere Vorrichtungen. Alte Kulturen waren sehr erpicht darauf gewesen, ihre Geheimnisse zu hüten. Dennoch war sie unendlich dankbar, mit ihren sechzehn Jahren diesen Ort sehen zu dürfen, den andere nur aus Legenden kannten.

Hast du dich auf deinen Ausgrabungen auch so gefühlt, Bria?

Staub, so fein wie Puder, war auf die Gläser ihrer Nickelbrille gerieselt, ebenso in ihr schulterlanges, braunes Haar. Obwohl es kühl war, hier unten, mehrere Klafter unter dem Sand, sprenkelten Schweißtropfen ihr rundes, von der Wüstensonne gebräuntes Gesicht. Kriss wünschte sich, sie wäre besser in Form gewesen. Wer ihr wohlgesonnen war, nannte sie »gut genährt«, andere, nicht ganz so freundliche Zeitgenossen »pummelig«, und in Momenten wie diesen spürte sie jedes einzelne Pfund.

»Ich kann nicht glauben, dass wir wirklich hier sind!«, flüsterte sie aufgeregt. »Bitte kneif mich! – *Au!*«

Sie drehte sich empört um. Alrik, der nur einen Schritt hinter ihr ging, zuckte grinsend mit den Achseln. »Du hast mich drum gebeten«, sagte ihr Mentor mit seiner unvergleichlichen Brummstimme. Der Rauch aus seiner Pfeife wehte ihr entgegen.

Kriss lächelte ungewollt. Ihre Mutter hatte Alrik einmal mit einem gutmütigen alten Eislöwen verglichen. Es passte. Die schlohweiße Mähne, die dunklen Augen unter buschigen Brauen, die riesigen Hände; fast Pranken. Viele hielten ihn für ihren Großvater, tatsächlich war er ihr Mentor und ihr bester Freund, so wie er bereits der beste Freund ihrer Mutter gewesen war.

»Hoffen wir, dass das Allerheiligste genauso gut in Schuss ist wie der Rest.« Er hob seine eigene Laterne, als sie den Stufen tiefer in die Dunkelheit folgten. Angespannt suchte Kriss nach verdächtigen Löchern im Mauerwerk oder Stolperdrähten, auch wenn sie sich die Mühe wahrscheinlich sparen konnte. Der Tempel stammte aus der Ælonischen Epoche. Zu dieser Zeit waren wesentlich raffiniertere Fallen erdacht worden: Statuen, die plötzlich lebendig wurden und Eindringlinge mit steinernen Klingen aufspießten. Scheinbar harmlose Schatztruhen, die Grabräuber mit Zähnen aus Eisen ansprangen. Und andere Dinge, an die sie lieber nicht denken wollte.

Achte auf jeden Schritt, gemahnte sie sich und schwang die Laterne hier und dorthin. Doch nirgends fand sie das verräterische bunte Glitzern ælonischer Energie.

Nur beruhigte sie das nicht im Geringsten.

Kriss hielt einen Moment inne und lauschte. Das aufgeregte Gemurmel der anderen Archäologen, die oben in der Haupthalle Vermessungen vornahmen und Skizzen anfertigten, war hier unten nur noch als fernes Wispern zu hören. Jedem Mitglied der Ausgrabung war klar, was für eine fantastische Entdeckung sie gemacht hatten. Der Tempel der Zeit war in den Jahrtausenden zu einem Mythos geworden, verloren im Nirgendwo der Wüste von Ka-Scha-Raad. Legionen von Forschern und Grabräubern hatten nach ihm gesucht. Von vielen hatte die Wüste nur Knochen übrig gelassen.

Einen Monat lang hatten sie unter der brutalen Sonne geschuftet, während Todesboten am wolkenlosen Himmel kreisten und Glitzerechsen zwischen den Schatten des Zeltlagers umherflitzten. Aber die Mühe hatte sich gelohnt. Der Tempel hatte drei Jahrtausende im Sand ohne nennenswerte Schäden überdauert. Und er war wunderschön: Sechs Säulen mit goldenen Glyphen schmückten die Haupthalle zusammen mit der dreimannshohen Statue der Göttin Jali, der geflügelten Herrin der Zeit. Die Pastellfarben der Wandbilder schienen noch zu leuchten wie am ersten Tag und erzählten die Geschichte des Königreichs Ka-Scha-Raad. Von den frühen Nomadenstämmen, die sich hier niedergelassen hatten, über die Paläste der ersten Dynastie, bis hin zum Beginn der Ælonischen Epoche, als Wunder noch an der Tagesordnung gewesen waren.

Flüstermotten tanzten in Kriss' Bauch, bei der Vorstellung, nun auch noch das Allerheiligste zu entdecken. Dort mochten nicht nur unbezahlbare Kunstgegenstände lagern, sondern vielleicht sogar die Tempelchroniken!

Irgendwann brachten sie die letzte Stufe hinter sich. Kriss hielt den Atem an. Eine Steintür versperrte ihnen den Weg. Weiße Kristalle waren darin eingelassen.

Es waren elf an der Zahl, im Kreis angeordnet. In jeden Stein war ein Symbol eingraviert worden. Die ersten fünf Kristalle zeigten die astrologischen Zeichen der Sonne, der Monde und der drei bekannten Planeten. Die anderen trugen Darstellungen der sechs Elemente: Feuer, Wasser, Luft, Erde, Metall und Leben.

Aber es waren keine gewöhnlichen Edelsteine, denn sie glühten in einem inneren Licht, während Staubteilchen in allen Farben des Regenbogens von ihnen aufstiegen und wieder verglühten, wie die Funken eines Lagerfeuers. Kriss glaubte, die mächtige Energie, die ihnen innewohnte, als leichtes Prickeln auf ihrer Haut zu fühlen.

»Ælon«, hauchte sie, während sich ihr Herzschlag wieder beschleunigte. Es gab keinen Zweifel mehr. Was immer sich hinter dieser Tür verbarg, es war noch bedeutender als alles, was sie bislang gefunden hatten.

»Hmmm.« Mit knackenden Gelenken ging Alrik in die Hocke und betrachtete die Kristalle. Wieder bemerkte Kriss die doppelläufige Steinschlosspistole an seinem Gürtel. Sie hasste Waffen, aber sie vertraute Alrik, wenn er sagte, dass man nie wissen konnte, was einem in uralten Gemäuern wie diesem begegnen konnte. »Jetzt wird es interessant«, nuschelte er um das Mundstück seiner Pfeife herum.

Kriss nickte. Sie beide hatten mit etwas wie dem hier gerechnet. Und sie waren darauf vorbereitet.

Sie reichte Alrik die Laterne und zog ihr Notizbuch aus der Gürteltasche. Mit flatterigen Fingern blätterte sie durch die eng beschriebenen Seiten.

Ælon-Schlösser waren tückisch. Allzu oft hatten Forscher und Plünderer versucht, Schließmechanismen dieser Art einfach zu zerstören, um an ihnen vorbeizukommen, und dabei fast immer tödliche Fallen ausgelöst.

Ein Schloss wie dieses hier hatte Kriss schon oft gesehen. Die Symbole mussten in einer bestimmten Reihenfolge berührt werden, erst dann, und nur dann, öffnete sich die Tür.

Als Vorbereitung auf die Ausgrabung hatten Alrik und sie Nachforschungen angestellt. In den Archiven von Bakal-Sur waren sie auf die Aufzeichnungen eines Hohepriesters des Tempels der Zeit gestoßen, geschrieben in krakeligem Alt-Hondur. Zum Glück war der Hohepriester mit einem löchrigen Gedächtnis gestraft gewesen und hatte sich einen Merksatz für die Öffnung des Allerheiligsten notiert.

»Wo war es nur – Hier!« Endlich hatte Kriss die richtige Seite gefunden. »›Galbals Wagen geht und Haru erscheint‹«, übersetzte sie, »›Gorns Kinder zittern vor dem Auge.‹«

Alrik nickte verstehend. Der erste Teil des Rätsels war leicht zu entschlüsseln. Galbal war im Alten Königreich der Gott der Unterwelt und der Rote Mond sein Wohnsitz. Haru war der Gottvater und wurde durch die Sonne symbolisiert. Gorn war der Gott des Feuers und jede Flamme auf der Welt eines seiner Kinder. Nur etwas fehlte.

»Das Auge«, wiederholte Kriss. Keines der Symbole sah auch nur annähernd wie ein Auge aus.

Alrik saugte an seiner Pfeife. »Vielleicht hat sich unser vergesslicher Freund einfach verschrieben?«

»Das glaube ich nicht.« Kriss rieb sich die Stirn. »Komm schon«, beschwor sie sich. »Denk nach!« Frustriert stieß sie die Luft aus. *Bria hätte es auf Anhieb gewusst!*

Ihre Finger fuhren vorsichtig die Symbole entlang. Die Sonne, die Flamme, den Gelben Mond, das Wasser …

»Ich hab's!«, rief sie aus. »Das Auge des Krieges!«

Alrik runzelte die Stirn. »Das Auge des Krieges?«

Kriss deutete auf das Symbol des Planeten Raka, welcher nachts als roter Fleck am Himmel zu sehen war, wie das Auge eines zornigen Gottes. »Raka! Damals hat man geglaubt, sein Auftauchen kündigt Krieg an!«

Alrik strahlte sie mit großen gelben Zähnen an. »Probieren wir es!«

Kriss schluckte nervös. »Aber was, wenn ich mich irre?« Der Gedanke an lebendige Statuen und zähnefletschende Schatztruhen trieb ihr neue Schweißtropfen auf die Stirn.

»Wir werden es nicht erfahren, wenn wir es nicht ausprobieren. Geh ein Stück zurück, nur zur Sicherheit.«

Zögernd ließ Kriss den alten Archäologen vor die Tür treten. Sie las den Text noch einmal vor: »›Galbals Wagen geht und Haru erscheint‹ …«

Alrik berührte die Symbole des Roten Mondes und der Sonne, woraufhin sich ihr Glühen verstärkte. Kriss zog den Kopf ein, kniff ein Auge zusammen.

Nichts geschah. Noch nicht.

»… ›Gorns Kinder zittern vor dem Auge‹«, vollendete sie.

Alriks Finger tippten auf das Feuersymbol und auf das Zeichen des Planeten Raka. Kriss hörte, wie er die Luft einsog. Ihr Herzschlag donnerte ihr in den Ohren.

Bitte, flehte sie stumm, *bitte!*

Auch die letzten beiden Symbole leuchteten auf …

… und von einem leisen, mahlenden Geräusch begleitet schob sich die Tür auf.

Kriss unterdrückte einen Aufschrei der Freude. Alrik lächelte nur, als habe er nichts anderes erwartet. »Na, wer sagt's denn? Ich hätte es selbst nicht besser machen können.«

»Danke«, sagte Kriss verlegen. »Aber ich hatte ja auch gute Lehrer.«

»Die Besten, möchte ich behaupten.« Alrik gab ihr die Laterne zurück und zwinkerte ihr zu. »Bria wäre stolz auf dich.«

Kriss sah ihn nicht an. Auf einmal spürte sie einen Stich in ihrem Herzen. »Sie kann es noch immer sein«, sagte sie leise. »Vielleicht ist sie auf der Insel, weit weg von allem, und wartet auf Hilfe.«

»Kriss«, begann er, sprach aber nicht weiter.

Kriss schloss die Augen. Alrik war nicht nur *ihr*

Mentor, sondern auch der ihrer Mutter. Doch anders als Kriss hatte er längst die Hoffnung aufgegeben, seine ehemalige Schülerin jemals wiederzusehen.

Aber sie lebt. Sie muss leben, irgendwo dort draußen. Sie muss!

»Wir sehen uns wieder«, hatte Bria damals versprochen. Und sie hatte ihre Versprechen gehalten, immer.

Kriss holte zitternd Luft, in dem Versuch, ihre plötzliche Verzweiflung abzuschütteln. Sie sah Alrik an und setzte ein tapferes Lächeln auf. »Also, worauf warten wir noch?«

Hinter der Kristalltür hatte sich ein kurzer Gang aufgetan. An seinem Ende gab es eine Tür aus Bronze.

Kriss folgte Alrik mit weichen Knien. Wenn sie wirklich die Tempelchroniken fanden, wäre das eine noch größere archäologische Sensation als der Fund des Tempels an sich. Es würde sie auf einen Schlag berühmt machen. Aber Ruhm und Ehre waren ihr egal. Sie wollte mehr wissen, über die Menschen von damals. Ihre Ängste, ihre Sorgen, ihre Hoffnungen und Träume. Denn wer die Vergangenheit verstand, würde auch die Gegenwart besser verstehen, wie Bria ihr beigebracht hatte.

Ich wünschte nur, du könntest jetzt hier sein …

Alrik schob die Bronzetür ohne große Mühe auf.

Dahinter eröffnete sich ihnen eine kleine Halle. Rund, mit einer kuppelförmigen Decke, genau wie die Haupthalle im oberen Teil des Tempels. Hier brauchten sie keine Laternen: Kristalle auf vier Bronzestativen tauchten den Raum in ein unwirkliches, grünes Licht. Schillernder Staub umschwirrte sie wie bunte Leuchtkäfer.

Auch hier stand eine Statue der Göttin der Zeit, doch gegen sie wirkte ihr Gegenstück von oben wie billiger Tand. Silberne Federn schmückten die ausgestreckten Flügel, ihr nackter Körper war mit poliertem Gold überzogen. Kriss erkannte sie vor allem an den Augen wieder. Weise und traurig und aus riesigen

Saphiren geschliffen. Man konnte den Blick nur schwer von ihnen lösen.

In die Wände ringsum waren halbkreisförmige Nischen eingelassen. Hunderte davon. Darin lagen Zylinder aus Keramik. Kriss kannte sie aus anderen Bauwerken dieser Epoche. Memogramm-Behälter! In ihnen befanden sich ælonische Kristalle, auf denen die Hohepriester ihre Erinnerungen festgehalten hatten. Sie hatte sich nicht geirrt!

»Die Tempel-Chronik«, flüsterte sie ergriffen.

»Ja …« Alriks Stimme klang seltsam belegt. »Aber wie es aussieht, sind wir nicht die Ersten hier.«

Kriss stutzte und folgte ihm zur anderen Seite der Statue. Zu Füßen der Göttin lag ein Skelett in zerlumpter Kleidung. Seine Knochen waren weiß, wie aus Elfenbein geschnitzt. Leichname in der Wüste sahen so aus, vom Sand blank gefräst. Jedoch hatte Kriss im Museum der Universität zu viele Gerippe dieser Art gesehen, als dass sie ihr Angst einjagen konnten. Dennoch blieb die Frage, wie es hierher gekommen war.

»Du hättest dir einen anständigen Beruf suchen sollen, mein Freund.« Alrik blies den Knochen eine verächtliche Rauchwolke entgegen.

»Zumindest war er schlau genug, an der Kristalltür vorbeizukommen«, sagte Kriss.

Alrik sah sie an. »Aber was hat ihn dann umgebracht?«

Kriss schluckte. Sie sah keine Giftpfeile oder ähnliches. Und das Skelett wies keine offensichtlichen Verletzungen auf.

Dann hörten sie das Zischen.

Kriss und Alrik wirbelten herum. Sand ergoss sich in Strömen aus dem offenen Mund der Göttin und hatte bereits einen kleinen Haufen vor ihren Füßen gebildet.

Und dieser Haufen bewegte sich. Rollte auf sie zu, wie von einem unspürbaren Wind angetrieben.

Alrik fiel die Pfeife aus dem Mund. »Zurück!«, rief er, aber das war unnötig.

Kriss rannte zur Bronzetür, doch diese hatte sich verschlossen, ohne dass einer von ihnen es gemerkt hatte. Sie hämmerte dagegen, während der Sandhaufen wuchs und wuchs und weiter auf sie zurollte, von ælonischer Energie beseelt. »Hilfe!«, rief Kriss, ohne wirklich daran zu glauben, dass einer der anderen sie hören würde. Nicht hier unten.

Alrik stellte sich schützend vor sie. »Bleib hinter mir!«, rief er und Kriss tat wie ihr geheißen.

Nur noch sechs Schritte und der Sandhaufen hatte sie erreicht; fünf Schritte! Da bäumte er sich auf wie eine Welle und nahm vage menschliche Formen an. Ein Kopf mit leeren Augenhöhlen, weit ausgestreckte Arme mit Krallen bewehrt. Bis auf das schlangenartige Zischen der Sandkörner war das Ding lautlos, wie einem Alptraum entstiegen.

»*Urak!*«, rief Kriss auf Alt-Hondur. *Zurück!* »*Assaju!*« *Mach Sitz!*

Vier Schritte!

Alrik griff die Pistole von seinem Gürtel, spannte beide Hähne. Und feuerte - Feuerstein schlug gegen Metall; das Pulver entzündete sich. Kriss riss die Hände an die Ohren, als der Knall durch die Halle dröhnte und die Waffe Qualm und Flammen spuckte. Auf diese Entfernung hätte niemand danebenschießen können, doch die Kugel durchschlug den Sandkörper des Wächters ohne die geringste Wirkung. Das Biest kam unbeirrt näher.

Alrik fluchte, legte wieder an. Er kniff das linke Auge zusammen und zielte; er wusste so gut wie Kriss, dass der zweite Schuss sein letzter sein würde. Und es gab keine weiteren Türen, keinen Ort, um sich zu verstecken.

»Alrik!«, rief Kriss. »Die Statue! Ziel auf ihren Kopf!«

Ein Schritt!

Ein neuer Knall zerfetzte die Stille. Das Haupt der Göttin der Zeit zersprang in Splittern aus Stein und goldenen Fetzen. Ælon-Partikel verglühten in der Luft.

Der Sand hörte auf zu fließen. Der Tempelwächter fiel in sich zusammen; eine Staubwolke brachte die beiden Archäologen zum Husten.

»Woher … wusstest du?«, krächzte Alrik.

Kriss schüttelte den Kopf. »Ich habe nur geraten!« Sie lachte unwillkürlich und wartete darauf, dass sich das heftige Trommeln in ihrer Brust wieder legte. Sie sah auf den Sandhaufen vor ihnen, so harmlos wie nur irgendetwas.

Ælon ist das Medium, mit dem der Mensch der Welt seinen Willen aufzwingt, erinnerte sie sich. Wie stark musste der Wille gewesen sein, der ein solches Monster zum Leben erweckt hatte?

Aber damit war es nicht überstanden.

Zuerst war es nur ein leises Grollen, wie ein weit entferntes Gewitter. Dann wurde es lauter. Und lauter. Und lauter. Die Wände begannen zu beben, die Memogramm-Behälter klirrten in ihren Nischen, Staub rieselte von der Decke.

Kriss und Alrik sahen sich schockiert an. Hatte der Kristall nicht nur dem Monster Leben geschenkt, sondern auch den Tempel zusammengehalten? Hatten sie vielleicht eine weitere Falle ausgelöst?

Kriss' Herz machte einen Satz; sie rüttelte wieder an der Tür. Vielleicht war der Schließmechanismus zusammen mit dem Wächter außer Kraft gesetzt worden, auf jeden Fall ließ sie sich diesmal öffnen. Die Laternen in Händen flohen sie aus dem Allerheiligsten. Kriss stolperte fast über die eigenen Füße, als sie über die Treppe zurück nach oben hasteten, und sie verwünschte jedes ihrer viel zu vielen Pfunde.

Mittlerweile erzitterte der ganze Tempel. Kriss und Alrik warfen die Arme über den Kopf, während Putz und Mauerwerk von Decke und Wänden fielen.

»Der Tempel stürzt ein!«, brüllte Alrik, als sie die Haupthalle erreichten, aber so viel hatten die anderen auch schon gemerkt. Die Archäologen ließen alles stehen und liegen und rannten zurück zur Eingangshalle. »Alle Mann raus!«

Kriss schrie auf, als direkt vor ihrer Nase ein Steinbrocken von der Decke krachte; sie drehte sich zur Seite, um den fliegenden Splittern zu entgehen. Staub wallte auf; Strahlen von Sonnenlicht drangen durch immer mehr Löcher in der Kuppel. Alrik packte ihre Hand und zog sie mit sich, vorbei an der Statue der Jali. Fallende Trümmer hatten die Spitzen ihrer Flügel ruiniert, nun geriet die Göttin der Zeit ins Wanken.

Sie wird umkippen!, durchzuckte es Kriss. Aber da war es schon geschehen. Mit ohrenbetäubendem Krachen schlug die riesige Steinfigur zu Boden und zersprang in tausend Einzelteile. Steinsplitter flogen an Kriss' Augen vorbei; sie hörte Alrik aufschreien, er geriet ins Straucheln. Nur mit Mühe konnte sie ihn davor bewahren zu stürzen. Von ihr gestützt rannte er weiter, wobei er all sein Gewicht auf das linke Bein verlagerte. Schmerz verzerrte sein Gesicht bei jedem Schritt.

Der Ausgang des Tempels erschien wie ein helles Licht am Ende eines nebeligen Tunnels.

Grabungshelfer und Archäologen gleichermaßen flohen Hals über Kopf in die Wüste. Kriss spürte Alriks tröstende Hand auf ihrer Schulter und etwas stach ihr in die Augen, als sie zusammen mit den anderen zusehen musste, wie der Tempel der Zeit eingehüllt von Staub in sich zusammenfiel und all seine Geheimnisse unter sich begrub.

Die Einladung

»Es war einmal, vor langer, langer Zeit, da entdeckten die Menschen das Ælon. Oder das Ælon entdeckte die Menschen, wie man es nimmt.«

Kriss erinnerte sich, als sei es gestern gewesen: Sie war gerade vier Jahre alt und saß auf dem Schoß ihrer Mutter in der Hausbibliothek. Draußen klatschte Regen gegen die Fenster, drinnen fiel Kaminlicht auf uralte Bücher und noch ältere Landkarten. Sie lauschte gebannt, während ihre Mutter ihr mit ihrer wunderbaren Altstimme von der faszinierendsten Epoche in der Geschichte der Menschheit erzählte.

»Woher es kam, weiß niemand. Plötzlich erfüllte es die Luft, so deutlich zu fühlen wie die Spannung vor einem Gewitter, doch unsichtbar. Nur nachts konnte man es sehen, wie glitzernder Staub, der von den Sternen regnete.

Und ein neues Zeitalter begann. Ein Zeitalter wie keines zuvor.

Flüchtig wie Nebel durchdrang das Ælon Stein und Metall. Doch bald lernten die Menschen, dass man seine Energie allein durch die Kraft der Gedanken festhalten konnte und wie magische Fäden weben. Kristalle, wenn sie rein genug waren, konnten es sogar über Jahrtausende hinweg speichern. Es dauerte lange Jahre, diese Kunst zu lernen. Und ein halbes Leben, das Ælon richtig zu wirken.

Aber es verlieh den Menschen Macht über die Welt. Allein durch ihren Willen konnten sie Maschinen scheinbares Leben einhauchen, Paläste in die Luft erheben und andere Wunder vollbringen.

Doch nicht nur Wunder.

Denn auch wenn das Ælon die Welt verändert hatte, die Herzen der Menschen ließ es unberührt. Und so missbrauchten sie das Geschenk, das ihnen zuteil geworden war, und benutzen es, um mit seiner Hilfe neue Waffen zu schmieden. Schreckliche Waffen, stahlgewordene Alpträume; Maschinen, die ganze Städte vernichten konnten.

Blutige Kriege entbrannten. Kriege, die wir uns heute kaum noch vorstellen können. Ganze Völker starben in Flammen.

Doch genauso schnell, wie es kam, versiegte das Ælon wieder. Die Maschinen wurden wieder zu leblosen Hüllen, Kunstwerke vergingen.

Aber nicht alle. Einige davon gibt es noch immer, manche verborgen in uralten Gewölben und geheimen Katakomben. Und Menschen wie Alrik und ich, wir suchen nach ihnen.«

»Und ich auch!«, rief Kriss begeistert aus. »Wenn ich groß bin!«

Ihre Mutter lächelte und küsste sie auf die Stirn. »Du auch«, sagte sie. »Wir drei. Zusammen.«

Kriss versuchte, nicht zu seufzen. Sie versuchte es wirklich.

Man würde sich *umgehend* um sie kümmern, hatte man ihnen gesagt. Das war heute Morgen gewesen. Nun schien es eine Ewigkeit her zu sein, dass die Glocken der Weißen Kathedrale zur Mittagsandacht geläutet hatten, und noch immer mussten sie warten.

Wie ein Säbelzahnwolf in seinem Käfig marschierte sie in dem weißgetünchten Salon auf und ab, während eine Standuhr aus Honigholz nervenzerreißend vor sich hin tickte.

Alrik saß auf einer Couch neben dem Fenster. Seine Krücken hatte er an die Wand gelehnt, sein gegipstes rechtes Bein ruhte auf einem Stuhl. »Beruhig dich, Mädchen«, brummte er. »Und setz dich endlich hin. Du machst mich ganz verrückt.«

Acht Tage waren seit ihrer Rückkehr nach Miloria und seine Hauptstadt Tamalea vergangen, trotzdem fand Kriss es immer noch seltsam, Alrik wieder in Wams, Pluderhose und Stulpenstiefeln zu sehen, anstatt in der einfachen, aber bequemen Leinenkleidung, die er in Ka-Scha-Raad getragen hatte. Noch mehr Schwierigkeiten allerdings hatte sie, sich daran zu gewöhnen, wieder Kleid und Schnürmieder zu tragen, sowie einen Schleier über ihren Haaren. In der Wüste war sie in Hemd und Hose herumgelaufen wie ein Junge.

Nun konnte sie ein Seufzen nicht verhindern. Sie hätte nie geglaubt, dass sie die Wüste einmal derart vermissen würde. Das kahle Land, in dem kaum etwas wuchs außer mageren Säbelkakteen. Den harten Wechsel zwischen brüllender Hitze und klirrender Kälte. Das Knistern des abkühlenden Sandes, das sie vom Schlafen abgehalten hatte, wenn sie in ihrem Zelt lag, in Felldecken eingehüllt.

Von dem einzigen Fenster aus blickte Kriss hinaus auf die Fachwerkhäuser und Türme, die Triumphbögen und Parks von Tamalea und hörte das Wiehern von Stelzern und das Brummen von Graubuckeln, welche Kutschen durch die Kopfsteinstraßen zogen. Unter ihr, im Vorhof des Königlichen Palastes, sah sie das Banner des Reiches im Wind flattern: zwei gekreuzte schwarze Klingen auf weißem Grund.

Sie wollte nicht hier sein. Sie wollte zurück nach Ka-Scha-Raad und ihre Arbeit fortsetzen. Sie wollte –!

Das Knarren der Tür ließ sie beide aufblicken. *Endlich!*

Ein lächelnder Mann mit jugendlichem Gesicht und schwarzem Spitzbart trat auf. Einer der Sekretäre Seiner Majestät. Seine Hose und das Wams bestanden aus gelber Seide, über seine linke Schulter war ein Cape drapiert, schwarze Locken fielen bis auf seinen Spitzenkragen.

Kriss glättete eine Falte ihres Kleids, während Alrik sich mit schmerzverzerrtem Gesicht auf seine Krücken kämpfte, um sich mit ihr verneigen zu können.

»Guten Tag«, sagte der Sekretär mit glockenheller Stimme. Kriss setzte zum Sprechen an, doch der Mann wandte sich gleich an Alrik, ohne sie eines Blickes zu würdigen. »Ich, ah, bedaure, dass Ihr solange warten musstet, Doktor Odwin. Aber es gibt viel zu tun. Termine, Termine, Termine. Ihr versteht.«

»Tue ich«, sagte Alrik. »Aber ich fürchte, Ihr irrt Euch.«

»Ich, ah, bitte um Pardon?«

»So leid es mir tut, aber ich bin Professor Alrik Dawalus.« Wieder war da das schelmische Funkeln in Alriks Augen. »Doktor Odwin steht direkt neben Euch.«

Kriss machte einen Knicks. »Krisstenja Tilena Odwin, zu Euren Diensten.«

Der Sekretär starrte sie mit großen Augen an. Das Lächeln schien ihm im Gesicht festzufrieren. Kriss, die diesen Blick nur allzu gut kannte, bemühte sich, noch gerader zu stehen.

»Das ist doch ein Scherz?«

»Nein, Herr«, sagte sie, um Höflichkeit bemüht.

Der Sekretär leckte sich die trockenen Lippen. »Heißt das, dieses Kin… diese junge Dame hat die Ausgrabung in Ka-Scha-Raad geleitet?«

»Und das beispielhaft«, sagte Alrik.

»Ich verstehe.« Der Sekretär wandte sich an Kriss, immer weiter lächelnd. Vielleicht waren seine Gesichtsmuskeln von der Arbeit bei Hofe gelähmt. Es musste anstrengend sein, die ganze Zeit vor Diplomaten, Ministern und Adeligen zu buckeln. »Darf ich erfahren, wie alt du … Ihr seid?

»Sechzehn, Herr.«

»Wie Ihr seht«, sagte Alrik, »hat Begabung nichts mit dem Alter zu tun.«

»Ich, ah, verstehe …« Die Zungenspitze des Mannes glitt wieder über seine Lippen.

Kriss konnte sich vorstellen, wie sie in seinen Augen aussah, klein und übergewichtig wie sie war. Ob der

König ihn mit Absicht unzureichend informiert hatte, um später mit seinem Hofstaat darüber zu lachen?

»Nun, warum auch nicht?« Der Sekretär produzierte ein kleines Geräusch, das an ein Lachen erinnerte. »Der große Woldarios hat seine erste Symphonie schließlich auch schon mit neun Jahren geschrieben, nicht wahr?« Er bedeutete ihnen, mit ihm zusammen Platz zu nehmen. »Nun denn, womit kann ich Euch dienen, Doktor Odwin?«

Kriss setzte sich neben Alrik auf die Couch. Sie spürte, wie ihr Mentor gegen die Schmerzen in seinem Bein ankämpfte. »Wir haben Seine Majestät seit unserer Rückkehr mehrmals um Unterstützung für eine zweite Grabung in Ka-Scha-Raad gebeten, aber bislang keine Antwort erhalten.«

»Nun, Seine Majestät ist ein viel beschäftigter Mann, Fräul… Doktor. Ich hoffe, Ihr vergebt mir meine Verwirrung, aber wie ich hörte, wurde die Ausgrabungsstätte doch zerstört?«

»Das stimmt.« Kriss fing an, das falsche Lächeln des Mannes zu verabscheuen. »Aber wir glauben, dass die wirklich wichtigen Fundstücke dies überstanden haben. Sehr wahrscheinlich wurde das Allerheiligste des Tempels so gebaut, dass es die Zerstörung übersteht. So wie bei der Grabstätte von Dragach II. Oder dem Palast der Roten Kaiserin.«

Der Sekretär spielte mit einem Ring an seinem Finger. »Und um sicherzugehen, muss eine zweite Grabung unternommen werden?«

»Ja!« Sie war froh, dass er es begriffen hatte. »Allerdings benötigen wir dazu ungefähr fünfhunderttausend Xenni für Ausrüstung und –«

»Ich verstehe.« Er nickte bedeutsam vor sich hin. »Nun, wie Ihr wisst, hat König Bekkard ein großes Interesse an der Archäologie.«

Kriss und Alrik lehnten sich vor.

»Aber soweit ihm bekannt ist, hat Eure erste Ausgrabung in Ka-Scha-Raad nichts von Wert zutage gefördert.«

Kriss richtete ihre Brille. »Wie ich schon sagte: Die wirklich wertvollen Funde liegen vermutlich immer noch dort unten. Wenn wir die Tempelchroniken –«

Ihr Gegenüber hob eine manikürte Hand, unbeirrt lächelnd. »Ich fürchte, Ihr habt mich falsch verstanden. Ich meinte nichts von – wie soll ich es ausdrücken? – materiellem Wert.«

»Nein, aber –«

Wieder die Zunge über den Lippen. »Doktor Odwin. Ich muss Euch nicht daran erinnern, dass Seine Majestät bereits Eure erste Ausgrabung großzügig unterstützt hat. Aber das Große Feuer hat die Staatskasse stark geschröpft. Der Krieg hat gewaltige Opfer von uns allen gefordert.«

Kriss sagte nichts. Vor ihrem inneren Auge sah sie wieder die Parade vor acht Jahren; ihren Vater in blitzendem Kürass, die Muskete auf der Schulter, zwischen seinen behelmten Kameraden kaum zu sehen. Wie er ihr und Bria zulächelte. »Der Krieg ist bald vorbei«, hatte er gesagt. »Nur ein paar Monate, dann bin ich wieder bei euch.«

Die ölige Stimme des Sekretärs riss sie zurück in die Gegenwart. »Wie die Dinge stehen, ist es Seiner Majestät unmöglich, eine weitere Grabung zu finanzieren. Zumal allein auf die Vermutung hin, dadurch ein paar … Priestertagebücher zu retten.«

»Aber es wäre ein gewaltiger Dienst für –!«

»Da bin ich sicher. Doch was Seiner Majestät fehlt, ist eine mehr, ah, praktische Anwendung Eurer Entdeckung.«

Das war es also. Natürlich. »Ælonische Waffen, meint Ihr«, sagte Kriss bitter. »So ist es doch, oder? Ein Krieg ist vorbei und alles, woran Ihr denken könnt, ist einen neuen anzufangen!«

Alrik legte seine Hand auf ihre. »Kriss …«

»Habt Ihr denn gar nichts aus der Vergangenheit gelernt?«, fragte sie verzweifelt. Aber der Gesichtsausdruck des Mannes vor ihr änderte sich keinen Deut.

»Doktor Odwin«, sagte er geduldig. »Der Krieg ist nicht zu Ende. Es herrscht nur ein, ah, Waffenstillstand. Während wir hier sprechen, sammeln sich parandirische Truppen hinter der Grenze, und es ist nur eine Frage der Zeit, bis sie zum Angriff blasen. Wenn das Königreich Miloria weiterhin bestehen soll, müssen wir dagegen gewappnet sein.«

Kriss konnte nicht länger sitzen bleiben. »Ich möchte Seine Majestät sprechen!«, sagte sie, fordernder als es ihr zustand. »Persönlich!«

Der Sekretär schien amüsiert. »Ich fürchte, das wird nicht möglich sein. Und leider fehlt mir die Zeit für weitere Unterredungen«, sagte er mit einem Blick zur Standuhr. Er erhob sich und richtete unnötigerweise seinen Kragen. »Ich bedaure, Euch keine besseren Nachrichten überbracht zu haben. Guten Tag, Doktor Odwin. Professor Dawalos.« Er verneigte sich und ließ sie einfach stehen.

»Aber –!«

»Lass gut sein, Mädchen«, sagte Alrik und drückte ihre Hand. »Komm. Hier haben wir nichts mehr verloren.«

Es war ein kühler Frühlingsmorgen. Luftschiffe verkehrten mit dröhnenden Luftschrauben am blassen Himmel und streiften dabei die Qualmsäulen aus den Schloten der Mechanofakturen. Der Anblick verwirrte Kriss immer noch. Fast drei Monate waren sie in der Wüste gewesen und sie konnte sich nicht erinnern, dass es vorher schon so viele Schlote gegeben hatte. Aber nach dem Versiegen des Ælons vor zweihundert Jahren gehörte den Dampfmaschinen nun mal die Zukunft.

Eine Kutsche brachte sie vorbei am Parlamentsgebäude und die Promenade am Ufer des Arlenn entlang, zurück zur Universität. Der Graubuckel, der das Gefährt zog, war uralt; Narben furchten seine Haut und seine Stoßzähne wirkten brüchig und vergilbt. Während seine säulenförmigen Beine über das Pflaster stapften, gab er murrende Laute von sich.

Kriss teilte den Unmut des Tiers. Sie war immer noch damit beschäftigt, ihre Wut niederzukämpfen. Alrik, der neben ihr saß, war dies nicht entgangen.

»Auch wenn es dich nicht trösten wird«, sagte er, »aber du hättest noch hundert Jahre auf ihn einreden können und es hätte nichts gebracht.«

»Ich weiß«, antwortete sie. »Es ist nur … es war meine erste Ausgrabung. Ich dachte …!«

»Mädchen, du hast fabelhafte Arbeit geleistet. Besser, als ich bei meinem Einstand. Und das will was heißen.«

Kriss zeigte ein kleines Lächeln. »Danke«, sagte sie und lehnte ihren Kopf an seine Schulter.

»Noch ist nicht alles verloren«, sagte Alrik. »Wir müssen eben versuchen, von woanders Geld aufzutreiben. Aber … uralte Tempel sind nicht alles, weißt du. Wir können froh sein, dass wir nicht zusammen mit den Memogrammen untergegangen sind.«

Sie nickte. Ja, das wusste sie. Aber es machte den Verlust nicht leichter zu ertragen. Sie betrachtete seinen rechten Stiefel, den er weit von sich gestreckt hatte. »Wie geht es deinem Bein?«

»Hm? Ach. Es geht schon.« Kriss wusste, dass er log. Einerseits war sie dankbar, dass er sie dennoch in den Palast begleitet hatte. Andererseits hatte sie deshalb ein schlechtes Gewissen. Alrik hatte ärztliche Anweisung, sein Bein zu schonen, wenn es je richtig verheilen sollte. Wieder musste sie daran denken, dass er ein alter Mann war. Und dass auch er eines Tages nicht mehr da sein würde …

Bald sah sie die Zwiebeltürme und von Purpurranken bedeckten Mauern der Königlichen Universität.

Im Laufe der Jahre war ihr das altehrwürdige Gebäude mehr zu einem Heim geworden, als das Haus ihrer Eltern im Südviertel, das sie nun allein mit Alrik bewohnte. Kriss kannte die Universität von Kindesbeinen an, jeden Flur, jeden Saal, jeden Stein. Sie liebte den Duft von Tradition und Wissen an diesem Ort – und die Erinnerungen an ihre Mutter, die sie mit ihm verband.

Dennoch hatte sie das Gefühl, zu früh wieder hier zu sein. Nun blieb ihr nur die Aussicht, die nächsten Monate weiterhin zusammen mit den anderen Grabungsmitgliedern die wenigen Zeichnungen auszuwerten, die sie im Tempel gemacht hatten, danach musste sie zum Unterrichten zurückkehren. Aber wie sollte sie nach ihrem Abenteuer in der Wüste wieder ihre Zeit in Vorlesungssälen verbringen?

Zu ihrer Überraschung wurden sie erwartet.

Kriss hatte den Jungen noch nie zuvor gesehen, doch da stand er, im Flur vor ihrem Arbeitszimmer, und schnitt der Büste des dreiundzwanzigsten Dekans Grimassen.

Er war vielleicht in ihrem Alter oder etwas älter, schlaksig und fast so groß wie Alrik. Seine Kleidung sah teuer aus: ein weißes Rüschenhemd unter einem ärmellosen Wams aus schwarzer Seide. Seine Pluderhose und die Stiefel waren ebenfalls schwarz und mit silbernen Nieten besetzt.

Als Kriss sich räusperte, blickte der Junge auf. Sein Gesicht war nicht ganz so imposant wie seine Kleidung. Er hatte eine große Nase, breite Wangenknochen und eine Narbe, die vom rechten Nasenflügel zur Oberlippe führte. Das Überbleibsel einer Schulhofschlägerei? Sein langes, schwarzes Haar hielt er im Nacken zusammengebunden. Er schien sich nicht im Geringsten ertappt zu fühlen, stattdessen verneigte er sich knapp und ziemlich ungelenk.

»Doktor Odwin, nehm' ich mal an? Äh, ich meine: Doktor Odwin, nehme ich an?«

Kriss war verblüfft, dass er sie direkt ansprach. »Ja«, sagte sie. »Und wer bist du … ich meine, wer seid Ihr?« Sie hatte immer Schwierigkeiten, die richtige Anrede für Gleichaltrige zu finden.

»Mein Name is' … *ist* Lian Berris. Meine Herrin hat mich geschickt, um Euch einzuladen.« Ein spöttischer Ausdruck lag in seinen dunklen Augen, als würde er nichts und niemanden besonders ernst nehmen.

»Und wer ist Eure Herrin?«, fragte Alrik, auf seine Krücken gestützt.

Der Junge namens Lian Berris zupfte an seinem Spitzenkragen. Irgendetwas verriet Kriss, dass er es nicht gewohnt war, so förmliche Kleidung zu tragen. »Baronin Nejana Gellos«, antwortete er.

Kriss war überrascht. Natürlich kannte sie den Namen, wie Alrik auch. Baronin Gellos gehörten einige Ländereien an der Küste des Königreichs. Sie war sehr wohlhabend und besaß eine beeindruckende Sammlung von Ælon-Relikten, einige davon bis zu viertausend Jahre alt. Ein paar ihrer Stücke hatte sie sogar der Universität gespendet. Kriss wusste, dass die Baronin eine begabte Laien-Archäologin war und dass ihr Interesse für diese Disziplin anders als bei Seiner Majestät kein bloßes Lippenbekenntnis war. Doch sie hatte die Frau noch nie selbst getroffen. »Ähm, darf ich fragen, womit ich diese Ehre verdient habe?«

»Das wird Euch die Baronin persönlich sagen«, erklärte Lian Berris gut gelaunt. »Aber nur Euch allein.«

Alrik verzog den Mund. Offenbar wusste er ebenfalls nicht, was er von der Sache halten sollte.

»Aha.« Kriss runzelte die Stirn. »Und mehr könnt Ihr mir nicht verraten, Herr Berris?«

»Schon. Aber dann würd' ich mir ziemlichen Ärger einhandeln.« Der Junge lächelte und auf einmal sah er gar nicht mehr so unattraktiv aus, sondern beinahe hübsch. »Die Baronin sagt, es wird Euch sehr interessieren.«

»Ich verstehe«, log Kriss. Sie hörte, wie sich Alrik nachdenklich den Bart kraulte. »Und wann werde ich erwartet?«

»Sobald wie möglich. Wenn's Euch passt.«

»Ja, ich ... ich denke schon.« Kriss war zu neugierig, um das Angebot abzuschlagen. Das änderte jedoch nichts an ihrer Verwirrung. »Alrik, weißt du, wann die nächste Dampfbahn nach –?«

»Das is' nich' nötig«, sagte Lian Berris und korrigierte sich gleich wieder: »Ich meine ... das wird nicht notwendig sein. Sie wird uns direkt dorthin fliegen.«

»›Sie?‹«

Er zeigte ein breites Grinsen. »Die *Windrose*.«

Die Baronin

Eine Kutsche brachte sie zum Lufthafen von Tamalea, wo ein einzelnes Luftschiff vor Anker lag. Weiße Seide spannte sich auf seiner Ballonhülle; silberne Kompasse waren auf ihre Außenseiten gemalt. Die Gondel, höchstens dreißig Klafter lang, wirkte vergleichsweise winzig gegen den gut viermal so langen Gasbehälter und war aus poliertem Federholz gezimmert. Der Name des Schiffs stand auf einem blitzenden Messingschild am Rumpf: *Windrose*.

»Doktor Odwin«, knurrte ein dicker Mann, der zu ihrem Empfang bereitstand, als sie und Lian das Schiff über das Fallreep betraten. Er stellte sich als Kapitän Bransker vor und hieß sie an Bord willkommen. Seine Matrosen, wie er in Weiß gekleidet, verneigten sich so tief vor ihr, dass ihnen fast die Mützen vom Kopf fielen. Aber Kriss hatte ihre skeptischen Blicke gesehen. Scheinbar hatten sie jemand anderen erwartet.

Der Kapitän hatte die Kessel heiß gehalten. Die Ankertaue wurden gelöst; die *Windrose* stieg mit schnaufenden Zylindern und brummenden Luftschrauben in den Himmel und machte sich auf den Weg zur Ostküste, Rauchschwaden hinter sich herziehend. So ließ sie Tamaleas Häuser-und-Straßen-Labyrinth zurück und flog über die Felder und Dörfer außerhalb der Stadt dahin.

Kriss saß auf einer lederbezogenen Bank in einer kleinen Kabine und spürte, wie ihr Magen rebellierte. Ihr wurde auf Luftschiffreisen früher oder später immer schlecht. Und der Blick aus dem Bullauge, auf das Blau und die Wolken, machte es nicht besser. Zum Glück war es einige Zeit her, dass sie etwas gegessen hatte.

Sie versuchte sich mit dem Gedanken an ihre Gastgeberin abzulenken und den Andeutungen, die der

Junge gemacht hatte. Wozu diese Geheimniskrämerei? Sie hatte keine Ahnung, was jemand wie Baronin Gellos von ihr wollen könnte, aber sie hatte sich fest vorgenommen, die Frau um eine kleine Spende für eine zweite Ausgrabung in Ka-Scha-Raad zu bitten. Geld schien sie schließlich im Übermaß zu haben, wenn sie sich ein Schiff wie dieses leisten konnte.

Kriss wünschte nur, Alrik wäre mitgekommen. Mit ihm an ihrer Seite wäre ihr sehr viel wohler gewesen. Sie sprach nicht oft mit Adeligen und hatte dabei immer Angst, gegen irgendein Protokoll zu verstoßen …

Als ein Windstoß das Schiff erfasste, geriet es für einen Moment ins Schwanken. Kriss hörte das Knarren und Ächzen von Holz und Tauen und krallte sich an ihrer Bank fest. *Das nächste Mal doch lieber die Dampfbahn.*

Es klopfte an der Tür. Lian Berris trat ein. »Ich wollt' … wollte nur fragen, ob du – Ihr vielleicht eine Erfrischung oder so was braucht?« Er schien ebensolche Schwierigkeiten zu haben, sie als erwachsene Person zu sehen, wie sie ihn.

»Nein danke«, brachte Kriss hervor. »Was ist?«, fragte sie, als sie bemerkte, wie der Junge sie musterte.

»Nichts«, sagte er lässig. So wie er seine Hände hielt, schien er es zu bedauern, dass seine Hose keine Taschen aufwies. »Ich dachte nur, Ihr wärt … größer.«

›Älter‹ wolltest du sagen, nicht wahr? Oder ›schlanker‹? Sie sah ihn ihrerseits an. Seine teure Kleidung kam ihr immer mehr wie eine Art Kostüm vor. Die Art, wie er andauernd seine Aussprache korrigierte, erinnerte sie an sich selbst zu ihrer Schulzeit; wenn sie herumgealbert hatte und fürchtete, der Lehrer könne direkt hinter ihr stehen. »Du bist also der Sekretär der Baronin?« Sie klang längst nicht so elend, wie sie sich fühlte. Großer Weltengeist, wie sie das Fliegen hasste!

»So was in der Art.« Lian zuckte mit den Achseln. »Sie schickt mich immer für … besondere Aufträge los. Wie den hier.«

»Aha.« Kriss schluckte und kämpfte mit aller Mühe gegen ihre Übelkeit.

»Alles in Ordnung? Ihr habt auf einmal die Farbe gewechselt.«

»Das vergeht schon wieder«, versicherte sie ihm. Aber nein, das tat es nicht. »Gibt es einen Waschraum an Bord?«, krächzte sie hastig.

»Die Tür raus und den Gang rechts hinunter.«

Sie sah ihn grinsen, als sie aus der Kabine rannte.

Kurz nach Sonnenuntergang erreichten sie die Residenz der Baronin. Das weiße Anwesen lag auf einer grasbewachsenen Klippe über dem dunklen Meer und wurde von zwei massiven Türmen flankiert. Der Gelbe Mond zeigte sein vernarbtes Gesicht zwischen den ersten Sternen und Lichter strahlten hinter den Fenstern des Hauses. Entlang des Pflasterwegs zur Eingangstreppe waren Gaslaternen angezündet worden.

Die *Windrose* warf ihre Ankertaue über dem Garten ab. Bedienstete standen bereit, sie aufzufangen und das Luftschiff aus dem Himmel herabzuziehen. Als es sicher vertäut war, wurde das Fallreep quietschend ausgezogen.

»Wieder besser?«, fragte Lian, als Kriss aus dem Waschraum trat. Es war ihr dritter Besuch dort.

»Ja«, sagte sie, peinlich berührt. »Danke.«

Die Mannschaft und Kapitän Bransker verabschiedeten sie und Lian führte sie ins Foyer des Hauses.

Kriss wäre fast die Kinnlade heruntergeklappt. Überall standen Glasvitrinen, voll von uralten Artefakten, die ihr Herz höher schlagen ließen. Sie entdeckte einen Satz tybarische Flötenschwerter, Waffe und Musikinstrument gleichermaßen und anscheinend immer noch scharf wie am ersten Tag; eine fast perfekt erhaltene Spiegelmaske vom Stamm der Kuturu, in der sie ihre eigene, verzerrte Reflexion sah, und eine Spieluhr aus der Anfangszeit des Kiradianischen Reiches, gekrönt von zwei hauchfeinen Tänzern aus Perlen und Rubin. Anscheinend war sie früher von einem Ælon-Kristall betrieben worden, der mittlerweile seine Ladung verloren hatte.

Kriss wagte nicht, sich vorzustellen, was für Stücke die Baronin noch in ihrem Haus beherbergen mochte, wenn diese hier ihr gerade gut genug waren, sie ins Foyer zu stellen.

Als sie den Blick schweifen ließ, bemerkte sie auch die Gemälde, die über der riesigen Treppe hingen. Goldgerahmt zeigten sie eine schöne Frau mit langen braunen Haaren und klugen Augen. Baronin Gellos, kein Zweifel. An ihrer Seite hatte sie einen hübschen Jungen mit ähnlichen Gesichtszügen. Kriss sah die tiefe Liebe in dem Blick der Frau und fragte sich, warum auf keinem der Bilder der Vater des Jungen zu sehen war.

»Ah, Doktor Odwin. Wie schön, dass Ihr meiner Einladung gefolgt seid.«

Kriss schreckte aus ihren Gedanken, als die Frau aus dem Bild die Treppe hinabschritt. Die Baronin war nur unmerklich gealtert. Ihre Schläfen waren ergraut und die Lachfalten tiefer. Aber sie war immer noch sehr schön, ganz ohne Schminke oder sonstigen Schmuck. Sie bewegte sich mit tänzerischer Eleganz, obwohl sie Hemd, Reithose und Stiefel trug wie ein Mann. Ihre Stimme war melodisch, warm – und glasklar, so wie Kriss es oft bei geübten Schauspielern erlebt hatte.

Sie machte einen Knicks. »Nun, Ihr habt mich neugierig gemacht, Euer Hochwohlgeboren.«

»Eines meiner bescheidenen Talente.« Jetzt, wo die Baronin vor ihr stand, konnte Kriss erkennen, dass ihre Augen grün waren, mit braunen Sprenkeln. Ihr Blick war freundlich. »Und bitte: ›Madame‹ genügt völlig. Habt Ihr den Flug genießen können?«

»Ja, vielen Dank«, log Kriss. Aus dem Augenwinkel sah sie Lian wissend grinsen.

Baronin Gellos wandte sich dem Jungen zu. »Und mein Lian?«

Er verlagerte unruhig sein Gewicht von einem Fuß auf den anderen. »Ich war ganz artig, Madame. Das wisst Ihr doch.« Auch, wenn er versuchte, es hinter seinem üblichen, ironischen Lächeln zu verstecken, hatte Kriss den Eindruck, dass er nicht nur Respekt vor seiner Herrin hatte. War es Furcht?

»Natürlich«, sagte die Baronin stolz, als habe es nie einen Zweifel gegeben und streichelte ihm über das Haar. Dann wandte sie ihre volle Aufmerksamkeit wieder ihrem Gast zu. »Doktor Odwin, lasst mich Euch mein Beileid aussprechen.«

»Madame?«

»Für die Ausgrabung in Ka-Scha-Raad.«

»Oh. Ihr wisst davon?«

»Nun, ich bin sehr interessiert an *allem*, was mit der archäologischen Forschung zu tun hat. So wie an Euch.« Die Baronin zeigte ein Lächeln aus perfekten Zähnen.

»Äh, an *mir*, Madame?«

»Oh ja. Krisstenja Odwin, geboren im Jahre der Schöpfung 5028, als einzige Tochter von Brialla und Timos Odwin. Auf Empfehlung Eurer Lehrer wurdet Ihr mit nur zwölf Jahren als jüngste Studentin an die Universität von Tamalea geschickt. Wie Eure Mutter konzentriertet Ihr Euch auf die Fachrichtungen Archäologie und alte Sprachen. Mit fünfzehn schriebt Ihr Eure Dissertation über Grabbauten der achten Dynastie von Angopor, die von der Fachwelt gefeiert wurde - außer von jenen verknöcherten alten Männern, die Euch den Erfolg offensichtlich nicht gönnten. Ihr seid Expertin für die Frühzeit der Ælonischen Epoche und sprecht, soweit ich weiß, acht Sprachen, von denen fünf als ausgestorben gelten, unter anderem Alt-Hondur und Obasi. Habe ich etwas ausgelassen?«

Kriss war das Blut ins Gesicht geschossen. »Ihr, äh, habt Euch gut informiert, Madame.«

Die Baronin zwinkerte ihr zu. »Ich weiß nun einmal gerne, wer meine Gäste sind. Es erleichtert die Konversation ungemein. Ich bedaure nur, dass Eure erste große Ausgrabung so vorschnell abgebrochen werden musste.«

»Damit seid Ihr nicht allein. Wir haben erst heute wieder versucht, von Seiner Majestät Mittel für eine zweite Expedition zu bekommen, aber …«

»Ich kann mir in etwa vorstellen, wie die Antwort lautete.« Die Baronin verzog den rechten Mundwinkel. »Der Weltengeist schütze den König, aber ich fürchte, Seine Majestät neigt zu einer gewissen … Kurzsichtigkeit. In mehr als einer Hinsicht.«

Kriss konnte sich ein Lächeln nicht verkneifen. Sie begann, die Frau zu mögen. »Ich muss sagen, Eure Sammlung hier ist sehr beeindruckend, Madame.«

Baronin Gellos deutete eine Verbeugung an. »Danke, Doktor. Von jemandem mit Euren Kenntnissen ist das ein großes Kompliment.«

»Aber bestimmt habt Ihr mich nicht zur Begutachtung eines neuen Stücks eingeladen?«

»Doch, tatsächlich habe ich das. Ich bedaure, Euch von Eurer Arbeit abzuhalten, Doktor Odwin. Aber ich verspreche, Ihr werdet es nicht bereuen, hier zu sein. Bitte folgt mir in die Bibliothek. Lian, würdest du uns bitte begleiten?«

Der Junge verneigte sich. In Gegenwart der Baronin schien er doppelt auf seine Aussprache und Manieren zu achten. »Natürlich, Madame.«

Die Bibliothek lag im ersten Stockwerk des Hauses. Ein Kamin brannte und Gaslampen in Kristalllüstern spendeten helles Licht. In der Mitte des Raumes stand ein Lesetisch aus Bernsteinholz und darum riesige Sessel, mit grünem Samt bezogen. Der Duft von uraltem Papier und Pergament schwängerte die Luft; Kriss musste sich zurückhalten, nicht die ringsum stehenden Bücherregale zu durchforsten.

Sie nahm in einem der Sessel Platz und ließ sich von Lian ein Glas Wasser einschenken, das sie in einem Zug leerte.

»Vor Kurzem stieß ich bei einer Auktion auf ein interessantes Schriftstück«, begann die Baronin, die sich selbst Branntwein eingoss. Lian legte einen ledernen Koffer vor Kriss auf den Tisch und ließ klackend die Schlösser aufspringen. Als er den Koffer öffnete, sah sie darin zwei vergilbte Dokumente und einen Briefumschlag, offenbar ebenfalls einige Jahre alt.

»Was Ihr hier seht, stammt aus dem Nachlass eines milorianischen Gelehrten.« Die Baronin stellte sich neben Kriss. »Es ist ein Brief, den er Jahre zuvor von einem alten Freund erhalten hatte. Könnt Ihr den Absender entziffern?«

Kriss nahm den Umschlag aus dem Koffer. Es gab nur einen Namen, keine Adresse. Die Handschrift war mit blauer Tinte geschrieben und verschnörkelt. Sie kam ihr seltsam bekannt vor. »Drestan … Veribas«, las sie mit einigen Mühen. Wie vom Blitz getroffen starrte sie die Baronin an.

Baronin Gellos schien amüsiert. »Ja, so ähnlich hatte ich auch reagiert.«

»Wer war noch mal Drestan Veribas?«, fragte Lian.

»Ich habe es dir gesagt, Lian«, erinnerte ihn die Baronin mit leichtem Tadel.

»Ja, Madame«, sagte er ungeniert. »Aber ich hab's wieder vergessen.«

Kriss schnappte nach Luft. Großer Weltengeist, konnte es wirklich sein? »Drestan Veribas war Mitglied der archäologischen Fakultät an der Universität von Tamalea.« Sie musste sich kurz sammeln, um nicht zu stottern. »Sein Büro lag direkt neben dem eines Freundes von mir. Vor fünfzehn Jahren, während des Großen Feuers, hatte Veribas im Auftrag des Königs eine Expedition geführt«, sie sah zur Baronin, »eine Expedition zur Insel Dalahan.«

Ihre Gastgeberin nickte zufrieden.

»Und was ist so besonders an dieser Insel?«, wollte Lian wissen.

»Dalahan existiert nicht«, erklärte Kriss aufgeregt. »Das heißt, es gibt unzähligen Mythen und Legenden über die Insel, aber niemand hat sie je gefunden. Man erzählt sich, dass sie von einer hochentwickelten Kultur bewohnt gewesen sei. Niemand weiß, wo genau sie gelegen hat, aber alle Geschichten sind sich einig, dass sie während der Ælonischen Epoche von einem Tag auf den anderen verschwunden ist.«

Lian runzelte die Stirn. »Wie kann eine Insel einfach so verschwinden?«

Kriss zuckte mit den Achseln. Diese Frage hatte sie sich auch schon gestellt. »Nun, damals gab es bestimmt Mittel und Wege.«

»Aber dieser Veribas hat sie auch nicht gefunden, oder? Die Insel, mein' ich.«

»Niemand weiß es.« Kriss hielt kurz inne, um sich ins Gedächtnis zu rufen, was Bria und Alrik ihr über ihren früheren Kollegen berichtet hatten. »Er kehrte ein Jahr nach Beginn der Expedition zurück nach Miloria. Und verschwand danach ebenfalls spurlos. Manche glaubten, er sei verstorben. Andere haben vermutet, er habe die Insel tatsächlich entdeckt und sei dorthin zurückgekehrt. Zumindest hat man jahrelang alle drei Kontinente vergeblich nach ihm abgesucht. Wenn dieser Brief wirklich von Veribas stammt, ist dies das erste Lebenszeichen seit seiner Rückkehr!« Ihre Hände, die den Umschlag hielten, zitterten.

Die Baronin sah sie an. Im Lampenlicht schimmerte ihr Haar wie poliertes Holz. »Versteht Ihr nun, warum ich mich in dieser Angelegenheit an Euch gewandt habe, Doktor Odwin?«

Kriss spürte den Kloß in ihrem Hals, Tränen brannten in ihren Augen. Ja, endlich verstand sie es. »Meine Mutter hat ebenfalls nach Dalahan gesucht. Vor drei Jahren. Aber sie …« Kriss hielt inne, atmete tief durch. »Aber sie ist dabei verschollen, zusammen mit dem Rest der Expedition.« Sie hob ihre Brille und wischte sich die Augen. Die Baronin legte ihr die Hand auf die Schulter. »Dürfte ich den Brief …?«, setzte Kriss an.

»Selbstverständlich, Doktor.«

Das alte Papier war einmal in der Länge und einmal in der Breite gefaltet gewesen. Die Schrift glich der auf dem Umschlag. Kriss begann zu lesen.

»Sei gegrüßt, Gorien.
Was ich Dir zu sagen habe, würde ganze Bücher füllen, doch so viel Zeit bleibt mir wohl nicht mehr. Und so kann ich Dir nur schreiben, wie sehr es mich geehrt hat, mich Deinen Freund nennen –«

Kriss hatte gelernt, Schriftstücke zu überfliegen und dabei auf den ersten Blick die wichtigen von den unwichtigen Passagen zu unterscheiden. Bald stieß sie auf den wirklich interessanten Teil:

»Sicher fragst Du Dich, warum ich mir nach meiner Rückkehr nicht die Zeit genommen habe, Dich wiederzusehen. Und sicher fragst Du Dich noch viel mehr, was es war, das ich dort draußen fand.
Nun, die Gerüchte sind wahr: Ich war in Dalahan, als einziger Überlebender unserer Expedition. Doch was ich dort fand, war nicht das, was wir erwartet hatten. Oder irgendjemand sonst auf der Welt. Ich habe mich entschlossen, darüber zu schweigen, weil es dort bleiben sollte, auf der Insel. Ungestört. Und ich musste untertauchen, weil es viele gibt, die den Weg dorthin aus mir herausbekommen wollen. Mit Gewalt, wenn nötig.

Der Krieg tobte weiter – ein Großes Feuer, fürwahr – und ich wollte nichts mehr mit der Welt zu schaffen haben. Ich war glücklich in meiner Abgeschiedenheit.
Aber wenn schon nichts anderes, so hatte ich in meinem Exil Zeit, um nachzudenken. Und mir wurde bewusst, dass mein Fund nicht ewig schlummern wird. Die Welt wird immer kleiner und früher oder später würden andere ihn finden.
Ich kam zu dem Entschluss, dass, wenn es soweit sein sollte, es besser sei, wenn Gelehrte, Männer und Frauen der Wissenschaft, die Entdeckung machen, in der – wahrscheinlich naiven – Hoffnung, dass sie wissen, was mit ihr anzufangen ist.
Daher sende ich Dir, mein Freund, nach meinen Jahren des Schweigens in diesem Brief einen Hinweis; den ersten von vier Wegweisern, die zur Insel Dalahan führen. Sie sind derart verschlüsselt, dass nur ein Gelehrter sie deuten kann (so hoffe ich). Wenn die Insel gefunden ist, wirst Du vielleicht verstehen, warum ich getan habe, was ich tat.
Mehr bleibt nicht zu sagen, außer Lebewohl. Mögen wir uns in den Lichtlanden wiedersehen.«

Ihr Herzschlag tat Kriss fast weh. Hatte sie wirklich einen Weg nach Dalahan gefunden? Und wenn die Insel wirklich existierte … konnte es sein, dass Bria sie entdeckt hatte? War sie vielleicht dort, ohne eine Möglichkeit, zurückzukehren? Ihr wurde heiß und schwindelig zugleich; Lian schien es bemerkt zu haben und öffnete das Fenster zum Meer ein wenig. Eine Salzbrise mischte sich mit dem Duft von brennendem Holz.

»Sein Freund muss Veribas für verrückt gehalten haben«, sagte die Baronin. »Zumindest hat er – soweit bekannt – keinerlei Anstalten gemacht, den Hinweisen nachzugehen oder sie jemand anderem zu zeigen. Der Brief verschwand in seinem Schreibtisch und er selbst starb bald darauf ohne Erben.«

»… und sein Nachlass wurde versteigert«, ergänzte Kriss.

»Ganz recht.« Die Baronin nahm einen letzten Schluck Branntwein und stellte das leere Glas auf den Tisch. »Nun? Was haltet Ihr von dem Brief, Doktor Odwin?«

Kriss holte tief Luft. »Ich kenne Veribas' Handschrift. Teile seiner Privatkorrespondenz sind in der Universitätsbibliothek verwahrt. Dieser Brief stammt von ihm, oder ist eine sehr gute Fälschung. Aber«, fügte sie schnell hinzu, »ich bin natürlich keine Graphologin.«

»Ich vertraue dennoch Eurem Urteil«, sagte die Baronin.

Erst jetzt fiel Kriss wieder das andere Papier aus dem Koffer ein und nahm es mit zitternden Fingern. Es hatte unter dem Brief gelegen und war ebenfalls zweimal gefaltet gewesen. Doch es trug nicht Veribas' Handschrift, sondern war mit Symbolen bedruckt, die anscheinend nur aus Strichen, Kurven und Kringeln bestanden. »Ist das der erste Wegweiser?«

»So ist es.« Die Baronin setzte sich auf den Sessel neben Kriss und schlug die langen Beine übereinander. »Ich habe mich bereits an seiner Deutung versucht, aber bislang ist es mir nur gelungen, die Schrift als Dorakisch zu identifizieren. Allerdings sind meine Kenntnisse dieser Sprache rudimentär, fürchte ich. Soweit ich weiß, gibt es nur ein paar hundert Gelehrte, die diese Sprache noch sprechen.«

Kriss nickte. »Noch weniger, glaube ich.« Die frische Luft hatte ihr gut getan. »Aber Ihr habt recht, es ist Dorakisch.«

Die Baronin beugte sich vor. »Könnt Ihr es übersetzen?«

»Ja«, sagte Kriss. »Ja, ich denke schon.«

»Und? Was ist es? Ein Rätselvers? Ein weiterer Brief?«

»Eine Seite aus einem Buch, würde ich sagen. Hier, dieses Symbol am rechten Rand … das ist eine Seitenzahl.«

»Ein Buch?« Lian zog die Augenbrauen hoch.

»Ja.« Kriss räusperte sich und las vor: »›… die Gemeine Sprungnatter, die in diesem Teil der Welt heimisch ist, befleißigt sich einer ganz besonderen Art der Fortbewegung. Zu einer Spirale zusammengerollt kann sie bis zu drei Klafter hoch springen und sich so vor ihrem natürlichen Feind, dem Schattenschleicher, in Sicherheit bringen, jenem Räuber, der nur im Schatten von Bäumen und Felsen lebt und im Licht der Sonne vergeht wie …‹« Sie brach ab. »Tolmens Bestiarium!«

»Doktor?«

»Ich weiß, welches Buch das ist! ›Eine mannigfaltige Auswahl exotischer und ganz und gar unglaublicher Flora und Fauna aus allen Teilen dieser Welt, aufgezeichnet und festgehalten von Ramaro Tolmen, Abenteurer, Naturforscher, Philosoph und Kapitän mehrerer Schiffe.‹«

»Guter Titel«, sagte Lian trocken.

»Es ist bekannt als ›Tolmens Bestiarium‹«, erklärte Kriss. »Tolmen war ein Scharlatan, der vor zweitausend Jahren in Silestrin lebte. Er hat das Buch auf eigene Kosten drucken lassen, weil niemand anders es haben wollte. Keine der Spezies, die er beschreibt, hat es je gegeben. In akademischen Kreisen gilt es als ein Witz, ein amüsantes Märchenbuch. Ich … ich habe es selbst nie gelesen, aber ich kenne Ausschnitte daraus aus anderen Büchern!«

»Und habt Ihr eine Ahnung, was Veribas uns damit sagen wollte, Doktor?«

»Leider nein, Madame. Hmmm. Die Seite stammt nicht aus dem Originalbuch. Es ist nur eine Kopie. Die Rückseite ist unbedruckt, wie Ihr seht. Es könnte sein, dass man die gegenüberliegende Seite braucht, um es zu verstehen.«

Die Baronin faltete die Hände. »Ihr besitzt nicht zufällig ein Exemplar dieses Buches?«

»Nein«, sagte Kriss bedauernd. »Und die Universitätsbibliothek auch nicht. Aber ich weiß, wo es eines geben könnte!«

Die Augen der Baronin funkelten. »Wo?«

»In der Großen Bibliothek von Dschakura. Sie rühmt sich, jedes Buch zu besitzen, das jemals geschrieben wurde. Es stimmt nicht ganz, kommt aber der Wahrheit recht nahe.«

»Natürlich!«, rief Madame aus, als hätte sie von selbst darauf kommen müssen. Lian versuchte krampfhaft, ein Gähnen zu unterdrücken, obwohl er das Gerede über verschwundene Forscher eigentlich ganz spannend fand. Und die kleine Archäologin schien tatsächlich etwas von ihrem Handwerk zu verstehen. Trotzdem, es war ein langer Tag gewesen und –

Er spitzte die Ohren, als er im Flur ein leises Ächzen hörte und einen Körper, der zu Boden ging. Dann schnelle Schritte, die sich von der Tür fortbewegten. Jemand rannte, in einem Haus, in dem Rennen verboten war.

Jemand hatte gelauscht.

Wie von der Sehne geschnellt, eilte er durch die Bibliothek und riss die Tür zum Flur auf. Links von ihm lag einer der Bediensteten auf dem Teppich, ein winziger Pfeil steckte in seinem Hals. Lian riss den Blick herum. In der anderen Richtung sah er einen glatzköpfigen Mann in dunkler Kleidung den Flur hinablaufen, mit dem Rücken zu ihm. Zumindest glaubte er, dass es ein Mann war.

Der Fremde drehte sich nicht nach ihm um, sondern rannte die Treppe ins Foyer hinab. Lian stoppte vor der Brüstung und sah, wie der Mann einen Diener zur Seite schubste. Lians Gedanken rasten - er ahnte, was der Einbrecher vorhatte und machte schleunigst kehrt.

Die Baronin kam ihm entgegen. »Lian, was zur Dunkelwelt ist in dich gefahr-?«

»Später, Madame!« Er sprintete an ihr vorbei, in das nächste Zimmer. Dort riss er das Fenster auf, salziger Wind wehte ihm entgegen. Unter sich sah er das Ende der Klippe, auf der das Haus ruhte, und darunter die brüllenden Fluten. Mittlerweile war es stockdunkel draußen, allein der Gelbe Mond sorgte für Licht. Lian war sich sicher, dass der Einbrecher wusste, dass die Vorderseite des Hauses zu gut bewacht war. Also blieb ihm nur die unbewachte Hinterseite und von dort aus der Sprung ins Meer.

Zumindest würde *er* es so machen.

Krallenefeu wucherte auf der Rückwand des Hauses. Lian zog seine Hemdsärmel über die Hände und hielt sich an dem Holzgitter fest, um das sich die Pflanzen rankten. Dornen stachen ihm durch den Stoff in die Finger, aber er achtete nicht darauf. Der Boden lag nur noch ein Klafter unter ihm, als er den Ruf aus dem Haus hörte:

»Haltet den Einbrecher!«

Zu spät. Der Fremde war bereits draußen. Lian sah, wie er aus dem Fenster zum Bankettsaal kletterte, fast unter ihm hinweg.

Hast du dir so gedacht! Lian holte tief Luft – und sprang. Er landete direkt auf dem Einbrecher und riss ihn ächzend zu Boden. Sofort rappelte Lian sich auf, genau wie der Fremde. Lian erstarrte.

Der Mann hatte kein Gesicht. Das Mondlicht schimmerte auf einem völlig glatten Schädel, ohne Augen, ohne Nase, ohne Ohren, ohne Mund.

»Tut mir leid, Kleiner«, sagte der Einbrecher gut gelaunt und mit sehr menschlicher Stimme. Ehe Lian reagieren konnte, wirbelte er herum und trat den Jungen von den Beinen. Lian landete schmerzhaft auf dem Rücken, ein Stein stach ihn in sein rechtes Schulterblatt. Er biss die Zähne zusammen, sprang wieder auf.

Aber er konnte nur noch zusehen, wie der Mann ohne Gesicht ihm zuwinkte und dann kopfüber ins

Wasser sprang. »*Korf!*«, fluchte Lian. Er rannte ihm nach und kam im letzten Moment vor dem Rand der Klippe zum Stehen.

Zwei Klafter unter ihm war der Gesichtslose längst zwischen den Wellen verschwunden. Einen Moment lang bildete Lian sich ein, unter dem Wasser einen Lichtschein zu sehen, aber das war wahrscheinlich nur ein Streich des Mondlichts. Dafür fand er die Erklärung, wie der Einbrecher überhaupt die Klippe hinauf gekommen war. Nur einen Schritt von der Stelle entfernt, an der er stand, hatte sich ein Kletterhaken in die Erde gegraben, daran hing ein Seil. Der Kerl musste sich mit einem Boot genähert haben, überlegte Lian. Oder er war geschwommen, den ganzen Weg hierher, wo auch immer er hergekommen war.

Lian spuckte verächtlich über die Klippe und drehte sich um. Die Hauswachen stürmten ihm entgegen, ihre Musketen drohend erhoben.

»Er is' weg«, erklärte Lian ihnen mit schlecht unterdrückter Wut. »Und ihr seid mal eindeutig überbezahlt!«

»Madame.«

Kriss sah zur Tür, als Lian kurz darauf wieder die Bibliothek betrat, noch damit beschäftigt zu Atem zu kommen. Er hatte die rechte Hand zur Faust geballt und ließ mit der Linken die Knöchel knacken; ein Geräusch, das Kriss Schauer über den Rücken jagte. »Der Mistkerl is'«, Lian biss sich auf die Zunge, »*ist* entkommen. Ist einfach ins Meer gesprungen.«

»Wir haben es gesehen.« Die Baronin stand neben Kriss' Sessel, eine Hand auf der Rückenlehne. Sie deutete zum Fenster.

»Die Wachen haben 'ne … eine eingeschmissene Kellerscheibe entdeckt. Anscheinend ist er dadurch reingekommen. Drei Bedienstete hat er durch Betäubungspfeile zu Boden geschickt.«

»Hast du ihn erkennen können?« Kriss knetete nervös ihre Hände.

Lian schüttelte den Kopf. »Ohne Gesicht war das schwierig.«

»Wie bitte?« Die Baronin runzelte die Stirn.

»Er hatte kein Gesicht«, knirschte Lian. »Zumindest hat's so ausgesehen.«

Kriss schlucke. »I-Ist etwas gestohlen worden?«

»Nichts, was größer als ein Löffel ist.«

»Ich ahne, was er wollte.« Der Blick der Baronin ging zu Veribas' Brief auf dem Tisch.

Kriss sah zu ihr auf. »Aber wie kann er davon gewusst …? Oh.« Natürlich. Die Baronin war nicht allein auf der Auktion gewesen. Wahrscheinlich hätten auch andere den Nachlass von Veribas' Freund gerne ersteigert.

»Mach dir keinen Vorwurf, Lian«, sagte die Baronin sanft. »Du hast sofort reagiert.«

Es schien ihn nicht zu trösten.

Baronin Gellos drehte sich zu Kriss. »Eile ist geboten. Wir wissen nicht, wie viel der Eindringling gehört hat. Doktor Odwin, die Seite aus Tolmens Buch ist die erste, greifbare Spur nach Dalahan. Ich muss Euch nicht sagen, welcher Verdienst es für die Wissenschaft wäre, diese Insel zu finden, nicht wahr?«

»Nein, Madame!« *Garantiert nicht!*

»Nur wie es scheint, sind wir nicht die Einzigen, die nach ihr suchen. Und wir können wohl davon ausgehen, dass jemand, der in anderer Leute Häuser einbricht, nicht unbedingt das Wohl der Wissenschaft im Sinn hat. Doktor Odwin, ich habe Euch eingeladen, um euch ein Angebot zu unterbreiten. Ich möchte, dass Ihr für mich Veribas' Hinweisen nachgeht und eine Expedition nach –«

»Ja!«, platzte es aus Kriss heraus, noch bevor sie wusste, worauf sie sich einließ; ob es klug war oder richtig. »Ja, das werde ich, Madame!«

Die Baronin sah sie an und lächelte. »Es ist schön, wenn man sich nicht in einem Menschen irrt.«

Die Luftschleuse schloss sich über ihm. Nass bis auf die Knochen kletterte Markon Dorello die Leiter hinab in den Schiffsgang und vernahm das gleichmäßige Singen der ælonischen Antriebe. Die *Morgenstern* hatte wieder Fahrt aufgenommen. Gut. Sobald die Wachen der Baronin den ersten Fuß ins Wasser setzten, würden sie längst wieder auf dem offenen Meer sein. In Sicherheit.

Markon zog sich die Maske aus Geisterseide vom Gesicht und atmete befreit durch. Das verdammte Ding hatte seine Sicht viel zu sehr eingeschränkt. Aber zumindest hatte es ihn bestens getarnt.

»Willkommen zurück, Herr Hauptmann«, sagte ein Mannschaftsmitglied. Man hatte einen Paravent bereitgestellt, hinter dem er sich umziehen konnte. Markon tauschte die klatschnasse Kleidung, die er für seinen Einbruch getragen hatte, gegen seine Uniform: Reitstiefel, eine graue Hose, ein graues Hemd und darüber eine graue Jacke.

Fertig angezogen trat er durch den engen Metallkorridor. Er musste lächeln, als er an den Jungen dachte, der ihn verfolgt und zu Fall gebracht hatte. Patenter Bursche. Er wusste solchen Einsatz zu schätzen.

Vor der Tür zum Quartier des Generals angekommen, straffte er seine Haltung und klopfte an.

In dem kleinen Raum brannte nur eine einzige Lampe auf kleiner Flamme. Das Bullauge aus Glas und Messing zeigte die undurchdringliche Schwärze des nächtlichen Meeres.

Der General saß in dem Sessel neben dem Bett, die Hände auf die Armlehnen gelegt, den Gehstock auf seinem Schoss. Man hätte ihn für eine Statue halten können, so still saß er da. Zu Beginn seiner Dienstzeit hatte Markon schnell gelernt, wie sehr der General

Überflüssiges verabscheute. Er sprach keine zwei Worte, wo eines genügt hätte, und machte keine Bewegung, die nicht irgendeine praktische Funktion erfüllte.

»Rapport.« Das bärtige Gesicht des Generals lag halb im Schatten. Markon sah sich selbst in dem grünen Kristallauge des alten Mannes widerspiegeln: jung, unerschrocken, glatt rasiert und gar nicht mal schlecht aussehend. Er verneigte sich.

»Es gab Komplikationen, General. Ich habe den Brief nicht bekommen. Aber dafür wissen wir jetzt zumindest, dass er echt ist. Veribas war in Dalahan. Und er hat Hinweise hinterlassen, wie man dort hingelangt. Ich vermute, unsere Freundin, die Baronin, sendet in diesem Augenblick ihre Leute aus.«

»Wohin?«

Die Stimme des Generals erinnerte Markon an Granitblöcke, die jemand aneinander rieb. Er hätte nicht mit Sicherheit sagen können, ob sich die Lippen des Mannes beim Sprechen überhaupt bewegt hatten. »Dschakura«, antwortete er triumphierend. »Sie sind auf dem Weg in die Große Bibliothek. Wenn ich es richtig verstanden habe, ist dort einer der Hinweise zu finden.«

»Gut.« Der General nickte, sein Gesicht blieb wie gemeißelt. Markon sah, wie die Linse des Kristallauges sich neu einstellte. »Alle Maschinen volle Kraft nach Dschakura.«

Die Windrose

Kriss war nicht überrascht, als ihre Gastgeberin ihr offenbarte, dass sie die *Windrose* längst für eine Expedition hatte ausrüsten lassen. »Sie wird Euch bis ans Ende der Welt bringen, wenn es sein muss«, versprach die Baronin, als sie Kriss zurück zum Luftschiff brachte. Lian begleitete sie dabei. »Kapitän Bransker und seine Mannschaft werden Euch bei allem unterstützen. Wenn nötig, sogar bei Ausgrabungsarbeiten.«

»Vielen Dank, Madame. Aber seid Ihr nicht auf das Schiff angewiesen?« Kriss konnte sich nicht vorstellen, dass jemand wie die Baronin mit der Dampfbahn oder einem öffentlichen Luftschiff reisen sollte.

»Seid unbesorgt, Doktor. Ich reise nicht viel. Und wenn, so habe ich noch ein zweites Schiff, die *Kompassnadel*. Sie kehrt demnächst von der Wartung zurück.« Die Baronin legte eine Hand auf Lians Schulter. »Mein Lian fliegt mit Euch. Während Eurer Reise wird er mein direkter Stellvertreter sein. Ich möchte, dass du gut auf Doktor Odwin aufpasst, Lian. Bring sie mir heil zurück.«

»Natürlich, Madame.« Lian verneigte sich brav. Dann betrat er mit scheppernden Schritten die Schiffsgondel über das Fallreep.

Die Baronin sah ihm mit einem wehmütigen Blick nach, dann wandte sie sich wieder an Kriss. »Ich weiß, es ist unnötig, das zu sagen, aber bitte beeilt Euch.«

»Das werde ich, Madame«, sagte Kriss. Ihr Herz trommelte vor Aufregung und ihre Hände waren schweißnass. »Alles, was ich noch brauche, sind meine Bücher und die Aufzeichnungen meiner Mutter.« *Und einen alten Freund an meiner Seite.*

Baronin Gellos schien zufrieden. »Viel Glück, Doktor.«

Als die Residenz der Baronin hinter ihnen am Horizont verschwand, führte Lian Kriss durch das Schiff. Er hatte mittlerweile die förmliche Kleidung abgelegt und trug nun ein Hemd, eine einfache Hose und ein Paar fester Schuhe, in denen er sich sichtlich wohler fühlte. Und Kriss fand, dass es ihm auch viel besser stand. »Hast du Hunger?«, fragte sie, als er seine Hand kurz auf den Bauch legte.

Das schien für einen Moment seine gute Laune zu trüben. »Nee«, sagte er und zog die Hand weg. »Mir liegt nur was schwer im Magen. Is' nich' so wichtig.«

Kriss sagte nichts. Wahrscheinlich wollte er nur seine eigene Aufregung vor ihr verbergen.

Die *Windrose* besaß zwei Decks. Im unteren befand sich der Maschinenraum mit den dampfenden Kesseln und den stampfenden Zylindern. Hier war es so dunkel und laut, dass Kriss froh war, als sie wieder in den Korridor traten. Als Nächstes zeigte Lian ihr die Kohlelager, die riesigen Wassertanks, die Kabinen der dreißigköpfigen Mannschaft (ausgerüstet mit Hängematten, platzsparenden Wandschränken und Klapptischen), die Krankenstube, die Kombüse und die Vorratskammer, beladen mit gepökeltem Fleisch und Fisch, eingelegtem Obst und Gemüse und Kisten voller Schiffszwieback.

Anschließend warfen sie einen Blick in die Lagerräume, in denen man sich zwischen all den Tonnen und Kisten, Zeltplanen, Schaufeln und Spitzhacken, Seilrollen, Laternen und Regalen voller Kleidung für jedes denkbare Klima kaum bewegen konnte. Kriss sah sogar drei Taucheranzüge aus Leder, mit dazugehörigen, übergroßen Helmen aus Kupfer und Glas. Darüber hinaus verfügte die *Windrose* über sechs Kanonen; hässliche Dinger aus Gusseisen, die in eigens dafür vorgesehenen Kammern untergebracht waren. »Für alle Fälle«, erklärte Lian. »Es treibt sich 'ne Menge Gesindel am Himmel rum.«

Zu guter Letzt war da der Navigationsraum mit dem großen Kartentisch, blitzblank polierten Astrolabien und Sextanten – und natürlich die Brücke im Schatten der Gashülle. Matrosen hatten zwei Steuerräder aus Mondholz besetzt. Eines war durch komplizierte Seilzüge mit den Seitenrudern am Ende der Gashülle verbunden, das andere kontrollierte über einen ähnlichen Mechanismus das Höhenruder.

Als sie eintraten, musterte Kapitän Bransker Kriss mit schlecht verstecktem Argwohn. Er war ein kleiner, dicker Mann mit weißem Backenbart, den er ständig kratzte. Sein Gesicht verriet Kriss, was man mit »wettergegerbt« meinte. Es schien aus altem Leder gemacht zu sein, war dunkel und grob, voller Runzeln und Furchen.

»Guten Abend, Kapitän«, sagte sie. Ihr Magen begann wieder sich zu regen, als sie die Wolken sah, die an der *Windrose* vorbeiwallten. »Ich hoffe, wir stören nicht?«

»'N Abend«, murrte Bransker. »Darf ich offen zu Euch sein … Doktor?«

»Ja, ähm, natürlich.«

»Gefällt mir nicht, mir von einer … Fremden den Kurs vorgeben zu lassen. Aber die Baronin befiehlt und ich gehorche. Also keine Sorge, die *'rose* bringt Euch schon sicher durch die Welt. Behandelt das Schiff gut und das Schiff behandelt Euch gut. Klar?«

»Sonnenklar.« Kriss schnappte nach Luft.

»Luftkrank, wie? Hier.« Aus einem Wandschrank mit Verbandsmaterial förderte der Kapitän ein kleines Pillendöschen zutage. »Indigobeerenpastillen. Helfen manchmal. Nehmt drei am Tag und versucht, mir nicht auf die Gänge zu brechen.«

»Nehmt ihn nich' allzu ernst«, sagte Lian, als sie die Brücke verließen. Kriss war schon vorher aufgefallen, dass er sich keine Mühe mehr gab, seine Aussprache zu korrigieren. »Er is' früher zur See gefahren, wie die meisten hier. Du … Ihr wisst ja, wie die Kerle so sind.«

Kriss nickte und schluckte eine der süßen Pastillen. Die Luftfahrt mit Kohle und Gas steckte noch in den Kinderschuhen. In der Ælonischen Epoche hatte es Flugschiffe gegeben, die mehr Kunstwerke als Maschinen waren. Mit Energie im Überfluss hatte niemand einen Gedanken an überhitzte Kessel, gebrochene Pleuelstangen, entzündliches Gas oder Rauchschlote verschwenden müssen.

Heute, nach dem Versiegen des Ælons, war die Luftfahrt wieder abenteuerlich geworden und die Luftfahrer rekrutierten sich meist aus erfahrenen Seeleuten, die an enge Räume, lange Fahrten und eine ständige Wartung ihres Schiffs gewohnt waren. Sie galten als hart im Nehmen, anspruchslos – und abergläubisch. Vor den beiden Steuerrädern hatte Kriss einen winzigen Schrein aus schwarz lackiertem Holz gesehen, auf dem eine Statuette von St. Haros stand, dem Schutzheiligen aller Schiffe, egal ob zu Wasser oder in der Luft.

Schließlich führte Lian sie die Treppe hinauf ins obere Deck, das sie auf dem Flug zur Baronin schon zum Teil kennengelernt hatte. Er zeigte ihr die anderen Passagierkabinen, die ebenfalls von Ausrüstung in Beschlag genommen worden waren, und die Tür zu seinem eigenen Quartier, direkt gegenüber von ihrer Unterbringung. »Ruft mich, wenn Ihr was braucht«, sagte er und wandte sich ab. »Ich leg' mich erst mal auf's Ohr.«

»Lian.«

Er drehte sich zu ihr um.

»Wollen wir die ›Ihrs‹ und ›Euchs‹ nicht einfach weglassen? Der Einfachheit halber?«

Erst schien er eine Falle zu wittern. Dann entspannte er sich. »Wüsste nich', was ich lieber tät'.« Er kratzte seine Narbe zwischen Nase und Oberlippe. »Was genau könn' wir auf dieser Insel eigentlich erwarten? Ich mein', wenn wir sie finden.«

Kriss seufzte. »Ich wünschte, ich könnte es dir sagen. Die Legenden sind alle sehr widersprüchlich.«

»Zum Beispiel?«

»Einige behaupten, Dalahan werde durch eine von Ælon gehaltene Nebelwand von der Außenwelt abgeschnitten. Andere sagen, die gesamte Insel befinde sich nicht mehr auf unserer Welt, sondern wurde in eine andere versetzt.«

Er runzelte die Stirn. »Aber was kann man *auf* der Insel finden? Gold? Juwelen? Beides?«

»Das ist genauso widersprüchlich«, sagte sie. »In dem einen Buch heißt es, dort läge ein Kristall, der die Zukunft vorhersehen kann, in dem anderen, dass sie von Menschen aus Glas bewohnt sei. Oder von sprechenden Blumen.«

»Sprechende Blumen?« *Das kannst du nicht ernsthaft glauben*, sagte sein Tonfall.

»Ich hab es mir nicht ausgedacht«, verteidigte sie sich. »Das Problem mit Legenden ist, dass sie durch die Jahrhunderte wandern, und dabei fügt dieser noch etwas dazu und jener lässt etwas weg, bis sie kaum noch etwas mit ihrer ursprünglichen Fassung zu tun haben. Aber in den meisten steckt immer auch ein Körnchen Wahrheit.«

»Ja, aber ... *sprechende Blumen*? Obwohl das zumindest erklären würd', warum dein Forscherkollege nichts gesagt hat, als er nach Hause kam. Man hätt' ihn sofort weggesperrt.«

»Ich glaube, wir dürfen keine der Legenden wörtlich nehmen. Aber wir sollten auf alle Eventualitäten vorbereitet sein.«

»Auf alle ...? Äh, ja! Klar!«

»Du, ähm, du weißt nicht, was *Eventualitäten* bedeutet, oder?«

Er verzog beleidigt die Nase. »Nich' jeder hat die Zeit, den ganzen Tag schlaue Bücher zu lesen.«

»Es bedeutet ›Möglichkeiten‹«, erklärte sie behutsam.

»Warum sagst du dann nicht Möglichkeiten?«

»Weil …«

»Is' ja auch egal.« Er fand wieder zu seinem alten, spöttischen Selbst zurück und parodierte eine Verneigung. »Danke für die Lektion, Doktor. Gut' Nacht.«

»Lian, warte. Eine Frage noch.«

Er wartete ab.

»Du scheinst sehr erleichtert zu sein, von Zuhause weg zu kommen.«

»Du meinst von Madames Residenz? Das is' nich' mein Zuhause.«

»Wo ist es dann?«

Er zuckte mit den Achseln. »Wüsst' ich auch gern.«

»Und was erhoffst *du* dir auf der Insel zu finden?«, fragte Kriss, bevor er sich wieder abwenden konnte.

Er zögerte einen Moment. Dann zeigte er ein freches Lächeln. »Na, Ruhm und Ehre natürlich, was sonst?« Nein, das war es nicht, was er eigentlich hatte sagen wollen. »Bis morgen früh, dann.«

Kriss sah ihm nach. Der Junge war rätselhafter als Rabando-Ideogramme aus der dritten Dynastie. Und die waren schon rätselhaft genug.

Zumindest tat die Pastille des Kapitäns allmählich ihre Wirkung. Ihre Übelkeit klang soweit ab, dass sie nicht befürchten musste, jeden Moment wieder in den Waschraum rennen zu müssen. Und während sie allein in ihrer Kabine lag, ausgestreckt auf dem Schrankbett, ohne ein Auge zuzukriegen, fragte sie sich, ob ihre Entscheidung nicht zu voreilig gewesen war …

Die *Windrose* erreichte Tamalea kurz vor Mitternacht. Beide Monde warfen ihr buntes Licht auf schweigende Glockentürme und dunkle Häuser. Nebel wallte über das Pflaster, fast so undurchdringlich wie der Qualm aus den Abertausenden von Schornsteinen.

Eine Stelzer-Kutsche brachte Kriss in Windeseile vom Lufthafen zu ihrem Haus in der Glasbläser-Straße. Sie sah Kaminfeuer hinter den Vorhängen leuchten. Ein Glück, Alrik war noch wach.

Als sie zu ihm in die Stube trat, saß er in seinem Lieblingsohrensessel, sein verletztes Bein ruhte auf einem Hocker. Er gähnte mit weit aufgerissenem Mund wie ein müder, alter Eislöwe. »Da bist du ja endlich!«, sagte er erleichtert und klappte das Buch zu, in dem er bis eben gelesen hatte. »Ich dachte schon, sie lässt dich gar nicht mehr gehen!«

»Bitte, bleib ruhig sitzen«, sagte sie sanft, als er drauf und dran war sich hochzukämpfen.

Alrik legte das Buch zur Seite und musterte sie mit hochgezogener Braue. »Irgendetwas stimmt nicht«, erkannte er.

Kriss lächelte; niemand kannte sie besser als er. Sie zog einen Stuhl heran und setzte sich neben ihn, die Hände in den Schoß gelegt. Und während Alrik sich die Meerschaumpfeife ansteckte, die sie ihm nach ihrer Rückkehr aus der Wüste geschenkt hatte, berichtete Kriss ihm von dem Besuch im Haus der Baronin, von Veribas' Brief, seinem mysteriösen Hinweis, dem Einbruch des gesichtslosen Mannes und von der Expedition, die zu führen sie zusagt hatte. »Aber … auf einmal bin ich mir nicht mehr so sicher! Was, wenn es genauso schief geht wie Ka-Scha-Raad?«

Alrik nahm die Pfeife aus dem Mund, blies den Rauch zur Decke. Sein Ausdruck war mitfühlend. »Was mit dem Tempel passiert ist, war nicht deine Schuld. Und außerdem: Um schwimmen zu lernen, muss man manchmal ins kalte Wasser springen.« Er zog eine Augenbraue hoch. »Oder hast du dich etwa anders entschieden?«

»Nein …« Kriss war zu unruhig, um sitzen zu bleiben. »Ich kann nicht. Es ist vielleicht die beste Chance, sie wiederzufinden!«

Auf einmal wurde sein Blick betrübt. »Mädchen. Du darfst dich nicht darauf verlassen.«

»Aber ich muss es versuchen, das verstehst du doch?«

Er nickte. »Ja. Das verstehe ich.«

Sie ging vor seinem Sessel in die Hocke. »Alrik, ich möchte, dass du mitkommst!«

Er sah sie an und schwieg, eine lange, lange Zeit. Schließlich sagte er, kaum hörbar: »Das wird nicht gehen.«

Kriss schüttelte verwirrt den Kopf. »Was? Aber wieso nicht?«

»Weil ich allmählich zu alt dafür bin.« Er deutete mit dem Mundstück der Pfeife auf sein Gipsbein. »Das ist mir im Tempel klar geworden.«

»Das ist doch Unsinn.«

»Ich fürchte nein«, sagte er tonlos.

Sie fasste nach seiner Hand. »Aber ich brauche dich!«

»Kriss, es gibt nichts, das ich dir noch beibringen kann.«

»So habe ich das nicht gemeint.«

»Ich weiß. Aber irgendwann werde ich nicht mehr da sein. Du musst auf eigenen Füßen stehen. Und bislang machst du dich sehr gut dabei.«

»Aber – !« Sie wischte sich die Augen ab. »Bist du sicher? Willst du wirklich nicht mitkommen?«

»*Natürlich* will ich mitkommen! Wenn ich ein paar Jahre jünger wäre …! Aber …« Er kämpfte mit einem Kloß in seinem Hals. »Aber ich fürchte, diese Reise musst du ohne mich machen.«

Da umarmte sie ihn und er hielt sie fest. »Ich werde dir schreiben, so oft ich kann«, versprach sie.

Er lächelte. »Ich habe nichts anderes erwartet.«

»Kommst du zurecht? Hier im Haus?«

»Ich glaube schon.«

»Und wirst du den anderen Bescheid sagen? Und

Dekan Bojarill?«

»Verlass dich drauf. Pass auf dich auf, hörst du?«

Sie nickte nur. Selbst wenn sie die richtigen Worte gewusst hätte, sie hätte nicht sprechen können, ohne dass ihre Stimme gebrochen wäre.

Jemand klopfte an die Haustür. Kriss löste sich von ihrem Freund; es war schwer. »Das wird der Kutscher sein.«

»Pack schon mal die Koffer«, sagte Alrik. »Ich werde den guten Mann solange unterhalten.«

Kriss war schon aufgesprungen, als ihr das Papier in ihrer Kleidtasche einfiel. Sie zog es hervor und gab es ihm. »Das ist eine Zahlungsanweisung, ausgestellt von Baronin Gellos.«

»Das sehe ich.« Alrik blinzelte perplex. »Aber was soll ich mit so viel Geld?«

»Es ist für eine zweite Grabung in Ka-Scha-Raad. Ich hatte sie darum gebeten.«

Wieder ein Klopfen. Diesmal mit weniger Geduld.

»Beeil dich besser«, sagte Alrik.

Es gab nicht viele Sachen, die sie zusammenpacken musste. Kleidung und Schuhwerk füllten nur einen ihrer vier Koffer. Die anderen belud sie randvoll mit allen Büchern, von denen sie glaubte, dass sie nützlich werden würden. Standardwerke der Archäologie (an einigen davon hatten Alrik und Bria selbst mitgearbeitet), Bücher über die Legenden von Dalahan, sogar Sammlungen von Mythen und Märchen, und schließlich das dicke, zerlesene Notizbuch, das ihre Mutter zu dem Thema hinterlassen hatte.

Kriss sah zu dem Gemälde über ihrem Bett. Es zeigte ihre Eltern: ihren Vater, mit seinen lustigen Augen und den strubbeligen blonden Haaren, und ihre Mutter, ernst aber hübsch. »Du siehst aus wie sie«, sagten Leute, die Bria gekannt hatten, ihr immer wieder, aber Kriss glaubte das nicht ganz.

Eine Erinnerung flackerte in ihr auf. Der Sommerabend vor drei Jahren, als Bria neben ihr auf dem Bett gesessen und ihr von der bevorstehenden Expedition erzählt hatte. Die Sonne hatte durchs Fenster geleuchtet und irgendwie war es Kriss falsch vorgekommen – als wäre Regen das passendere Wetter für ihren Abschied. Sie erinnerte sich an ihrer beiden Tränen. Sie war nicht bereit gewesen, ihre Mutter gehen zu lassen, aber selbst damals hatte sie begriffen, wie wichtig die Reise für sie war.

»Alrik wird auf dich aufpassen, Schatz«, hatte Bria gesagt und sie im Arm gehalten.

»Und wer passt auf dich auf?«

Ihre Mutter hatte gelächelt. »Ich gehe ja nicht allein. Und ich komme wieder. Versprochen.«

Aus Tagen wurden Wochen, aus Wochen Monate und aus Monaten Jahre. Jeden Tag wartete Kriss sehnsüchtig auf den Kurierdienst; auf einen Brief, eine Nachricht, irgendein Lebenszeichen. Bis heute.

Aber sie war es leid zu warten. Leid, zu hoffen und zu bangen. Wenn Bria den Weg zurück nach Hause nicht fand, dann würde sie eben Bria finden!

Selbst wenn sie dafür bis ans Ende der Welt gehen musste. Oder ins sagenumwobene Dalahan.

Auf einmal kam ihr der Gedanke absurd vor, eine Insel zu finden, die es möglicherweise gar nicht gab. Absurd und beängstigend. Vielleicht hatte Veribas sich geirrt. Vielleicht war sein Brief auch eine Fälschung. Vielleicht würde sie auf der Suche nach der Insel das gleiche Schicksal ereilen wie ihre Mutter. Und dann war es Alrik, der vergeblich warten würde.

Kriss schüttelte den Kopf. Nein. Sie war Wissenschaftlerin. Sie glaubte nicht an Schicksal und schon gar nicht an böse Omen. Aber sie glaubte fest daran, dass Bria noch lebte, irgendwo auf dieser Welt, ohne die Möglichkeit, in die Zivilisation zurückzukehren. Und sie würde sie finden. Sie musste sie finden.

Der Kutscher war nicht begeistert, als er sah, wie sie die ersten beiden Koffer zu ihm schleppte und zwei weitere ankündigte. Aber er half, ohne sich zu beschweren. Alrik stand an der Tür. Seine Augen glänzten im Gaslicht. Sie umarmten einander ein letztes Mal. »Komm gesund zurück«, sagte er. »Oder ich zieh dir die Ohren lang, hörst du?«

Sie lachte und brach rechtzeitig ab, bevor ein Schluchzen daraus wurde. Als der Kutscher kurz darauf die Peitsche knallen ließ und sich die Stelzer mit schnaubenden Nüstern in Bewegung setzten, stand Alrik noch an der Haustür und winkte ihr nach. Es war lange her, dass sie ihn zum letzten Mal hatte weinen sehen.

»Haltet an!«

Sie hätte es beinahe laut gesagt, doch sie konnte es nicht.

Die *Windrose* wartete auf sie.

Die Große Bibliothek

Sie träumte von ihrer Mutter – und von lebendigem Sand, der Bria verschlang und nur ihre Knochen übrig ließ.

Kriss schreckte aus dem Schlaf. Sie wischte sich die Haare aus dem Gesicht und sah sich verwirrt um. Sie war in einem engen Holzraum, mit einem Klappbett unter ihr, einem Klapptisch neben sich und Koffern auf einer Ablage über ihr. Maschinengeräusche erinnerten sie wieder daran, wo sie war.

Sonnenlicht strahlte hinter den Vorhängen des Bullauges. Bevor sie aufstand, spülte sie eine Indigobeerenpastille mit einem Schluck Wasser herunter, dann fand sie den Mut, nach draußen zu blicken.

Eine Wüste zog unter dem Luftschiff dahin; nichts als Dünen und Geröll. Noch schlaftrunken vollzog sie in Gedanken den Flug nach, den sie verschlafen hatte: Vom kühlen Miloria aus nach Süden, an Milorias Erbfeind, dem Königreich Parandir vorbei, über die dampfenden Dschungel, Savannen und Wüsten von Ka-Scha-Raad hinweg, bis ins ebenso heiße Ramakhan, mit seiner Hauptstadt Dschakura.

Ein Klopfen an der Tür ließ sie zusammenschrecken. »Bist du schon wach?«, fragte eine bekannte Stimme. Lian.

»Ja!«, sagte sie schnell. »Warte!« In Windeseile schlüpfte sie aus dem Nachthemd, zog sich ihr Kleid von gestern über, zwängte sich in das Mieder und verdrehte sich fast die Arme, als sie es zusammenschnürte. Erst, als sie in ihre Stiefel gestiegen war, bat sie ihn herein.

»Morgen«, sagte Lian gut gelaunt. »Ich wollt' nur Bescheid geben. Wir geh'n demnächst runter.«

»Guten Morgen. Sind wir schon über die Grenze? Ich habe gar nicht mitbekommen, dass wir zwischendurch gelandet sind.«

»Hat ja auch nich' lang gedauert. Madame war so klug, Einreisedinger –«

»Du meinst Visa?«

»... für sämtliche Länder von hier bis zum Verbotenen Meer zu besorgen.«

»Sehr umsichtig von ihr.«

Lian grinste. »Außerdem haben wir die Grenzpatrouillen geschmiert.«

»Bitte?«

Er zuckte unschuldig mit den Achseln. »'S hat alles 'n bisschen beschleunigt.«

Kriss wollte etwas antworten, aber ihr Magen unterbrach sie knurrend.

Lian schien das sehr komisch zu finden. »Keine Sorge, gleich gibt's Frühstück.«

»Oh«, machte sie, immer noch nicht ganz wach. »Gut.« Tatsächlich hatte sie einen Mordshunger. Immerhin hatte sie den ganzen gestrigen Tag bei all der Aufregung kaum etwas gegessen. »Leistest du mir Gesellschaft?« Sie hasste es, allein zu essen.

Wieder zuckte er mit den Achseln. »Von mir aus.«

Ein Matrose servierte ihnen das Frühstück in der Kabine. Es gab Mondblütentee, eine Schale Glastrauben, Streifen von Zuckermelone und frisch aufgebackene Croissants. Mit großen Augen sah Kriss Lian sein Essen hinunterschlingen wie ein ausgehungerter Hornbär. Als hätte er Angst, es mit jemandem teilen zu müssen. »Gab es im Haus der Baronin nichts zu essen?«, fragte sie erheitert.

»Doch«, nuschelte er mit vollem Mund. Er leerte seinen Tee, ließ ein erfrischtes »Ah« vernehmen und wischte sich den Mund mit dem Hemdsärmel ab. »Alles vom Feinsten. Hat sich nur immer ewig hingezogen. Welche Gabel mit welcher Hand und so weiter. Das Leben is' zu kurz für diesen Quatsch.«

Sie war geneigt ihm zuzustimmen und biss in ihr Croissant. »Hast du eigentlich je den Sohn der Baronin kennengelernt?«

Er schüttelte nur den Kopf.

»Ist er auf einer Schule, oder –?«

»Er is' tot«, sagte Lian unbekümmert. »Genau wie ihr Mann.«

»Oh. Das tut mir leid.«

Er sah sie mit seinen dunklen Augen an. »Warum?«

Die Frage verwirrte sie. »Weil es schrecklich ist, wenn man seine Angehörigen verliert.«

»Kann sein. Hab nie welche gehabt. Isst du deine Melone noch?«

»Nein. Nimm nur.« Kriss sah zu, wie er sich gierig über das Obst hermachte. *Mein Lian* hatte Baronin Gellos ihn genannt. Es war klar, dass sie mehr in ihm sah als einen gewöhnlichen Bediensteten.

Da läutete auch schon die Schiffsglocke. Die *Windrose* befand sich im Anflug auf Dschakura.

Die Republik Ramakhan war zum größten Teil eine sengende Ödnis. In der Wüste gab es weniger als zwei Dutzend Oasenstädte und Siedlungen, die kaum die Bezeichnung ›Dorf‹ verdienten. Nur zur Ostküste hin war das Land grün und fruchtbar, fast paradiesisch, mit ausgedehnten Palmenwäldern und ganzjährig blühenden Feldern. Hier, genauer gesagt an der Stillen Bucht, lag Dschakura. Mit über sechstausend Jahren war sie eine der ältesten Städte der bekannten Welt, und die älteste auf dem Kontinent Berael.

Luftschiffe tuckerten über der Stadt dahin, Qualm und Dampf spuckend. Schon von oben konnte Kriss die breiten Straßen sehen und die farbenfrohen Markisen der kastenartigen Häuser mit ihren üppigen Dachgärten. In mehreren Vierteln fanden Basare statt.

Im Laufe seiner Geschichte war Dschakura immer wieder Opfer von Invasoren geworden, die versucht hatten, den Eroberten ihre Kultur aufzuzwingen. Doch die Menschen von Dschakura waren schon immer praktische Leute gewesen. Sie hatten einfach das Beste aus der neuen Kultur angenommen, wie neue Methoden zur Bewässerung oder bequemere Kleidungsstile, und sich gegen alles andere starrsinnig gewehrt. So waren es letztlich die Besatzer gewesen, die sich ihnen angepasst hatten, anstatt umgekehrt. Kriss respektierte die Dschakuraner dafür. Und sie fand, dass sie mit ihrer dunklen Haut und dem kohlschwarzen Haar auch viel interessanter aussahen als die Menschen in Miloria.

Wohin man auch sah, überall in der Stadt fand man Zeugnisse aus der bewegten Geschichte der Republik: Statuen der ersten Herrscher und Herrscherinnen aus vor-republikanischer Zeit; prächtige Kuppelbauten, die aus der Eroberung durch das Kiradianische Reich übrig geblieben waren - und natürlich die massigen, uralten Pyramidentempel, auf deren Spitzen zur Ehrung der Alten Götter turmhohe Flammen brannten.

Aber all diese Bauwerke wurden von der Großen Bibliothek von Dschakura noch überschattet.

Von Weitem sah sie aus wie ein Berg, den man grob in Form eines Zylinders gehauen hatte. Bis man näher kam und die unzähligen Fenster und Balkone ringsum erkannte und einsehen musste, dass dies keine natürliche Formation war, sondern ein Gebäude, fast zwanzig Stockwerke hoch. Steinerne Gesichter umringten die Spitze der Bibliothek und blickten weise und wohlwollend auf die Stadt herab. Ihre Münder hätten die umherschwebenden Flugmaschinen verschlucken können wie dicke Käfer.

Kriss verschlug es den Atem. Sogar Lian hob anerkennend die Augenbrauen. »Warst du schon mal da drin?«

Sie schüttelte den Kopf. »Leider nein. Während meines Studiums hatte ich einfach nie die Zeit gefunden. Ich habe nur darüber gelesen.«

»Du hast über ziemlich viele Dinge ›nur gelesen‹, kann das sein? Was, wenn die uns da nich' reinlassen?«

»Das wird nicht passieren.« Kriss konnte den Blick nicht vom Bullauge lösen. »Die Bibliothek steht allen offen.«

»Und du bist sicher, dass die Tolmens Bestia-Dingsbums hier haben?«

Kriss nickte. »Wenn wir irgendwo ein Exemplar des Buches finden, dann hier. Königin Gajeska die Kühne hat die Bibliothek im Jahre 1103 errichtet. Um sie zu füllen, hatte die Königin ihre Einkäufer durch die ganze bekannte Welt geschickt. Außerdem hatte sie ein Gesetz erlassen, nachdem Reisende alle Bücher, die sie mit ins Königreich brachten, abgeben mussten, damit die königlichen Schreiber sie kopieren konnten. Das Gesetz wurde erst vor wenigen Jahren abgeschafft.«

»Wofür die ganze Mühe?«

»Um Wissen zu sammeln. Der Name der Bibliothek in Ramakhanisch ist *Assadar-genn-Relar*, das Gedächtnis der Menschheit. Die Außenmauern des Gebäudes sind stark genug, einer Invasionsarmee oder Feuersbrünsten standzuhalten. Im Notfall kann es hermetisch abgeriegelt werden und in seinem Keller befinden sich Vorräte für Jahre.« Auf dem Korridor hörte sie die Schritte der Matrosen. Sie machten sich zur Landung bereit.

»Und wenn einer das Buch schon ausgeliehen hat?« Lian verschränkte die Arme.

Kriss lächelte gelassen. »Kein Buch verlässt die Große Bibliothek. Es gibt besondere Säle und einzelne Räume, in die man sich zurückziehen kann, um die Exemplare zu lesen, und sogar eine eigene Küche, die die Besucher bewirtet. Manche verbringen Jahre in dem Gebäude.«

»Spannend.«

»Du hast nicht viel übrig für Geschichte. Oder für Archäologie.«

»Nö. Ich leb' lieber in der Gegenwart.«

»Aber genau darum geht es doch: wie die Menschen damals gelebt haben und was es heute für uns bedeutet. Egal, wie weit man in der Vergangenheit zurückgeht, Menschen sind immer Menschen gewesen, zum Guten oder Schlechten. Sie haben gelacht, geliebt, geträumt ...«

»Geklaut, gelogen, gemordet, Krieg gemacht«, führte Lian fort.

»Ja«, gab Kriss widerwillig zu. »Aber es heißt ›Krieg geführt‹, nicht ›gemacht‹.«

»Kommt trotzdem auf's Selbe hinaus.«

Zumindest in diesem Punkt musste sie ihm zustimmen.

Die *Windrose* landete auf einem weiten Pflasterhof hinter der südlichen Stadtmauer; ein Luftschiff von vielen aus aller Welt, die hier vor Anker lagen.

»Werden Kohle und Wasser neu auffüllen, solange ihr weg seid«, erklärte der Kapitän, als Kriss und Lian von Bord gingen. »Angenehmen Aufenthalt.«

»Wir sind sobald wie möglich zurück«, versprach Kriss, die keinen Hehl daraus machte, wie froh sie war, wieder festen Boden unter den Füßen zu haben. Sie tastete in ihrer Kleidtasche nach der Seite aus Tolmens Bestiarium. Im Augenblick war dieses alte Stück Papier ihr wertvollster Besitz.

»Also dann«, sagte Lian. »Auf ins Getümmel!«

Die Bibliothek war unmöglich zu verfehlen. Sie ragte in der Ferne auf wie der größte Wegweiser aller Zeiten. Doch um auch nur in ihre Nähe zu gelangen, mussten sich Kriss und Lian durch einen Basar kämpfen. Keine leichte Übung, denn die Straßen platzten vor lauter Menschen fast aus den Nähten.

Die Männer in Dschakura trugen bloße Westen und

weite Hosen aus leichtem Stoff; wie die Frauen in ihren Wickelkleidern bevorzugten sie dabei bunte Farben. Kriss sah kaum jemanden, der sich nicht mit Kopftuch, Turban oder Kapuze gegen die Hitze schützte. Auch sie hatte sich ein Kopftuch umgebunden und Lian geraten, das Gleiche zu tun, aber er hatte davon abgesehen.

Graubuckel und Rüsselkamele wälzten sich durch die Menge, ihre Rücken mit Stoffballen, Taschen und Kisten beladen. Ihr Brummen und Röhren ging in den Rufen der Marktschreier fast unter. Kriss sah die verwirrend vielfältigen Auslagen der Händler: Teppiche, Öllampen, Körbe, Geschirr, Kerzen und Messer - und kostete eine Symphonie von Gerüchen: Obst und Gemüse, manchmal nicht mehr allzu frisch, Bitterwurz, Parfüms, Zuckerwaren und nicht zuletzt den Schweiß der Menschen und Tierdung.

Ein Händler verkaufte grüne Moosäffchen in Käfigen. Die winzigen Geschöpfe winkten den Passanten zu, als wollten sie sagen: »Nimm mich mit!« Ein anderer Stand bot mechanische Vögel an. Die billigeren davon waren bloße Aufziehspielzeuge aus Messing oder Kupfer. Die teureren und selteneren Varianten wurden von Ælon-Kristallen angetrieben. Sie trällerten vor sich hin, während sie mit Edelsteinaugen zwinkerten.

Kriss lächelte. Als sie klein gewesen war, hatte sie auch so einen Vogel besessen. Der Apparat hatte ihr viel Freude bereitet, bis eines Tages die Ladung seines Kristalls endgültig aufgebraucht war und sie das Tier auf dem Boden der Stube gefunden hatte. Plötzlich war es nur noch ein Gebilde aus Edelmetall gewesen; tot, ohne je wirklich lebendig gewesen zu sein.

»Achte auf Taschendiebe!«, rief Lian über den Lärm hinweg.

»Ich pass schon auf!«, gab sie zurück.

»Ach ja?« Er grinste sie an und hielt zwischen Zeige-

und Mittelfinger ein gefaltetes Papier hoch. Die Seite aus Tolmens Buch! Kriss erschrak; ihre Hand griff in die leere Tasche. »Wie hast du …?«

»Besser, du hörst auf zu träumen«, sagte er und gab ihr das Papier zurück. Kriss ermahnte sich, doppelt wachsam zu sein.

Bald traten sie in den Schatten der Bibliothek. Als Kriss zur Spitze des Gebäudes aufsah, überkam sie das Gefühl, es könnte auf sie fallen. Sie war erleichtert, als sie durch das riesenhafte und streng bewachte Portal ins kühlere Innere traten. Eine weite Halle lag vor ihnen, ihre Decke wurde von weißen Säulen gestützt und der Boden war mit grün lasierten Kacheln ausgelegt.

Bibliothekare, Männer und Frauen gleichermaßen, gekleidet in weiße Mäntel mit schwarzen Schärpen um die Schultern, empfingen die Besucher. Und derer gab es viele: Vierzig oder fünfzig Leute kamen Kriss und Lian bei ihrem Eintritt entgegen - und doppelt so viele strömten mit ihnen in die Bibliothek.

Ein Mann mit schwarzem Haar, grauen Schläfen und einem hufeisenförmigen Schnauzbart verneigte sich vor ihnen. »*Assaba!*«, sagte er auf Ramakhanisch. »*Ar darsa no jar ru?*«

»*Assaba*«, grüßte Kriss zurück und verneigte sich ihrerseits.

»Was hat der Kerl gesagt?«, fragte Lian.

Der Bibliothekar lächelte mit großen, weißen Zähnen. »Ich war so frei, Euch und die junge Dame willkommen zu heißen und habe gefragt, wie ich Euch weiterhelfen kann«, sagte er auf Feban. Er hatte einen melodischen Akzent mit weich gerolltem R.

Kriss schmunzelte über Lians Gesichtsausdruck. »Wir sind auf der Suche nach einem Buch.«

Der Bibliothekar lächelte. »Dies hatte ich angenommen. Der Titel?«

»›Eine mannigfaltige Auswahl exotischer und ganz

und gar unglaublicher Flora und Fauna aus allen Teilen dieser Welt, aufgezeichnet und festgehalten von Ramaro Tolmen, Abenteurer, Naturforscher, Philosoph und Kapitän mehrerer Schiffe.‹ Wahrscheinlich ist es aber unter dem dorakischen Originaltitel gelistet.« Sie nannte ihm diesen und der Bibliothekar überlegte angestrengt. »Ich bedaure, dieses Buch ist mir nicht geläufig, unter keinem der beiden Titel. Aber ich werde unsere Bestandskataloge zu Rate ziehen. Wenn Ihr so freundlich wärt, mir zu folgen, werte Gäste?«

Er schritt ihnen voran durch eine bogenförmige Tür. Kriss war bereit, ihm überallhin zu folgen, solange er nur weiter mit seinem wunderbaren Akzent sprach.

»Dass du dir diesen dämlichen Titel merken kannst«, sagte Lian mit gesenkter Stimme.

»Ich hab ein ziemlich gutes Gedächtnis«, gab sie zurück.

»Haben sie dich deswegen so früh auf die Universität geschickt?«

»Ja. Ich schätze schon. Es hilft beim Lernen. Das Problem ist nur, dass man sich auch an all die Dinge erinnert, die man eigentlich lieber vergessen möchte.«

Der Bibliothekar führte sie in ein ausgedehntes Gewölbe. Auf stabilen Tischen lagen riesenhafte Bücher, jedes davon so groß wie ein Kind und mindestens zweitausend Seiten dick. Und es gab Dutzende von Tischen, wie es schien. Überall standen andere Bibliothekare, zusammen mit anderen Besuchern, und blätterten durch die Wälzer. Es war sehr still hier, wie im Inneren der Weißen Kathedrale zur Abendmesse.

Sie mussten einen Augenblick warten, bis der Katalog, den der Bibliothekar zu Rate ziehen wollte, freigegeben wurde. Angespannt sah Kriss zu, wie er durch die Seiten blätterte. Jede davon schien gut tausend Buchtitel zu führen, gefolgt von einer Nummer für das Stockwerk, den Raum und das Regal. An den Seitenrändern hafteten Metallklammern und ihre

Spitzen zeigten auf die Buchtitel. Papierstreifen steckten an jeder dieser Klammern; Kriss ahnte, dass so verliehene Bücher markiert wurden und deren Entleiher notiert.

Sie sah, wie Lian unruhig mit dem Fuß auf dem Boden tappte. Er schien sich hier nicht wohlzufühlen.

Der Bibliothekar hatte eine Zeit lang geblättert. Nun wandte er sich wieder an die beiden Besucher. »Ich freue mich, Euch mitteilen zu können, dass wir das genannte Buch unser Eigen nennen …«

»Großartig!« Vor Aufregung fühlte sich Kriss wie luftkrank. »Wo können wir es finden?«

»… doch leider seid Ihr nicht die Einzigen, die sich dafür interessieren. Es wurde bereits ausgeliehen.«

Kriss sah Lian an. Sie erkannte, dass er dasselbe dachte wie sie: *Der maskierte Einbrecher!*

»Aber der Entleiher befindet sich doch bestimmt hier im Haus?«

»In der Tat, junge Dame. Doch ich fürchte, er wird das Buch vorerst nicht mit Euch teilen.«

»Wo können wir ihn finden?«

Der Bibliothekar schrieb ihnen die Nummern, die sie brauchten, auf ein Papier und überreichte es Kriss. »Ich wünsche Euch viel Glück«, sagte er.

Als sie das Kataloggewölbe verließen, sah Kriss, wie sich Lian immer wieder misstrauisch über die Schulter umschaute. »Was ist?«

»Der war mir'n bisschen zu freundlich.«

»Zuvorkommend zu sein gehört nun mal zu seinen Aufgaben. Außerdem sind Menschen manchmal von Natur aus nett.«

Lian schien nicht überzeugt. »Wenn dich einer anlächelt, dann frag dich immer, was er davon hat. Keiner tut irgendwas ohne Grund. Und keiner is', was er scheint.«

Sie sah ihn amüsiert an. »Dir ist klar, dass dich das mit einschließt?«

Er antwortete ihr nicht.

Sie ließen zügig die Eingangshalle hinter sich und betraten die wirkliche, echte, wahre Bibliothek.

Es gab kaum eine Wand, die nicht mit Regalen bestückt war, und jedes Regal barst fast vor Büchern. Große Bücher, kleine Bücher, dicke Bücher, dünne Bücher; Bücher mit Einbänden aus Leder, Einbänden aus Seide, aus Metall, aus Horn, aus lackiertem Holz, sogar aus Kork oder mit Perlmutt besetzt. Aus manchen davon ragten Lesezeichen wie bunte Schlangenzungen hervor. Und wo es keine Bücher gab, da gab es Schriftrollen, Memogramme in Glaszylindern oder Steintafeln mit Schriftzeichen darauf wie die Spuren von Vögeln. In den äußeren Räumen jedes Stockwerks fiel Licht durch schmale Fenster hoch oben an den Wänden; Staub glitzerte in dem gelben Licht. In den inneren Räumen sorgten flackernde Gaslampen für Beleuchtung.

Kriss kamen fast die Tränen. Dieser Ort war noch viel wundervoller, als sie ihn sich vorgestellt hatte. Wenn sie nur die Zeit hätte, hier zu bleiben und die Gänge zu durchforsten wie einen neuen, unerforschten Kontinent. Sie sog tief die Luft ein. »Ah! Riechst du das? Den Duft von Wissen? Von Geschichten?«

»Ich riech nur verrottendes Papier.«

»Du bist ein hoffnungsloser Fall.«

Lian grinste. »Und stolz darauf.«

Sie mussten eine Legion von Treppen, Korridoren und Gängen hinter sich bringen. Zur Orientierung dienten ihnen dabei Messingschilder, die an jeder Weggabelung und über jedem Durchgang angebracht waren. Sie verrieten in fünf Sprachen, darunter auch Feban, welche Abzweigung wohin führte und welche Abteilung der nächsten angeschlossen war. Sollte man dennoch Gefahr laufen, sich zu verirren, gab es auf jedem der neunzehn Stockwerke wenigstens ein Dutzend Bibliothekare, die einem den Weg weisen konnten – und doppelt so viele Wachen.

Sie trugen Brustharnische über ihren weißen Mänteln und Kopfbedeckungen, die teils Helm, teils Turban waren. Kriss war schon zu Beginn ihres Aufstiegs aufgefallen, dass sie nur Säbel und Hellebarden trugen, aber keine Musketen oder Pistolen. Mit einem Schaudern dachte sie daran, welchen Schaden solche Waffen an diesem Ort anrichten konnten.

Die anderen Besucher, die sie passierten, nahmen sie gar nicht wahr. Die meisten von ihnen saßen an Lesetischen und waren in irgendeine uralte Chronik oder einen modernen Atlas vertieft. Andere gingen von Regal zu Regal, die Finger an den nach dem ramakhanischen Alphabet sortierten Fächern.

Weder Kriss noch Lian bemerkten den Mann in Grau.

Aber der Mann in Grau bemerkte sie.

»Wie lange müssen wir noch latschen?«, fragte Lian nach dem zwölften oder dreizehnten Stockwerk und dem hundertsten Saal. Er blieb stehen und massierte seine Wade. Auch Kriss hielt inne. Sie rang nach Atem und fühlte, wie ihr der Schweiß lief. *Du musst allmählich in Form kommen*, schalt sie sich.

»Deine Antwort steht ... da oben«, keuchte sie und deutete auf das Schild über dem Durchgang, der sich dem Treppenhaus anschloss. »Leseräume« stand darauf in mehreren Sprachen.

Lian folgte ihrer Deutung und kniff halb die Augen zusammen. »Was? Ach so.«

Sein Ton verriet ihr, wie ratlos er war. »Heißt das, du kannst nicht lesen?«, fragte sie beinahe erschrocken.

»Klar kann ich lesen!« Seine Worte hatten wieder diesen beleidigten, aufbrausenden Ton, den er immer dann benutzte, wenn sie ihn durchschaut hatte. Sie wartete ab. »Nur eben nich' besonders gut …« fügte er hinzu.

»Warst du denn nicht auf der Schule?«

»Doch. Das heißt, Madame hat mich unterrichten lassen. Aber … das Meiste hab ich wieder vergessen. Was soll's? Ich bin auch so ganz gut zurechtgekommen.«

»Aber hier drinnen würdest du dich verlaufen. Ich meine, wenn das Personal nicht wäre.«

»'S is' ja da, warum also drüber nachdenken?«

Sie konnte ihm keine Antwort geben.

Jedes Stockwerk beinhaltete einen Flur mit Räumen, in die sich die Entleiher zurückziehen konnten, um ungestört zu lesen. Die Benutzung größerer Räume war kostenfrei; hier fanden sich mehrere Dutzend Leute zusammen. Wer mehr Privatsphäre wünschte, musste dafür bezahlen und bekam ein eigenes Zimmer mit Aussicht auf die Stadt, einem Bett, einem Kleiderschrank, einem Waschbecken und einer Toilette, ganz wie in einem Hotel.

Vor einem dieser Leseräume gehobener Klasse standen sie nun; er lag auf einem blau gekachelten Korridor, in dem es nach Räucherwerk duftete. »Nummer achtzehn, hier ist es«, sagte Kriss mit flauem Gefühl im Magen.

»Wieso flüsterst du?«

»Na ja … was machen wir, wenn da drinnen der Einbrecher wartet?«

Lian ließ seine Knöchel knacken. Sie wünschte sich, er würde das lassen. »Dann werd' ich mich bei ihm ravangschieren.«

»Revanchieren. Meinst du, du erkennst ihn auch ohne Maske?«

»Ich … ich denk' schon. Ich hab ja seine Stimme gehört.«

»Gut, also … gib mir … gib mir ein Zeichen, wenn du ihn erkennst.«

Er hob Zeige- und Mittelfinger und kreuzte sie. Kriss nickte verstehend. Und klopfte an.

»*Saruh?*«, schnarrte eine Männerstimme auf gebrochenem Ramakhanisch aus dem Inneren. *Ja bitte?*

Kriss öffnete die Tür. Sie und Lian traten in ein gemütliches Zimmer mit einem roten Diwan in einer Ecke und gleichfarbigen Sitzkissen in einer anderen. Weiße Arabesken bedeckten die Wände. Durch ein offenes Fenster waren die entfernten Rufe der Marktschreier zu hören.

Ein junger Mann saß an einem großen Tisch aus Bernsteinholz und steckte eine Schreibfeder in ein Tintenglas. Links und rechts von ihm türmten sich Bücher; bis eben hatte er anscheinend in ein Notizbuch geschrieben, das er nun zuschlug, als dürfe niemand es sehen. Sein Blick war giftgrün, sein Gesicht hell, fast weiß geschminkt und die Wangen mit Rouge hervorgehoben. Er trug eine hüftlange Perücke aus schwarz gefärbtem Stelzerhaar; seine Kleidung bestand aus goldener Seide. Genau wie Kriss und Lian war er offensichtlich ein Fremder in diesem Land und seine geckenhafte Aufmachung und der harte Akzent, mit dem er gesprochen hatte, verriet Kriss, dass er aus Parandir stammte. Ausgerechnet.

»Verzeiht die Störung«, sagte sie auf Feban und machte einen Knicks. Lian nickte dem Mann nur zu. Seine Finger waren nicht gekreuzt. Aber sein Ausdruck war misstrauisch.

»Was ist?«, fragte der Parandirer. »Ich bin beschäftigt.«

»Wir werden nicht viel von Eurer Zeit in Anspruch nehmen«, versprach Kriss. Ihr Herz machte einen Satz - eins der Bücher, das las sie am Einband, war Tolmens Bestiarium, eingeklemmt zwischen einem Buch mit ramakhanischen Märchen und einer Sammlung prä-ælonischer Sagen. Verfasste er eine Arbeit zu dem Thema? Vielleicht konnte sie von Gelehrter zu

Gelehrtem mit ihm sprechen. »Ähm, mein Name ist Krisstenja Tilena Odwin, Dozentin für Archäologie und Frühe Geschichte an der Universität von Tamalea und dies ist mein … Assistent, Lian Berris.« Ihr »Assistent« reagierte mit fragend hochgezogener Augenbraue.

Der Parandirer sah erst Kriss an, dann Lian, dann wieder Kriss. »Ich habe keine Zeit für diesen Unsinn«, sagte er, fasste nach dem Federkiel und schlug sein Buch wieder auf. Er bemerkte missmutig, dass man ihn immer noch nicht alleine ließ. »Ich sagte, ich habe keine Zeit für dumme Kinderstreiche.«

»Bitte, mein Herr, dies ist kein Streich!« Kriss hasste es, wenn man sie für ein Kind hielt. Dabei war ihr Gegenüber keine fünf Jahre älter als sie, sofern man das durch all die Schminke erkennen konnte. »Wir interessieren uns für eines der Bücher, die Ihr ausgeliehen habt. Wir wollten fragen, ob es möglich ist, dass wir es uns kurz ansehen?«

Wieder landete die Feder im Tintenglas. Der Parandirer lehnte sich zurück. Sein bemalter Mund zeigte ein listiges Lächeln. »Dem Akzent nach seid ihr beide Milorianer, nicht?«

»Ja. Und auch wenn unsere Länder verfeindet sind, hoffe ich, dass wir dies vergessen und als Vertreter der Wissenschaft miteinander sprechen können.«

»Ah so. Und wofür braucht ihr das Buch, hm?«

Sein Blick gefiel Kriss ganz und gar nicht. Trotz des offenen Fensters konnte sie sein schweres Parfüm bis hierher riechen. »Es beinhaltet einen Hinweis für eine sehr wichtige Expedition nach …«, Lian trat ihr auf den Fuß, »Au! Äh, ich meine, an einen Ort, über den ich nicht sprechen darf.«

»Verstehe.« Der Parandirer faltete die beringten Hände. *Er spielt nur mit uns*, dachte Kriss. Oder doch nicht? Bei Parandirern der Oberschicht war das immer schwer zu sagen. Sie waren alle so *unecht*. Und dieser hier stammte seiner Kleidung nach aus der obersten Oberschicht. »Das heißt, ohne das Buch kann eure kleine ... Expedition nicht stattfinden, ja?«

»So ist es!«

»Aha. Nun in diesem Fall, lautet meine Antwort ...«, er öffnete eine Dose mit Schnupfpuder, nahm etwas davon mit spitzen Fingern und zog eine Brise in das rechte, dann das linke Nasenloch, »... nein.«

»Bitte! Wir möchten doch nur einen kurzen Blick –!«

»Nein.«

»Aber es geht um eine dringende Angelegen –!«

»Nein.«

»Und wenn wir –?«

»Nein.« Er grinste ungeniert und schniefte noch eine Prise Puder. »Guten Tag.«

»Das ist nicht fair!«, sagte Kriss.

»Nicht *fair*? Was wisst ihr kulturlosen Milorianer von Fairness? Vielleicht seht ihr jetzt ein, dass ihr nicht die Herren der Welt seid.« Er nahm einen Schluck aus einem Weinkelch neben dem rechten Bücherstapel, offenbar sehr zufrieden mit sich selbst. »Es wird wirklich Zeit, dass der Krieg weitergeht. Dann können wir euch endlich ein paar Manieren beibringen!«

Kriss fand keine Worte. Sie kochte vor Wut.

Lian trat vor. »Hört zu, *Freund*, wir –!«

»Freund?«, wiederholte der Parandirer beleidigt. »*Freund*? Habt ihr Kinder eine Ahnung, mit wem ihr sprecht?«

»Ihr werdet's uns sicher gleich sagen.«

Der Parandirer fuhr auf, die Hände auf die Tischplatte gestemmt. »Ich bin Robias Quelmorn, Sohn von Konteradmiral Barian Quelmorn, von der dritten Flotte Ihrer Majestät!«

Sein giftiger Blick prallte an Lian ab. »Ich bin überwältigt.«

Kriss berührte seinen Arm. »Lian ...« Sie konnte sehen, wie der Parandirer unter der Schminke rot anlief.

»Ich habe es nicht nötig, mich zwei Gören zu erklären! Und wenn ihr mich noch länger belästigt, rufe ich die Wachen. *Guten Tag!*«

Lian setzte zu einer unfeinen Antwort an, aber Kriss konnte ihn rechtzeitig stoppen. »Komm«, sagte sie. »Lass uns gehen.«

»*Und schließt die Tür hinter euch!*«

Das taten sie. Zurück auf dem Korridor war Kriss eine Zeit lang damit beschäftigt ihre Wut zu zügeln. »Dieser widerwärtige, ignorante, engstirnige –!«

»Bastard«, half Lian ihr aus. »Alles richtig. Nur leider is' die Welt voll von Leuten wie dem. Wenn du dich jedes Mal in Rage bringen lässt, wenn du so einem begegnest, wirst du nich' viel Spaß am Leben haben.«

»Und was schlägst du stattdessen vor? Ohne das Buch –!«

»Wir machen, was man immer mit Leuten macht, die einem krumm kommen.«

»Und das wäre?«

»Sie austricksen. Wart' hier. Oder besser, ein bisschen weiter weg.«

Sie hielt ihn zurück. »Was? Wieso? Was hast du vor?«

»Wart's ab und vertrau mir, ja?«

Noch verwirrter als zuvor sah sie zu, wie Lian den Korridor verließ. Sie seufzte schwer.

Denkt denn die ganze Welt nur noch an Krieg?

Dabei hatten die Milorianer das Große Feuer nicht einmal angefangen. Zuerst waren es nur die Angoporier gewesen, die gegen die Parandirer gekämpft hatten. Danach waren die Hestrianer und die Ramakhaner hinzugestoßen. Dann die Talikurer, die Milorianer und die Ruminosaner. Und so weiter und so weiter, bis die ganze Welt in Flammen stand. Der erste große Krieg nach Ende der Ælonischen Epoche, in dem ælonische Waffen zum Einsatz kamen; die letzten, die den Königreichen noch verblieben gewesen waren. Nun, nachdem sie ihre Kampfmaschinen alle aufgebraucht hatten, war das Feuer ausgegangen. Aber seine Asche glühte noch immer und der Hass schwelte weiter unter der Oberfläche, während jede Nation auf der Welt verzweifelt nach weiteren Waffen aus der Vergangenheit suchte, mit denen sie ihre Gegner endgültig unterwerfen wollten.

Die Erinnerung an ihren Vater drängte sich wieder auf und Verzweiflung überkam sie, als sie sich vorstellte, wie viele andere Kinder ihre Väter an das Feuer verloren hatten. Wie viele Leben verbrannt waren, einfach so, für immer.

Da hörte sie Schritte. Einer inneren Eingebung folgend, huschte Kriss hinter die nächste Abzweigung des Korridors und verfolgte mit angehaltenem Atem, wie ein junger Bibliothekar auftrat. Er blieb vor dem Zimmer des Parandirers stehen und klopfte. »Ich sagte nein!«, hörte sie den geschminkten Gecken rufen. Erst als der Bibliothekar sich als solcher zu erkennen gab, wurde er eingelassen. Stille. Dann ein erschreckter Ausruf des Parandirers. Stirnrunzelnd sah Kriss zu, wie erst der Bibliothekar und dann der Sohn des Admirals den Raum verließ (Letzterer nicht, ohne die Tür abzuschließen). Ein paar Herzschläge später waren beide außer Sicht.

Plötzlich stand Lian neben ihr. »Beeilung«, drängte er. »Der kommt bald wieder!« Er eilte zur Tür des Parandirers und Kriss eilte ihm nach.

»Was hast du –?«

»Keine Zeit für lange Erklärungen!«

Er sah sich zu beiden Seiten um und zog etwas wie ein Taschenmesser aus seiner Hosentasche, klappte einen gezackten Metallstiel davon ab und führte ihn in das Schlüsselloch. Ein Dietrich!

»Aber –!«, begann Kriss mit großen Augen.

Die Tür ging auf. »Na los!« Bevor sie protestierten

konnte, zog Lian sie mit sich in den Raum. »Ich hab den Bibliotheks-Fritzen gebeten, unser'm Freund 'ne Nachricht zu überbringen«, erklärte er, als er die Tür hinter sich schloss. »Sein alter Herr is' plötzlich krank geworden und man braucht ihn Zuhause.«

»Was?«, rief Kriss aus. »Und wieso hat der Bibliothekar sich drauf eingelassen?«

»Du wärst überrascht, was die Leute für hundert Xenni so alles machen.«

»Aber wenn Quelmorn erfährt, dass er belogen wurde –?«

»Wird der Bibliothekar behaupten, 'n Fremder wär' aufgetaucht und hätte ihm die Nachricht gegeben.«

»Das ist Betrug!« Kriss spürte ein unangenehmes Wühlen in ihrem Bauch. Sie war noch nie zuvor irgendwo eingebrochen! (Obwohl die Hohepriester des Tempels der Zeit das wahrscheinlich anders sehen würden.)

Lian zuckte mit den Achseln. »Es bringt uns zumindest weiter, als nur 'rumzureden.«

»Und hast du immer rein zufällig einen Dietrich dabei?«

»Keine Zeit«, zischte Lian, mit Blick zur Tür. »Selbst wenn er drauf reinfällt, kommt er garantiert nochmal zurück, um seine Sachen zu holen. Ich steh Schmiere – beeil dich!« Er verließ das Zimmer.

Kriss zögerte. Ihr war ganz und gar nicht wohl. Wenn man sie hier erwischte; wenn herauskam, was sie getan hatten, würde es einen Skandal geben.

Aber sie brauchten das Buch!

Hastig umrundete sie den Tisch, ihre Haut brannte wie im Fieber. Mit flattrigen Fingern zog sie Tolmens Bestiarium zwischen den anderen Büchern hervor. Es war ein schwerer Wälzer, so breit wie ihre Hand. Die Kopie, die Veribas seinem Freund gesandt hatte, stammte von Seite 352 – verdammt, sie hatte zu weit geblättert ... da! Das war die richtige Seite – und das

Blatt Papier, das sie aus ihrer Tasche zog und auseinander faltete, war die perfekte Kopie davon!

Kriss betrachtete die gegenüberliegende Seite. Sie zeigte den Kupferstich eines Urwalds. Durch sein Blätterdach konnte man ein Sternbild erkennen. Im Vordergrund blühte eine exotische Pflanzenart. Eine von Tolmens Märchenspezies? Sie sah zum Ende der Seite. Der Kupferstich war mit einer Jahreszahl signiert.

Was hatte das zu bedeuten?

Als jemand ihre Schulter berührte, fuhr Kriss zusammen. Eine Hand erstickte den Schrei, der aus ihrem Mund drang. Lian stand neben ihr. »Psst! Ich glaub', er kommt!«

Kriss' Gedanken hämmerten durch ihren Kopf. Sie hatte keine Zeit, die Seite abzuzeichnen.

Es war, als führte eine Fremde ihre Hände. Ehe sie sich versah, riss sie die Seite einfach aus dem Buch und steckte sie ein.

»Los«, ermahnte Lian sie.

Sie schlug das Bestiarium zu und schob es zurück in den Bücherstapel. Dann lief sie Lian hinterher, nach draußen. Er zog die Tür so leise es ging zu und schloss sie mit dem Dietrich ab. Anschließend zog er Kriss mit sich, hinter die nächste Abbiegung. Sie rang nach Luft, versuchte, ihren Pulsschlag zu zügeln. »Großer Weltengeist«, flüsterte sie. »Was habe ich getan?«

»*Leise!*«

»Es gibt auf der ganzen Welt vielleicht noch fünf Exemplare von dem Buch und ich habe es –!«

Wieder drückte Lian ihr die Hand auf den Mund. Keinen Augenblick zu früh, denn schon hörten sie Stiefelsporen klingen. Der Parandirer kehrte zurück. Kriss presste sich an die Wand; sie wagte es nicht, hinzusehen.

»Ich bitte vielmals um Verzeihung«, sagte der bestochene Bibliothekar, der den Mann begleitete. Er sprach kaum verständliches Feban.

»Eine Unverschämtheit«, blaffte der Parandirer. Kriss hörte, wie er die Tür aufschloss. »Mich wegen eines dummen Jungenstreichs zu belästigen!«

»Ich verspreche, es kommt nicht wieder vor, Herr!«

»Sollte es besser nicht – oder es wird Euch den Kopf kosten! Ich habe einflussreiche Freunde, auch in der Republik!« Kriss zuckte zusammen, als die Tür zugeknallt wurde. Sie hörte die sich entfernenden Schritte des Bibliothekars und Lians erleichtertes Pfeifen. »Na, wer sagt's denn? Is' doch sauber gelaufen.«

Auch Kriss entspannte sich. Bis ihr das Buch wieder einfiel. Sie hielt die herausgerissene Seite in den Händen. »Wie kann ich das jemals wieder gut machen?«

»Komm schon, es is' doch nur 'n Buch«, sagte Lian gut gelaunt.

»Ein unbezahlbares, seltenes –!«

»Du kannst die Seite ja später wieder einkleben. Also, wir haben, was wir wollen. Besser, wir verschwinden.«

Der Verräter

»Du musst schon 'n bisschen kreativer werden«, sagte Lian. Sie gingen zügig, doch nicht - wie Kriss hoffte - auffällig schnell. Nur noch vier Stockwerke trennten sie vom Ausgang der Großen Bibliothek. »Allein mit Worten kommst du in der richtigen Welt nämlich nich' groß weiter.«

Sie antwortete ihm nicht.

»Ich nehm' mal an, abgesehen von eurer Buddelei in der Wüste bist du nich' groß raus gekommen?«

»Ich habe auch nie etwas anderes behauptet.«

Lian versteckte seine Befriedigung nur schlecht.

Kriss ignorierte ihn. Sie brannte darauf, zurück aufs Schiff zu kommen, um die Seite eingehend zu studieren. Sie hatte den Kupferstich noch deutlich vor Augen: der Urwald, die Sterne, die blühenden Pflanzen. Veribas hatte sie nicht ohne Grund zu dem Bild geführt. Aber was hatte er ihnen damit sagen wollen? Oder lag sie völlig falsch? Stand sein nächster Wegweiser auf einer ganz anderen Seite?

»Doktor Odwin!«

Kriss erstarrte, als die freundliche, aber fremde Stimme ihren Namen rief. Sie war weit weg von Zuhause - wer sollte sie hier kennen? Mit zittrigen Beinen drehte sie sich um.

Ein Mann um die dreißig näherte sich ihnen. Er trug eine hüftlange graue Jacke; sein Gesicht war mager und kantig, aber nicht unattraktiv, sein Haar tiefschwarz und zu kurzen Stoppeln geschoren. Es waren seine Augen, die sie fesselten, mit ihrem fast erschreckend hellem Blau.

»Ja bitte?« Sie machte keinen Hehl aus ihrer Verwirrung und Nervosität.

»Ihr seid es also tatsächlich«, sagte er strahlend und verneigte sich knapp. »Markon Dorello, zu Euren

Diensten.«

Kriss sah zu Lian, der den Mann argwöhnisch musterte. »Kennen wir uns, mein Herr?«

»Nicht persönlich«, antwortete Markon Dorello. »Aber ein Freund von mir kennt Euch. Seht Ihr, wir sprachen soeben über Euch – und schon sehen wir Euch am anderen Ende des Raumes. Ist das nicht ein Zufall?«

»Ja«, sagte sie, todsicher, dass er ihnen irgendwelche Märchen auftischte. Und wenn *er* der Einbrecher war? Lian schien sich nicht sicher zu sein, zumindest waren seine Finger ungekreuzt. Besser, wenn sie weiterkamen. »Ich bin hocherfreut, Herr Dorello. Aber leider sind wir sehr in Eile …«

»Natürlich. Es war nicht meine Absicht, Euch aufzuhalten. Es ist nur – mein Freund hat sich sehr gefreut, Euch hier zu sehen. Wisst Ihr, er hat Eure Mutter auf ihrer Expedition nach Dalahan begleitet.«

Für einen winzigen Moment hörte die Welt auf, sich zu drehen.

Kriss starrte ihn an und fühlte ihr Herz pochen. »Wie … wie ist sein Name?«

»Harander Baskil«, antwortete der Mann mit den blauen Augen.

Kriss forschte in ihrem Gedächtnis. Ja, es hatte einen Harander Baskil auf der Expedition gegeben. Aber – er galt genau wie Bria und die anderen als verschollen!

Als habe er ihre Gedanken gelesen, sagte Markon Dorello: »Er wurde vor einem Monat hier, an der Küste von Ramakhan an Land gespült. Er bat mich, ihn abzuholen und zurück nach Miloria zu begleiten. Er hat eine Menge durchgemacht.«

Kriss nahm nur halb wahr, wie Lian ihren Arm berührte. Doch er hatte die Finger noch immer nicht gekreuzt. Trotzdem schienen ihm der Mann und seine Geschichte ganz und gar nicht zu gefallen.

Aber was, wenn es stimmte, was er sagte? Vielleicht würde sie endlich erfahren, was Bria zugestoßen war. Fiebrig vor Aufregung sah Kriss in Dorellos freundliches Gesicht. Wenn er ihnen etwas antun wollte, würde er es nicht hier tun. Oder? »Wo ist Euer Freund?«, fragte sie.

»Wir hatten uns aufgeteilt, um nach Euch zu suchen. Wir waren nicht sicher, welchen Weg Ihr genommen hattet. Aber wir wollten uns gleich im nächsten Gang wiedertreffen. Er ist sehr aufgeregt, Euch hier zu sehen. Er sagt, Ihr sähet genauso aus wie Eure Mutter.«

Und da erkannte sie die Wahrheit. Es tat weh.

»Ihr lügt«, sagte Kriss, noch bevor sie Lians gekreuzte Finger sah.

»Madame?«

»Ihr habt mich ›Doktor Odwin‹ genannt.« Ob er hören konnte, wie ihr Herz hämmerte? »Aber ich habe meinen Doktortitel erst im letzten Sommer erhalten. Und die Expedition liegt drei Jahre zurück.«

Markon Dorello schien ehrlich bestürzt. »Nun, Harander ging wohl davon aus –«

»Harander Baskil ist nicht hier. Und Ihr seid kein Freund von ihm.« Kriss überlegte, die Wachen zu rufen – aber was, wenn sie die herausgerissene Seite bei ihr fanden? »Ich will mit Euch nichts zu schaffen haben, Herr Dorello, oder wie auch immer Ihr heißen mögt«, sagte sie schließlich. »Lebt wohl!« Sie und Lian ließen den Fremden stehen. Er machte keine Anstalten, ihnen zu folgen.

»Ich dacht' schon, du gehst mit ihm«, flüsterte Lian und warf einen Blick über seine Schulter.

Kriss' Herzschlag wollte sich immer noch nicht beruhigen. »Ich *wollte* ihm glauben«, gestand sie und hasste den Mann für die kurze Hoffnung, die er in ihr geweckt hatte. Er musste sie im Haus der Baronin belauscht haben. So hatte er ihren Namen erfahren und von Brias Expedition gehört. Den Namen Harander

Baskil und alles andere hatte er wahrscheinlich irgendwo nachgelesen. Möglich, dass er auch alles wusste, was sie über Veribas' Hinweise erfahren hatten. »Wieso hast du so lange gezögert?«, fragte sie.

»Ich war mir nich' sicher. Aber er isses. Die gleiche, aalglatte Stimme.«

Sie passierten die nächste Regalreihe. Kriss erschrak.

Auf einen Gehstock gestützt stand ein alter Mann vor ihnen im Gang und sah sie an. Er war groß und seine Schultern breit. Wie Dorello trug er grau. Für einen Moment dachte Kriss, er sei nur eine Statue, die jemand hierhin gestellt hatte, um sie zu erschrecken, so reglos stand er da. Sein Haar und der Bart hatten die Farbe von Schiefer, seine Schläfen waren kreideweiß. Eine Apparatur aus Metall bedeckte sein rechtes Auge. Darin steckte eine grüne Kristalllinse. Kriss sah keinerlei Bänder oder Schnallen, die das Ding festhielten, aber es war eindeutig ælonisch. Und es jagte ihr eine Heidenangst ein. Das linke Auge des Mannes war nicht minder erschreckend, sein Blick kalt und sezierend. Ungewollt wich sie einen Schritt zurück.

Ich kenne ihn, durchzuckte es sie. *Aber woher?*

Der alte Mann sagte nichts, während die Kristalllinse sich weitete und zusammenzog und dabei leise, surrende Geräusche von sich gab.

Lian schien nicht so viel Respekt vor ihm zu haben wie Kriss. Er griff nach ihrer Hand und zerrte sie an dem Mann vorbei. Dieser blickte ihnen nur nach, unbeeindruckt, stumm. Mit einem Gesicht wie Stein.

Kriss hätte nie gedacht jemals so froh zu sein, die Große Bibliothek wieder zu verlassen.

Markon Dorello erreichte den General nach ein paar kurzen Schritten. Die beiden jungen Leute waren längst fort. »Irgendetwas sagt mir, dass wir keinen sehr vertrauenerweckenden Eindruck auf das Fräulein gemacht haben.« Er lächelte schwach.

Der General ging ihm voran. Die eisenbesetzte Spitze seines Gehstock schlug klackend auf die Bodenkacheln. »Unwichtig. Ich habe, was ich will.«

Niemand verfolgte sie, als sie aus dem Schatten der Bibliothek zurück in die Sonne traten. Aber selbst als der Trubel des Basars sie wieder einhüllte, wusste Kriss, dass sie durch ihre Kleidung und Hautfarbe aus der Menge herausstachen. Sie blickte unentwegt über ihre Schulter.

»Was sollte das?«, fragte Lian. »Wer war die alte Vogelscheuche?«

»Keine Ahnung ...« Kriss schnappte nach Luft. Der schnelle Marsch aus dem Gebäude hatte sie ganz schön erschöpft. *Aber ich kenne ihn von irgendwoher!*

Sie waren hinter Veribas' Wegweiser her, nur das ergab Sinn. Aber was war Dorellos Plan gewesen? Sie in ein Gespräch zu verwickeln, bis der alte Mann sich genähert hatte? Wozu? Keiner von beiden hatte Anstalten gemacht, sie festzuhalten oder ihnen auch nur körperlich nahe zu kommen.

Und ich kenne *ihn von irgendwoher!*

»Besser wir kehr'n so schnell wie möglich zur *'rose* zurück«, bestimmte Lian.

Kriss nickte und sah sich abermals um.

»Was is'?« Lian folgte ihrem Blick. »Hast du sie geseh'n?«

»Nein, ich ... ich werde nur das Gefühl nicht los, dass uns jemand beobachtet«, murmelte Kriss; ihre Stimme ging fast im Lärm ringsum unter. Sie suchte in der Menge nach bekannten Gesichtern und grauen Jacken, ohne fündig zu werden. Dennoch blieb das Gefühl, dass jemand jeden ihrer Schritte verfolgte. Sie würde sich erst wohler fühlen, wenn die *Windrose* abgelegt hatte.

Sie einigten sich darauf, den Rückweg über eine etwas weniger frequentierte Parallelstraße zu nehmen.

So würden ihnen mögliche Verfolger schneller auffallen, bevor sie Gefahr liefen, diese zum Schiff zu führen. Der Einbrecher und sein Begleiter (*Denk nach, Kriss, denk nach! Du kennst ihn!*) mussten selbst per Luftschiff hierhergekommen sein. Vielleicht hatte der Zwischenstopp der *Windrose* in Tamalea ihnen sogar einen Vorsprung verschafft.

Ein weiterer Vorteil war der, dass sie auf der Parallelstraße wesentlich besser vorankamen, auch wenn Kriss Lian immer wieder bitten musste, langsamer zu machen. Zum hundertsten Mal verwünschte sie ihre schlechte Kondition und ihr Kleid, das ihr Vorankommen auch nicht gerade beschleunigte.

Nur zwei Dutzend Passanten – allesamt Ramakhaner – waren mit ihnen auf der Straße. Alte Männer mit langen weißen Bärten ruhten im Schatten von Arkaden und rauchten Wasserpfeife. Ein Rüsselkamel streckte Kriss und Lian neugierig sein namensgebendes Organ entgegen, als sein Besitzer es an ihnen vorbeiführte.

»*Schessk!*« Lian blieb unerwartet stehen. »Jetzt merk ich's auch!«

Kriss wünschte sich, er hätte das nicht gesagt. Sie sah sich um. Als Ausländer ernteten sie nur ein paar flüchtige Blicke der Einheimischen. Niemand schien ein ernsthaftes Interesse an ihnen zu haben. Wieso glaubte sie dennoch –?

Sie schrie auf, als etwas auf ihre Schulter stieß. Reflexartig schlug sie um sich und scheuchte dabei einen Vogel auf, der auf ihr gelandet war – ein mechanischer Vogel wie jene, die sie auf dem Weg hierher gesehen hatten. Kriss starrte ihn an. Er hing vor ihnen in der Luft, seine Flügel, besetzt mit hauchdünnen Metallfedern bewegten sich zu langsam, als dass sie ihm Auftrieb verschafft hätten. Blaue Kristallaugen klimperten mit kupfernen Lidern.

Sie lächelte unsicher. »Hast du mich erschreckt!«

Der Vogel sang wie eine gläserne Flöte. Er war kaum größer als Kriss' Hand.

»Wo is' das Vieh hergekommen?«, fragte Lian und sah sich argwöhnisch um.

»Er muss aus seinem Käfig entkommen sein.« Kriss streckte ihren Zeigefinger aus. Der Vogel landete darauf und schüttelte behaglich sein metallenes Gefieder. Er wog fast nichts.

»Wir haben keine Zeit für so was«, mahnte Lian.

Kriss bemerkte die halbinteressierten Blicke der Passanten. »Husch!« Sie hob den Finger. »Ich hab nichts für dich! Flieg weiter!«

Der Vogel warf sich wieder in die Luft und umkreiste sie einmal, wobei sein krummer Schnabel eine fröhliche Melodie von sich gab. Aber er blieb bei ihnen. Kriss erinnerte sich, dass Zutraulichkeit diesen Geschöpfen eingebaut worden war. »Flieg weiter!«, sagte sie und wedelte mit der Hand. Doch der Vogel tschilpte nur.

Lian verdrehte die Augen. »Wahrscheinlich taucht der echte Besitzer gleich auf. Komm jetzt.« Er zog sie mit sich. Der Vogel hing hinter ihnen in der Luft. Sein Gesang war traurig. Aber Lian hatte recht. Ihnen blieb keine Zeit.

Sie hatten kaum das Ende der Straße erreicht, als man sie entdeckte.

Keine zwanzig Schritte vor ihnen tauchten sie aus einer Nebenstraße auf: zwei Männer und eine Frau, alle hellhäutig und mit den gleichen grauen Jacken bekleidet wie Dorello und der alte Mann.

»*Schessk*«, hörte sie Lian abermals fluchen.

Der Vogel hat sie zu uns geführt!, war Kriss' erster Gedanke. Fast gleichzeitig fuhren Lian und sie herum. Aber der Vogel war längst fort. Dafür erschienen am anderen Ende der Straße zwei weitere Graujacken.

»Hier lang!«, rief Lian und zerrte sie in eine enge Passage zwischen zwei Häusern. Eine Bettlerin hockte zusammengekauert an der Wand und beobachtete mit leeren Augen, wie die beiden Milorianer an ihr vorbei rannten.

Wir sollten die Stadtwächter informieren, dachte Kriss. *Oder einfach um Hilfe rufen!*

Beide Pläne waren zum Scheitern verurteilt, denn die Straße, auf die sie hinaustraten, war menschenleer. Kriss rang nach Luft, bunte Flecken tanzten vor ihren Augen. Doch Lian gönnte ihr keine Pause.

»Weiter!«, rief er. Und sie liefen. Keuchend und schwitzend blickte Kriss über ihre Schulter. Die Graujacken blieben ihnen auf den Fersen. Und sie holten auf.

Sie verließ sich völlig auf Lian. Er schien genau zu wissen, wohin sie liefen.

Vielleicht aber auch nicht. Denn die nächste Abzweigung führte sie direkt in eine Sackgasse. Vorn und zu beiden Seiten erhoben sich Häusermauern ohne einen Spalt dazwischen. Mülltonnen verbreiteten einen ekelerregend süßlichen Gestank. Der Basar, sein Lärm und seine Menschen schienen weit entfernt.

Lian fluchte wieder und machte Anstalten umzudrehen. Aber sie konnten nicht mehr fliehen. Ihre fünf Verfolger hatten sie längst eingeholt. Sie näherten sich langsam, wie ein Rudel Säbelzahnwölfe, das um die Hilflosigkeit seiner Beute wusste.

»Wer seid Ihr?«, rief Kriss. »Und was wollt Ihr von uns?«

»Nur mit Euch reden«, antwortete die einzige Frau unter ihnen. Sie hatte ein brutales Gesicht mit blitzenden Augen, ihr Haar war zu einem strengen Zopf geflochten.

»Wir haben aber keine Lust zu reden«, sagte Kriss atemlos. Aus den Augenwinkeln sah sie, wie Lian in Angriffsstellung ging. Als ob er gegen die fünf etwas ausrichten könnte.

»Dann gebt uns einfach, was immer Ihr in der Bibliothek gefunden habt.« Kriss hatte nicht gedacht, dass die Frau noch hässlicher hätte werden können – bis sie sie lächeln sah.

Sie legte die Hand schützend auf ihre Kleidtasche. »Nur über meine Leiche!«

Das Lächeln der Frau wurde breiter. Es war wie eine Narbe in ihrem Gesicht. »Ich hatte wirklich gehofft, Ihr hättet etwas anderes gesagt.« Auf einen Wink von ihr traten die Männer vor.

»Kommt nur her!« Lian grinste kampflustig. »Und ich prügel den *Korf* aus euch raus!«

Das war Selbstmord! Kriss wich zurück, fühlte das Mauerwerk in ihrem Rücken.

Die erste Graujacke hob eine Faust, die ihr den Schädel hätte zertrümmern können, und stieß einen schrillen Laut aus. Nein, das Geräusch kam nicht von dem Mann. Es wurde lauter und lauter – die Graujacken hoben den Blick, genau wie Kriss. Sie sah Metall im Sonnenlicht funkeln, dann ging alles so schnell, dass sie es kaum verfolgen konnte. Etwas sprang der Graujacke ins Gesicht, stach zu – noch bevor der Mann aufschrie, war es weitergezischt, von einem zum anderen. Neue Schreie wurden laut. Kriss sah Metallfedern blitzen und das Funkeln blauer Kristallaugen.

»Los!« Lian umklammerte ihr Handgelenk und zog sie abermals hinter sich her. Die Graujacken waren zu sehr damit beschäftigt, ihre Augen vor dem Vogel zu schützen, als dass sie sie aufgehalten hätten. Kriss hatte die Blutspritzer auf dem Pflaster gesehen und schauderte.

»Das Vieh hat was gut bei mir«, murmelte Lian. Kriss nickte nur keuchend. *Was wird aus ihm?* Sie stellte sich vor, wie die Kerle die kleine Maschine in ihre Bestandteile zerlegten, und wurde traurig. Aber wichtiger war, dass sie zum Schiff kamen – und diese Stadt endlich verlassen konnten.

Bald waren sie wieder unter Menschen. Keine Graujacken weit und breit.

Den Rest des Weges zum Lufthafen hielt sie niemand auf. Als Kriss von Weitem die massige Silhouette der *Windrose* erblickte, hatte sie das Gefühl nach Hause zu kommen.

Dann tschilpte etwas neben ihrem Ohr. Sie begann zu strahlen, als der Metallvogel neben ihr flatterte. Seine Kupferkrallen und der Schnabel schienen in rote Farbe getaucht, aber ansonsten war keine Feder verbogen. »Danke«, sagte sie zu dem Geschöpf. Es reckte stolz den Hals und sang für sie.

»Kapitän!«, keuchte Kriss, als sie das Gelände des Lufthafens betraten. Kapitän Bransker stand vor dem Fallreep und schmauchte seine Pfeife. Nun sah er alarmiert auf.

»Probleme!«, rief Lian ihm entgegen. »Wir müssen los! Sofort!«

Das ließ sich Bransker nicht zweimal sagen. »Kessel anfeuern!«, brüllte er ins Schiff. »Alles klarmachen zum Ablegen!«

In ihrer Kabine angekommen fiel Kriss auf das Bett und riss sich die Stiefel von den ermüdeten Füßen. Sie schwor sich, nie wieder aufzustehen. »Ich weiß jetzt, wer der Mann aus Bibliothek ist«, sagte sie, als sie wieder zu Atem gekommen war. »Der Mann mit dem künstlichen Auge.«

Lian wischte sich den Schweiß von der Stirn. »Wer?«

»Ruhndor.«

Er zuckte mit den Achseln.

Kriss seufzte. »Eldrias Ruhndor, General der Königlichen Armee? Ruhndor, der Verräter?«

Lian runzelte die Stirn. »Der königlichen Armee von *Miloria*?«

»Von Miloria.« Kriss sah zu, wie der Vogel neben ihr auf dem Bett landete und dabei rote, gabelförmige Spuren auf dem Laken hinterließ. Sie streichelte dem Geschöpf sanft über den Kopf. Es schien ihm zu gefallen. »Kurz vor Ende des Krieges hat er mit dem Feind paktiert und ist zusammen mit einigen seiner Männer desertiert. Komm schon, jeder kennt die Geschichte von Ruhndor dem Verräter!« Sie dachte zurück an die Parade vor acht Jahren, als ihr Vater in den Krieg gezogen war. Sie und Bria hatten damals in der Nähe einer Tribüne gesessen, von der aus die Offiziere den Aufmarsch ihrer Soldaten verfolgt hatten. Einer dieser Offiziere war ein düsterer Mann mit Bart gewesen. Sein künstliches Auge hatte ihr schon damals eine Gänsehaut eingejagt. *Was kann er noch alles mit dem Ding sehen?*

»Und wieso is' der hinter uns her?«, fragte Lian. Matrosen polterten an der Tür vorbei. Kriss hörte, wie die Kessel der *Windrose* zu schnaufen begannen. »Nein, sag's nich' - die Insel, richtig?«

Kriss schüttelte den Kopf. Der Vogel machte es ihr nach. »Ich weiß es nicht. Aber selbst wenn, es gibt da noch ein anderes Problem.«

»Nämlich?«

»Ruhndor ist tot«, erklärte Kriss.

ZWEITER TEIL

Rätsel

Ein Lied weckte Kriss. Der Vogel hockte zwischen ihren Büchern und Notizen auf dem Klapptisch und trällerte so fröhlich vor sich hin, dass sie ihm die Störung nicht übel nehmen konnte.

»Guten Morgen«, begrüßte sie das künstliche Tier, streckte sich und gähnte herzhaft.

Sie wusch sich und zog sich an, wobei sie es Lian nachmachte und schmucklose, aber bequeme Kleidung wählte: ein Hemd, eine Hose und einfache Schuhe. Sicher war es den Matrosen egal, wie sie herumlief. Und sie wollte für die nächste Verfolgungsjagd gerüstet sein.

Noch während ihres Frühstücks machte sie sich mit frischer Begeisterung wieder an die Arbeit. Seit ihrer überstürzten Abreise aus Dschakura hatte sie über dem Kupferstich aus dem Bestiarium gebrütet, bislang ohne Ergebnis. Aber diesmal, ganz sicher, würde sie das Rätsel lösen.

Wieder betrachtete sie das Bild mit den Blüten, den Sternen und dem Dschungel ringsherum. Untersuchte es mit dem bloßen Auge und ihrer Lupe; ging stirnrunzelnd in der engen Kabine auf und ab und murmelte vor sich hin, begleitet von einem fragenden Blick des Vogels.

Blüten, Sterne, Dschungel – was hatte Veribas ihnen damit sagen wollen? Erneut zog sie die kopierte Seite aus seinem Brief hervor und legte den Kupferstich daneben. Sie probierte alle Verschlüsselungsmethoden aus, die sie kannte, untersuchte jeden zweiten Buchstaben auf eine geheime Bedeutung, jeden dritten, jeden vierten, die Worte vorwärts, die Worte rückwärts, kreuz und quer.

Nichts brachte sie weiter.

Frustriert entschied sie eine Pause einzulegen und

schrieb den Brief an Alrik zu Ende, den sie gestern begonnen hatte. Sie hatte ihm den Flug nach Dschakura und ihre Erlebnisse in der Bibliothek beschrieben, das Zusammentreffen mit den Graujacken, den totgeglaubten General jedoch ausgespart. Es reichte völlig, dass Ruhndor *sie* beunruhigte.

Es liegt immer noch kein neuer Kurs an. Nach unserem Abflug haben wir über einer Oase in der Wüste westlich von Dschakura haltgemacht und hier die Nacht verbracht. Die Kessel sind kalt, um Kohle zu sparen.
Durch mein Bullauge sehe ich die Palmen rings um das Schiff und die Dünen jenseits davon. Ich schätze, dass wir auf hundert Meilen in jede Richtung die einzigen Menschen sind.
Immer noch keine Fortschritte mit dem nächsten Hinweis. Ich habe das Gefühl, mein Hirn fängt bald an zu rauchen.
Der Urwald, den der Kupferstich zeigt, liegt in einem von Tolmens Märchenländern. Wird wohl schwierig, dahin zu fliegen, was? Schlechter Witz. Habe die letzte Nacht von Sprungnattern und Schattenschleichern geträumt. Ob es je einen Leser gab, der Tolmens Beschreibungen ernst genommen hat?
Aber Veribas hat uns nicht ohne Grund zu der Seite geführt. Ich bin ganz sicher, dass sie uns an irgendeinen Ort führen soll. Irgendwo in dem Bild befindet sich ein versteckter Wegweiser. Lian meinte gestern, dass die Sterne vielleicht ein Wort ergeben, wenn man sie mit Linien verbindet. Ich hab ihn erst dafür belächelt, dann war ich verzweifelt genug es auszuprobieren. Natürlich kam nur Unsinn dabei heraus.
Mit Sicherheit weiß ich nur, dass die Pflanzen auf dem Bild laut Tolmen nur einmal im Jahr blühen. Am dritten Tag des zweiten Sommermonats, Punkt Mitternacht. Und das Sternbild über ihnen ist der Große Hornbär. Laut der Signatur am unteren rechten Rand wurde der Kupferstich im Jahr 3003 von einem Künstler namens Flobani angefertigt (ein Anagramm vielleicht?).
Oder führt der Hinweis vielleicht doch nicht zu einem Ort,

sondern zu einem weiteren Buch? Vielleicht sind die Pflanzen, Sterne und so weiter eine Anspielung auf einen Titel? Wie passt das alles zusammen? Ich bin allmählich mit meinem Alt-Hondur am Ende. Manchmal möchte ich die Seite am liebsten zerreißen. Aber ich habe nicht vor aufzugeben. Und so früh schon gar nicht.
Nur wird die Mannschaft langsam ungeduldig. Die Matrosen glauben sowieso, ich sei eine Schwindlerin, zumindest sehen sie mich so an, wann immer ich ihnen auf dem Gang begegne. Wahrscheinlich halten sie die Baronin für verrückt, ausgerechnet mich mit dieser Suche zu betrauen. ~~*Und wer weiß, vielleicht haben sie damit nicht mal unrecht?*~~
Zumindest habe ich die ständige Übelkeit im Griff. Auch wenn die Indigopastillen des Kapitäns bald aufgebraucht sind.
Apropos Kapitän Bransker: Er will natürlich sobald wie möglich weiterfliegen. Ich kann ihn verstehen, mir geht es genauso.
Auch Lian drängt. Seltsamerweise habe ich dabei nicht das Gefühl, dass er es im Namen seiner Herrin tut. Was springt für ihn bei dieser Reise heraus? Er ist immer noch ein Rätsel für mich. Wo kommt er her? Wer sind seine Eltern? Wieso hat die Baronin ausgerechnet ihn mit auf die Reise geschickt? Ich vermute, dass er eine nicht ganz saubere Vergangenheit hat, also frage ich nicht, da er der Letzte ist, den ich mir zum Feind machen will.

Der Vogel hopste von ihrer Schulter auf die Tischplatte und betrachtete den Brief, als könne er ihn wirklich lesen. Kriss schenkte ihm ein Lächeln, tunkte die Feder wieder ins Tintenglas und fuhr fort:

Ich habe beschlossen, den Vogel zu behalten. Ich glaube nicht, dass er von hier aus zu seinem Besitzer zurückfindet, wer auch immer das sein mag. Es ist schön, wieder ein Haustier zu haben und er lenkt mich ab, wann immer ich kurz davor bin, die Wände hochzugehen. Ich weiß, er ist nicht wirklich lebendig. Aber es ist schwer daran zu den-

ken, wenn man ihn so sieht. Nun muss ich mir nur noch einen passenden Namen für ihn einfallen lassen.
Gerade flötet er sein Lian-Lied. Und schon klopft es. Mehr im nächsten Brief.
Liebe Grüße.
Kriss
PS: Ich wünschte, Du wärst hier.

Es klopfte wieder. »Komm rein, Lian«, sagte sie und blickte über die Schulter zur Tür.

Er öffnete verblüfft, vielleicht auch ein wenig misstrauisch. »Woher hast du gewusst, dass ich's bin?«

Kriss lächelte. »Der Vogel hat dich an deinen Schritten erkannt. Er hat sehr gute Ohren.«

Der Vogel plusterte sich stolz auf und Kriss tätschelte seinen Schnabel. Die Maschine gab ein leises Gurren von sich.

Lian rieb seine Narbe über dem Mund. »Bist du schon weitergekommen?«

»Nein.« Sie schüttelte den Kopf. »Bis jetzt noch nicht.«

»Wir warten schon fast 'nen ganzen Tag.«

»Ich tue, was ich kann«, sagte sie ruhig.

Er zeigte mit dem Daumen auf den Vogel. »Zum Beispiel dem Vieh da neue Kunststücke beibringen?«

»Lian, ich kann mir die Lösung nicht einfach aus der Tasche zaubern.«

»Ich denk', du bist ein Genie?«

»Das habe ich nie gesagt!« Der Vogel unterstützte sie krächzend.

»'S klang aber immer so. Du hast ja schließlich keine Gelegenheit ausgelassen, mir das unter die Nase zu reiben.«

Kriss stand auf und verschränkte die Arme. »Ich werde mich nicht dafür entschuldigen, dass ich einige Dinge gut kann. Und vielleicht – das ist nur so ein Gedanke – käme ich schneller voran, wenn man mir jemanden zur Seite gestellt hätte, der lesen kann?«

Lian ließ die Knöchel knacken. »Ich bin nich' hier, um Bücher zu wälzen.«

»Wofür dann?«

»Um aufzupassen, dass du in der richtigen Welt nicht untergehst.«

Sie stemmte die Hände in die Hüften. »Tja, bis jetzt warst du dieser Expedition jedenfalls keine besonders große Hilfe.« Der Vogel stimmte ihr trillernd zu.

Er sah sie düster an. »Ach nein?«

»Nein. Soweit ich weiß, ist dir der Maskenmann entkommen. Und wenn ›das Vieh‹ nicht gewesen wäre, hätten uns Ruhndors Schergen längst geschnappt.« Die Kristallaugen des Vogels blickten zu ihr auf.

Lian tat einen Schritt in den Raum. »Und wenn *ich* nich' gewesen wär', hätt'st du dich von dem Perückenträger zurück nach Hause schicken lassen.«

»Leider kann nicht jeder von uns Türen knacken wie ein gemeiner Dieb.«

Das hatte gesessen. Lian funkelte sie an. Kriss hielt den Atem an. Der Vogel flatterte zwischen die beiden.

»Halt du dich da raus«, ermahnte Lian die Maschine.

»Deswegen sprichst du nicht über deine Vergangenheit«, sagte Kriss. »Du bist bei der Baronin eingebrochen und sie hat dich erwischt. So bist du in ihren Dienst gekommen, ist es nicht so?«

Lian machte einen Schritt auf sie zu; Kriss brauchte all ihren Mut, nicht zurückzuweichen.

»Du glaubst, du weißt alles, was?«, fragte Lian mit gemeinem Lächeln. »Aber vielleicht hat sich Madame doch in dir getäuscht.« Er wandte sich ab. »Viel Spaß noch mit dem Federvieh.«

Kriss blinzelte erschrocken, als er sie mit knallender Tür verließ. Der Vogel krähte Lian beleidigt nach. Sie ließ ihn auf ihrem Finger landen und streichelte seinen Kopf. Er legte den Kopf schräg und tschilpte fragend.

»Schon gut«, sagte Kriss, ohne sich da sicher zu sein. »Ist schon gut. Komm, wir haben zu tun.«

Die Schatten der Palmen wurden kürzer, kippten in die andere Richtung und zogen sich wieder in die Länge. Kriss hörte hinter der verschlossenen Tür, wie sich die Matrosen über die Hitze im Schiff beschwerten. Wahrscheinlich wussten die Luftfahrer genau, dass Kriss sie hören konnte. Aber was sie auch versuchte, der Kupferstich blieb unergründlich; es war, als liefe sie gegen eine Granitwand und alles, was es ihr brachte, waren Kopfschmerzen. Vielleicht war Veribas' Brief gar nicht echt. Vielleicht hatte sich jemand einen grausamen Scherz erlaubt und sie zu einem Rätsel geführt, an dem sie ewig sitzen würde, weil es keine Lösung gab. Blüten, Sterne, Urwald. Urwald, Sterne, Blüten. Sterne, Urwald, Blüten. Fragen, Fragen, Fragen. Und keine Antworten.

Kriss fluchte in drei ausgestorbenen Sprachen; mit aller Macht kämpfte sie gegen den Drang an, die verdammte Seite zu zerknüllen und durch die Kabine zu schmeißen.

Als es an der Tür klopfte, keifte sie nur: »*Was?*«

Lian trat ein. Er trug ein Tablett. Kriss roch den Duft von Grünkartoffeln in Pilzsauce und gegen ihren Willen lief ihr das Wasser im Munde zusammen. *Reiß dich zusammen!* »Was kann ich für dich tun?«, fragte sie kühl.

»Ich hab' dir was zu essen gebracht«, erklärte Lian mit stumpfer Stimme. »Ich dacht' … das regt vielleicht deine grauen Zellen an.«

»Danke.« Sie nickte knapp, als er das Tablett auf den Tisch stellte. Der Vogel blickte neugierig über den Tellerrand.

»Also dann«, sagte Lian. »Guten Hunger.«

Kriss sah ihn an, sah, wie unwohl er sich fühlte und ihre Wut verrauchte. »Lian. Ich glaube, wir beide haben vorhin Dinge gesagt, die nicht wirklich so gemeint waren.«

»Jedenfalls nich' alle.« Auch wenn er versuchte es zu verstecken, merkte sie, wie erleichtert er war.

»Es tut mir leid, dass ich nicht schneller vorankomme. Wenn es nach mir ginge, wären wir schon längst auf dem Weg. Aber irgendwie bin ich wie blockiert!«

»Vielleicht geh'n wir das Ganze noch mal von vorne durch.« Er rieb sich das Kinn. »Was hast du bis jetzt rausgefunden?«

Sie schob ihm die herausgerissene Seite zu und lehnte sich in ihren Stuhl zurück. »Ich glaube, das Bild soll uns an einen bestimmten Ort führen«, erklärte sie. »Nur *welchen*, das ist die große Frage.«

»'N Dschungel vielleicht?« Lian zeigte auf das Baumdickicht auf dem Kupferstich.

»Das glaube ich auch«, sagte Kriss. »Aber es gibt zu viele davon auf der Welt, als dass wir sie alle absuchen könnten.«

»Was is' mit den Blumen hier?«

»Das sind ›Traumorchideen‹. Sie blühen nur einmal an einem bestimmten Tag um Mitternacht. Aber sie sind fiktiv, Lian. Ich weiß nicht, was sie zu bedeuten haben.« Sie nahm den ersten Bissen; beim Weltengeist, sie war wirklich hungrig!

»Vielleicht genau das«, sagte Lian. »'Nen bestimmten Tag und 'ne bestimmte Zeit.«

»Und ein bestimmtes Jahr ... Hier, in der Signatur: 3003.«

»Hmm«, machte Lian. »Jetzt müsste man nur noch rauskriegen, wo zu dieser Zeit diese Sterne zu sehen waren.«

Kriss ließ fast die Gabel fallen. »Was hast du gesagt?«

»Die Sterne«, sagte er, plötzlich verunsichert. »Ich denk', mit denen kann man rauskriegen, wo man is'?

Ich mein'… hat man das nich' so auf Segelschiffen gemacht? Vanigiert?«

»Navigiert!«, rief Kriss aus. »Natürlich! Das ist es!« Sie sprang auf und küsste ihn auf die Stirn, bevor sie ihn verwirrt in der Kabine sitzen ließ. Der Vogel flatterte ihr nach, fröhlich pfeifend. »Wartet!«, rief Lian und schloss sich ihnen an.

Kapitän Bransker befand sich zusammen mit ein paar seiner Matrosen in der Oase. Einer der Luftfahrer war eine Palme hinaufgeklettert und pflückte kanonenkugelgroße Früchte mit einer Machete, angefeuert von seinen Kameraden. Als Kriss zu ihnen trat, hörte sie plötzlich nur noch das Säuseln des Wüstenwindes in den Palmwedeln.

Der Blick des Kapitäns war grimmig wie immer. »Fortschritte, Doktor?«

»Mit etwas Glück ja.« Kriss hasste es, wie alle Blicke auf ihr lasteten. »Aber ich brauche Eure astronomischen Kenntnisse.«

»Hrm?«

Sie erklärte es ihm. Kurz darauf fanden sie sich im Navigationsraum ein. Bransker betrachtete den Kupferstich und kraulte geräuschvoll seinen Backenbart.

»Also, was meint Ihr, Kapitän?«

»Hmm. Sternbild ist der Große Hornbär, das ist klar. Südlichster Stern steht neunzig Grad über dem Horizont, damit kann man den Breitengrad errechnen.« Er fuhr sich wieder durch den Bart. »Nur reicht ›Mitternacht‹ als Zeitangabe nicht. Ist nicht überall gleichzeitig Mitternacht auf der Welt.«

»Natürlich«, sagte Kriss, leicht entmutigt.

»Müsste wenigstens eine Stadt oder so was wissen. So hätte man mit der Mitternacht in dieser Stadt einen genauen Zeitpunkt. Könnte dann errechnen, über welchem Teil der Welt das Sternbild im Zenit steht. So hätte man den Längengrad.«

»Eine Stadt«, wiederholte Kriss. Sie sah auf den

Kupferstich. Tolmen hatte in Silestrin gelebt, einem winzigen Königreich im Norden Beraels. Aber war der Kupferstich auch dort angefertigt worden? »Silestrin«, sagte sie. »Könnt Ihr damit etwas anfangen?«

»Hmm«, machte Bransker wieder. Und noch einmal: »Hmm. Könnte gehen. Braucht aber Zeit. Muss einen ganzen Haufen Berechnungen anstellen. Geb' Euch Bescheid, wenn es soweit ist.«

»Danke«, sagte Kriss zu Lian, als sie in den Gang traten.

Er zwinkerte ihr zu. »Nich' schlecht für 'nen unbelesenen Dieb, was?«

Lange Zeit hörten sie nichts vom Kapitän, abgesehen von einem gelegentlichen Fluchen, das durch das ganze Schiff ging. Der hastige Sonnenuntergang der Wüste entfachte ein Meer aus Rot, Orange und Gelb über dem Himmel. Kriss saß mit Lian in ihrer Kabine, den Vogel auf ihrem Schoss. Ihr Blick ging zum Bullauge hinaus. Draußen wanderten der Rote und der Gelbe Mond über den Himmel und warfen doppelte Schatten.

Wohin würde sie der nächste Hinweis führen? Einen Dschungel, wie vermutet? Oder vielleicht doch eine Stadt? Ein halbvergessenes Grabmal? Als Archäologe war Drestan Veribas viel herumgekommen. Ob Bria und die anderen vor drei Jahren durch Zufall auf einen seiner Wegweiser gestolpert waren? Anfangs hatten sie noch regelmäßig Post geschickt, doch dann - Stille.

»Ich hoffe, es geht ihr gut«, murmelte Kriss, ohne zu merken, dass Lian sie gehört hatte.

»Deiner Mutter?«

Kriss seufzte. »Niemand glaubt daran, dass sie noch lebt. Nicht einmal Alrik. Aber ich kann die Hoffnung nicht aufgeben.« Der Vogel schmiegte sich an Kriss; sie spürte sein Metallgefieder durch ihre Kleidung.

Als er gähnend den Schnabel aufriss, sah sie in seinem Inneren den Kristall, der sein Herz war und die darin gefangenen Regenbogenpartikel.

»Und wenn die anderen Recht haben?«, fragte Lian.

»Dann will ich zumindest wissen, was passiert ist. Damit ich Abschied nehmen kann, verstehst du?« Er nickte. Trotzdem war sie nicht sicher, ob er wusste, was sie gemeint hatte.

»Und was ist mit deinem Vater? War er auch Archäologe?«

»Nein. Er war Lehrer. Er hat mir Lesen und Schreiben beigebracht, als ich gerade drei gewesen war. Fünf Jahre später ist er dann im Krieg gefallen.« Tränen stachen Kriss in die Augen, als sie an Timos dachte. Sein leises, wunderbares Lachen. Die Art, wie er sie immer »mein Mädchen« genannt hatte. Wie sein blonder Schnurrbart ihre Wange kitzelte, wenn er sie geküsst hatte. »Er war niemals ein Kämpfer. Aber in den letzten Monaten des Krieges war Seine Majestät verzweifelt genug, sogar Gelehrte in die Schlacht zu schicken.«

»Hast du ihn je getroffen? Ich mein', den König?«

»Nur einmal, bei unserer Abschiedsfeier an der Universität. Bevor wir nach Ka-Scha-Raad aufgebrochen sind.«

»Und wie isser so?«

»Es kam mir so vor, als wäre er lieber woanders.« *Auf der Jagd zum Beispiel,* dachte sie. *Oder in der Oper. Oder auf Segelregatten.* Jeder wusste, dass König Bekkard so oft er konnte die Regierungsgeschäfte aufschob und sich mit seinem Hofstaat vergnügte.

»Er ist nicht der beliebteste Herrscher aller Zeiten. Viele geben ihm die Schuld dafür, dass Miloria den Krieg verloren hat.«

Lian kratzte sich an der Schläfe. »Haben wir denn verloren?«

»Nein. Aber der Waffenstillstand bedeutet dasselbe

für sie.« Sie schüttelte den Kopf. Sie wollte nicht länger an den Krieg denken. »Was ist mit dir? Mit deinen Eltern?«

Lian machte eine wegwerfende Handbewegung. »Keine Ahnung. Als sie mich ins Waisenhaus gesteckt haben, war ich zu klein, um mich jetzt noch an sie zu erinnern. Ich weiß nich' mal, wie ich wirklich heiße; meinen Namen haben mir andere gegeben.«

»Es … muss hart gewesen sein.«

»Gibt Schlimmeres, schätz' ich. Zumindest hab ich's unter den ganzen anderen Rotznasen ausgehalten, bis ich dreizehn war. Die Damen im Waisenhaus haben mir immer wieder eingebläut, dass ich nur brav sein muss, dann hätt' ich auch bald neue Eltern. Aber ich war nun mal kein braver, kleiner Junge.« Er tippte auf seine Narbe. »Als ich abgehau'n bin, war'n die nich' groß böse drum. Ich hab ihnen 'ne Menge Ärger gemacht, also war's wohl für alle das Beste. Für mich auf jeden Fall. Ich war zum ersten Mal frei.«

Der Vogel schien in Kriss' Schoß eingeschlafen zu sein, zumindest hatte er die Liderklappen geschlossen und gab keinen Ton von sich. Einen Moment lang fürchtete sie, sein Ælon wäre aufgebraucht, dann hörte sie ihn leise piepen. Wer immer den kleinen Kerl hergestellt hatte, er hatte sich große Mühe mit ihm gegeben. »Wohin bist du gegangen?«, fragte sie.

Lian zuckte mit den Achseln. »Ich war mal hier, mal dort. Hab 'n paar nich' ganz saubere Arbeiten für andere gemacht. Schmiere gestanden und die Gendarmen abgelenkt. Wenn's mir irgendwo zu langweilig wurde oder einer zu viel' dumme Fragen gestellt hat, bin ich weitergezogen, immer der Nase nach.« Er schien Sehnsucht nach dieser Zeit zu verspüren.

»Und du warst die ganze Zeit allein?«

Er nickte. Seine Hand strich über die Federholzpaneele. »Vor zwei Jahren hab ich dann von 'ner schrulligen Baronin und ihrer Kunstsammlung gehört. Ich dacht', es wird 'n Kinderspiel, ich hatt' immerhin 'ne Menge von ehemaligen ... Arbeitgebern gelernt. Hab mich leider geirrt.«

»Aber die Baronin hat dich nicht den Gendarmen übergeben.«

»Nein. Hat sie nich'. Sie hat was in mir gesehen. Ich bin immer noch nich' sicher, was.« Sein Blick verlor sich in der Wüste jenseits des Schiffs.

»Vielleicht war sie einsam«, sagte Kriss.

»Kann sein. Auf jeden Fall hat sie mir Manieren beigebracht. Oder 's wenigstens versucht.« Lian grinste. »Den ganzen Benimm-Krempel. Mit dem Hungern war's erst mal vorbei. Und mit dem Freisein«, fügte er leiser hinzu.

»Bist du gar nicht dankbar dafür? Dass du ein Dach über dem Kopf hast und zu essen - ein Zuhause?«

»Doch«, sagte er. Aber aus irgendeinem Grunde glaubte sie ihm nicht.

Schweigen kehrte ein und blieb für eine lange Zeit. Nur das Pfeifen des schlafenden Vogels und das Rauschen der Palmen draußen waren zu hören. Kriss begann die Kälte zu spüren, die die Nacht mit sich brachte.

»Vielleicht triffst du sie irgendwann wieder«, sagte sie, als ihr die Stille zwischen ihnen unangenehm wurde. »Deine Eltern, meine ich.«

Er kratzte sich am Hinterkopf. »Besser nich'. Sie haben klar gemacht, dass sie mit mir nix zu tun haben wollen - und ich will nix mit ihnen zu tun haben.« Der Klang seiner Stimme erzählte jedoch eine andere Geschichte.

Kriss beschloss, das Thema ruhen zu lassen. »Lian«, sagte sie. »Warum ist dir das so wichtig? Die Insel zu finden?«

»Isses nich'. Nur Madame.«

»Nein, du willst es genauso. Warum? Es steckt mehr dahinter als ›Ruhm und Ehre‹, richtig?«

Lian antwortete nicht und legte wieder die Hand auf den Bauch. Es kam Kriss vor, als würde er eine Narbe oder eine Verwachsung betasten und sich wünschen, sie würde bald verheilen.

Gerade, als sie ihn darauf ansprechen wollte, klopfte es an der Tür. Der Vogel sah sich mit blinzelnden Kristallaugen um.

»Der Käpt'n will Euch sprechen, Doktor«, meldete ein Matrose durch die Tür.

Kapitän Bransker erwartete sie im Navigationsraum. Der Schein der Öllampen brachte die Messinginstrumente zum Glänzen.

»War ein gutes Stück Arbeit«, eröffnete er.

Kriss versuchte gar nicht erst, ihre Aufregung zu zügeln. »Aber Ihr habt es geschafft?«

Bransker tippte mit einem dicken, braunen Finger auf die vor ihm ausgerollte Karte. Auf einen Punkt im Westen, auf der anderen Seite des Kontinents. »Das Herz des Smaragdwalds. Bei günstigem Wind eine Tagesreise.«

Kriss musste sich zurückhalten, nicht zu jubeln. Der Vogel trällerte vor Begeisterung. »Gute Arbeit, Kapitän.«

Er verbeugte sich steif. »Mein Vergnügen, Doktor.«

Seine Matrosen schaufelten eine Ladung Kohle nach der anderen in die hungrigen Flammen. Ankertaue wurden eingeholt, Kolben und Pleuelstangen setzten sich schnaufend in Bewegung, die Luftschrauben erwachten zu neuem Leben – und die *Windrose* trat die Reise zum Smaragdwald an.

Sie war nicht das einzige Schiff mit diesem Kurs.

Der Smaragdwald

Die *Windrose* glitt über einem Meer aus Grün dahin. Die Baumwipfel des Dschungels leuchteten smaragdfarben im Sonnenlicht; Moosäffchen und Mamageie nahmen Reißaus vor den röhrenden Luftschrauben des Schiffs.

»Nichts«, brummte der Kapitän mit schlecht versteckter Ungeduld. »Wäre natürlich einfacher, wenn wir wüssten, *wonach* wir suchen.« Er sah zu Kriss und Lian, die bei ihm auf der Brücke standen.

»Wir werden es wissen, wenn wir es sehen«, sagte Kriss. Der Vogel auf ihrer Schulter trällerte zuversichtlich.

Sie flogen schon seit geraumer Zeit über dem Urwald dahin, ohne etwas entdeckt zu haben. Kriss wusste nicht, was sie erwartet hatte. Eine alte Ruine, die aus dem Blätterdach hervorragte. Irgendein auffälliges Landschaftsmerkmal, ein Berg oder eine Lichtung. Doch alles, was sie sahen, waren Bäume, Bäume und noch mehr Bäume, gelegentlich durchbrochen vom blauen Band eines Flusses. Ob sie hier richtig waren oder nicht, dafür gab es nicht den geringsten Anhaltspunkt.

Aber Kriss hatte auch nicht geglaubt, dass es so einfach werden würde. Trotzdem war sie sicher, dass sie heute Dalahan einen gewaltigen Schritt näher kommen würden. Sie wünschte sich nur, ihre Zuversicht irgendwie auf den Kapitän und seine Mannschaft übertragen zu können.

»Es kann allerdings auch sein, dass man es von hier oben gar nicht erkennen kann«, überlegte sie laut. »Kapitän, ich glaube, es ist das Klügste, wenn wir uns unten umsehen.«

Die Luftschrauben kamen auf Branskers Befehl hin zum Stehen. Ankertaue wurden abgeschossen und verkeilten sich in den Bäumen unter der *Windrose.*

Kriss war auf den Landgang vorbereitet, seit sie gestern Abend die Oase hinter sich gelassen hatten. Lian hatte ihr geholfen, Ausrüstung für eine Erkundungstour durch den Dschungel zusammenzustellen: Rucksäcke mit Wasserflaschen und Proviant, Zelte, Pistolen, Feuerwerkskörper, mit denen sie dem Schiff ein Signal senden konnten – und nicht zuletzt Säbel, um sich einen Weg durch das Dickicht zu bahnen.

»Glaubt nicht, dass ich Euch ohne Eskorte runterlasse«, hatte der Kapitän gebrummt. »Laufen mir zu viele Viecher da unten rum. Kriechschleim, Nebelpanter, Flederkreischer. Kann nie vorsichtig genug sein.«

Er hatte Kriss und Lian drei seiner Matrosen zur Seite gestellt. Einen bronzehäutigen Riesen namens Lorgis, der mit seinem rechten Auge schielte und offenbar ständig beweisen musste, was für ein harter Kerl er war; eine pausbäckige Frau mit ironischem Funkeln in den Augen, die sich als Barabell vorstellte und anscheinend schon seit Tagen auf der selben Zuckerwurzel herumkaute – und zu guter Letzt Nesko, einen schüchternen Jungen in Lians Alter mit strohblonden Haaren, Aknenarben und Leierstimme. Die drei behielten ihre Luftfahrerkleidung an: Kniehosen, knopflose Hemden, festes Schuhwerk an den Füßen und die sackartigen Mützen auf dem Kopf.

Das Fallreep war aus dieser Höhe nutzlos, also wurde eine Strickleiter herabgelassen. Kriss wurde flau im Magen, als sie daran hinabsah. Es ging wenigstens fünf Klafter abwärts. Die Rufe der Waldtiere klangen in ihren Ohren. Ein nervenzerreißendes Durcheinander von Pfeifen und Keckern, Röhren und Kreischen.

Lian kletterte kühn die Strickleiter hinab, als hätte er sein Leben lang nichts anderes gemacht. Kriss hörte die Taue unter der Belastung ächzen und erbleichte.

»Höhenangst, Doktor?«, fragte der Matrose Lorgis und schielte sie belustigt an.

»Einfach nicht nach unten sehen«, leierte der Junge namens Nesko. »Das ist der Trick.«

Er hatte leicht reden.

Der Vogel pfiff aufmunternd auf Kriss' Schulter. Also gut. Sie nahm all ihren Mut zusammen und setzte den ersten Fuß auf die Leiter, dann den zweiten. Und beließ es erst einmal dabei. Mit ihren Pudding-Knien wäre sie ohnehin nicht viel weitergekommen. Wieder eine Sache, auf die sie hundert Jahre in der Universität nicht vorbereitet hätten. Aber wenn sie es bis nach Dalahan schaffen wollte, durfte sie sich von solchen Lappalien nicht aufhalten lassen. Also holte sie tief Luft, kniff die Augen zusammen – und kletterte hinab, Sprosse für Sprosse. Warmer Wind streichelte ihre Wangen. Sie spürte den Flügelschlag des Vogels neben sich und roch den Atem des Waldes, den Geruch von Feuchtigkeit, Humus und lebenden und toten Pflanzen.

Und siehe da: Bald setzte sie auch schon den ersten Fuß auf das Unterholz. Kriss öffnete ungläubig die Augen. Lian stand vor ihr. »Ehrlich gesagt, ich hab mit dem Kapitän um fünf Xenni gewettet, dass du kneifst.«

»Ich hoffe, du hast verloren«, sagte sie kühl.

Er lächelte. »Eigentlich nich'.«

Bald darauf gesellten sich die Matrosen zu ihnen, ihre Säbel in Händen. Kriss legte den Kopf zurück. Durch das Blattwerk war kaum etwas von der *Windrose* auszumachen. Die herabbaumelnde Strickleiter würde ihr einziger Wegweiser sein.

»Also, Madame Doktor«, Lorgis sprach, als wären seine Kiefer zusammengewachsen. »Wo geht's lang?«

Kriss horchte tief in sich hinein. Jede Richtung war so gut wie die andere, aber wahrscheinlich würde nur eine sie zum Ziel führen. Sie drehte sich um. »Da entlang«, sagte sie so selbstsicher wie möglich.

Der Urwald war ein Irrgarten aus haushohen Bäumen und riesenhaften Farnen, in dunklen Schattierungen von Grün. Die warme Luft war zum Schneiden dick, Schweiß durchnässte die Kleidung der fünf nach nur wenigen Klaftern und der schwammige Boden knackte bei jedem Schritt. Kriss blickte zurück und sah, wie sich Wasser in ihren Fußabdrücken sammelte. Sie war dankbar für die scharf riechende Salbe, die ihr der Kapitän gegeben hatte, denn sie hielt die gespenstisch großen Insekten hier auf Abstand.

Ihre drei Leibwächter gingen voran; während sie sich unablässig über die feuchte Hitze beschwerten, schlugen sie Äste, Zweige und Ranken zur Seite. Sprungratten, Schnatterfrösche und Glasheuschrecken nahmen vor ihnen Reißaus.

»Ja, haut nur ab«, bellte Lorgis. »Blöde Viecher.«

»Na, denen hast du's aber gezeigt, du Held.« Die Frau namens Barabell grinste mit der Wurzel zwischen den Zähnen.

»Äh, wonach sollen wir eigentlich Ausschau halten?«, fragte Nesko und sah sich verunsichert um.

»Nach allem, was ungewöhnlich ist«, erklärte Kriss. Sie war als Einzige unbewaffnet, stattdessen trug sie Kompass und Karte.

»Zum Beispiel?« Lorgis wischte mit einem Blatt Pflanzensaft von seiner Klinge.

Kriss zögerte, als sie wieder die Verantwortung spürte, die auf ihr lastete. Sie blickte auf die Karte, aber diese war weitgehend nutzlos. Niemand hatte sich je die Arbeit gemacht, den Smaragdwald anständig zu kartographieren. »Steine«, riet sie schließlich. »Einen auffälligen Baum. Mauerwerk oder so etwas.«

»›Oder so etwas‹«, wiederholte Barabell mit spöttischem Unterton.

»Kann's sein, dass Ihr's selber nich' wisst?« Lorgis' Grinsen war ohne Humor.

Kriss antwortete nicht. Der Riese nickte vor sich hin, als habe er nichts anderes erwartet. »Erzählt.« Er spaltete eine tentakelartige Schlingpflanze. »Wie wird man mit zarten sechzehn Jahren eigentlich Doktor?«

»Indem man studiert und seine Doktorarbeit verfasst«, sagte Kriss trocken. Sie wusste, wann sich jemand über sie lustig machte, immerhin hatte sie es oft genug erlebt: bei den Kindern, mit denen sie zur Schule gegangen war und sogar einigen ihrer Studenten.

»So einfach is' das, ha?« Lorgis sah grinsend zu seinen Kameraden. »Vielleicht sollt' ich das auch mal probieren.«

»Spar dir die Mühe, Lorgis«, sagte Lian. »Dazu müsstest du nämlich erstmal 'ne Schule von innen sehen. Und jetzt hör auf, dumme Fragen zu stellen.«

»Ja, Herr Berris«, murmelte Lorgis. Er schwieg, während seine Kameraden feixten.

Kriss staunte. Sie hatte ganz vergessen, dass Lian als Stellvertreter der Baronin sogar dem Kapitän vorstand. Aber hatte er gedacht, sie würde nicht allein mit Lorgis' Sticheleien fertig werden?

Das Trällern des Vogels lenkte sie ab.

»Flieg voraus und sieh dich für uns um«, bat Kriss ihn. »Kannst du das, Umi?«

Die Maschine zwitscherte die Tonleiter hinauf und klapperte fröhlich mit den Lidern, dann zischte sie an den Matrosen vorbei in die grüne Dunkelheit. Kriss lächelte stolz.

»Du hast dem Ding also endlich 'nen Namen gegeben?« Lian ließ seinen eigenen Säbel durch die Luft pfeifen. Er schien ungeduldig. Oder nervös?

»Es ist Obasi für ›Vogel‹«, sagte Kriss. »Und er ist kein *Ding*.«

Die Matrosen hatten trotz ihres Vorsprungs anscheinend mitgehört. »Wie kommt's überhaupt, dass der Flattermann noch funktioniert, wenn's kein Ælon mehr gibt?«, fragte Barabell. Wie die anderen hatte sie längst die Mütze abgenommen und an den Gürtel geklemmt. Das schwarze Haar klebte an ihrer nassen Stirn.

»Er hat einen Ælon-Speicher in seiner Brust«, erklärte Kriss.

»Ich hab das nie kapiert«, leierte Nesko. »Wo ist das Zeug überhaupt hergekommen?«

»Meine Großmutter meint, es wär' der Atem vom Weltengeist«, sagte Lorgis.

Barabell schleuderte die zerkaute Wurzel in den Wald und grinste müde. »So was glaubst auch nur du, Lorgis.«

Er warf ihr einen säuerlichen Blick zu.

»Niemand weiß es wirklich«, gestand Kriss. »Sicher ist nur, dass es vor viertausend Jahren einfach aufgetaucht und vor zweihundert Jahren wieder versiegt ist. Aber natürlich gibt es eine Menge Theorien.«

Lian nahm einen Schluck aus seiner Wasserflasche. »Zum Beispiel?«

»Einige glauben tatsächlich, es wäre der Atem des Weltengeists. Oder ein Geschenk anderer Götter. Dann wieder heißt es, es wäre Energie, die aus dem Erdinneren stammte. Manche meinen, es habe mit der Bahn unseres Planeten durch das All zu tun.«

Barabell runzelte die Stirn. »Ich glaube, ich spreche für alle hier, wenn ich sage – ›hä‹?«

Kriss seufzte. Wie sollte sie es einem Laien erklären? »Ihr wisst, dass die Planeten um die Sonne kreisen?« Die anderen nickten zögernd. »Und die Sonne wiederum kreist um den Mittelpunkt eines viel größeren Gebildes: die Milchstraße. Während wir hier gehen, durchqueren wir unzählige Meilen des Weltraums. Ein vollständiger Umlauf dauert Millionen von Jahren.«

»Und was hat das mit dem Ælon zu tun?«, fragte Lian.

»Manche Gelehrte glauben, wir hätten die letzten knapp viertausend Jahre ein Gebiet des Alls passiert, in dem es freies Ælon gab. Dann haben wir es wieder hinter uns gelassen.«

»Also, wenn sich das alles ewig weiterdreht«, überlegte Lian, »dann müssten wir doch eines Tages wieder dahin kommen, oder?«

»Ja.« Kriss freute sich, dass er es verstanden hatte. »Ob dann allerdings noch Ælon da ist, steht auf einem anderen Blatt. So oder so, wir werden es bestimmt nicht mehr erleben. Uns bleibt fürs Erste nur das Ælon in den Speicherkristallen.«

»Und warum haben nich' alle Relikte so 'ne Kristalle?«

Kriss wischte sich den Schweiß ab. Sie wusste nicht, was schlimmer war, die staubige Glut der Wüste oder der dampfende Kochtopf des Dschungels. »Damals gab es freies Ælon im Überfluss. Niemand hatte daran gedacht, dass es irgendwann nicht mehr da sein könnte. So wie heute kaum jemand daran denkt, dass es eines Tages keine Luft mehr geben könnte. Oder Sonnenlicht. Oder Schwerkraft. Also haben die wenigsten damals Ælon gehortet, statt es nur zu verbrauchen.«

Ein schrilles Kreischen nahte heran. Umi kehrte zurück; er flatterte aufgeregt mit den Flügeln und verschwand hinter Kriss' Schulter. »Umi, was hast du? Was ist los?«

Schritte im Unterholz. Viele. Und schnell.

»Wir kriegen Besuch«, knirschte Lorgis. Er und die anderen beiden Luftfahrer zogen ihre Pistolen vom Gürtel und spannten die Hähne. Lian tat es ihnen gleich, während er sich vor Kriss stellte. Sie spürte Umi zittern. Ihr Mund war plötzlich staubtrocken.

Da brachen sie auch schon aus dem Dickicht hervor, so schnell, dass Kriss zuerst nur giftgrüne und königsblaue Schemen wahrnahm; muskulöse Beine mit dolchspitzen Krallen an den Füßen und blutrote Augen in schuppigen Gesichtern. Es waren vier, nein fünf!

Die Matrosen eröffneten das Feuer auf die heranrasenden Bestien. Zwei davon fielen mit kehligen Schreien; eine stürzte sich brüllend auf Lorgis, eine andere auf Barabell. Lian rettete Nesko das Leben mit einem Schuss, bevor der Junge unter die Krallen des dritten Ungeheuers geraten wäre.

Kriss stockte der Atem, als sie die Angreifer in all ihrer Schrecklichkeit sah: zweibeinige Echsen mit langen Hälsen und Schwänzen. Ein hungriger Verstand ließ ihre geschlitzten Raubtieraugen funkeln. Sie waren von einer entsetzlichen Schönheit. Mörderechsen. Außer in Albträumen war sie ihnen nie zuvor begegnet und sie war bislang dankbar dafür gewesen.

»Bringt euch in Sicherheit!«, herrschte Lorgis sie an; er lag auf dem Boden und hieb mit dem Säbel nach dem Ungeheuer über ihm. »Los!«

Kriss sah Lian zögern, dann gehorchte er. Sie rannten los, blindlings in den Wald hinein, während hinter ihnen die Schreie der Matrosen und das Kreischen der Echsen ertönten. »Wir können sie doch nicht einfach zurücklassen!«, rief Kriss verzweifelt. Aber ihre Beine trugen sie weiter vorwärts. Umi fiepte panisch.

Lian antwortete nicht. Den Säbel an den Gürtel gesteckt, griff er im Laufen nach seinem Pulverhorn und versuchte die Pistole neu zu stopfen – vergeblich.

Sie bemerkten ihren Verfolger erst, als es fast zu spät war. Eine der Bestien setzte ihnen nach. Ihre langen Beine stapften in Windeseile durch das Unterholz. Ihr Brüllen erschreckte Kriss bis ins Mark. Sie stolperte, fiel und rollte sich auf den Rücken. Die Echse hetzte auf sie zu, das Maul voller Zähne. Lian rannte zu Kriss, aber er war zu weit entfernt. Das Ungeheuer setzte zum Sprung an; Kriss kniff die Augen zusammen und wartete darauf, dass schwarze Krallen ihr Fleisch zerfetzten … da erklang plötzlich ein angriffslustiges Pfeifen. Umi jagte auf die Mörderechse zu wie ein kupfernes Geschoss, die eigenen, winzigen Krallen vorgestreckt. Er kollidierte mit dem Maul des Räubers und reizte ihn zu einem neuen Brüllen.

»Umi!«

Kriss sah noch, wie die Echse mit ihren kurzen Armen versuchte, nach dem Vogel zu schlagen, als eine Hand sie ergriff. Lian war bei ihr und strengte sich an, sie wieder auf die Beine zu bekommen.

Umi schwirrte um die Echse wie ein zorniges Insekt, hackte und schlug auf sie ein. Blut lief über grünblaue Schuppen. Sein mechanischer Angreifer machte das Tier nur noch zorniger; schließlich sprang es auf ein Bein – und schlug mit dem Schwanz nach dem Vogel.

»Nein!«

Kriss sah Umi gegen einen Baum schlagen und dann leblos zu Boden sinken. Rote Augen funkelten sie an; das Ungeheuer brüllte, Speichel flog aus seinem Maul. Wieder hetzte es den beiden Menschen nach. Weder Stock noch Stein hielten es auf und mit jedem seiner schnellen Schritte verloren Kriss und Lian mehr und mehr von ihrem Vorsprung. Irgendwo weit hinter sich hörte Kriss Neskos schmerzerfüllte Schreie.

»Da rein!«, rief Lian atemlos. Ein ausgehöhlter Baumstamm lag vor ihnen. Kriss begriff, sie löste die Schnallen ihres Rucksacks und ließ ihr Gepäck von sich abfallen wie einen Panzer. Sie warf sich zu Boden, kletterte in den Stamm.

Lian folgte ihr nicht.

»Lian!« Durch das Loch am Ende des Stamms sah sie zuerst nur seine Beine vorbeieilen, dann die der Echse. Dann erschien Lian wieder, einige Schritte entfernt. Pistole und Säbel in den Gürtel gesteckt, sprang er nach einem niedrigen Ast und hielt sich daran fest. Nur einen Herzschlag bevor das Maul der Mörderechse zuschnappte, konnte er seine Beine hochziehen. Kriss hörte ihn erschrocken ächzen.

Sie selbst hielt den Atem an und machte sich in ihrem Versteck so klein sie konnte. Sie versuchte, nicht an Umi zu denken, an die Luftfahrer, die wahrscheinlich längst tot waren, und dass auch sie tot sein würde, wenn das Monster sie entdeckte. Es würde nicht durch das Loch passen, dafür war dieses zu eng und Kriss zu tief drinnen. Aber es konnte warten, sie aushungern lassen. Oder das Holz, so dick es auch war, mit seinen Krallen zu Sägemehl verarbeiten. Nur ein Mucks von ihr, ein einziges Geräusch …

Aber noch hatte das Ungetüm sie nicht bemerkt. Es schlich noch immer um den Baum herum, auf dem Lian Zuflucht gesucht hatte; Rinde zersplitterte, als es mit seinen dolchbewehrten Füßen gegen den Stamm trat. Es schnaubte frustriert, als ihm klar wurde, dass es nicht klettern konnte, dazu waren seine Vorderarme zu schwach.

Lian hockte auf dem Ast; er hielt sich mit der linken Hand fest und hieb mit dem Säbel nach dem Reptil. »Verzieh dich, du *schessk*verdammtes Mistvieh! Na los!«

Die Echse duckte sich unter der Klinge hinweg und donnerte ihren Schwanz zornig brüllend gegen den Baum. Kriss erschrak, als Lian für einen Moment ins Wanken geriet. »*Korf!*« Aus Reflex klammerte er sich an den Stamm. Sein Säbel fiel und blieb mit der Spitze im weichen Boden stecken.

»Lian!«, rief Kriss.

Das war ein Fehler.

Die Echse wirbelte herum, entdeckte sie in ihrem Versteck. Und jagte auf sie zu.

»*Korf!*«, hörte sie Lian fluchen. »Nein! Bleib hier du Mistvieh! Bleib hier, verdammt noch mal!«

Aber die Echse ignorierte ihn, sie riss das Maul auf und ließ Kriss in einen tiefroten Rachen blicken.

Ihr Herzschlag setzte einen Moment aus; so schnell sie konnte, kroch sie tiefer in den Stamm hinein, während Lian weiterhin versuchte, die Echse auf sich aufmerksam zu machen. Heißer Aasgestank stob Kriss entgegen, als das Ungeheuer sein Maul in den Stamm schob. Seine Kiefer schnappten keine Handbreit vor ihrem Gesicht auf und zu, soweit es die Enge des Stamms zuließ. Der Drang zu schreien war übermächtig, aber Kriss war wie gelähmt. Sie hörte das Scharren von Krallen auf Holz; der ganze Stamm erbebte, während das Ungeheuer versuchte, tiefer in ihr Versteck einzudringen. Sie sah seine Nüstern beben und dachte daran, dass diese Tiere für ihren Geruchssinn berühmt waren und dass man im Kiradianischen Reich verurteilte Kriminelle mit ihnen in die Arena gesteckt hatte. Danach waren von den Kriminellen meist nur blutige Brocken übrig geblieben …

Zuerst hielt sie es für Donner. Ein Schuss krachte. Das Echsenmaul zuckte, brüllte ihr ins Ohr, so dass sie halb taub wurde. Die Bestie zog den Kopf aus dem Stamm und heulte auf. Kriss sah eine frische Wunde in ihrem Rücken – sie rauchte noch. Doch das Ungeheuer war nicht tot …

… nur sehr, sehr wütend. Lian sah zu, wie das Echsenvieh ihn wieder ins Visier nahm. Seine Augen schienen zu brennen, wahnsinnig vor Zorn.

Gut so. Hauptsache, es ließ von dem Baumstamm ab.

»Komm nur her«, murmelte er, während er die Pistole ein zweites Mal lud. Schießpulver rieselte ihm auf die Finger, als er das Pulverhorn zu hastig ansetzte. *Schneller, schneller, schneller!* – er befeuchtete das Schusspflaster mit der Zunge, wickelte die Kugeln hinein; der Ladestock fiel ihm fast aus der Hand, als er die Waffe stopfte – *Das Biest kommt immer näher!*

Behutsam ließ er das Zündkraut auf die Zündpfanne rieseln, schloss die Batterie – da warf sich das hässliche Mistding mit aller Macht gegen den Baum. Lian verlor die Balance und konnte nur zusehen, wie die Waffe durch die Luft wirbelte. Er wäre ihr gefolgt, hätte er sich nicht im letzten Augenblick festgehalten. Die Echse schnappte nach seinen tretenden Beinen und erwischte seinen linken Fuß. In Panik zog Lian die Beine an – sein Schuh war alles, was das Vieh von ihm zu beißen bekam. Aber die Pistole konnte er vergessen. Sie lag auf halbem Wege zwischen Kriss' Versteck und dem Baum, auf dem er saß. »*Korf!*« Er schrie es laut in den Wald hinein, während die Fußkrallen der Echse handgroße Stücke aus der Rinde rissen.

Kriss sah die Pistole im weichen Unterholz landen und erwartete halb, dass sich ein Schuss löste. Doch der Hahn war noch in Laderast gespannt und das Ungeheuer von Lian abgelenkt. Ihr Herz donnerte. Wenn sie schnell genug war, konnte sie die Waffe zu fassen kriegen.

Aber sie hatte noch nie in ihrem Leben geschossen. Schon gar nicht auf ein zähnestarrendes Ungetüm, das hundert Mal schneller und stärker war als sie. Wie sollte sie das schaffen?

Egal wie; wenn sie es nicht tat, waren sie beide Echsenfutter, früher oder später. Und sie konnte nicht zulassen, dass ihre Suche so früh endete.

Jetzt kam es auf sie an. Nur auf sie.

Auf Knien und Unterarmen robbte sie aus ihrem Versteck. Die Pistole lag fast zum Greifen nah. Die Echse versuchte noch immer, Lian vom Baum zu werfen.

Los!

Sie kam auf die Beine, rannte, so schnell sie konnte, bückte sich und griff nach der Pistole. Sie wusste nicht viel über Waffen, aber ihr war klar, wenn der Feuerstein nicht mehr im richtigen Winkel stand, oder sich nicht mehr genug Zündkraut in der Zündpfanne befand, war sie verloren.

Sie bekam den polierten Holzgriff zu fassen, hob den Lauf, spannte den Hahn in Feuerrast. Da zuckte der Kopf des Ungeheuers in ihre Richtung. Jeder

Muskel in Kriss' Körper gefror zu Eis, als das Biest in ihre Richtung jagte.

»Drück ab!«, rief Lian. »Worauf wartest du?«

Kriss hörte ihn nicht. Sie sah ihre Reflexion in riesigen roten Augen wie eine Miniatur, eingeschlossen in zwei Rubinen. Sie konnte nicht atmen, sie konnte nicht mal denken. Etwas schwirrte durch die Luft, irgendein großes Insekt oder …

Ein Vogel.

Die Echse warf den Hals zurück, ihre Ärmchen versuchten, nach ihrem Rücken zu greifen.

»Umi«, flüsterte Kriss. Die tapfere kleine Maschine war zurückgekehrt und hackte wie ein Hammerspatz auf das Rückgrat des Reptils ein.

»Jetzt!«, schrie Lian. »Schieß!«

Kriss kniff die Augen zusammen. Ihr Finger krümmte sich um den Abzug. Es gab einen furchtbaren Knall, die Waffe riss ihren rechten Arm nach oben, als Feuer und Rauch aus dem Lauf flogen. Die Echse zuckte einmal. Ein scharlachrotes Rinnsal lief die blauen Schuppen an ihrer Brust herab. Das Ungeheuer gab ein Quaken von sich, über das Kriss unter anderem Umständen vielleicht gelacht hätte. Dann stürzte sein massiger Körper ins Unterholz. Kriss sah, wie ihm der letzte Atemzug entwich. Es war das erste Mal, dass sie getötet hatte. Sie zitterte, ihre Ohren klingelten noch vom Lärm der Pistole und sie nahm kaum wahr, wie Umi auf sie zuflog und dabei glücklich musizierte. Einige seiner Federn waren verbogen und eines der Augen hatte einen deutlichen Sprung. Aber es schien ihn nicht zu kümmern, er war genauso froh, Kriss wieder zu sehen, wie sie ihn.

Lian sprang von seinem Ast und kam zu ihnen. »Das war haarscharf«, keuchte er und atmete tief durch. In seinem Blick lag eine Anerkennung, die Kriss noch nie zuvor bei ihm gesehen hatte. »Guter Schuss«, sagte er. »Ich mein', für 'ne Anfängerin. – He, geht's dir gut? Du bist auf einmal so …«

Kriss schob die Haare zurück und übergab sich auf der Stelle.

»… blass«, vollendete Lian.

Ein Rascheln im Unterholz schreckte sie auf. Lian zog den Säbel aus dem Boden, fuhr herum. Die Spitze der Waffe zeigte direkt auf Lorgis' Kehle. Der Riese wich mit erhobenen Händen zurück. »Langsam, ja?«

Kriss sah, dass sein rechter Arm mit einem blutdurchtränkten Verband aus Hemdstoff verarztet worden war. Die anderen beiden Luftfahrer folgten Lorgis mit einigem Abstand. Barabell hinkte und musste von Nesko gestützt werden. Der Junge schien unter ihrem Gewicht sehr zu leiden. Jeder der Matrosen hatte Kratzwunden davongetragen, ihre Kleidung hing in Fetzen. Aber sie lebten.

»Verfluchte Viecher!« Lorgis trat gegen den Kadaver der Echse. »Gut gemacht«, sagte er zu Lian.

»Find' ich auch.« Lian zog einen Mundwinkel hoch. »Nur leider war ich das nich'.« Er zeigte auf Kriss.

Der Matrose sah sie ungläubig an. Vielleicht sogar ein wenig bewundernd.

»Was machen wir jetzt?«, fragte Nesko ängstlich. »Gehen wir zum Schiff zurück?«

Kriss schwieg, während sie beobachtete, wie Lian seinen von der Echse ausgespuckten Schuh wieder anzog. Sie wusste, dass die Wunden versorgt werden mussten, bevor sie sich infizierten. Und sie glaubte nicht, dass sie, angeschlagen wie sie waren, eine weitere Begegnung mit hungrigen Waldbewohnern überleben würden. Vielleicht war es das Beste, später wiederzukommen, mit mehr Leuten, mehr Waffen. »Wir gehen zurück«, sagte sie schweren Herzens.

Zwar hatten sie Kompass und Karte auf der Flucht verloren, aber die Spuren der Echse waren noch deutlich zu erkennen und damit die Richtung, aus der sie gekommen waren.

»Kopf hoch«, sagte Lian, leise genug, dass die anderen es nicht hörten. »Wir finden's schon. Ich mein', was immer ›es‹ is'.«

Kriss wollte ihm gerade von ihrer Befürchtung erzählen, dass sie möglicherweise bereits daran vorbeigelaufen waren; dass es direkt vor ihrer Nase gelegen hatte und sie unfähig gewesen waren, es zu erkennen. Da bemerkte sie, dass jemand fehlte. »Wartet! Wo ist Umi?«

Ein aufgeregtes Trällern ertönte aus einer Entfernung. Sie drehte sich um und sah, dass der Vogel in eine andere Richtung weitergeflogen war. Jetzt drehte er in der Luft Schleifen.

»Isser kaputt?«, fragte Lorgis.

»Nein.« Kriss begriff. »Er will uns etwas zeigen!«

Von neuem Mut beflügelt, lief sie los. Lian schloss sich ihr an.

»Was hast du gefunden?«, fragte Kriss den Vogel. Er kreiste nur weiter vor sich hin. Sie sah sich um, doch es gab es nichts zu sehen außer Bäumen, Farnen, Blättern und Ranken.

Umi schwirrte steil nach oben. Kriss' Blick folgte ihm.

Sie hatte sich geirrt. »Es« lag nicht direkt vor ihrer Nase. Eher *darüber*.

Lian sah es ebenfalls und grinste. »Ich nehm' alles zurück, was ich über das Vieh gesagt hab'.«

Es war ein Baumhaus, im wahrsten Sinne des Wortes: ein Haus, das aus der Krone eines Baumes gewachsen war. Nichts, das man aus Brettern und Nägeln zusammengezimmert hatte, sondern etwas *Lebendiges*.

Vier Klafter über ihren Köpfen ruhte es auf einem Stamm so dick, dass eine Kette von zehn Menschen ihn nicht hätte umfassen können, fast vom Laubwerk der umgebenen Bäume verschluckt. Von dem Bisschen, das Kriss aus ihrer Perspektive erkennen konnte, schienen seine Wände aus Rinde zu bestehen; Blätter sprossen aus dem Dach. Kein Wunder, dass sie es vom Schiff aus nicht hatten erkennen können. Erschwerend kam hinzu, dass das Haus keine rechten Winkel aufwies. Man konnte es leicht für eine Laune der Natur halten.

Aber Kriss erkannte deutlich die Scheiben runder Fenster, fast wie Bullaugen. Und Fensterläden. Eine Veranda ringsum, deren Dach und Stützpfeiler verschlungene Äste und Ranken bildeten. Als habe jemand dem Baum befohlen: »Lass mir eine Unterkunft wachsen!« und er hatte gehorcht.

»Habt Ihr so etwas schon einmal ...?«, begann Barabell. Kriss schüttelte nur den Kopf. Sie wusste, es war möglich gewesen, mit Hilfe von Ælon das Wachstum einfacher Lebewesen zu beeinflussen. Aber es war enorm schwierig und dauerte Generationen. Sie war sprachlos vor Faszination.

Lian dachte wie immer praktischer. »He!«, rief er, die Hände wie einen Trichter vor den Mund gelegt. »Jemand zu Hause?«

Der Dschungel verschluckte seine Worte. Niemand antwortete, aber davon ließ er sich nicht aufhalten.

Der Stamm des Hauses wies Einkerbungen auf, die im Zickzack nach oben führten. Unmöglich, für Mörderechsen und andere Raubtiere daran hochzugelangen, aber für einen Menschen mit etwas Geschick problemlos zu besteigen. So wie Lian es jetzt tat.

»Sei vorsichtig!« Kriss faltete ihre nervösen Hände.

»Immer doch«, gab er locker zurück. Der Kampf im Wald schien ihn nicht halb so sehr erschreckt zu haben wie sie. Im Gegenteil. Schon vorher hatte Kriss das Gefühl gehabt, dass zumindest ein Teil von Lian ihn genossen hatte. Sie wusste nicht, ob sie ihn dafür bewundern oder für verrückt halten sollte.

Die Köpfe in den Nacken gelegt, verfolgten sie und die Matrosen, wie er den Baum erklomm. Kurz darauf lehnte er über der Balustrade der grünen Veranda und winkte ihnen gut gelaunt zu. »Hier liegt 'ne Strickleiter! Ich lass' sie zu euch runter!«

Lorgis nahm Barabell Huckepack und kletterte voraus. Nesko folgte ihnen und Kriss bildete die Nachhut. Der Aufstieg fiel ihr erstaunlich leicht. Vielleicht war es auch einfach ihre quälende Neugier, die sie ihre Höhenangst vergessen ließ. Wer hatte dieses Haus geschaffen? Es schien genauso alt wie der Dschungel selbst. Wie hatte Veribas es gefunden? Oder hatte er sie gar nicht hierher führen wollen? War es bewohnt und wenn ja, wer lebte hier?

Oben angekommen umrundeten sie die Veranda, auf der Suche nach einem Eingang. Moosäffchen hatten sich hier niedergelassen. Wie kleine, grüne Menschlein flohen sie kreischend in die umgebenden Äste. Die Flechten auf ihrem Fell tarnten sie dabei perfekt.

Bald standen Kriss und ihre Begleiter vor einer Tür. Auch sie schien aus dem Haus selbst gewachsen sein. Das Türblatt wurde nicht von Scharnieren gehalten, sondern einer Reihe biegsamer Zweige.

Es gab kein Schloss.

Die frisch geladene Pistole vor sich haltend, übernahm Lian wie selbstverständlich die Führung. Er zählte stumm bis drei, dann trat er gegen die Tür. Sie schwang knarrend nach innen.

Ein hölzernes Zimmer kam dahinter zum Vorschein. Sonnenlicht fiel durch die Fenster im Dach … und ein alter Mann in einem roten Hausmantel stand zu ihrem Empfang bereit. Sein Haar hatte die Farbe von Spinnweben, sein Bart war kurz und gepflegt. Eine dünne Brille lag vor seinen traurigen Augen, doch er lächelte.

»Willkommen in meinem bescheidenen Heim, Reisende.« Er sprach Feban mit milorianischem Akzent und verneigte sich mit steifem Rücken. »Drestan Veribas, zu Euren Diensten.«

Das grüne Haus

»Aber –!« Kriss hatte es die Sprache verschlagen. Sie hatte nicht geglaubt, dass Veribas noch am Leben sein könnte. Vielleicht hatte es am Tonfall des Briefes an seinen Freund gelegen. Vielleicht auch daran, dass der Forscher so sehr zur Legende geworden war. Aber sie erkannte ihn aus Portraits aus dem Universitätsmuseum. Ihr wurde heiß und kalt, als ihr klar wurde, dass der Mann vor ihr stand, der sie nach Dalahan führen konnte.

»Doktor Veribas«, begann sie. »V-Verzeiht unser Eindringen, aber wir –«

Doch Veribas sah durch sie hindurch und sprach unbeirrt weiter: »Ich bedaure, Euch nicht persönlich begrüßen zu können. Denn ich fürchte, wenn die Maschine diese Nachricht abspielt, bin ich bereits seit einiger Zeit tot.«

Tot? Maschine? Erst jetzt erkannte Kriss die kugelförmige Vorrichtung, die hinter Veribas auf einem Tisch stand. Sie war mit mehreren kristallenen Linsen ausgestattet, die alle auf den Forscher deuteten und in einem inneren Licht erstrahlten. Eine Aura aus buntem Staub umflirrte den Apparat. Kriss streckte eine Hand aus. Sie fasste geradewegs durch Veribas hindurch. *Natürlich …* Ihre Schultern sanken herab. *Ein Memogramm.*

»… hoffe, mein Ende war genauso ruhig wie die letzten Jahre, die ich in diesem Haus verbracht habe«, sagte Veribas' Geist gerade. Kriss bemerkte die Leberflecke und dicken Adern auf seinen Händen. »Wer auch immer der Architekt dieses Hauses gewesen sein mag, ich glaube, er hatte sich nicht vorgestellt, dass es einmal einem alten Forscher als Refugium dienen würde.« Ein Lächeln huschte über die Züge des toten Mannes. Kriss fragte sich, ob Veribas niemals erwartet hatte, dass sein alter Freund Gorien, an den sein letzter Brief gerichtet gewesen war, hierher finden würde. Oder ob der Memogrammprojektor so eingestellt worden war, dass er verschiedene Nachrichten für verschiedene Besucher abspielte.

»Ich habe Grund anzunehmen, dass Ihr nicht zufällig auf meine grüne Zuflucht gestoßen seid, sondern die ersten beiden Hinweise entschlüsseln konntet. Bravo. Ich hoffe weiterhin, dass Ihr Gelehrte seid oder zumindest Menschen auf der Suche nach Wissen und keine Eroberer.«

Möglich, dass sie es sich nur einbildete, doch Veribas' Blick schien sich plötzlich auf Kriss zu richten. Die Härchen auf ihren Armen richteten sich auf. »So oder so, ich habe nicht vor, es Euch zu einfach zu machen. Es sind noch zwei weitere Rätsel zu lösen, zwei weitere Wegweiser zu entschlüsseln. Mondopoi führt Euch auf die richtige Spur. Mehr bleibt nicht zu sagen, außer: Lebt wohl.«

Der Geist von Drestan Veribas verblasste. Lian wollte gerade zum Sprechen ansetzen, da schien die Gestalt des Mannes wieder an Festigkeit zu gewinnen. »Nur eines noch: Alle Materie und alle Energie lassen sich zu edlen wie auch zu niederen Zwecken benutzen. So wie die ælonische Kraft. Bedenkt das, wenn Ihr Dalahan findet.«

Damit löste er sich auf. Die Linsen der Maschine erloschen.

Kriss blinzelte, als erwache sie aus einem Traum.

»Kannst du damit was anfangen?«, fragte Lian. »Wer oder was is' ›Mondopoi‹?«

»Ein Kontinent.« Kriss fühlte sich von Veribas im Stich gelassen. Sie hatte ihn noch so vieles fragen wollen. Aber die Aufzeichnung hätte ihr ohnehin nicht geantwortet …

»Es gibt nur drei Kontinente, weiß doch jeder«, knurrte Lorgis, der Barabell gerade auf ein altes Sofa bettete.

»Und keiner davon heißt Mondopoi.« Die Matrosin legte ihr angeschlagenes Bein hoch.

»Vielleicht doch«, Lian lehnte sich gegen den Türrahmen, »nur eben in 'ner andern Sprache?«

»Nein.« Kriss schüttelte den Kopf. »Mondopoi gibt es nicht.«

Nesko fächelte sich Luft zu. Schweiß perlte auf seiner Haut. »Seid Ihr sicher, Doktor?«

»Zumindest war ich das bis jetzt immer.« Kriss fuhr sich durch das klebrig-feuchte Haar. Sie war noch immer nicht ganz über die unerwartete Begegnung mit Veribas hinweg. *Und was hatten seine Abschiedsworte zu bedeuten?* Als sie merkte, dass alle Blicke auf ihr ruhten, erklärte sie: »Vor der Ælonischen Epoche gab es in fast allen Kulturen den Mythos von einem vierten Kontinent: Mondopoi. Einem Land voller Gold und Diamanten, mit Quellen, die einen unsterblich machen, wenn man aus ihnen trinkt. Das Übliche. Schon damals hat man unzählige Expeditionen ausgesandt, um es zu finden. Vergeblich. Selbst als die ersten Fluggeräte ausgesandt wurden, um die Welt zu kartographieren, hat man noch nach Mondopoi gesucht, wieder ohne Erfolg. Es ist genauso erfunden wie die Tiere aus Tolmens Bestiarium.« Veribas schien eine Schwäche für Märchen gehabt zu haben. Verdammt, warum hatte er sich nicht klarer ausdrücken können?

Lian rieb seine Narbe. »Und wie bitte schön soll uns 'n Kontinent, den's nicht gibt, den Weg weisen?«

»Gute Frage«, sagte Kriss.

Während sich die Matrosen ausruhten, beschlossen Kriss und Lian, sich in den anderen Räumen des Baumhauses umzusehen. Möglicherweise hatte Veribas weitere Nachrichten hinterlassen.

Der Raum, in dem sie der tote Hausherr begrüßt hatte, war groß und rund. Die Wände erinnerten an das helle, glatte Holz unter einer Baumrinde. Ein paar der runden Fenster standen offen. Rankpflanzen und Zweige ragten von außen hinein. Es gab einige alte Sessel aus Leder, von Schimmel und Staub bedeckt. Auch der Teppich faulte vor sich hin. Der Dschungel begann, das Haus zu erobern.

Kriss sah sich um. Die Möbel mit ihren Ecken und Kanten erschienen wie Fremdkörper. Hatte Veribas sie nachträglich hierher schaffen lassen, den ganzen Weg durch den Dschungel? Sie griff nach einem Buch. Seine Seiten waren vor Feuchtigkeit ganz dick. Hatten zu Veribas' Lebzeiten ælonische Einrichtungen hier drinnen ein erträglicheres Klima geschaffen?

Die »Stube«, wie sie den Raum nannten, wies Türen in alle Richtungen auf. Eine davon führte in eine Küche mit einem Steinofen, wo Spinnen in Pfannen und Töpfen an der Wand nisteten. Durch eine andere Tür gelangte man in ein Badezimmer, in dem eine Zinkwanne stand, sowie ein Waschbecken unter einem Spiegel. Es gab sogar einen verrosteten Hahn, aus dem noch immer Wasser floss. Wahrscheinlich wurden die Wasserspeicher vom Regen aufgefüllt. Oder es wurde eine unterirdische Quelle angezapft.

In einem Schrank fanden sie eine luftdicht verschlossene Blechkiste und darin Verbandsmaterial und Heilsalbe. Die Matrosen begannen damit ihre Wunden zu versorgen, während Lian einen winzigen Raum erforschte, kaum mehr als eine Abstellkammer. Darin stand ein Gerät, das aussah wie ein riesenhaftes Insekt – ein Apparat mit Flügeln aus Glas und Metall, den man sich wie einen Rucksack umschnallen konnte. Ælonische Kristalle mit schwacher Ladung waren daran befestigt.

»'S wär vielleicht nich' dumm, das Teil mitzunehmen«, sagte Lian. »Was meinst du?«

Kriss nickte. Hatte Veribas mit diesem Ding Abstecher in die Zivilisation gemacht, um Vorräte zu kaufen? Oder hatte der Dschungel ihn mit allem versorgt?

Hatte er den Apparat mitgebracht oder war dieser bereits hier gewesen? Sie hoffte sehnlichst, dass der Mann ihnen ein Tagebuch hinterlassen hatte.

Aber sie wurde enttäuscht. Veribas' Arbeitszimmer, das nach Osten hinausging, enthielt nur Bücher von anderen Autoren und die meisten Exemplare waren nicht mehr zu gebrauchen (eines davon war *Das Rätsel des Scharlachroten Schleiers*. Kriss lächelte, als sie es sah. Es handelte von vier Freunden, die verschlüsselten Hinweisen zu einem Schatz folgten. *Daher hatte er also die Idee*, dachte sie).

Auf einem zugestaubten Schreibtisch standen ein Globus aus Bernsteinholz und ein Fass mit vertrockneter Tinte. Vergilbtes Papier lag daneben. Es war unbeschrieben.

»Wie hat er's die ganzen Jahre hier ausgehalten?« Lian schob mit dem Fuß eine haarige Raupe zur Seite.

Kriss schüttelte nur den Kopf. Allein im Nirgendwo, mit keiner anderen Gesellschaft als seinen Büchern und den Stimmen des Dschungels - sie konnte sich nicht vorstellen, so zu leben. Was hatte Veribas auf Dalahan gesehen, dass ihn die Abgeschiedenheit des Urwalds der Gesellschaft anderer Menschen vorziehen ließ?

»Alle Materie und alle Energie lassen sich zu edlen wie auch zu niederen Zwecken benutzen ...« Was hatte er ihnen mit seinen letzten Worten sagen wollen?

War er am Ende hier draußen verrückt geworden? Hatte er die Insel gar nicht gefunden, sondern sich alles nur ersponnen?

Fest stand allein, dass sie ihn nicht mehr fragen konnten, denn im letzten Raum fanden sie den Hausherren selbst. In einem spinnwebenverhangenen Bett mit verschimmelten Laken, vom Licht des Dachfensters beschienen, lag das braune Skelett eines Menschen. Seine Knochenhände waren auf die Knochenbrust gebettet. Er schien friedlich eingeschlafen zu sein. Tränen stachen Kriss in die Augen. Wenn er nur in Miloria geblieben wäre und seine Geheimnisse geteilt hätte. Bria wäre nie zu der Expedition aufgebrochen. Sie hätten noch zusammen sein können.

Lian legte ihr eine Hand auf die Schulter. Als sie ihn ansah, verwirrt von der Geste, zog er die Hand wieder weg und räusperte sich. »Also, wie geht's jetzt weiter?«, fragte er.

Ja, wie? Veribas hatte keine weiteren Nachrichten hinterlassen. Ihre einzige Spur war ein Kontinent, den es nicht gab. Trotzdem war Kriss noch nicht bereit, das Haus zu verlassen. »Lass uns noch einmal im Arbeitszimmer nachsehen«, entschied sie.

Doch auch eine zweite Suche brachte keine neuen Erkenntnisse. Es gab keine geheimen Fächer mit ebenso geheimen Aufzeichnungen, keine rätselhaften Verse oder ælonische Apparaturen.

Kriss stand am Schreibtisch und ließ gedankenverloren den Globus kreisen. Es war eine wunderschöne Arbeit, antiken Globen nachempfunden, doch mit modernen Grenzverläufen. Seeungeheuer tummelten sich in den Meeren, Fabelwesen bevölkerten die Kontinente. Umi schaute mit schräg gelegtem Kopf zu.

»Wo genau soll dieser Kontinent überhaupt gelegen haben?« Lian zupfte an seinem durchgeschwitzten Hemd.

Kriss stoppte die Drehung des Globus. Ihr Finger glitt über den südlichen Teil von Berael, wo sie sich gerade befanden, über Ellkors Landmasse im Westen und von hier aus über das Verbotene Meer – bis zum Eismeer, weit, weit im Norden der Welt. »Ungefähr hier«, sagte sie. »Aber glaub mir: dort gibt es nichts, außer Eisbergen.«

Lian machte eine Geste, die den ganzen Raum einschloss. »Kann doch sein, dass es wie mit diesem Haus is' – man sieht nur von oben nichts.«

Kriss tippte sich nachdenklich an die Nasenspitze.

»Ja«, murmelte sie. »Vielleicht …«

Würde Veribas sie solch ein riesiges Gebiet abfliegen lassen? Sie würden Wochen dafür brauchen, vielleicht Monate.

»Es is' vielleicht 'nen Blick wert«, sagte Lian. Ihm schien nicht klar zu sein, was er sich da vornahm. Und wenn doch, dann bewunderte sie seinen Einsatz. Konnte es sein, dass der nächste Hinweis in einem der Eisberge eingefroren war? Aus irgendeinem Grund weigerte sie sich, daran zu glauben. Andererseits hätte sie auch dieses Haus nicht für möglich gehalten. Oder zumindest für sehr unwahrscheinlich.

Aber sie durfte in dieser Sache keinen Fehler machen.

»Wir stellen das Haus noch einmal auf den Kopf«, bestimmte Kriss. »Es muss hier irgendetwas geben!« Frustriert gab sie dem Globus einen Stoß und ließ die Weltkugel rotieren. Umi zwitscherte aufmunternd.

»Wir haben nich' ewig Zeit«, erinnerte Lian sie. Er ließ wieder die Knöchel knacken.

»Ich weiß, ich weiß.« Kriss rieb sich die Stirn. »Die Baronin wünscht Ergebnisse.« Und Bria wartete vielleicht auf sie …

»Tut sie.« Lians Miene war todernst. »Aber das hab ich nich' gemeint.«

»Sondern?«

»Ruhndor und seine Leute.«

Das Bild des vermeintlich toten Generals tauchte vor Kriss' innerem Auge auf. Es jagte ihr immer noch einen Schauer über den Rücken. »Was ist mit ihnen?«

»So wie die Dinge steh'n, könn' sie jeden Moment hier auftauchen«, erklärte Lian. Und seine Knöchel machten *Knack, Knack, Knack.*

»Wie sollten sie? Wir haben doch die Seite aus dem Bestiarium.«

»Hatt'st du nich' gesagt, es gibt *mehrere* von den Dingern? Wenigstens noch fünf Stück, oder so? Überleg: Was, wenn Ruhndors Laufbursche den Namen von dem Buch mitgekriegt hat?«

Kriss bemühte sich um ein ruhiges Lächeln. »Selbst wenn, er wusste nicht, um *welche* Seite es geht. Ich habe die Seitenzahl nie laut gesagt.«

»*Korf*, für 'ne Intelligenzbestie bist du manchmal echt langsam.« Lian tippte ihr an die Stirn. Sie hasste das. »Denk nach. Sie brauchen nur 'nen Blick in das Buch aus der Bibliothek werfen und seh'n sofort, welche Seite du rausgerissen hast.«

Diese Aussicht erschreckte Kriss. »Möglich«, gab sie zu. Mehr um sich selbst zu beruhigen als ihn, fügte sie hinzu: »Aber ich glaube nicht, dass sie von dem Bestiarium wussten. Sonst hätten sie es sich doch längst geschnappt. Es sei denn ...« Die Erkenntnis durchfuhr sie wie ein Blitzschlag.

»Es sei denn, sie haben nur drauf gewartet, dass wir die richtige Seite für sie rausfinden«, vollendete Lian. »Jetzt, wo sie wissen, um welche Seite es geht, brauchen sie nur 'ne andere Ausgabe von dem Wälzer und wissen so viel wie wir.«

Kriss' Schultern sanken herab. »*Korf* ... «

Lian nickte grimmig. »Ganz genau. Sie waren wahrscheinlich einige Zeit vor uns in Dschakura. Das heißt, sie haben 'n Luftschiff – und wir leider keine Ahnung, wie schnell es is'.«

»Aber wenn wir überstürzt aufbrechen, entgeht uns vielleicht irgendein entscheidender Hinweis! Ich meine, wir können nicht den ganzen Erdball absuchen, nur um –« Kriss verstummte. Lian und der Vogel sahen sie an.

»Nur um *was*?«

»*Erdball!* Das ist es! ›Mondopoi führt Euch auf die richtige Spur‹!«

»Und?«

Unter Lians gespanntem Blick drehte Kriss den Globus ein weiteres Mal. Ihr Zeigefinger tastete das Eismeer ab. Ja! Dort, wo Mondopoi hätte liegen sollen, gab es winzige Rillen im orangebraunen Holz. Sie bildeten einen unregelmäßigen Umriss. Mit angehaltenem Atem drückte Kriss darauf. Der Umriss von Mondopoi versank im Holz und als sie losließ, sprang er auf. Ein Hohlraum kam darunter zum Vorschein.

»Dieser alte Mistkerl«, murmelte Lian, halb amüsiert, halb ungläubig.

Kriss griff in den hohlen Globus. Jubelnd zog sie ein gefaltetes Papier hervor. Umi trillerte lobend und schlug mit den Flügeln. Lian lächelte stolz. Wieder fiel Kriss auf, wie hübsch er war, wenn er das tat, so ganz ohne seinen üblichen Spott.

Fiebrig vor Aufregung entfaltete sie das Papier. War es eine Karte? Ein weiteres Bild?

Keines von beiden. Es zeigte nur eine Aneinanderreihung von Strichen und Punkten, die völlig sinnlos waren. Bis sie das Papier umdrehte.

»Es ist in Obasi geschrieben.«

»Nun spann' mich nich' auf die Folter. Kannst du's lesen?«

»Ja!« Kriss nickte. »›Wo der erste Stern gefallen ist‹«, übersetzte sie, »›steht der letzte Krieger und sieht durch die zwei Schwerter. Folge seinem Blick zum Haus des Schläfers.‹«

»So 'ne Überraschung«, murrte Lian, »noch mehr Rätsel.«

Kriss hatte keine Ahnung, was es zu bedeuten hatte. Aber sie wusste, dass sie gefunden hatten, wofür sie gekommen waren. »Rufen wir das Schiff«, sagte sie.

Eine ausfahrbare Leiter führte auf das Dach des Baumhauses. Nachdem sie sich überwunden hatte, folgte Kriss Lian nach oben. Solange sie nicht nach unten sah, hatte sie ihre Höhenangst im Griff.

Die *Windrose* war in der Ferne deutlich zu erkennen. Wie ein dicker Fisch schwebte sie über dem Blättermeer. Lian zündete eine Feuerwerksrakete. Sie explodierte in einem grellroten Lichtball am Himmel und scheuchte einen Schwarm regenbogenfarbener Vögel auf. Kurz darauf antwortete das Luftschiff seinerseits mit Leuchtsignalen.

»Sie sind auf dem Weg!«, rief Lian den wartenden Matrosen unten im Haus zu. Kriss hörte Lorgis, Nesko und Barabell aufatmen. Genau wie die Luftfahrer war sie froh, den dampfenden Dschungel endlich hinter sich lassen zu können. Sie träumte bereits von einem kühlen Bad auf dem Schiff.

Nur spukten ihr immer noch Lians Worte über Ruhndor im Kopf herum. Sie ließ den Blick über die Baumwipfel schweifen, aber außer der *Windrose* war nichts am Himmel zu erkennen, nur Sonne und Wolken. Sie dachte daran, wie sie dem Kapitän kurz nach dem Abflug aus Dschakura von ihrer Begegnung mit den Graujacken und dem alten Mann mit dem künstlichen Auge berichtet hatten. Bransker hatte sich besorgt das Kinn gerieben.

»Wart Ihr im Krieg, Kapitän?«, hatte Kriss gefragt.

»Aye. Zweiter Maat auf der *Unbesiegbar*. Schnelle Fregatte. Stolz der Flotte.«

»Und könnt Ihr uns mehr über den General sagen?«

Bransker hatte seine Pfeife gestopft. »Weiß nicht viel. Hoher General. Befehlshaber der einunddreißigsten Brigade. Oder der zweiunddreißigsten? Egal. Hat jedenfalls kurz vor Kriegsende die parandirische Grenze durchbrochen. Ist bis nach Skeilar gekommen. Gewaltige Schlacht. Richtiges Massaker. Hat dann mit den Parandirern gemeinsame Sache gemacht. Anschließend ist er mit einigen seiner Soldaten untergetaucht. Nicht lange danach hat man seine Leiche gefunden. Gab aber immer Zweifel.«

Kriss hatte genickt. All das war ihr auch schon bekannt gewesen. »Wisst Ihr nichts über ihn persönlich? Über seine Vergangenheit?«

Der Kapitän hatte sich die Pfeife mit einem Schwefelholz angesteckt. »Nichts. Hatte wohl Frau und Kinder irgendwo auf dem Lande. Zwei Töchter. Alle im Großen Feuer verbrannt. Soll ein harter Knochen gewesen sein, Ruhndor. Man munkelt, sogar Seine Majestät habe Angst vor ihm gehabt.« Er hatte mit den Achseln gezuckt. »Mehr nicht.«

Umis Pfeifen holte Kriss aus der Erinnerung. »Warum Ruhndor?«, flüsterte sie.

Lian sah sie an. »Was?«

»Warum sucht jemand wie er, ein Soldat, ein Krieger, nach einer mythischen Insel?«

»Hab ich mich auch schon gefragt. Vielleicht braucht er Geld. Und wer immer Dalahan findet, is'n gemachter Mann.«

Kriss nickte. Zumindest fand sie diese Antwort plausibler, als anzunehmen, dass Ruhndor sich urplötzlich für Archäologie interessierte. Der General hatte es geschafft, seinen Tod vorzutäuschen und unterzutauchen. Wer sagte, dass seine Pläne damit endeten?

Konnte es sein, dass er mehr über die Insel wusste als sie?

Die Suche nach dem Stern

»Halt still«, sagte Kriss, »ich will dir nicht wehtun!«

Umi gehorchte und saß reglos wie eine Statue auf dem Klapptisch, während Kriss – die Zungenspitze im Mundwinkel – mit einer Pinzette die nächste seiner lädierten Federn geradebog. Natürlich war ihr klar, dass der Vogel keinen wirklichen Schmerz empfinden konnte, aber sie wusste, es würde *ihr* wehtun, sollte sie ihn irgendwie beschädigen.

Durch das offene Bullauge drangen Meeresluft und das Kreischen der Seevögel, welche die *Windrose* neugierig umkreisten. Die Luftschrauben standen still; das Schiff schwebte reglos über den Wellen des Inneren Ozeans, der fast kreisförmigen Wassermasse zwischen den Kontinenten Berael und Ellkor, Hunderte von Meilen westlich vom Smaragdwald.

Nachdem seine Mannschaft Kriss, Lian, Umi und die angeschlagenen Matrosen wieder an Bord genommen hatte, mit dem Fluggerät aus Veribas' Abstellkammer im Schlepptau, hatte Kapitän Bransker befohlen, den Urwald zu verlassen. Sollten General Ruhndor oder seine Leute dort auftauchen, war es besser, weit weg zu sein.

»So.« Kriss zog die Pinzette zurück. Die letzte Feder war gerichtet. »Ich glaube, besser kriege ich es nicht hin …«

Umi klapperte mit den Lidern und probierte seine Flügel aus. Er plusterte sich auf, machte ein paar Hüpfer auf dem Tisch und brachte Kriss mit seinem vergnügten Trällern zum Lächeln. »Komm«, sie ließ den Vogel auf ihrer Schulter landen, »mal sehen, ob Lian schon fertig ist.«

Als sie ihre Kabine verließ, begegneten ihr Lorgis und ein anderer Matrose, dessen Namen sie nicht kannte.

»Guten Tag, Madame!« Lorgis zog die Mütze vor ihr. Seine Geste hatte nichts Höhnisches an sich.

»Ebenso, *Madame*«, sagte der andere Matrose. Sein Grinsen verschwand, als Lorgis ihn nicht allzu sanft gegen die Schulter schlug.

»Guten Tag, Lorgis«, gab Kriss höflich zurück. »Wie geht es dem Arm?«

»Besser«, sagte der schielende Riese. »Is' alles genäht und verbunden. Danke der Nachfrage.«

Als die Luftfahrer weitergingen, hörte Kriss, wie Lorgis seinen Kameraden anschnauzte, »dem Doktor« in Zukunft mehr Respekt zu zollen.

Sie wollte gerade an Lians Kabinentür klopfen, da vernahm sie von innen seine leise Stimme. Er schien sich mit jemandem zu unterhalten. Verstehen konnte sie jedoch nichts und natürlich wollte sie nicht lauschen. Also trat sie einen Schritt von der Tür zurück und erst nach einem Moment, als nichts mehr zu hören war, klopfte sie an.

»Ja?«

Kriss trat ein. Lian saß auf dem Bett, seine langen Haare waren noch halb nass. Er hatte wie sie gebadet und sah ebenfalls viel erholter aus. »Lian, ich …« Sie verstummte verblüfft, als ihr klar wurde, dass sie allein waren.

»Was is'?«, fragte er irritiert.

»Äh, nichts. Ich dachte nur, du hättest Besuch.«

»Nee«, sagte er und kratzte sich verlegen am Hinterkopf. »Hab nur mit mir selbst geredet. Ich mach das manchmal …«

Kriss lächelte. »Na ja, zumindest bist du damit nicht allein.«

»He, du hast den Flattermann wieder hingekriegt.« Umi zeigte stolz seine Federn.

»So gut ich konnte«, sagte Kriss. »Lust auf Rätselraten?«

Lian zuckte grinsend mit den Achseln. »Hab eh grad' nichts Bess'res zu tun.«

Zurück in ihrer Kabine ließen sie sich auf dem Bett nieder. Kriss zog den Vers hervor, den sie in Veribas' Globus gefunden hatten.

»›Wo der erste Stern gefallen ist, steht der letzte Krieger und sieht durch die zwei Schwerter. Folge seinem Blick zum Haus des Schläfers.‹«

Lian rümpfte die Nase. »Der Kerl hätte Dichter werden sollen statt Archäologe.«

»Lieber nicht«, sagte Kriss.

»Hast du irgend'ne Ahnung, was er damit gemeint hat?«

Sie schüttelte den Kopf. »Es gibt Abertausende Legenden über gefallene Sterne oder Sternschnuppen und Meteoriten. Aber von einem ›ersten Stern‹ habe ich noch nie gehört.«

»Und der letzte Krieger?«

Kriss seufzte. »Fast jede Kultur auf der Welt hat Geschichten über große Krieger und Soldaten. Genauso viele wie über schlafende Helden und Könige, die eines Tages wieder auferstehen sollen, um ihrem Volk beizustehen. Oder Götter, die nach ihrem Erwachen ein neues Zeitalter einläuten. Wir bräuchten schon irgendeinen Anhaltspunkt.«

»Und am besten bald.«

»Meinst du, Ruhndor verfolgt uns immer noch? Obwohl wir das hier haben?« Sie winkte mit dem Vers.

»Ich würd's lieber nich' drauf ankommen lassen. Wer weiß, was er noch in dem Baumhaus findet?«

Kriss wusste es nicht. Aber auch ohne die Aussicht, dem General erneut über den Weg zu laufen, wollte sie keine Zeit vergeuden. »Gut, also zurück zum Vers.« Sie hob die Brille und rieb sich die Augen. »Mit Sicherheit ist es ein Ort. Aber ich kenne kein Land, das irgendetwas mit einem ›ersten Stern‹ zu tun hat.« Sie tippte auf ein Buch. »Außerdem habe ich vorhin im

Register des Atlanten nachgesehen, ob es vielleicht eine ›Erststernstadt‹ gibt oder so etwas. Rate mal, was ich gefunden habe.«

»Nix.«

»Sogar noch weniger.«

»Du hast doch nich' etwa geglaubt, es würd' so einfach werden?«

Sie lächelte schwach. »Nein. Nicht ernsthaft.« Ein Seevogel segelte am Fenster vorbei, einen Fisch im Schnabel. Kriss sah ihm gedankenverloren nach. »Es bleibt uns wohl nur noch eins übrig ...«

»Das wäre?«

»Meine Bücher noch einmal durchzugehen. Und darauf hoffen, dass wir irgendwo etwas finden. Wenn nicht, müssen wir die nächste Bibliothek anfliegen. Was natürlich noch mehr Zeit kostet.«

»Moment mal - *wir* gehen die Bücher durch?«

»Natürlich. Ich kann jede Hilfe gebrauchen. Außerdem meine ich nicht alle Bücher. Veribas' bisherige Hinweise hatten alle mit Märchen und Legenden zu tun. Vielleicht werden wir eher in dieser Richtung fündig.«

»Du weißt, ich würd' ja gern helfen, aber ...«

»Ja, ich weiß. Es ist ja nicht so, als ob du überhaupt nicht lesen könntest, Lian. Du brauchst nur etwas mehr Übung. Und Übung macht bekanntlich den Meister. Wenn du willst, kann ich dir dabei helfen.« Umi fiepte aufmunternd.

Lian rieb sich die Narbe über der Lippe. »Ich weiß nich' ...«

»Was gibt es dabei nicht zu wissen?«

»Ich glaub', ich bin nich' so gut in so was ...«, sagte er kleinlaut.

»Jetzt vielleicht noch nicht. Aber lesen zu können ist wichtig, Lian. Nicht nur für diese Expedition. Für alles. Sonst wirst du dein Leben lang von Leuten ausgenutzt werden, die es besser können als du.«

»Bis jetzt bin ich gut ohne ausgekommen.«

»Bis jetzt.«

Er strich sich weiter über die Narbe.

»Wovor hast du solche Angst?«

»He, ich hab keine Angst!«

»Meinst du, ich lache dich aus?«

Er schwieg.

Kriss seufzte schwer. »Na gut. Ich rufe dich dann, wenn ich etwas gefunden habe.« Sie schlug den Atlas wieder auf.

»Ich *will* ja helfen«, sagte Lian.

Sanft lächelnd schob Kriss ihm ein Buch zu: *Ibolams Märchenkompendium*. Eigentlich ein Buch für Kinder, mit großer, einladender Schrift. Lian sah es an, als wäre es aus der Erde gekrochen. »Dann lass uns anfangen«, sagte sie.

Die Zeit verstrich. Die Seevögel verloren das Interesse an der *Windrose* und flogen mit schaumweißen Schwingen davon. Umi schlief auf Kriss' Schulter ein. Dann und wann blickte sie von ihrer Lektüre auf und sah gerührt, wie Lian sich abmühte. Er hielt den Finger unter die Zeilen und bewegte dabei mal mehr, mal weniger stumm die Lippen. Hatte sie zehn Seiten durch, steckte er noch in der Mitte eines Absatzes fest. Wann immer er merkte, dass sie ihn beobachtete, schien er sich noch mehr Mühe zu geben, auch wenn es ihn noch so sehr frustrierte. Kriss konnte sich nicht vorstellen, wie es sein musste, Angst vor Büchern zu haben und sich vor Buchstaben zu fürchten.

Bald wurde es Abend. Die Sonne versank hinter den Wellen und ließ den Himmel in Flammen aufgehen. Kriss hatte bereits drei Bücher hinter sich gebracht, ohne den leisesten Hinweis auf einen ersten Stern zu finden (oder einen letzten Krieger) und verfluchte Veribas abermals für seine Rätselleidenschaft. Dennoch kämpfte sie sich vorwärts, Zeile für Zeile, Seite um Seite, Fußnote um Fußnote, bis sie glaubte, ihre

Augen hätten sich in gekochte Glastrauben verwandelt, die jemand mit Sand bestreut hatte. Sie legte das Buch zur Seite – *Vergleichende Mythologie* von Brimon Gorenschi – nahm ihre Brille ab und massierte sich die geschlossenen Lider.

»Ich wette, dies ist der seltsamste ›besondere Auftrag‹, auf den dich die Baronin je geschickt hat«, sagte sie zu Lian.

»Nö. Einmal musste ich für sie einen zweiköpfigen Murmeldodo fangen. Das war besonderer.«

Sie starrte ihn an.

»Beruhig' dich!« Er lachte. »Das war'n Witz!«

Kriss beruhigte sich. Das Gefühl, dass ihr der Kopf rauchte, blieb trotzdem. Sie lehnte sich zurück. Umi und sie seufzten fast zeitgleich. »Was hast du sonst für sie getan?«

»Nichts Aufregendes.« Lian blätterte weiter in seinem Märchenkompendium, ohne sie anzusehen. Sein Tonfall war beiläufig. »Vertrauliche Briefe überbracht, oft an ihre Freunde im Ausland. Manchmal hab' ich auch Stücke aus ihrer Sammlung zu deren Käufern gebracht, nur um sicherzugehen, dass alles glattläuft.«

»Ich wusste gar nicht, dass sie auch mit Kunstgegenständen handelt.« Kriss unterdrückte ein Gähnen. Ihr Magen wies unmissverständlich darauf hin, dass es Zeit fürs Abendessen wurde.

»Was meinst du, wie sie sich das riesige Haus und zwei Luftschiffe leisten kann?«, fragte Lian, ins Buch vertieft.

»Sie muss viel von dir halten, wenn sie dich mit solchen Aufgaben betraut. Und dieser Expedition.«

Er zuckte die Achseln.

»Und wohin hat sie dich so geschickt?«

»Warum willst du das wissen?«, fragte er. Nicht scharf, aber mit einem Ton, der klar machte, wie unangenehm ihm ihre Fragen waren.

»Weil ich neugierig bin«, sagte sie verteidigend. »Ich

will dich nur besser kennenlernen, das ist alles.«

Endlich sah er auf. »Da gibt es nicht viel …« Er brach ab und sah sie an. Er lächelte.

»Was ist?«

»Du siehst anders aus ohne Brille.«

Sie runzelte die Stirn. »Wie *anders*?«

»*Schön* anders«, sagte er. »Na ja, vielleicht nich' schön, aber hübsch. Gut, vielleicht nich' hübsch, aber …«

Kriss verzog verärgert den Mund. »Ich glaube, irgendwo in diesem Satz versteckt sich ein Kompliment.«

»Du wirst ja rot!« Er lachte.

»Blödsinn.«

»Brauchst du 'nen Spiegel?«

»Was ich brauche, ist Ruhe zum Lesen!«, sagte sie und spürte das heiße Blut in ihrem Gesicht.

Grinsend widmete Lian sich wieder seinem Buch. Auch Kriss versuchte, sich erneut aufs Lesen zu konzentrieren. Vergeblich. Vorsichtig spähte sie über den Buchrand. Warum hatte er das gesagt? Um sie zu verunsichern? Wenn ja, dann hatte er es geschafft.

Sie schlug ihr eigenes Buch wieder auf: *Die Erschaffung der Welt in allen Religionen und Mythen, zusammengetragen, untersucht und verglichen von Professor Usmilian Dremmgorf, Universität Ontodrien (zweite Auflage).* Vielleicht musste sie, um den ersten Stern zu finden, zu den ältesten Mythen zurückgehen; zurück zur Erschaffung der Welt.

»*… ist laut den Lehren des Kults der Blauen Dämmerung die Welt aus dem Ei des Urugu entstanden; des Urvogels, dessen Schwingen das Universum verdunkeln können. Sie glauben* –« Was hatte er nur damit gemeint? ›Nicht hübsch, aber …‹? Aber *was*? Egal, sie hatte zu arbeiten.

»*… wie die Prophetin St. Ildrinn verkündete, wurde die stoffliche Welt aus dem Schatten des Weltengeists gewoben und bevölkert mit den Menschen, die er aus seinen Träu-*

men geschaffen –« Hatte er sie nur aufziehen wollen, als Rache dafür, dass sie ihm seine mangelnden Lesefähigkeiten vorgeführt hatte?

Vergiss es endlich und konzentriere dich auf das Buch!

»*… formte der Gottvater Haru den Kosmos aus seinem Atem, wie ein Glasbläser sein Glas formt und –*«

Verdammt, WAS HATTE ER DAMIT GEMEINT?

Kriss linste wieder über den Buchrand. Lian las mit zusammengekniffenen Augen. Als er in ihre Richtung sah, wandte sie rasch den Blick zurück auf die Seiten. Und plötzlich war da ein seltsames Kribbeln in ihrem Bauch. Warum machte er sie auf einmal so nervös? Sie schüttelte den Kopf und zwang sich dazu, die Worte aufzunehmen:

»*… auf den Feldern von Junuhr niederging und aus seiner Asche die Menschen gebar.*«

Halt! Sie war so durcheinander, dass sie den Anfang des Satzes völlig überlesen hatte – und sie glaubte, dabei etwas Wichtiges verpasst zu haben. Hastig blätterte sie eine Seite zurück – wieso schwitzten ihre Hände plötzlich so? – und las ihn ein zweites Mal: »*Am Anfang waren die Sterne; dann spann die Muttergöttin die Sonne, die Welt, die Planeten und die Monde aus ihrem Haar, bevor sie den ersten der Sterne zur Erde sandte, wo er auf den Feldern von Junuhr niederging und aus seiner Asche die Menschen gebar.*«

Kriss' Augen wurden groß. War das die Lösung des Rätsels, oder zumindest ein Teil davon? Zur Sicherheit las sie die Stelle ein zweites Mal, dann ein drittes. Und sie wurde sich immer sicherer.

Sie sah Lian an. »Ich weiß, wo wir hin müssen!«

Er hob den Blick. Er hatte braune Augen. Es war ihr vorher nie aufgefallen. »Und wirst du's mir auch verraten?«

Sie lächelte. »Wenn du brav bist, vielleicht.«

Das Fest der Farben

An der Nordküste Ellkors, dem Kontinent der Mitte, dort, wo sich laut der Überlieferung einst die mystischen Felder von Junuhr befanden, lag mittlerweile das Fürstentum Hestria; ein winziger Stadtstaat mit sommerlichem Klima, dessen Hafen als »das Tor zur Welt« bekannt war. Vor über zweihundert Jahren hatte Hestria zum Herzen des Kiradianischen Reiches gehört, als dieses drei Viertel der Welt beherrscht hatte. Auch heute noch wurde hier die Reichssprache Feban gesprochen (wenn auch mit einem gewöhnungsbedürftigen, näselnden Akzent) und der rege Handel mit anderen Nationen auf allen drei Kontinenten brachte der Herrscherfamilie das Geld, das sie brauchte, um die Schäden zu beheben, die das Große Feuer angerichtet hatte.

Am Morgen des dritten Tages ihrer Reise in das Fürstentum saß Kriss am offenen Bullauge ihrer Kabine, kaute auf einer Indigopille und brachte ihren zweiten Brief an Alrik zu Papier.

Zum ersten Mal habe ich keine Zweifel: Hestria ist unser Ziel! Veribas' andere Hinweise stammten aus Märchen und Legenden; es war seine Art, uns auf den Schöpfungsmythos des ersten Sterns zu führen. Leider habe ich keine Bücher dabei, die sich ausgiebig mit Hestria und seiner Geschichte befassen. Wir werden also vor Ort herausfinden müssen, wer oder was der ›letzte Krieger‹ sein könnte. Lian scheint davon noch nicht ganz überzeugt zu sein, aber zumindest ist ihm klar, dass es unsere beste Chance ist. ~~*Ich bin noch immer nicht dahinter gekommen, was er*~~

Die letzten zwei Tage haben wir den Inneren Ozean überquert. Der Flug war ziemlich ereignislos. Zum Glück. Die meiste Aufregung brachte die Sichtung eines Donnerwals, der wie ein zerklüfteter, grauer Berg aus den Fluten aufgetaucht ist und Fontänen in den Himmel geblasen hat. Die

Matrosen haben mir daraufhin die Geschichte vom Schiffsfresser erzählt, einem fliegenden Ungeheuer, ein Dutzend Mal größer als der größte Donnerwal. Angeblich versteckt es sich in den Wolken und fällt über arglose Luftschiffe her, um sie zu verspeisen. Sicher bloßer Aberglaube. Aber man weiß ja nie, was in der Ælonischen Epoche so alles gebaut wurde …
Ich habe die meiste Zeit damit verbracht, mich von den Strapazen der vergangenen Tage auszuruhen. Umi hat mich die letzten beiden Nächte in den Schlaf gesungen, aber auch das hat nicht vor schlechten Träumen geschützt. Irgendetwas über Dich und Bria, verborgene Augen, die mich beobachten und grünblaue Echsen, die mich gejagt haben (woher das kam, ist klar).
Gerade überfliegen wir Ost-Ellkor, genauer gesagt: die Ebene der Toten. Die Region ist genauso trostlos, wie alle sagen. Nichts als kahler, zerklüfteter Fels und geschmolzener Stein, gesprenkelt mit den Wracks von Fluggeräten. Kapitän Bransker meinte, dass man manchmal, kurz vor Morgengrauen, eine Art Nachglühen von ælonischer Energie über dem Land erkennen kann. Ich jedenfalls habe nichts davon bemerkt, aber der Anblick war mir auch zu deprimierend, als dass ich lange hinsehen konnte. Ob sich die Welt jemals wieder ganz vom Großen Feuer erholt?
Die Schiffsglocke läutet. Das heißt, wir erreichen bald unser Ziel. Habe den Bauch voller Flüstermotten. Wünsch uns Glück!
Bis zum nächsten Brief liebe Grüße,
Kriss.
PS: Entschuldige, dass ich die Briefe erst jetzt losschicken kann, aber es gab vorher keine Gelegenheit.
PPS: Hoffe, es hat sich schon etwas wegen der zweiten Expedition nach Ka-Scha-Raad ergeben.

Am Mittag erreichten sie das Fürstentum Hestria. Die Straßen und Häuser des Stadtstaates lagen wie ein bunter Flickenteppich vor der Kulisse des Meeres, umgeben von blühenden Feldern. Der Kapitän hatte Kriss eingeladen, den Anflug von der Brücke aus zu verfolgen. Schon von Weitem konnte sie die Fischerboote an den Kais im Hafen erkennen und die großen Dampf- und Segelschiffe, die in die Welt aufbrachen oder aus fernen Ländern anreisten. Luftschiffe und Fesselballons bevölkerten den Himmel und Dampfbahnen glitten auf ihren Schienen in die Stadt wie eiserne Schlangen, Fahnen aus Rauch spuckend.

Kriss staunte über die chaotische Architektur Hestrias. Einfache Fachwerkhäuser standen neben protzigen Villen; hässliche Mechanofakturen mit qualmenden Schloten erhoben sich über dem Weltengeist geweihten Kathedralen. Es gab von Palmen gesäumte Pflasterstraßen, die bergauf und bergab gingen und in verwinkelten Gassen endeten. Hier und da konnte man noch Reste der alten Stadtmauer und deren Wehrtürme erkennen. Die winzigen, schwarzen Gestalten, die darauf postiert waren, mussten Soldaten sein.

Westlich der Stadt, auf einem grünen Hügel, stand der weltberühmte Fürstenpalast, ein märchenhaftes Bauwerk aus weißem Stein und Silber, mit fast lächerlich dünnen Türmen und Kristallkuppeln, die im Sonnenlicht funkelten. Während der Ælonischen Epoche hatte er über der Stadt geschwebt, nur erreichbar über Luftstege oder Fluggeräte. Als weltweit das Ælon fast von einem Tag auf den anderen versiegt war, hatte man den Palast gerade noch rechtzeitig landen können, bevor er vom Himmel gefallen wäre. Doch auch ohne seine Flugfähigkeit war er immer noch ein Meisterwerk der Baukunst.

Lian stand direkt hinter Kriss; aus irgendeinem Grund ließ das ihre Hände feucht werden. »Hier geht's ja fröhlich zu«, sagte er.

Es stimmte. Je näher sie kamen, desto deutlicher konnte man die bunten Flecken erkennen, die auf den Straßen wimmelten. Eine Parade schlängelte sich durch einen Bezirk; bunte Papierdrachen standen am Himmel und farbenfrohe Flaggen wehten auf den Dächern. Viele davon zeigten das Wappen des Fürstentums: einen Eislöwen mit erhobenen Tatzen.

»Wir kommen genau pünktlich zum Fest der Farben«, sagte Kriss. Umi musizierte beeindruckt.

»Und was feiern die auf diesem Fest?«, fragte Lian.

Kriss sah ihn an. »Sich selbst. Das Leben.« Die Hestrianer waren bekannt dafür, gewissenhaft und fleißig zu sein - aber auch streng und mehr als nur ein bisschen humorlos. Aber wenigstens einmal im Jahr, für drei Tage und Nächte, schienen sie Dienst und Pflicht zu vergessen. Das Fest der Farben ließ selbst den ramakhanischen Karneval oder den Blütentanz in Silestrin wie Trauerspiele aussehen.

»Kurs auf Lufthafen«, befahl Kapitän Bransker seinen Steuermännern. »Wir gehen runter.«

Es fand sich kaum Platz für die *Windrose*, der Lufthafen platzte vor Schiffen fast aus den Nähten. Als sie angelegt hatten, begleitete der Kapitän protokollgerecht seine Passagiere zum Fallreep. »Werden die nötigen Formalitäten hinter uns bringen und stocken danach Kohle und Wasser auf. Gastanks müssten auch mal überprüft werden. Versuchen trotzdem, alles für einen schnellen Start bereitzuhalten.«

»Verstanden, Kapitän«, sagte Kriss. »Ach, könntet Ihr mir einen Gefallen tun? Das hier«, sie hob den Umschlag mit den beiden Briefen an Alrik, »müsste zum Postamt gebracht werden und ich weiß nicht, ob wir die Zeit dafür haben.«

Der Kapitän nahm den Umschlag an sich. »Natürlich, Madame. Schicke gleich einen meiner Leute los.«

»Danke, Kapitän.« Kriss verneigte sich.

»Können wir endlich los?«, fragte Lian, der bereits das Fallreep hinabgeklettert war.

»Natürlich.« Kriss kletterte ihm nach. Umi flatterte neben ihnen her, als sie aus dem Schatten der *Windrose* traten.

Kapitän Bransker wartete, bis die beiden jungen Leute und der mechanische Vogel zwischen den Luftfahrern aus aller Welt verschwunden waren. Dann gab er einem Matrosen den Umschlag. »Verbrenn das«, brummte er. Und der Matrose gehorchte.

Sie schienen die einzigen Menschen in einer Welt sprechender Tiere und Fabelwesen zu sein. Es gab kaum einen Bürger auf den Straßen, der nicht maskiert war und ein mehr oder weniger aufwendiges Kostüm trug. Und so sahen sie Vogelgesichter mit silbernen Schnäbeln, Hornbärenfratzen mit echtem Fell besetzt und vor Glitzerstaub und Goldfolie schimmernde Fischgesichter zwischen Verkleidungen, die nicht so eindeutig zu bestimmen waren.

Unmaskierte wie Lian und Kriss wurden von Händlern mit Bauchläden angesprochen, die einfache Halbmasken anboten. Überall waren Buden aufgebaut und der Geruch von auf Stöcken gebratenem Fleisch, buntem Sorbet, heißen Waffeln und Schmalzgebäck ließ Kriss das Wasser im Munde zusammenlaufen. Erwachsene Bürger tranken Zuckerwurzelbier aus dicken Krügen, ihre Kinder begnügten sich mit Fruchtsäften. Von allen Seiten wurde gelacht und gegrölt und angestoßen; die Musik von mehreren Kapellen, quer über die Stadt verteilt, mischte sich zu einer einzigen Kakophonie aus Sackpfeifen, Hornflöten und Donnerpauken.

Sie hatten Schwierigkeiten, sich durch die Straßen zu kämpfen. Jeder Mann und jede Frau und jedes Kind in Hestria schien dem Fest der Farben beizuwohnen. Konfetti landete in Kriss' Haar; Umi warf die Papierschnipsel mit einem heftigen Federplustern und Kopfschütteln ab, während er sich auf ihrer Schulter klein machte. Sie hatte alle Mühe, sich durch die Massen zu quetschen und dabei nicht gegen Schultern zu rempeln oder über fremder Leute Füße zu stolpern.

Nach der Ruhe der vergangenen zweieinhalb Tage empfand sie den Trubel hier als äußert verwirrend. Und auch ein wenig beängstigend.

Lian dagegen ließ sich von der guten Laune der Menschen anstecken und glitt durch das Gedränge wie ein Fisch durchs Wasser. Mehrmals hätte Kriss ihn fast aus den Augen verloren. Wie es wohl wäre, wenn sie sich hier zum ersten Mal begegnen würden. Würde er sie überhaupt wahrnehmen?

Zumindest waren sie nicht die einzigen Ausländer, die zum Fest der Farben angereist waren. Kriss erkannte hellhäutige Menschen aus Nord-Berael, dunkle Männer und Frauen aus dem Süden ihres Heimatkontinents und schwarze Menschen aus Ulgrai, im Westen. Aber natürlich waren die meisten der Feiernden Hestrianer, unter deren Masken man rötlichbraune Haut und dunkle Mandelaugen erkennen konnte.

Doch trotz aller Ausgelassenheit waren Kriss die Soldaten nicht entgangen, die sich in schwarzen Uniformen und mit Baretts aus schwarzem Samt ihren Weg durch die Menge bahnten. Sie trugen keine Masken; ihr einziges Zugeständnis an das Fest waren bunte Schleifen an den Läufen ihrer Musketen.

Als Kriss wieder nach vorne blickte, war sie allein in dem Gewühl. Erschrocken sah sie sich nach allen Seiten um. »Lian?«, rief sie gegen den Lärm an. Umi schlug aufgeregt mit den Flügeln. »Lian, wo –?«

Sie schreckte zusammen, als ihr jemand eine Hand auf die Schulter legte. Lian stand hinter ihr und feixte. »Du hätt'st mal dein Gesicht sehen sollen!«

»Schön, dass du deinen Spaß hast!« Kriss nahm sich vor, sich nicht mehr von ihm ärgern zu lassen. Oder weiter verunsichern. Doch Letzteres gelang ihm ein weiteres Mal, als er ihr lächelnd eine Mondblüte ins Haar steckte, die er von irgendeinem Stand stibitzt haben musste.

Warum tut er das?, fragte sie sich. »Danke«, sagte sie

trocken. »Hauptsache du denkst dran, dass wir nicht zum Vergnügen hier sind!«

Er legte eine Hand an sein Ohr. »Was?«

»Ich sagte, wir sind nicht zum Vergnügen hier!«, rief sie. »Ich meine, leider!« Sie wollte nicht, dass er sie für eine Langweilerin hielt. »Wir müssen den Krieger finden!«

»Den Flieger?«

»Krie-ger!«

»Hab ich schon nich' vergessen!«, gab Lian zurück. »Nur wo fangen wir an?« Er ließ den Blick schweifen.

»Wir könnten es in der Universität versuchen! Oder einen Historiker aufsuchen, oder …!«

»Oder«, rief Lian, »wir fragen uns einfach durch!«

Er tippte dem nächstbesten Bürger auf die Schulter. Das Gesicht einer Glitzerechse wandte sich ihnen zu; ihr Körper war der eines dicken Mannes in einem grün-rot karierten Kostüm. »Ja?«

»Entschuldigt bitte!«, hörte Kriss Lian sagen; er machte dabei eine knappe Verbeugung, ungelenk wie immer. »Wir suchen den letzten Krieger!«

»Den letzten was?«, fragte die fette Echse.

»Krieger!«, rief Lian. Kriss trat näher, um ihn und seinen Gesprächspartner besser verstehen zu können. »Wisst Ihr, wo wir den finden können?«

»Ich weiß nicht, was du meinst, Junge!« Der Echsenmann klang erheitert. Und nicht ganz nüchtern. »Aber ich bin auch nicht von hier! Bedaure!«

»Dann nichts für ungut!« Lian wandte sich ab. »Typisch, wenn man nach dem Weg fragt, trifft man nie wen, der aus der Gegend kommt!«

Kriss lächelte. Sie kannte das Phänomen. Es blieb ihnen nichts übrig, als es weiter zu versuchen. Doch von den Meisten, ob Hestrianer oder nicht, ernteten sie nur Stirnrunzeln oder verständnislose Blicke.

»Noch nie davon gehört.«

»Wer soll das sein?«

»Hört auf, mich zu belästigen!«

Nach der zwanzigsten Abfuhr erwuchs in Kriss der schreckliche Verdacht, sich im falschen Land zu befinden. Aber sie war nicht bereit, so schnell aufzugeben, und passte eine ältere Dame ab, die ein weißes Kleid und eine Vogelmaske trug. »Verzeiht!« Kriss machte artig einen Knicks, während im Hintergrund eine vorbeiziehende Parade das Pflaster beben ließ. »Mein Freund und ich suchen den letzten Krieger von Hestria! Doch niemand scheint zu wissen, wer damit gemeint ist! Und ehrlich gesagt … wissen wir es auch nicht!«

Die Mandelaugen der Frau blickten freundlich aus den Löchern der Maske. »Oh, da« – die nächsten Worte gingen im Lärm unter – »verpasst, Kindchen!«

»Dann könnt Ihr uns weiterhelfen?«

Die Vogelfrau sagte etwas, das Kriss nicht hörte. Sie legte die Hand ans Ohr, als Bitte, lauter zu sprechen.

»Ich sagte, natürlich kann ich das! Jeder gute Hestrianer kennt den letzten Krieger!«

Kriss' Herz schlug schneller. »Und wo können wir ihn finden?«

»Nun«, antwortete die alte Frau, »im Historischen Museum, natürlich!«

»Ist es ein Bild?«, fragte Kriss. Langsam wurde das ständige Rufen anstrengend.

»Eine Statue!«, gab die Frau zurück. »Das Standbild von Ollon Monda, dem letzten« – wieder wurden einige ihrer Worte verschluckt – »Ordensritter vor achthundert Jahren! Er starb bei der Verteidigung der Fürstenfamilie vor« – und wieder war sie nicht zu verstehen. Aber Kriss hatte genug gehört.

»Wo finden wir das Museum?«

»Gleich die Straße hinab und an der nächsten Kreuzung links!«

Kriss verneigte sich. »Ich danke Euch!«, rief sie. Die Vogelfrau lächelte gütig und zog mit grazilen Schritten weiter.

»Was hat sie gesagt?« Lians Stimme ertönte direkt an Kriss' Ohr.

»Zum Museum!«, krächzte sie.

So warfen sie sich wieder ins Getümmel. Lian ging dicht neben Kriss. »Ich hab nachgedacht!«

»Und, war es sehr schwer?« Der Vogel auf ihrer Schulter gab ein belustigtes Keckern von sich.

»Ha ha!«, machte Lian lahm. »Ich mein', was dieser Veribas-Knilch gesagt hat. Dass alles für diese und jene Zwecke benutzt werden kann ...!«

Kriss wartete ab.

»Hast du schon mal dran gedacht, dass das, was er auf der Insel gefunden hat, so was wie 'ne Waffe sein könnte?«

Kriss nickte ernst. Ja, das hatte sie. Und die Möglichkeit gefiel ihr nicht. »Das würde zumindest erklären, warum er es geheim halten wollte!«, sagte sie laut. »Und weshalb jemand wie General Ruhndor da hinterher ist! So oder so, es gibt wohl nur eine Möglichkeit, das herauszufinden!«

Keiner von beiden bemerkte, dass ihr Gespräch nicht unter vier Augen geblieben war. Der Mann in der Säbelzahnwolf-Maske hatte nur wenige Worte mitbekommen: »Waffe«, »geheimhalten«, »General«. Doch es genügte, dass er sich an ihre Fersen heftete.

Das Historische Museum von Hestria lag in einem ruhigeren Bezirk des Fürstentums - eine Wohltat für Kriss' Ohren und ihren Kehlkopf. Mit seiner mannshohen Umzäunung aus Gusseisen, den dicken Mauern und hohen Zinnen erschien das Gebäude wie eine Festung, deren einziger Schmuck die drei Glaskuppeln waren, die sich auf dem ebenen Dach aufreihten. Zwei Wachen standen vor dem verschlossenen Eingangstor, die Kolben ihrer Musketen neben ihren Stiefeln ruhend.

»Ihr kommt hier nicht rein, Kinder«, grummelte einer der Soldaten und kaute schmatzend auf einer Pampelsine.

»Warum?«, fragte Kriss. Umi legte den Kopf schräg.

»Die Renovierungsarbeiten dauern noch an«, nuschelte der Soldat mit vollem Mund. Sein Kumpan, einen ganzen Kopf kleiner als er, beobachtete die beiden Ausländer misstrauisch und zog schniefend die Nase hoch.

»Bis wann, wenn man fragen darf?«

»Wenigstens noch drei Wochen, Junge.« Der größere Soldat schluckte und biss wieder in die Frucht. Saft lief ihm übers Kinn.

»Können wir nicht trotzdem einen kleinen Blick riskieren?«, fragte Kriss. »Wir wollen uns nur eine bestimmte Statue ansehen.«

»Das Museum ist geschlossen.« Er kaute eine Weile. »Für jeden.«

»Bitte.« Kriss erinnerte sich an die Lektion, die Lian ihr in der Großen Bibliothek beigebracht hatte. »Ihr sollt es natürlich nicht umsonst tun.«

»Bist du taub, Mädchen?« Der Soldat schleuderte die Pampelsine auf die Straße. »Weder ihr, noch sonst wer kommt hier rein. Und jetzt haut ab, bevor ich ungemütlich werde!« Sein Kumpan grinste dümmlich.

»Wir können keine drei Wochen warten«, sagte Kriss, als sie kurz darauf an der Brüstung der Uferpromenade lehnte. Unter ihnen wurde gerade ein Dampfschiff aus Ruminos mit Hilfe von Kränen und Muskelkraft entladen. Der Festlärm dröhnte im Hintergrund.

Lian stand neben ihr, den Rücken am Stein. »Was du nich' sagst. Und was schlägst du stattdessen vor?«

Sie sah ihn an. »Ganz einfach«, sagte sie und lächelte unwillkürlich, fasziniert von einer plötzlichen Eingebung. »Wir brechen in das Museum ein!«

Der letzte Krieger

Kaum dass sie es ausgesprochen hatte, hielt sich Kriss erschrocken die Hand vor den Mund. »Ich kann nicht glauben, dass ich das gerade gesagt habe!«

Lian sah sie an, als betrachte er sie mit neuen Augen. Und er lächelte. »Ich bin auch reichlich schockiert.«

Kriss fand das gar nicht komisch. »Das ist alles deine Schuld! Du bringst mich nur auf dumme Ideen!«

»Ich würd' sagen, es is' 'ne ziemlich *gute* Idee. Außerdem: Wir klau'n ja nix, schon gar keine Statue. Wir seh'n uns nur 'n bisschen um.«

Kriss schwieg, während über ihnen Goldmöwen kreischten. Großer Weltengeist, erst die herausgerissene Seite und nun das! Wenn das so weiter ging, brauchte sie sich in der Universität nie wieder blicken lassen. Sie stellte sich Alriks Blick vor, wenn er davon erfuhr. Der Gedanke ließ sie vor Scham im Boden versinken.

Aber sie *konnten* einfach nicht warten. Und Lian hatte (mal wieder) recht: Sie stahlen ja nichts. Darüber hinaus war es vielleicht die einzige Möglichkeit, ihre Mutter jemals wiederzusehen. Und dafür, das wurde ihr nun klar, würde sie sehr viel weiter gehen, als bis zu einem gewöhnlichen Einbruch.

Sie sah über die Schulter, zurück in Richtung Innenstadt. Die drei Glaskuppeln des Museum waren selbst aus der Entfernung gut über dem Dächermeer zu erkennen. »Aber wie kommen wir da rein?«

Lian wackelte verschwörerisch mit den Augenbrauen. »Ich hab da 'nen Plan.«

Die Sonne ging unter, aber das Fest der Farben lief unbeirrt weiter. Fackeln und Laternen wurden in der warmen Nacht entzündet und die Bürger sahen voller

Spannung dem Feuerwerk entgegen, mit dem die Meister der Zunft der Feuerwerker ihre Kunst unter Beweis stellen würden. Von Mitternacht bis kurz vor Sonnenaufgang würde der Himmel in einer Myriade Farben leuchten, würden neue, geheimnisvolle Konstellationen aufgehen und wieder verglühen. Doch bis der erste Glockenschlag das Spektakel ankündigte, sollte noch einige Zeit vergehen, daher verirrten sich nur die wenigsten Blicke zum Himmel. Und so bemerkte kaum jemand das winzige Fluggerät, das lautlos über die Dächer glitt, und wer es tat, der hielt es wahrscheinlich für einen der vielen Papierdrachen am Nachthimmel; ein graziles Ding mit einer Flügelspannweite von zwei Klaftern, geformt wie ein exotischer Käfer.

Kriss hatte Mühe, nicht zu schreien. Kalter Wind schlug ihr ins Gesicht und hätte ihr wahrscheinlich die Augäpfel gefroren, hätte sie nicht die Schutzbrille aus Kristall und Leder über ihrer richtigen Brille aufgehabt. Ihre Hände klammerten sich an das Gestänge, das den Harnisch trug, der wiederum sie trug, während Lian, mit ledernen Gurten unter ihr festgeschnallt, Veribas' Fluggerät allein durch die Kraft seiner Gedanken über das Meer aus Licht und Dächern steuerte. Kriss hörte ihn begeistert lachen, als habe er Spaß an der mörderischen Höhe und der halsbrecherischen Geschwindigkeit, mit der sie dahinschwirrten. Die ganze Zeit spürte sie Umis Krallen, die sich an ihrer Schulter festklammerten.

Kriss war nicht religiös (nicht wirklich, jedenfalls), trotzdem erwischte sie sich dabei, wie sie zum Weltengeist betete, dass der Harnisch Lians und ihr nicht geringes Gewicht aushielt, dass niemand sie sah oder mit Musketen auf sie feuerte und vor allem, dass die halb erschöpften Ælon-Speicher des Apparats ausreichten, sie die ganzen zwei Meilen von der *Windrose* bis zum Museum zu tragen – und nach Möglichkeit auch wieder zurück.

Sie hatten den ganzen Nachmittag damit verbracht, mit dem Flieger zu experimentieren, den sie aus Veribas' Baumhaus mitgenommen hatten. Der Kapitän hatte Kurs auf einen verlassenen Strand weiter östlich setzen lassen; Kriss hatte im warmen Sand gehockt und zugesehen, wie Lian sich den Harnisch um die Brust schnallte und die Apparatur ganz von allein die Metall-und-Glas-Flügel ausklappte. Kaum war dies geschehen, verloren Lians Schuhe den Kontakt zum Boden. Kriss' ganzer Körper spannte sich vor Aufregung wie ein Draht. Da schoss Lian auch schon in den Himmel, zwei, drei, vier, fünf Klafter steil der Sonne entgegen und sein ungläubiges Lachen erfüllte den Himmel. »Es is' ganz leicht!«, rief er. »Ich muss nur mein Ziel ansehen und das Teil macht den Rest!«

»Sei trotzdem vorsichtig!« Die Hände zu Fäusten geballt und an den Mund gehoben beobachtete Kriss, wie Lian eine Schleife nach der anderen am Himmel zog und dann zu Boden stürzte – nur um ganz knapp über dem Sand dahin zu gleiten. »Kann ich das Ding behalten?«, hörte Kriss ihn im Vorbeiflug fragen.

Sie kniff die Augen zusammen, als sie eine niedrige Wolke durchquerten; als sie wieder hinsah, wallte grauer Nebel um sie herum. Da tauchte unter ihnen auch schon wieder die Stadt auf – und mit ihr das Museum.

Die Fenster seiner drei Stockwerke waren verrammelt. Soldaten patrouillierten im Hof hinter dem Gusseisenzaun, doch ihre Blicke waren stur geradeaus gerichtet. Wenn einer von ihnen den Riesenkäfer am Himmel gesichtet hatte, schlug er keinen Alarm.

»Achtung!«, rief Lian gegen den fauchenden Wind an. »Ich lande!«

Kriss nickte hastig, während sie versuchte ihre Übelkeit zu ignorieren und das Gefühl, ihr Magen sei zu einem winzigen, stahlharten Knoten geschrumpft. Das ebene Dach des Museums lag jetzt direkt unter ihnen; gelbes und rotes Mondlicht schimmerte auf seinen drei Kuppeln – die plötzlich heranrasten, als Lian den Flieger steil nach unten manövrierte.

Kriss' Magen machte einen Satz, als der Absturz plötzlich gestoppt wurde. Das Fluggerät verlagerte sich in die Senkrechte und setzte sanft und leise wie eine Feder auf dem Dach auf. Kriss jubelte innerlich, als sie wieder festen Boden unter den Füßen hatte. Kaum zu glauben, sie hatte es überlebt!

Lian schnallte sich bereits ab und half ihr, sich ebenfalls von dem Flieger zu lösen; ihre Knie waren so weich, dass sie gestürzt wäre, hätte er sie nicht im letzten Moment festgehalten.

»He, alles überstanden?«, fragte er.

Kriss sah ihn an und spürte wieder Flüstermotten in ihrem Bauch. »Danke«, sagte sie. »Gut geflogen.«

Lian grinste. »Bin selbst ganz begeistert.«

Kriss fand, dass er sie viel zu früh losließ. Umi flatterte zwischen ihnen, scheinbar froh, wieder die Flügel ausstrecken zu können.

Sie waren direkt vor der mittleren und größten Kuppel gelandet. Das Glas war klar und frisch poliert; Kriss sah darin ihr eigenes und Lians Spiegelbild, ganz in Schwarz gekleidet, mit engen Kapuzen über den Köpfen und den Schutzbrillen über den Augen. Von dem Saal unterhalb der Kuppel konnten sie nur Schemen und Schatten erkennen.

Kriss sah zu Lian. Ob er das Trommeln in ihrer Brust hören konnte?

»Also dann«, wollte sie sagen, als mit einem Mal alle Glockentürme der Stadt zum Leben erwachten; ihr Läuten musste selbst auf den Monden zu hören sein. Kriss und Lian hielten sich die Ohren zu (und Umi hob die Flügelspitzen an den Kopf). Sie wussten, was das bedeutete: Mitternacht! Das Feuerwerk würde jeden Augenblick –

Da ging es auch schon los. Farben und Feuer zerrissen die Dunkelheit. Grüne, rote, weiße und blaue Lichter flammten auf; gleißend hell und atemberaubend zerstoben sie zu Schwärmen von Kometen und neuen, unbekannten Sternbildern. Schlangen roter Feuerbälle brachen in den Himmel auf, Bäume aus Flammen erblühten, um gleich darauf wieder zu verglühen. Einen Moment lang war Kriss von dem Schauspiel hypnotisiert. Es war, als stünden sie und Lian im All, während um sie herum fremde Galaxien geboren wurden und starben und dabei ihre Schatten tanzen ließen.

Lian nestelte bereits an seiner Gürteltasche und zog ein Klappmesser hervor. Er ging vor einer Scheibe an der Basis der Kuppel in die Hocke und machte sich mit der Spitze der Klinge an der Bleifassung des Glases zu schaffen.

Währenddessen kramte Kriss nach der Phiole in ihrer eigenen Tasche. Als sie den Deckel abgeschraubt hatte, stach ihr ein betäubend scharfer Gestank in die Nase. »Also, Umi«, rief sie dem Vogel über den Weltuntergangslärm des Feuerwerks zu, bemüht, nichts von den stechenden Dämpfen einzuatmen. »Du weißt, was zu tun ist.«

Umi trällerte bestätigend. Kriss hielt ihm die Phiole hin und er tunkte die Spitze seines Schnabels in das Gift.

Es stammte aus der Krankenstube der *Windrose* und wurde normalerweise in größeren Mengen dazu benutzt, tödlich verletzten Matrosen lange Qualen zu ersparen. In kleineren Dosen sorgte es für rasche Bewusstlosigkeit. Kriss war nicht wohl dabei, das Zeug zu benutzen, jedoch wohler, als die Aussicht, den Wachen des Museums im Kampf gegenüberzutreten.

»Ich hab's!«, rief Lian auch schon. Er hatte die Bleifassung oben und zu beiden Seiten nach außen gebogen. Nun schob er die Messerspitze unter die Oberkante des Glases und hebelte es in seine Richtung.

Kriss half ihm, die Scheibe aufzufangen. Das Loch in der Kuppel war groß genug, um mühelos hindurch zu steigen. Gerade hatten sie das Glas zur Seite geschafft, da sahen sie unten im Saal eine Tür aufgehen. Eine Wache betrat den Raum, schaute sich um - und zu ihnen herauf.

Kriss erstarrte, als sie den Warnruf des Mannes hörte, vom Feuerwerk nur halb verschluckt. Etwas zischte an ihrem Ohr vorbei, durch das Loch in der Kuppel. Umi flitzte auf den Wachmann zu, der bereits seinen Säbel gezückt hatte, doch zu langsam. Der Vogel pickte ihm im Vorbeiflug in die Kehle. Kriss sah, wie der Mann sich an den Hals fasste und das Gesicht vor Schmerz verzog.

Selbst als er zu Boden ging, wagte sie es immer noch nicht auszuatmen. Hatte jemand den Ruf gehört? Oder war ihre Deckung durch das Feuerwerk laut genug gewesen?

Doch unten im Saal rührte sich nichts. Umi, halb verborgen von den Schatten dort, schlug mit den Flügeln. Die Luft war rein.

»Weiter.« Lian schnallte die Rolle mit Geisterseide von seinem Gürtel und band ihr Ende um einen nahen Fahnenmast. Er ging dabei so ruhig vor, so methodisch, dass Kriss sich fragen musste, wie oft er schon in anderer Leute Häuser eingebrochen war. Gleichzeitig beruhigte sie der Gedanke, einen professionellen Dieb an ihrer Seite zu haben. Es war gut, wenn wenigstens einer von ihnen die Nerven behielt.

Lian warf das Seil - oder besser: die Schnur - in den Saal. Geisterseide war bemerkenswert stark, aber auch sehr dünn und sehr glatt. Sie beide hatten dicke Handschuhe mit aufgerauten Greifflächen angelegt, die verhinderten, dass sie beim Klettern abrutschten oder sich die Handflächen aufschnitten.

Bereit?, fragte Lians Blick.

Kriss nickte, auch wenn es nicht stimmte. Sie sah zu, wie er den Abstieg begann, zwei Klafter hinab, bis auf den Marmorboden des Saals. Kriss folgte ihm mit rasendem Herzen; das Seil war so dünn, dass sie befürchtete, es könnte unter ihren Pfunden reißen, doch die Geisterseide hielt, was ihre Hersteller versprachen.

Unten angekommen ließ das wechselhafte Licht jenseits der Kuppel mit Laken verdeckte Vitrinen erahnen. Holzgerüste ruhten an den Wänden und weißverkrustete Eimer standen in den Ecken. Kriss roch den scharfen Duft von Farbe. Doch nirgends gab es eine Spur von einer Statue.

Vorhin hatten sie einige Zeit dafür aufgewandt, sich das Museum von außen genau anzusehen, ohne jedoch eine Ahnung von seinem inneren Aufbau zu bekommen. Sicher war nur, dass sie die Abteilung für die prä-kiradianische Epoche finden mussten, in der die Statue des letzten Kriegers geschaffen worden war. Kriss spähte unter ein Laken. »*Fürstliches Festtagsporzellan, 4901*«, sagte ein Schild. Die falsche Epoche. Sie gab Lian einen Wink. *Weiter!*

Er hüpfte unbekümmert über den Körper des gefallenen Wachmanns hinweg (Kriss nahm beruhigt wahr, wie sich dessen Brustkorb langsam hob und wieder senkte). Am Saalende spähten sie gemeinsam durch die dunkle Tür in einen langen Korridor. Rechts reihten sich verrammelte Fenster, links standen Malergerüste. An der Decke brannten Gaslampen auf niedriger Flamme.

Ein Schrecken durchfuhr Kriss, als am Ende zwei Schemen auftauchten. Noch mehr Wachen.

»Ich bin sicher, ich hab was gehört«, hörten sie eine Stimme über das Pfeifen und Knallen und Zischen jenseits des Gebäudes knurren.

»Umi!«, flüsterte Kriss, während sie und Lian zurück in den Saal tauchten.

Der Vogel gehorchte und schwirrte an ihnen vorbei.

»Was zum –?«, rief einer der Wachmänner im Flur aus. Kurz darauf hörten sie entfernt Harnische auf Marmor scheppern. Kriss' Herz blieb fast stehen. *Wir sind zu laut!*

Sie lauschten, aber nichts rührte sich. Sie spähten in den Korridor, doch er war verlassen, abgesehen von den beiden Gestalten auf dem Boden und natürlich Umi, der nur auf sie wartete.

Sie schlichen in den Korridor. Durch die geschlossenen Fenster war das Feuerwerk hier nicht ganz so laut wie draußen und das machte Kriss Sorgen. Wie viele Wachen gab es in diesem Stockwerk? Und wie gut waren ihre Ohren?

»Ziemlich viele von den Kerlen unterwegs«, murmelte Lian.

»Na ja, die Ausstellungsstücke sind sehr wertvoll«, flüsterte Kriss. »Und vielleicht hat schon mal jemand das Fest als Ablenkung benutzt, um hier einzubrechen.«

»Gelegenheit macht Diebe«, stimmte er zu. »Wär' verdammt komisch, wenn wir hier noch ander'n Einbrechern begegnen, was?«

»Nein«, sagte Kriss. »Nicht wirklich.«

Sie hielt vor einem Plan des Museums, der im Halbdunkel nur mit Mühe zu entziffern war, und schob die Schutzbrille über ihre Stirn, so wie Lian. Sie befanden sich im dritten Stockwerk, in dem Exponate aus der post-ælonischen Epoche ausgestellt waren. Nicht das, was sie suchten. *Vormenschliche Zeit, Gründerjahre* – da war es! *Prä-kiradianische Epoche!*

»Den Korridor entlang, eine Treppe runter, dann den nächsten Raum rechts und dann geradeaus«, flüsterte sie, mehr zu sich selbst als zu Lian, in dem Bemühen, sich den Weg einzuprägen. *Korridor, Treppe runter, dann rechts, dann geradeaus …*

»Los«, zischte Lian. Er hatte einer Wache den Säbel abgenommen und eilte Kriss voraus, während sie Umi noch einmal an der Giftphiole nippen ließ.

Am Ende des Korridors ließen sie dem Vogel den Vortritt. Nach einem kurzen Erkundungsflug kehrte er kopfschüttelnd zurück. Niemand in Sicht.

Sie fanden sich in einem Treppenhaus wieder. *Runter,* bedeutete Kriss den beiden und hoffte, dass ihr vielgerühmtes Gedächtnis sie nicht im Stich ließ. Hinter einer unverdeckten Fensterscheibe blitzte es rot, grün und gelb. Die Jubelrufe der Bürger waren bis hierher zu hören, wie die Brandung eines fernen Ozeans.

Sie hasteten die Treppen hinab. Kriss versuchte, ihr beginnendes Seitenstechen zu ignorieren. Aber sie bekamen ganz andere Probleme, denn kaum hatten sie die Doppeltür zum nächsten Stockwerk erreicht, öffnete sich diese. Einen Moment lang standen sie und die beiden Wachen sich wortlos gegenüber, beide Seiten gleichermaßen überrascht. »Alarm!«, brüllte ein Wächter, bevor Umi ihn ausschaltete. Der andere, ein junger Bursche, ließ sich mit einem schnellen Streich von Lian entwaffnen. Er hob die zitternden Hände, da wurde auch er in den Hals gepickt und ging kurz darauf zu Boden. »Es tut mir so leid!«, flüsterte Kriss den Hestrianern zu.

Da ertönten Schritte von Stiefeln und das Klappern von Harnischen. Weitere Wächter rückten im Treppenhaus an, ein Stockwerk unter ihnen, mindestens fünf oder sechs Mann.

Noch bevor sie Zeit hatten, Umi vorauszuschicken, riss Lian Kriss zu sich hinter die Tür und verschloss diese. »Wir brauchen was zum Verriegeln!«, rief er und stemmte sein ganzes Gewicht gegen die Tür. Schritte und Klappern kamen immer näher, die Treppe hinauf.

Kriss ließ den Blick durch den Raum kreisen. Sie befanden sich in einer großen Halle. Die Fenster waren dicht, Gaslicht wirkte der Dunkelheit entgegen. Weiß abgedeckte Schränke und Vitrinen ringsum sahen aus wie kantige Gespenster. Sie entdeckte einen alten, mit Samt bezogenen Stuhl und schob ihn zu Lian. Dieser verkantete das Möbel unter den Türgriffen und sah Kriss an. »Wohin?«

»Da lang!«, rief sie und zeigte nach rechts. Lian rannte los und Kriss ihm nach, völlig außer Atem, mit rasendem Puls. Sie hörten, wie an der Tür hinter ihnen gerüttelt wurde. Schwere Körper warfen sich dagegen.

Umi bildete die Vorhut; eine Wache, eine Frau mit pockennarbigem Gesicht, tauchte plötzlich aus einem Nebenraum auf. »Was ist hier –?« Noch bevor Kriss und Lian anhalten mussten, ging sie ächzend zu Boden.

Kriss schluckte. Umi war so schnell gewesen, dass sie ihn kaum gesehen hatte. Sie sprangen über die bewusstlose Frau hinweg. Am Ende der Halle konnten sie bereits eine Flügeltür sehen: »*Prä-kiradianische Epoche*« stand auf einem Messingschild darüber. Sie war nicht verschlossen.

Gerade, als sie hinter der Tür verschwanden, ertönte ein Scheppern in der Halle hinter ihnen. Die Wachen stürmten das Stockwerk!

»Umi«, keuchte Kriss. »Flieg los und lock sie irgendwo anders hin! Schaffst du das?«

Der Vogel pfiff bestätigend. »Viel Glück«, flüsterte sie, als er durch den Türspalt verschwand, den Lian ihm offenhielt.

»*Da vorne!*«

»*Fangt das Vieh!*«

Schritte wurden laut – und entfernten sich wieder, doch ohne dass Kriss sich erleichtert fühlte. Sie wusste, wie flink Umi war. Aber es klang, als sei nun ein halbes Dutzend Wachen hinter ihm her. Würde er sie alle austricksen können?

»Er kriegt das schon hin«, sagte Lian, als habe er ihre Gedanken gelesen. »Sag mir lieber, ob wir hier richtig sind.«

Kriss blickte sich um. Sie befanden sich in einer weiteren Halle, schmaler und länger als jene, die sie eben verlassen hatten. Auch hier gab es abgedeckte Ausstellungsstücke und Bilder an den Wänden sowie zurückgelassene Malerausrüstung. Sie erschrak, als sie den Mann sah, der sich unter einem Laken versteckte, keine fünf Schritte von ihnen entfernt. Aber es war kein Mensch, wie sie erkannte, als Lian den Stoff wegzog, sondern eine Statue aus Granit. Die Statue einer Frau. *»Fürstin Parella die Liebreizende (3002-3089)«* stand auf einer Plakette.

»Das ist die Falsche!« Langsam kam Kriss wieder zu Atem, aber die Seitenstiche blieben. »Dahinten ist noch eine!«

Das nächste Laken enthüllte das marmorne Standbild eines Eislöwen im Sprung. In der dürftigen Beleuchtung wirkte das Tier erschreckend lebendig.

»Was ist mit dem Ding da drüben?« Lian lief Kriss voran ans Ende der Halle, wo sich ein zwei Klafter großes Gebilde unter einem weiteren Laken versteckte. Als die Stoffmassen gefallen waren, blickte ein junger Mann in fantastischer Rüstung auf sie herab. Ganz aus schimmernder Bronze gegossen, stand er auf einem sternförmigen Sockel mit acht Zacken, sein Schwert erhoben, als wollte er eine Armee in die Schlacht führen. Der vorderste Zacken war länger als die anderen, eine Inschrift war darauf zu erkennen. *»Ollon Monda«*, stand dort, als wären weitere Erklärungen unnötig.

»Er ist es!«, rief Kriss. Gaslicht fing sich in den Bronzeaugen des Kriegers. Seinem Blick folgend drehte sie sich um und fand …

Nichts. Keine zwei Schwerter, nur eine leere, frisch gestrichene Wand. Sie wandte sich wieder der Statue zu, verfolgte erneut deren Blickrichtung, mit dem gleichen Ergebnis. Ollon Monda, der letzte Krieger, starrte auf eine weiße Wand.

»Das kann nicht sein! ›Der letzte Krieger sieht durch zwei Schwerter‹! Es muss hier irgendetwas geben!«

Lian begann die Wand abzuklopfen. »Massiv.« Die Hände in die Hüften gestemmt, sah er nach oben. »Ich brauch 'ne Leiter, um an den Rest ranzukommen.«

Gemeinsam schoben sie eines der Malergerüste vor die Wand. Lian legte den erbeuteten Säbel ab und kraxelte die Holzkonstruktion hinauf. Während er den oberen Teil der Wand untersuchte, schlug Kriss das Herz bis zum Hals. »Nichts«, sagte Lian.

Kriss' Gedanken rasten. »Vielleicht haben die Maler es übergestrichen. Vielleicht gab es dort vorher ein Wandgemälde, etwas in der Art!«

»Oder das is' die falsche Statue. *Schessk.*« Lian setzte sich auf das Gerüst. »Gib mir mal den Säbel. Ich versuch', die Farbe abzukratzen.«

Kriss ging in die Hocke und reichte ihm die Waffe. Sie hörte das Schaben der Klinge auf der Wand. Ihre Gedanken kehrten immer wieder zu Umi zurück. Ging es ihm gut? Hatten sich die Wachen von ihm täuschen lassen? Sie hatte das entsetzliche Gefühl, die Zeit liefe ihnen davon. Wenn sie noch länger warteten, würde keiner von ihnen dieses Gebäude freien Fußes wieder verlassen. Sie hatte keine Ahnung, welche Strafe die hestrianischen Gesetze für Einbrecher vorsahen. Aber vielleicht war es besser, wenn sie das nicht wusste.

Draußen tobte noch immer das Feuerwerk. Kriss sah zurück zur Statue und untersuchte erneut deren bedeutungslosen Blick. Es war eine schöne Arbeit, kein Zweifel. Der letzte Krieger sah aus, als könne er jedem Moment zum Leben erwachen und ihnen entgegen stolzieren … Wie er sich wohl nach all den Jahren der Reglosigkeit fühlen würde?

»Natürlich!«, rief sie plötzlich aus.

»Was ›natürlich‹?« Lian hielt inne. Die Säbelklinge war weiß, wie mit Puder bestreut.

Kriss sah zu ihm auf. »Die Statue! Sie hat nicht immer hier gestanden!«

Lian kletterte von dem Gerüst. »Wo sonst?«

Kriss umrundete die Statue, auf der Suche nach weiteren Plaketten. Und sie fand eine. »Hör dir das an! ›Bronzestandbild von Hauptmann Ollon Monda, 4198 bis 4227. Letztes Mitglied des Ordens der Flammenklingen. Verteidigte während der Invasion der Ojaren die fürstliche Familie mit seinem Leben. Geschaffen von Hofbildhauer Merkolf Garwi im Jahre 4271 stand diese Statue bis zum Jahre 5044 am Mittelpunkt der Westpromenade.‹« Sie sah zu Lian, der stirnrunzelnd versuchte, die Zahlen nachzurechnen. Kriss nahm es ihm ab. »Sie haben ihn erst vor zwei Jahren ins Museum gestellt! Veribas konnte das nicht wissen! Er dachte, die Statue stünde immer noch an der Westpromenade!«

»Und da müssen wir jetzt hin?«

»Genau!« Kriss wandte sich der Statue zu. Mit den Zähnen zog sie sich die Handschuhe ab, dann kramte sie Papier und einen Kohlestift aus ihrer Gürteltasche und begann zu zeichnen. »Merk dir jedes Detail, alles kann wichtig sein!« Sie hatte gewusst, dass Veribas sie nicht an der Nase herumführen würde. Und sie war sicher, wenn sie den ursprünglichen Standort der Statue fanden, dann würden sie auch die mysteriösen ›zwei Schwerter‹ entdecken – und schließlich ›das Haus des Schläfers‹, von dem der Rätselvers gesprochen hatte. Danach gab es nur noch einen Wegweiser bis nach Dalahan! Kriss wurde heiß und kalt bei dem Gedanken.

Nach ein paar geschickten Strichen glaubte sie, alles, was an dem Standbild wichtig sein konnte, festgehalten zu haben. »Nichts wie raus hier!« Sie steckte ihr

Zeichenzeug ein und zog sich die Handschuhe wieder über.

Lian grinste. »Dein Wunsch is' mir –«

Ein Klopfen ging durch die Halle. Kriss stockte der Atem. *Sie haben uns gefunden!*

Es klopfte wieder. Lian dachte das Gleiche wie sie und schwang den Säbel. Aber das Geräusch war zu leise, fast schon zaghaft, um von den Wachen zu kommen.

»Umi!« Kriss lief zurück durch die Halle, gefolgt von Lian. Er öffnete vorsichtig die Tür, nur einen Spalt breit.

Da schwebte der kleine Kupfervogel herein und zwinkerte sie fröhlich an. Von den Wachleuten war kein Mucks zu hören. Kriss breitete die Arme aus und umschloss das mechanische Geschöpf. »Danke«, sagte sie und küsste sein Köpfchen. Umi klapperte tschilpend mit den Lidern.

»Noch sind wir hier nich' raus«, erinnerte Lian die beiden. Sie ließen die Halle mit der prä-kiradianischen Kunst hinter sich, genau wie die bewusstlose Wächterin.

Kriss hoffte, dass es Umi gelungen war, die Museumswachen so weit wie möglich vom dritten Stockwerk fortzulocken - und dem Seil aus Geisterseide, das dort lag. Sollten die Kerle das Fluggerät auf dem Dach finden, welchen Fluchtweg gab es dann noch? Das Gebäude war umzäunt und der Vorhof voller Wachen. Doch sie hatte Vertrauen in den kleinen Vogel.

»*Keine Bewegung!*« Ein Wächter trat unversehens aus einem Nebengang zu ihnen und schnitt ihnen den Weg ab. Er trug einen nach oben gezwirbelten Schnauzbart im Gesicht - und in seiner Hand eine zweiläufige Pistole. »Sie sind hier!«, brüllte er. »Ich hab sie gef–!«

Noch bevor Kriss ihn abhalten konnte, raste Umi mit blitzenden Krallen auf den Mann zu.

»Nein!«, rief sie.

Der erste Schuss ließ die Fensterscheiben klirren; die Kugel verfehlte Umi und schlug in ein abgedecktes Bild an der Wand ein. Dann donnerte die Waffe erneut. Ein schreckliches Kreischen ertönte – und verstummte mittendrin. Kupferfedern flogen in alle Richtungen.

Tränen brannten in Kriss' Augen, als sie die Trümmer des Vogels auf den Boden rieseln sah. Sein Ælon-Herz lag dort in schillernden Splittern. Ein Hauch bunten Staubs entwich aus ihnen, als wäre es die Seele des winzigen Geschöpfs, die sich auflöste.

»Umi!« Sie bekam kaum mit, wie Lian mit einem Kampfschrei auf den Wächter losging. Mit einem Säbelstreich schleuderte er ihm die Pistole aus der Hand und trat ihm in den Bauch. Der Wächter torkelte zurück, gegen eine abgedeckte Vitrine. Glas klirrte, als er zusammen mit dem Schaukasten umkippte. Bevor er wieder auf die Beine kam, schmetterte Lian ihm die Handkante gegen den Hals. Der Mann sank leblos in sich zusammen, sein Bart baumelte herab.

Kriss hatte sich nach den Überresten des Vogel gebückt; heiße Tränen liefen über ihre Wange, als sie Umis Kopf sah und die blauen Glasaugen, die nun endgültig zersplittert waren. Sie begann, die Einzelteile aufzusammeln. Vielleicht konnte sie ihn wieder zusammensetzen! Ein neues Herz für ihn finden! Vielleicht konnte sie –!

Lian packte sie am Oberarm und riss sie mit sich.

»Nein!«, rief sie. »Wir können ihn nicht einfach zurücklassen!«

»Er is' hinüber«, sagte Lian; Kriss hasste ihn dafür. »Und das sind wir auch bald, wenn wir uns nich' beeilen!«

Schon hörten sie Schritte. Auf diesem Stockwerk!

Sie rannten durch die Tür, die Lian vorhin noch versperrt hatte, zurück ins Treppenhaus und in das

Stockwerk darüber. Lian trat die Tür auf, hob den Säbel – sie waren allein. Sie liefen los, in den Saal unter der Kuppel.

Kriss spürte immer noch den Stich in ihrem Herzen. Die Expedition hatte das erste Opfer gefordert. Sie glaubte nicht, dass es das letzte gewesen war.

Lian kletterte ihr voraus, die Geisterseide hoch. Schließlich wickelte Kriss sich das Seil um beide Handschuhe, während Lian all seine Kraft anstrengte, sie hochzuziehen. Sie hörte ihn ächzen und keuchen, spürte, wie die Seide bis aufs Äußerste belastet wurde, und wünschte sich, sich irgendwie leichter machen zu können. Doch Lian verzichtete auf einen Kommentar über ihr Gewicht. Und das verwirrte sie.

Die Nacht bebte vor Lärm und Licht. Das Fluggerät stand unangetastet dort, wo sie es gelassen hatten. Kriss zog die Schutzbrille über, schulterte den federleichten Apparat und schnallte sich in den Harnisch. Lian kam zu ihr. Er warf den Säbel fort und machte sich ebenfalls fest. »Flieg!«, befahl er dem Gerät laut.

Als sie abhoben, kämpfte Kriss darum, ihr Abendessen bei sich zu behalten. Auf Insektenflügeln jagten sie zurück zur *Windrose*, die vor der Küste auf sie wartete.

Das Museum lag fast eine halbe Meile hinter ihnen, als das Fluggerät zu rucken und zu bocken begann.

»Was ist los?«, kreischte Kriss.

»Ich weiß nich'!«, gab Lian gleichermaßen panisch zurück. »Das *Schessk*ding gehorcht mir nich' mehr!«

Kriss sah den Grund: Die Speicherkristalle, die an den Harnisch montiert waren, hatten kaum noch Ladung. Die Ælon-Partikel, die sie umflirrten, waren gerade so zu erahnen.

Ein weiterer Ruck – und sie verloren an Höhe.

»*Korf!* Wir müssen runter!«, schrie Lian gegen den brausenden Flugwind.

Kriss antwortete nicht. Sie betete nur.

Lian ließ den Flieger in einer großzügigen Spirale zu Boden gehen. Ein Boulevard voller Menschen lag direkt unter ihnen. Finger wurden nach oben gerissen, Leute sprengten in alle Richtungen.

»Halt dich fest!«, rief Lian und Kriss gehorchte. Der Flieger drehte sich um die eigene Achse und krachte auf eine Festtribüne, auf der eben noch eine Kapelle gespielt hatte.

Kriss' Rücken traf auf etwas Hartes. Stöhnend schlug sie die Augen auf und begriff erst nach einem Moment, dass sie nicht tot war. Lian lag auf ihr, sein Gewicht drückte ihr fast die Luft ab. Sie hörte, wie er sich abschnallte und dann das Gleiche mit ihr tat.

»Kriss! Alles in Ordnung?«

Sie ächzte ein »geht schon«. Sichtlich erleichtert, streckte Lian ihr die Hand entgegen. Er half ihr auf und umarmte sie. »Dem Weltengeist sei Dank!«, sagte er lachend.

Kriss spürte Flügel in ihrem Bauch flattern. Sie war nicht bereit, sich aus der Umarmung zu lösen, aber sie bemerkte die Blicke der Menschen, die sich der Tribüne näherten und mit maskierten Gesichtern zu ihnen starrten.

Lian verneigte sich vor der Menge. »Danke, danke, danke! Ihr wart 'n wunderbares Publikum!«

Keiner wusste, was er meinte. Jemand fing zögernd an zu applaudieren. Andere stimmten mit ein.

»Soldaten!«, flüsterte Kriss, als sie auf der anderen Seite des Boulevards schwarze Barette zwischen den Masken sah. Lian hielt ihre Hand; sie sprangen von der Tribüne und tauchten in der Masse unter. Noch bevor der erste Soldat den gestürzten Flieger erreichte, waren sie verschwunden.

»Er hat ihn einfach erschossen, Lian!«, rief Kriss, als sie zur Westpromenade liefen.

»Ich weiß«, gab er zurück, ohne sich umzudrehen.

»Ich freu mich auch nich' drüber. Aber er war 'ne Maschine, Kriss, kein Mensch!«

Ja, das wusste sie. Aber es wurde dadurch nicht leichter. Umi war vom ersten Tag der Expedition an bei ihnen gewesen. Er hatte ihnen geholfen, Ruhndors Leuten zu entkommen und gegen die Mörderechse zu bestehen; er hatte sie getröstet, wenn sie Zweifel hatte. Sich mit ihr gefreut. Kriss konnte sich nicht vorstellen, wie der Rest der Reise ohne ihn werden würde.

Bürger hatten ihnen den Weg zur Promenade beschrieben. Kriss und Lian hatten die schwarze Kleidung, Schutzbrillen und Gürteltaschen mit ihrem Diebeswerkzeug in einer Seitenstraße zurückgelassen. Darunter trugen sie ihre gewöhnliche, weniger auffällige Kleidung. (Auch wenn auf dem Fest der Farben jeder aus der Menge stach, der nicht maskiert war.)

Die Soldaten hatten sie abhängen können. Lian hatte vorgeschlagen zum Schiff zurückzukehren, aber Kriss hatte darauf gedrängt, erst den früheren Standort der Statue aufzusuchen, falls Soldaten und Gendarmen ihnen später keine Gelegenheit mehr dazu gaben, in die Stadt zurückzukehren.

Die Promenade über den Kais war weitgehend verlassen. Von den wenigen Menschen, die es um diese Zeit hierher verschlagen hatte, schienen die meisten Liebespaare zu sein, die Hand in Hand über das mit Goldmöwendreck gesprenkelte Pflaster schlenderten. Das Feuerwerk hatte merklich an Kraft abgenommen; bald würde es ganz erlöschen.

Kriss und Lian fanden ihr Ziel ohne Probleme: einen größeren Platz mit einer breiten Balustrade an der dem Meer zugewandten Seite. Erwartungsgemäß war er völlig verlassen. Doch im Laternenlicht erkannte man selbst von Weitem den Punkt, an dem früher Ollon Mondas Standbild aufgebaut gewesen war, ein achtfach gezackter Stern, heller als das Pflaster ringsum.

Lian stellte sich darauf und ließ den Blick kreisen. »Schön und gut, aber woher wissen wir jetzt, wohin er geguckt hat?«

Kriss zog ihre Skizze der Statue aus der Hosentasche. »Ein Zacken des Sockels war länger als die anderen. Er hat in die gleiche Richtung gezeigt, wie sein Blick. Hier.« Sie deutete auf die Stelle im Pflaster. Lian kniff ein Auge zusammen und richtete den Zeigefinger auf die Spitze des verlängerten Zackens, dann hob er ihn zum Horizont. Ein breites Grinsen erschien in seinem Gesicht. »Ich seh' was, das du nich' siehst.«

Kriss stellte sich direkt neben ihn – so dicht, dass sie seine Haut riechen konnte – und folgte seiner Deutung.

Dort draußen, weit vor der Küste, beschien das doppelte Mondlicht graue Klippen, die sich aus dem Wasser erhoben. Es mochten gut ein Dutzend sein; keiner der Felsen ragte höher als ein Klafter über die Wellen.

Bis auf zwei, die sich wie lange Dornen den Sternen entgegenspitzten. Dornen – oder Schwerter.

Es kam einfach über sie. Kriss schlang die Arme um Lian – und küsste ihn auf die Wange. Er beschwerte sich nicht darüber. »Jetzt fehlt nur noch ein Hinweis!«, jubelte sie. Für einen Moment konnte sie sogar vergessen, was mit Umi geschehen war. »Wir haben es fast geschafft, Lian!«

»Hab' nie dran gezweifelt«, erklärte er lächelnd.

Kriss musste sich dazu zwingen, ruhig zu bleiben. Sie zog den Kompass aus der Gürteltasche, hielt ihn vor sich und sah direkt zwischen die beiden Klippen hindurch. »Richtung Nord-Nordwest«, meldete sie.

»Äh, Kriss«, sagte Lian hinter ihr.

Sie ließ den Kompass immer noch nicht sinken. »Jetzt brauchen wir nur noch eine Landkarte und ziehen dann eine Linie von hier bis –!«

»Kriss«, wiederholte Lian, seltsam tonlos.

»Was –?« Sie drehte sich um. »Oh«, sagte sie, als sie erkannte, was er ihr hatte sagen wollen.

Soldaten kamen von allen Seiten. Eine halbe Armee richtete ihre Musketen auf Lian und Kriss.

»Im Namen von Fürstin Jellisande«, rief ein Hauptmann, »steht Ihr hiermit unter Arrest! Nehmt die Hände hoch und ergebt Euch! Widerstand ist zwecklos!«

Futter für die Lavawürmer

»Was?«, rief Kriss aus. »W-Wieso? Wie lautet die Anklage?« *Der Einbruch! Sie wissen davon!*

»Ihr werdet mit uns kommen«, sagte der Hauptmann.

»Und ich will wissen, wieso!«

Er gab keine Antwort. Auf einen Wink von ihm traten Soldaten vor. Kriss sah, wie Lian die Muskeln anspannte. Aber letztlich schien ihm klar zu sein, dass sie ihn durchlöchern würden, wenn er auch nur falsch blinzelte. Also wehrte er sich nicht, als die Soldaten sie nach Waffen abtasteten. Trotzdem: *Wenn Blicke töten könnten*, dachte Kriss.

»Ihr macht einen Fehler!«, erklärte sie dem Hauptmann, als man sie beide in Ketten legte. Es überraschte sie, wie gut sie ihre Stimme unter Kontrolle hatte. »Wir sind milorianische Bürger und unsere Botschaft weiß, dass wir hier sind!« Es war ziemlich schlecht gelogen, das wusste sie.

»Erzählt das jemanden, den es interessiert.« Auf eine Handbewegung des Hauptmann wurden sie abgeführt.

Eine schwarze Kutsche, überdacht und mit Gitterstäben vor den Fenstern, stand bereit. Die beiden Stelzer, die ihr vorgespannt waren, klapperten unruhig mit den Hufen auf dem Pflaster.

»Rein da und Maul halten!«, befahl eine Soldatin. Kriss und Lian gehorchten. Die Kutschtür wurde geschlossen und verriegelt. Sie fuhren los.

»Tja, man soll den Tag halt nich' vor dem Abend loben.« Lian verzog humorlos die Mundwinkel.

»Sie haben nichts vom Museum gesagt«, flüsterte Kriss verwirrt. »Aber wenn sie nichts davon wissen, warum sollten sie uns festnehmen?« Ihr Herzschlag wollte sich nicht beruhigen. Was warf man ihnen vor?

Was würden sie mit ihnen machen? Wo brachte man sie hin? »Vielleicht ist es nur ein Missverständnis!«

»Klar«, sagte Lian. »Sicher woll'n sie uns nur zum Tee einladen.«

»Das ist nicht witzig!«

»Meinst du, das wüsst' ich nich'?«, schnappte er. Kriss zuckte zusammen.

»Der Kapitän wird nach uns suchen.« Sie sah durch das vergitterte Fenster aufs Meer, konnte jedoch die *Windrose* nirgends ausmachen. »Vielleicht kann er uns helfen ...«

Die Kutsche ließ die Stadt hinter sich und folgte einer Landstraße nach Westen. In der Ferne erkannte Kriss die fantastischen Türme des Fürstenpalastes; weiße und silberne Mauern strahlten im Mondlicht. *Wieso bringen sie uns hierher?*

Auf einem Innenhof öffneten die Soldaten die Kutsche und bedeuteten ihnen mit vorgehaltenen Musketen, auszusteigen. Kriss und Lian taten, wie ihnen geheißen. Man führte sie zu einem dampfbetriebenen Aufzug; Kriss' drehte es den Magen um, als die hölzerne Kiste plötzlich in die Höhe schoss.

Sie wurden in ein Zimmer mit Dielen aus Bernsteinholz und stuckverzierten Wänden gebracht. Die Wachen verteilten sich im Raum, ohne ihre Musketen zu senken, während vergangene Herrscher mit strengen Mienen von goldgerahmten Gemälden auf sie herabsahen. Die umstehenden Möbel – ein Sofa und mehrere Sessel um einen Tisch – sahen zu teuer aus, um benutzt zu werden, aber man hatte den Gefangenen ohnehin keinen Sitzplatz angeboten.

»Und jetzt?«, fragte Lian.

Kriss erschrak, als ein Schmetterhorn geblasen wurde. Ein Diener mit weiß gepuderter Perücke erschien an der Tür und hämmerte mit einem Zeremonienstab auf den Boden. »Ihre Durchlaucht, Fürstin Jellisande IV., Tochter des Hauses Mellramon, Herrscherin von Hestria und Verteidigerin des Glaubens, Licht ihrer Untertanen, Geißel ihrer Feinde!«

Eine junge Frau trat ein, keine drei Jahre älter als Kriss. Sie trug ein Kleid, bestickt mit weißen Daunen um den schlanken Körper und Perlenketten im Haar. Ihr hübsches Gesicht war marmorbleich geschminkt, mit schillernden Schleifenmustern um die Mandelaugen. Sie bewegte sich, als gehörte ihr nicht nur das Fürstentum, sondern das ganze Universum.

Ihr Begleiter schien einiges zu ihrer Selbstsicherheit beizutragen, denn an ihrer Seite schritt ein ausgewachsener Eislöwe. Sein dichter Pelz und die stattliche Mähne hatten die Farbe von frisch gefallenem Schnee und seine Augen funkelten rot wie geschliffener Karneol, als sie Kriss und Lian ansahen.

Fürstin und Eislöwe gingen an den Gefangenen vorbei, als würden sie gar nicht existieren. Jellisande IV. ließ sich auf das Sofa vor ihnen nieder und schlug die langen Beine übereinander. Ihre Hände steckten in Abendhandschuhen aus weißer Spitze. Mit der Linken öffnete sie einen Seidenfächer, während sie mit der Rechten die Mähne ihrer Schoßbestie streichelte. Erst jetzt schien sie Kriss und Lian wahrzunehmen und musterte beide mit süffisantem Lächeln. »Ich bekomme normalerweise selten Besuch zu dieser Zeit«, sagte sie und Lian prustete fast los, als er das deutliche Lispeln der Herrscherin hörte. Ihm verging das Lachen sofort, als der Eislöwe die schrecklichen Zähne bleckte.

»Euer Durchlaucht!« Kriss bekam gerade so einen Knicks hin, wobei ihre Ketten rasselten. »Verzeiht, dass man Euch mit unserer Anwesenheit belästigt! Es handelt sich ganz sicher um ein Verseh–!«

»Oh«, die junge Fürstin lächelte mit einer deutlichen Zahnlücke, »ich konnte dank des Feuerwerks ohnehin nicht schlafen. Daher dachte ich, ich sehe mir persönlich an, was meine Spionjäger da aufgegriffen haben.«

»Spionjäger?«

»Das sagte ich.« *Dass ssagte ich.*

Kriss lächelte nervös. »Euer Durchlaucht, ich bitte vielmals um Verzeihung, aber wir sind keine Spione!«

»Euer Akzent.« Die Fürstin fächelte sich Luft zu. »Milorianisch, nicht wahr?«

»Ja, Durchlaucht«, sagte Kriss. Lian nickte nur mit grimmiger Miene.

»Natürlich.« Ihre Gastgeberin schien nichts anderes erwartet zu haben. Das alles erheiterte sie offenbar sehr. »Und was seid Ihr, wenn keine Spione?«

»Forscher, Euer Durchlaucht!« Kriss verneigte sich sicherheitshalber. Warum konnte ihr nicht endlich jemand die Fesseln abnehmen? »Wir befinden uns auf einer Expedition und haben in Eurem schönen Land nur kurz Halt gemacht.«

»Forscher? Was, in einer Schulklasse?«

»Witzig«, murmelte Lian. Kriss mahnte ihn mit einem Blick, still zu sein.

»Nein, Durchlaucht«, sagte sie. »Ich bin Doktor Krisstenja Odwin, Dozentin für Archäologie und Frühe Geschichte an der Königlichen Universität von Tamalea. Und dies ist mein … Kollege, Lian Berris.«

Lian nickte knapp. »Angenehm.«

»Nein, wie drollig!« Die Fürstin klatschte in die Hände. »Es hat den Anschein, König Bekkards Geheimdienstleute werden immer kreativer«, sagte sie zu dem nächsten ihrer Soldaten.

»Euer Durchlaucht?« Kriss runzelte die Stirn.

»Ihr meint doch nicht ernsthaft, dass ich Euch auch nur ein Wort glaube?« Der Eislöwe schnurrte, als sein Frauchen ihn hinter dem Ohr kraulte. »Einer meiner Agenten hat Euch belauscht. Er sagte, Ihr wäret auf der Suche nach einer Waffe für einen Eurer Generäle. Leider hat er Euch in dem Gewimmel auf meinen Straßen verloren, aber er hat Eure Beschreibung weitergegeben.«

»E-Er muss sich verhört haben, Euer Durchlaucht! Wir suchen keine Waffe! Wir sind auf der Suche nach …« Sollte sie es sagen? Vielleicht kamen sie mit der Wahrheit am weitesten. »Nach der Insel Dalahan!«

»Dalahan? Dieses alte Märchen? Großer Weltengeist, diese Geschichte ist fast verrückt genug, um wahr zu sein.«

»Sie *ist* wahr, Durchlaucht! Ich weiß, ich bin noch sehr jung für jemanden meiner Profession, aber ich bitte Euch, nehmt Kontakt mit Professor Alrik Dawalus an der Universität von Tamalea auf, oder mit der Finanzierin unserer Reise, Baronin Nejana Gellos! Sie werden Euch alles bestätigen, was ich sage!«

»Da habe ich keinen Zweifel, *Doktor*.« Die Fürstin zeigte wieder ihre Zahnlücke. Der Eislöwe neben dem Sofa gähnte mit weit aufgerissenem Maul.

»Durchlaucht«, mischte sich Lian mit lockerem Ton ein, »jetzt mal im Ernst, glaubt Ihr, der Geheimdienst des Königs beschäftigt Minderjährige als Spione?«

»Natürlich.«

Für einen Moment stand Lian mit offenem Mund da, wie ein Tigerkarpfen an Land.

»Aber wenn wir Spione wären«, setzte Kriss an, »wäre es dann nicht klüger von uns, uns als einfache Reisende auszugeben, anstatt als Forscher? Es wäre viel … plausibler, findet Ihr nicht auch?«

»Wenn ich ein Spion wäre«, sagte die Fürstin, »würde ich genau so etwas antworten.« Sie richtete drohend den Fächer auf Kriss. »Ich gebe Euch hier und jetzt die Gelegenheit, ein Geständnis abzulegen. Was ist diese Waffe, nach der Ihr sucht? Und wo befindet sie sich?«

»Es *gibt* keine Waffe, Durchlaucht!«

Die Fürstin klappte den Fächer zusammen. »Ihr beginnt, mich zu *langweilen*.« Der Eislöwe knurrte. Seine Karneolaugen funkelten.

Kriss' Herz sank in die Tiefe. »Das tut mir leid, Durchlaucht!« *Warum hörst du mir nicht zu, du angepinseltes Biest?* »Aber alles, was ich Euch sage, ist die Wahrheit! Wir sind keine Spione!«

Die Fürstin sah zu dem besonders finster dreinschauenden Gemälde eines bärtigen Mann mit einer Unmenge Orden auf der Brust. »Mein Vater - möge seine Seele in den Lichtlanden Frieden finden! - hat nach dem Großen Feuer hart gekämpft, Hestria wieder zu seiner alten Größe zurückzuführen. Unseres ist eines der reichsten Länder der Welt, ungeachtet seiner Größe. Wir wissen, dass unsere Feinde trotz des Waffenstillstands alles daran setzen, uns von innen heraus zu zerstören. Ihr seid nicht die einzigen Spione, die sich innerhalb unserer Grenzen herumtreiben. Aber unsere Geheimpolizei ist die tüchtigste von allen. Und sie kennt Mittel und Wege, Euch zum Reden zu bringen.« Die Fürstin wandte sich gelangweilt an ihre Soldaten. »Schafft sie in den Turm. Sie kriegen eine Nacht Bedenkzeit. Danach sollen sie nach allen Regeln der Kunst verhört werden.«

Die Soldaten packten die beiden Milorianer. »Nehmt eure *schessk*verdammten Hände weg!«, fauchte Lian und schlug mit gefesselten Händen um sich, bis man seine Arme packte und ihn ruhigstellte.

»Durchlaucht, ich bitte Euch –!« Kriss hielt ungewollt inne, als einer der Soldaten seiner Herrscherin etwas ins Ohr flüsterte. Ein interessierter Ausdruck erschien auf der Miene der Fürstin. »In der Tat?«, fragte sie den Mann und lächelte. »Ich wurde soeben informiert, *Doktor*, dass wir vor drei Jahren, zur Regentschaft meines Vaters, Besuch von einigen Eurer Landsleute hatten, die sich ebenfalls als Forscher ausgaben. Archäologen, um genau zu sein. Unter ihnen befand sich ebenfalls jemand mit dem Namen Odwin.«

Für einen Moment vergaß Kriss zu atmen. »*Brialla* Odwin?«

Die Fürstin sah zu dem Soldaten. Er nickte. »Es hat den Anschein.«

»Das ist meine Mutter, Durchlaucht!«

»Ach wirklich?«

»Was ist mit ihr passiert? Bitte sagt es mir!«

»Nun, was glaubt Ihr? Sie wurde wegen Spionage festgenommen. Genau wie die anderen.«

»Nein!«, keuchte Kriss. »Was habt Ihr mit ihr gemacht?«

»Bleibt weiter so starrsinnig und Ihr werdet es bald am eigenen Leib erfahren«, versprach die Fürstin, nun wieder mit dem lückenhaften Lächeln, das Kriss so sehr hasste. »Gute Nacht, *Doktor*. Danke für die amüsante Abendunterhaltung.«

Die Soldaten schleiften sie hinaus. Kriss wehrte sich nach Leibeskräften. »Was habt Ihr mit ihr gemacht? Sagt es mir! *Was habt Ihr mit ihr gemacht?*«

Doch Fürstin Jellisandes Aufmerksamkeit galt allein ihrem schrecklichen Schoßtier.

Ein kleines Luftschiff landete im Innenhof des Palastes. Die Soldaten drängten sie an Bord und befestigten ihre Ketten an der Wand einer Zelle. Mit dröhnenden Luftschrauben flog die Maschine weiter landeinwärts.

Sie kann nicht tot sein!, dachte Kriss mit zugeschnürter Kehle. *Sie darf nicht tot sein!*

Sie sah zu Lian. Bedauern lag in seinem Blick. Sie schloss die Augen. Tränen rannen über ihre Wangen.

Jenseits des vergitterten Bullauges wichen die Felder Hestrias einer kargen Berggegend, grau und schrundig, so leblos wie die Ebene der Toten, die sie auf dem Weg ins Fürstentum überflogen hatten. Schon von Weitem sah Kriss den Turm.

Er war ein spindeldürres Gebäude, fast die Karikatur eines Turms. Schwarzschnäbel und Meckerkrähen umkreisten sein spitzes Dach. Kriss bildete sich ein, das Bauwerk im Wind schwanken zu sehen.

Rötliches Licht badete das Gemäuer. Doch es stammte nicht vom Roten Mond, sondern von dem See aus Lava, über den sich der Turm erhob. Einen Moment lang glaubte Kriss zu sehen, wie sich ein schwarzer Schemen durch die brodelnde und blubbernde Masse schlängelte.

Ein langer Steg wurde aus dem obersten Stockwerk ausgefahren. Männer in farblosen Tuniken kamen aus dem Inneren des Turms, um die Ankertaue des Luftschiffs aufzufangen.

»Bewegt euch!« Mit den Enden ihrer Musketen stießen die Soldaten Kriss und Lian aus dem Schiff. Als sie auf den Steg traten, blies ihnen heiße Luft wie aus einem Backofen durch das Haar; sie roch nach verbranntem Stein und Schwefel. Kriss wusste, wenn sie jetzt nach unten sah, würde sie vor Panik zu Eis erstarren, also richtete sie den Blick stur geradeaus, zu dem Torbogen, unter dem ein fetter Mann wartete und sich mit der fleischigen Hand über die Glatze strich. Seine Kopfhaut war fleckig vor Ausschlägen und Pusteln.

»Neuer Zuwachs für Euch, Direktor«, meldete ein Soldat. »Zwei milorianische Spione.«

»Was?«, grunzte der fette Mann. Er wischte sich die Hautschuppen von den Händen. »Diese Kinder?«

»Sie gehören Euch. Ihre Durchlaucht wünscht die übliche Behandlung für ihresgleichen.«

»Mit Vergnügen.« Der Direktor beugte sich vor und fasste nach Kriss' Kinn. Sie erwiderte tapfer seinen Blick aus trüben Schlitzaugen, während ihr fauler Atem ins Gesicht wehte. »Willkommen in unserem bescheidenen Anwesen, junge Herrschaften! Macht's Euch gemütlich. Wir haben zwar nur wenig Platz, aber dafür jede Menge Gesellschaft! Ich verspreche, unser Personal wird Euch jeden Wunsch von den Augen ablesen. Auch wenn's nichts unternehmen wird, ihn zu erfüllen!« Sein Bauch bebte vor Lachen. Lians

Miene verriet Kriss, dass er mit dem Gedanken spielte, sich loszureißen und den fetten Mann über den Steg zu werfen, hinab in die Lava. Sie betete, dass er nichts Unüberlegtes tat.

»Rein da!«

Man zwang sie ins Innere des Turms. Wimmern und Wehklagen schlugen ihnen entgegen. Verzweiflung legte sich wie eine Würgekette um Kriss' Hals, als sie einer engen Wendeltreppe aus schwitzendem Stein folgten. Hier drinnen war es unerträglich heiß und es stank nach Fäkalien, Blut und Erbrochenem. Zwei Wärter kamen ihnen entgegen. Zwischen sich trugen sie eine bewusstlose Frau, bis zum Skelett abgemagert.

»Futter für die Lavawürmer«, erklärte der fette Direktor fröhlich, während er ihnen voranschritt. »Obwohl, viel ist nicht mehr dran …«

Kriss hatte das Gefühl, in einem Albtraum gefangen zu sein. »Das ist barbarisch!«

»Spart aber die Beerdigung.« Der Direktor hob im Weitergehen den Finger. »Falls Ihr Fluchtpläne hegt, schlagt Euch das aus Euren hübschen Köpfen. Selbst wenn Ihr es aus den Zellen schaffen solltet, haben meine Leute Euch in Windeseile gefasst. Und für den Fall, dass Ihr dran denkt, den langen Weg nach unten zu nehmen, nun, die Lava ist sehr heiß. Und die Kristalle, die sie am Kochen halten, sind erst in zwanzig, dreißig Jahren ausgebrannt. Aber irgendwas sagt mir, dass keiner von Euch solange durchhalten wird.«

Er schloss eine gusseiserne Gittertür auf. Dahinter gab es einen Gang und links und rechts davon jeweils drei leere Zellen. Eine einsame Gaslampe flackerte an der Wand; Kriss spürte, wie der Wind gegen den Turm drückte.

Man entfernte ihnen die Ketten von den Handgelenken und sperrte sie ein, jeden in eine andere Zelle.

»Ich wünsche eine gute Nacht!« Der Direktor jaulte

vor Lachen. Die Tür fiel mit einem endgültigen Knall hinter ihm ins Schloss.

Kriss' Beine gaben nach. Sie fiel auf eine Holzbank, mit dem Rücken gegen den warmen Stein und rang mit den Tränen, als sie sich vorstellte, dass Bria die letzten Tage ihres Lebens in diesem Kerker verbracht hatte. Dass alle Hoffnung, ihre Mutter jemals wiederzusehen, vergebens gewesen war; dass sie sie verloren hatte, genau wie ihren Vater.

Aber die Fürstin hat nicht gesagt, dass sie tot ist! Vielleicht ist sie noch hier, in diesem Turm!

Das Atmen fiel ihr immer schwerer. Wenn Bria hier war, dann musste sie sie finden und wenn es nur dazu reichte, sich von ihr zu verabschieden. Sie musste hier raus. Aber wie?

Neben der Bank gab es ein winziges Fenster, kaum so breit wie ihre Hand. Trotz der Gitterstäbe konnte Kriss bis hinab auf den Lavasee blicken und zum ersten Mal sah sie sie ganz deutlich: Würmer aus schwarzem Metall, so dick wie einige Bäume des Smaragdwalds. Augenlose Kreaturen mit runden Mäulern, die aus dem Magma hervorschossen und nach den Vögeln schnappten, die den Turm umkreisten, nur um anschließend wieder in die flüssige Glut einzutauchen.

Kriss schluckte, die Zunge klebte ihr fast am Gaumen fest. Der Durst war schlimmer als der Hunger, der in ihr brannte. Schweiß lief ihr aus jeder Pore. Doch trotz ihrer Erschöpfung stand sie auf und ging in der Zelle auf und ab, auf und ab. Vorbei an dem stinkenden Loch, das anscheinend für ihre Notdurft vorgesehen war (mit einem Stapel groben Papiers daneben, dessen Zweck eindeutig war). Spinnweben hingen in den Ecken. Jemand hatte - mit einer Münze vielleicht oder seinen bloßen Fingernägeln - Flüche in den Stein geritzt. Staub und Steinsplitter der Arbeit lagen noch auf dem Boden.

Die Gitterstäbe waren massiv und kalt in ihren

Händen und so sehr sie auch daran rüttelte, sie gaben keinen Deut nach. Der Abstand zwischen ihnen war gerade groß genug, dass sie ihren halben Arm durchstrecken konnte.

Wenn Umi nur bei ihnen wäre. Er wäre den Soldaten bestimmt entkommen und ihnen bis zum Gefängnis gefolgt. Dann hätte er sich durch das Guckloch und die Gitterstäbe gezwängt und ihnen einen Schlüssel gebracht. Wieder sah Kriss die Überreste des Vogels vor sich – Fetzen aus Metall und Kristallsplitter. Es schnürte ihr die Kehle zu.

»Wir müssen hier raus.«

»Wenn du mir sagst wie, gerne.« Lian lag auf der Bank in der gegenüberliegenden Zelle und hatte die Hände unter den Kopf gelegt. Kriss sah, wie sehr es ihn quälte, hier eingesperrt zu sein.

»Der Kapitän wird seine Leute ausschicken, wenn er nichts von uns hört!« Sie rieb sich die wunden Handgelenke. »Sie werden rauskriegen, dass man uns hierher gebracht hat und –«

»Bisses soweit is', haben sie uns längst schon zum Verhör gezerrt.« Lians Stimme klang so hart wie der Stein um sie herum. »Und selbst wenn wir denen erzählen, was sie hör'n wollen, meinst du, die lassen uns danach laufen? Wenn wir Glück haben, werfen sie uns den Würmern zum Fraß vor. Und bis andere Hilfe eintrifft, isses auch längst zu spät«, murmelte er.

Kriss horchte auf. »Was meinst du damit: ›andere Hilfe‹?«

»Na, irgendwer halt!« Er trat gegen die Wand. »Von alleine kommen wir hier ganz bestimmt nich' raus! Nich' mit den ganzen Wachen oder diesen *schessk*verdammten Viechern da draußen.«

Sie umklammerte die Gitterstäbe. »Heißt das … du willst aufgeben? Ausgerechnet du?«

Er gab keine Antwort.

»Ich dachte, deine Freiheit wäre dir wichtig …!«

»Is' sie auch! Wichtiger als alles andere! Aber wie sollen wir abhauen, ohne Schlüssel, ohne Waffen, ohne Schiff?« Lian schwang sich in Sitzposition. Sein Blick erschrak Kriss. So hoffnungslos hatte sie ihn noch nie gesehen.

»Wir müssen uns eben was einfallen lassen!«, beharrte sie verzweifelt.

»Sag Bescheid, wenn du 'ne Erleuchtung hattest.« Er legte sich wieder auf die Bank, den Unterarm über seinen Augen.

»Meine Mutter ist vielleicht hier, Lian.«

»Nach drei Jahren? Verlass dich nich' drauf.«

»Aber es besteht die Chance –!«

»*Korf!* Wenn sie jemals hier war, dann haben die Würmer sie längst verdaut!«

»Vielleicht ist sie ihnen entkommen!«

»Ja. Vielleicht is' sie einfach durch die Wand gelaufen und weggeflogen. Wach auf, Kriss! Sie is' genauso tot wie wir!« Sie sah seine Augen glitzern.

Auch wenn sie mit aller Macht dagegen ankämpfte, fing Kriss an zu weinen, leise und mit den Händen vor dem Gesicht.

Falls es ihm leidtat, dann sagte Lian nichts. Und sie verachtete ihn dafür, noch mehr als die Leute, die sie hier eingesperrt hatten; verachtete ihn dafür, dass er plötzlich den Mut verlor und sie mit ihrer Verzweiflung alleine ließ. Gerade jetzt, wo sie ihn brauchte.

Eine lange Zeit verging in Schweigen. Kriss hörte nur das Wimmern der anderen Gefangenen jenseits der Tür, das Wüten der Monster unten – und ihr eigenes Schluchzen.

»Kriss«, sagte Lian irgendwann. Sie antwortete nicht. »Kriss, entschuldige.«

Sie nahm die Hände vom Gesicht.

»Ich hab's nich' so gemeint. Du hast recht, es kann sein, dass sie entkommen is'.« Auch wenn er nicht klang, als würde er wirklich daran glauben, war sein

Blick mitfühlend. »Deine Mutter«, sagte er. »Willst du mir von ihr erzählen?«

»Wozu?«, fragte sie kühl und wischte sich die tränennassen Hände an der Hose ab.

»Weil's mich interessiert«, sagte er mit einem hilflosen Achselzucken und fummelte an seinen Schnürsenkeln herum. »Wie war sie so?«

»Nicht *war*«, betonte Kriss und wünschte sich, sie würde überzeugender klingen. »*Ist*.«

»Wie is' sie so?«, verbesserte sich Lian.

Kriss lehnte sich zurück, während die Erinnerungen auf sie einschlugen wie die Brandung bei Sturm. Die samtig-dunkle Stimme ihrer Mutter, schön wie eine Sommernacht, mit der sie alle Studenten im Lesesaal fesseln konnte. Wie Bria sie immer »Kriss*ten*ja« genannt hatte, wenn sie wegen irgendetwas wütend war. Wie sie manchmal mit Alrik zusammen Pfeife geraucht hatte und Kriss, als sie noch jünger gewesen war, das für undamenhaft gehalten hatte. Die kleinen, hellen Sprenkel in Brias Augen; die dünne Brille auf ihrer Nase, die ständig verschmiert war, so oft sie sie auch putzte.

Kriss ertrank im Damals; dachte daran, wie Bria ihr die Märchen von Dalahan vorgelesen und die Liebe zu alten Kulturen und Sprachen in ihrer Tochter geweckt hatte. Wie sie sie in den Arm genommen hatte, wenn Kriss sich von den Kindern ihres Alters ausgestoßen fühlte. Wie sie ihr Mut gegeben hatte und Trost gespendet, als klar geworden war, dass Timos nicht aus dem Krieg zurückkehren würde.

»Sie ist meine Lehrerin und meine älteste Freundin, Lian. Außer ihr und Alrik habe ich niemanden mehr. Und ich kann mir nicht vorstellen, wie die Welt sein wird, wenn sie wirklich für immer fort ist …«

Er sagte nichts. Aber sie sah, dass er verstand.

Kriss schüttelte den Kopf; sie wollte nicht, dass er sie weinen sah. Sie rieb sich die Augen, doch durch ihre staubigen Finger wurden sie nur noch mehr gereizt und –

Sie hielt inne und sah ihre Hände an. Blickte zu dem Staub auf dem Boden. Zu den Papieren neben dem stinkenden Loch. Zu Lians Schnürsenkeln.

Und plötzlich war da ein Plan.

Ihr Gesichtsausdruck musste sie verraten haben, denn Lian fragte halb hoffnungsvoll, halb misstrauisch: »Was hast du vor?«

Und sie erzählte es ihm, so leise sie konnte, da sie fürchtete, jenseits der Tür könnte ihnen jemand zuhören. Lian starrte sie nur an. Ob er es für Irrsinn hielt oder für eine gute Idee, war nicht zu erkennen.

»Was haben wir zu verlieren?«, fragte Kriss, plötzlich von neuer Kraft erfüllt.

Eine lange Zeit lang rieb sich Lian das Kinn. Dann erschien sein altbekanntes Grinsen: »Versuchen wir's!«

Kriss strahlte. Das war der Lian, den sie kannte.

Sie brauchten nicht lange, sich vorzubereiten. Als es soweit war, schrie Kriss aus vollen Lungen: »Wärter! He, *Wärter!*«

Ein Riegel schnappte auf, die Tür öffnete sich knarrend. Ein massiger Kerl mit Knollennase trat ein und zog einen Knüppel vom Gürtel seiner Tunika. »Was soll das Geplärre?«, bellte er und baute sich im Gang zwischen den Zellen auf. Unerreichbar für sie beide.

»Ich will gestehen«, erklärte Kriss.

»Glaubt ihr kein Wort!«, schrie Lian.

»Halt dein Maul!« Die Gitterstäbe sangen, als der Wärter dagegen schlug.

Lian schreckte zurück, aber er zeterte weiter: »Alles Lüge! Die Zunge soll ihr verfaulen!«

Kriss sagte etwas, doch es war zu leise, als dass der Wärter sie über Lians Gekreische hören konnte. Er kam näher, mit dem Knüppel drohend. »Was war das?«, fragte er.

»Das!«, sagte sie und hielt blitzschnell das gerollte Papier an den Mund. Der Wächter jaulte auf, als ihm feiner Staub in die Augen blies. Er stolperte zurück. Wild um sich schlagend prallte er mit dem Rücken gegen Lians Zelle.

Dieser reagierte sofort. Seine Hände schossen zwischen den Gitterstäben hindurch, trafen sich über dem Kehlkopf des Wärters und schlangen ihm den Schnürsenkel um den Hals. Lian zog und das Jaulen des Mannes wurde zu einem erstickten Röcheln. Er ließ den Knüppel fallen und versuchte, seine Finger unter die Würgeschlinge zu krallen. Vergeblich. Kriss konnte kaum hinsehen. Ihr Blick ging immer wieder zur Tür, die nach dem Eintreten des Wärters zugefallen war. Hatte sie jemand gehört?

»Keinen Mucks«, zischte Lian, während er den Schnürsenkel an die Gitterstäbe knotete. »Oder du bist tot!«

Der Wärter röchelte nur mit rot angelaufenem Gesicht. Lian griff durch die Stäbe nach dem Schlüssel am Gürtel des Mannes. Er befreite erst sich, dann eilte er zu Kriss' Zelle. Sie staunte ein weiteres Mal über sein Geschick, seine Schnelligkeit.

»Brialla Odwin«, sagte Kriss zu dem Wächter. »Ist sie hier?«

Er krächzte etwas.

»Mach dein Maul auf!« Lian hatte den Knüppel aufgehoben und presste ihn dem Hestrianer gegen die Brust. »Die Forscher aus Miloria, die ihr vor drei Jahren geschnappt habt. Was is' mit ihnen passiert? Rede, oder wir lassen dich verrecken!«

»Waren nie hier«, röchelte der Mann; sie konnten ihn kaum verstehen. »Sollten … in den Turm … hhhhhhhh … haben Soldaten bestochen … sind entkommen.«

Kriss' Herz blieb beinahe stehen. Belog er sie?

»Wo sind sie hin?«, fragte Lian zornig. Kriss war einmal mehr froh, ihn nicht zum Feind zu haben.

»Hhhhhhh … weiß … hhhhh … weiß nicht, wohin … hhhhhhhhh! Bitte! Hhhhh! Kriege keine … Luft!«

Sie lebt, dachte Kriss. *Sie muss leben!*

Der Wärter keuchte noch etwas. Dann sackte er zusammen.

Kriss schlug die Hände vor den Mund. »Ist er –?«

Lian hielt ihm den Finger an den Hals. »Bewusstlos«, sagte er.

»Wir können ihn da nicht so hängen lassen!«

Lian runzelte die Stirn. »Wieso nich'?«

»Lian!«

Seine Miene machte klar, was er von der Idee hielt, doch er kehrte zurück in seine Zelle und löste den Knoten. Der Wärter fiel zu Boden, ohne sich weiter zu rühren. »Hilf mir.« Lian packte die Arme des Mannes. Kriss begriff und umfasste die Füße des Wärters. Gemeinsam bugsierten sie ihn in die Zelle. Langsam kehrte eine gesündere Farbe in sein Gesicht zurück. Lian fesselte ihm die Hände mit den Schnürsenkeln und stopfte ihm zu guter Letzt das Toilettenpapier in den Mund. Dann verriegelten sie die Zellentür hinter sich.

»Gut.« Lian schwang den Knüppel. »Jetzt stehen nur noch schätzungsweise hundert von den Kerlen zwischen uns und der Freiheit.«

Sie lauschten an der Tür. Der Gang dahinter schien leer zu sein. Doch kaum waren sie aus dem Raum mit den Zellen getreten, erfüllte ein schrilles Pfeifen den Turm.

»*Alarm!*«, schrie jemand. Kriss und Lian erstarrten.

»*Unbekanntes Luftschiff im Anflug! Alle Mann zu den Waffen!*«

»Die *Windrose*«, flüsterte Kriss. Sie waren gerettet!

»Was jetzt?« Lian presste sich genau wie Kriss gegen

den Türrahmen. Sie hörten die Wärter in die Gänge stürmen, jedoch nur in den Stockwerken unter ihnen.

»Wir suchen das Portal mit dem Steg nach draußen!«, entschied Kriss. »Von dort aus werden sie uns sehen können!«

»Hast du dir den Weg gemerkt?«

Kriss nickte. »Da lang!« Sie zeigte die nächste Treppe nach oben. Sie liefen los; Lian marschierte voran. Sie hatten keine drei Schritte gesetzt, als jemand hinter ihnen brüllte: »Ihr da! Stehen bleiben!«

Eine Wärterin hetzte ihnen nach. »*Gefangenenausbruch!*«, schrie sie.

Kriss war nicht schnell genug. Die Frau packte ihren Fuß, brachte sie zu Fall. Sie konnte sich mit den Unterarmen abfangen, bevor sie mit dem Gesicht auf Treppenstein geschlagen wäre. Im gleichen Moment schleuderte Lian der Wärterin seinen Knüppel an die Stirn. Sie stürzte ächzend zurück und fiel die Treppe hinab, bis sie mit dem Kopf gegen die nächste Wand schlug und reglos liegen blieb.

Lian half Kriss auf. »Alles noch dran?«

Sie nickte. »Ja, ich –«

Weiter kam sie nicht. Kanonendonner ließ den Turm erbeben. Kriss und Lian schrien auf. Ein Stockwerk tiefer hörten sie Stein bersten und Kriss fürchtete für einen Moment, das Gefängnis würde in sich zusammenfallen. Die Gefangenen brüllten in ihren Zellen. Ein Dutzend Pistolen knallte, neue Schreie gellten auf. Der Gestank von Schießpulver breitete sich aus.

»Sie sind unter uns!«, rief Lian.

Eine Wolke aus Staub und Rauch wallte ihnen entgegen, als sie kehrt machten. Am Fuß der Treppe sahen sie durch den Nebel die Schemen von Männern und Frauen, die sich durch ein Loch in der Wand Zugang verschafft hatten. Feuer blitzte auf, als sie die letzten Wärter niederschossen. Das Schiff musste auf halber Höhe neben dem Turm schweben und sie über das Fallreep eingelassen haben.

»Kapitän?«, rief Kriss. Wie Lian hatte sie den Hemdkragen über Mund und Nase gezogen.

Der Qualm begann sich zu legen. Nein, es waren nicht Branskers Leute, die zu ihrer Rettung gekommen waren.

»*Korf*«, fluchte Lian. Kriss war geneigt ihm zuzustimmen.

Es waren die Graujacken. Ihnen voran stand der Mann mit den gespenstisch blauen Augen, Markon Dorello. Er sah zu ihnen hoch und wischte sich Staub von der Schulter.

»Guten Abend, Doktor, Herr Berris«, sagte er gut gelaunt. »Ich hoffe, wir kommen nicht ungelegen?« Er deutete mit seiner Pistole zu dem Loch im Mauerwerk. »Wenn ich bitten darf? Das Schiff wartet.«

Kriss starrte ihn an, dann fiel ihr Blick auf die toten Wärter zu den Füßen der Graujacken. Sie hatte uralte Skelette und Mumien gesehen, ohne dass es ihr etwas ausgemacht hatte. Aber diese Leute waren bis eben noch lebende Menschen gewesen. Sie spürte, wie sie erbleichte, ihr Pulsschlag dröhnte ihr in den Ohren. »Nein!«, rief sie und floh zusammen mit Lian die Treppe hinauf.

»Ja, so etwas hatten wir befürchtet«, hörten sie Dorello sagen. Er klang gekränkt.

Es gab ein kurzes Zischen. Etwas biss Kriss in die Schulter. Sie zog einen winzigen Pfeil aus ihrer Haut. Sie schaffte noch zwei, drei Schritte, dann spürte sie ihre Beine nicht mehr, stürzte.

»Kriss!«, rief Lian. Dann wurde auch er getroffen, mitten in die Brust. Er verzog das Gesicht.

Kriss streckte die Hand nach ihm aus, wollte seinen Namen rufen, doch ihre Lippen waren taub und gleichzeitig wurde ihr ganz leicht und alles verlor seinen Schrecken. Selbst als die Dunkelheit sie überkam.

Das eiserne Schiff

Dalahan war anders, als sie es sich vorgestellt hatte. Und noch während sie dem Strand folgte, ihre nackten Füße im feuchten Sand, umspült von der immer wiederkehrenden Brandung, veränderte sich die Insel weiter vor ihren Augen. Kriss hatte über ihre Schulter geblickt und Gebäude aus Sand im Herzen von Dalahan gesehen, die sich im nächsten Moment in Türme, Häuser und Paläste verwandelten. Ihre Mauern hatten nicht aus Ziegelsteinen bestanden, sondern aus Büchern, unendlich vielen Büchern. Dann waren sie in sich zusammengeschmolzen und Bäume waren emporgeschossen. Die Schemen großer Reptilien jagten durch den neuentstandenen Wald. Ihre Rufe erfüllten Kriss mit Furcht.

»Es ist nie das, was man erwartet.« Bria ging neben ihr; sie sah anders aus als früher. Immer noch schön und gütig, aber … traurig.

Kriss griff nach ihrer Hand. »Halt aus«, sagte sie. »Ich bin bald bei dir!«

Ihre Mutter strich ihr mit betrübtem Lächeln über die Wange. »Was du suchst, ist nicht das, was du finden wirst.«

Dann war sie verschwunden, wie ein Schatten im Licht.

Kriss blinzelte und der Strand und die Bäume waren ebenfalls fort. Sie stand allein in einer schwarzen Halle. Menschengroße Umrisse verbargen sich unter weißleuchtendem Stoff.

»Bria?«

Ihre Stimme verging ohne Echo in der Schwärze. Etwas bewegte sich unter den Laken.

»Bria?«

Große Würmer aus Stahl schossen unter dem weißen Stoff hervor, schlängelten sich um sie und erdrückten sie.

»*Bria!*« Kriss versuchte sich zu befreien, strampelte mit Armen und Beinen. Aber es waren keine Würmer, die um sie lagen, sondern eine Bettdecke. Sie warf sie von sich, schnappte nach Luft.

Sie lag auf einem Bett in einem kleinen Raum. Es war nicht ihr Quartier auf der *Windrose*. Die Wände bestanden aus Metall, nicht aus Holz, auch hörte sie keine Antriebe, sondern nur ein leises, ælonisches Singen. Es gab ein verhangenes Bullauge und eine einzige, schmucklose Gaslampe an der Decke.

»Morgen«, grüßte eine vertraute Stimme. »Oder Abend, keine Ahnung.«

Kriss drehte sich zur Seite. Lian saß auf einem Stuhl vor einem winzigen Tisch. »Schlecht geschlafen?« Er klang besorgt.

Ihn zu sehen beruhigte Kriss zumindest ein wenig. Aber wo war Umi? Dann fiel es ihr ein. Sie rieb sich das müde Gesicht, versuchte die Erinnerung an schwarze Würmer abzuschütteln. »Nur ein Albtraum«, antwortete sie schließlich.

»Ging mir nich' anders«, sagte Lian. Auf seinem Schoß lag ein Buch, das er von dem Regal an der Wand hinter sich genommen haben musste: »*Aufstieg und Fall des Kiradianischen Reiches*«. Kriss stutzte. Ein Buch? Träumte sie vielleicht immer noch? Aber die metallene Wand fühlte sich sehr wirklich an (sie spürte ein kaum wahrnehmbares Vibrieren, als sie sie berührte). Erst jetzt begriff sie, dass sie in ihren Sachen geschlafen hatte. Das Bett quietschte, als sie sich auf seinen Rand setzte. »Wo – wo sind wir?«

Lian zuckte mit den Achseln. »Wüsst' ich auch gern.«

Kriss war aufgestanden und streckte die Hand nach dem Türgriff aus.

»Vergisses.« Lian schlug das Buch zusammen. »Die is' verriegelt.«

Kriss erstarrte, als die Erinnerung zurückkehrte. Der

Turm, das Auftauchen der Graujacken. Sie verrenkte sich fast den Arm, als sie nach der Stelle an ihrer Schulter fasste, an der sie der Betäubungspfeil getroffen hatte. Sie waren aus der einen Zelle geflohen, nur um in der nächsten zu landen. Warum? Was wollten die Graujacken von ihnen? *Dumme Frage*, schalt sie sich. Den Weg nach Dalahan, natürlich. Aber wozu?

Sie trat an das Bullauge und zog den Vorhang zur Seite. Dahinter herrschte tiefschwarze Nacht. Nein, keine Nacht. Mit offenem Mund sah Kriss Fische am Bullauge vorbeiflitzen, im Licht aus der Kabine silbern aufblitzend. »Wir sind auf einem Schiff.«

»Dir entgeht auch nix.« Sie hörte, wie unruhig Lian war.

Aber es war nicht irgendein Schiff. Ein Unterseeboot. Ælonisch, wie es schien. Es konnte nicht das gleiche Schiff sein, mit dem die Graujacken den Turm angeflogen hatten, oder?

Doch. Doch, natürlich konnte es das. Sie erinnerte sich an das Modell im Museum der Universität: ein Gefährt, das wie die Spitze eines Speers geformt war. Die Außenhülle sah aus, als wäre sie aus Kanoneneisen gegossen und mit Reihen von Metalldornen besetzt. Die Brücke lag ganz vorne, unter einer Panzerplatte, die an das hochgeklappte Visier eines Helms erinnerte.

Eine Erinnerung regte sich. Geschichten über Piraten, die in einem antiken Unterseeboot die Weltmeere unsicher machten und Frachtschiffe jagten …

Kriss erschrak, als jemand scheppernd an die Tür klopfte. Lian erhob sich kampfbereit. Kriss stellte sich neben ihn, jeder Muskel ihres Körper war angespannt. Vielleicht bekamen sie nun wenigstens Antworten.

Eine Frau trat ein. Sie trug die gleiche uniformartige Kleidung wie alle Graujacken. Ihr Zopf war so streng geflochten, dass ihre Gesichtshaut aussah wie über den Knochen gespannt. Es war die Frau, die ihre Verfolger in Dschakura angeführt hatte. Auf ihrer Stirn trug sie drei rote Striche, die Umis Krallen ihr beigebracht hatten.

Ohne ein Wort legte sie sorgsam gefaltete Kleidung aufs Bett.

»Wo sind wir?«, fragte Kriss. Aber es war nicht die Frau, die ihr antwortete:

»Im Westmeer. Beziehungsweise mehrere Dutzend Klafter unter dessen Oberfläche.«

Markon Dorello trat ein. Seine beunruhigend blauen Augen sahen Kriss und Lian an, als wären sie alte Freunde.

»Guten Morgen.« Er verneigte sich knapp. »Ich hoffe, Ihr habt gut geschlafen.«

»Ja«, sagte Lian mürrisch. »Als hätt' uns einer betäubt.«

Der Mann lächelte. »Ich hoffe, Ihr nehmt uns das nicht übel. Aber es gab wohl keine andere Möglichkeit, Euch zum Mitkommen zu bewegen. Wie dem auch sei: Willkommen an Bord der *Morgenstern*.«

Die Frau mit dem Zopf schob sich mit einem knappen Nicken an Dorello vorbei. Sie schloss die Tür hinter sich.

»Wie habt Ihr uns gefunden?«, fragte Kriss, die Augen zu feindseligen Schlitzen verzogen.

Markon Dorello runzelte amüsiert die Stirn. »Ich dachte, das wäre Euch mittlerweile klar, Doktor. Wir hatten einen Spion an Bord Eures Schiffs.«

Nein. Es war ihr nicht klar. Sie brauchte einen Moment, um ihre Sprache wiederzufinden. »Wen?« In Gedanken hastete Kriss von einem Mannschaftsmitglied der *Windrose* zum anderen. Hatten Lorgis, Nesko oder Barabell im Baumhaus Spuren für Ruhndor und seine Leute hinterlassen? Oder hatte Kapitän Bransker –?

»Die Antwort wird Euch nicht gefallen.« Dorello klang nichtsdestotrotz vergnügt. »Seht Ihr, Doktor, wir kamen gut einen halben Tag vor Euch in Dschakura an. Das gab uns einige Zeit, uns vorzubereiten. Ich hatte Eure Stimme im Haus der Baronin gehört und wusste, dass Ihr für jemanden Eures Berufes noch sehr jung seid. Nun, ich dachte, ein Mädchen in Eurem Alter hätte vielleicht Gefallen an einem kleinen Haustier.«

Kriss starrte ihn an. Lian gab nur ein leises »*Schessk*« von sich.

»Wir hatten den Vogel auf dem Basar gekauft. Der General war über sein … Ersatzauge mit dem Ding verbunden. Nachdem er in der Bibliothek Euer Gesicht gesehen hatte, befahl er dem Vogel über die ælonische Verbindung, bei Euch zu bleiben. Dabei hat der General alles gesehen und gehört, was der Vogel sah und hörte. So konnten wir immer hinter Euch bleiben, während Ihr die Rätselei für uns erledigt habt.«

Kriss schüttelte den Kopf. »Aber Umi … der Vogel hat Eure Leute angegriffen!«

»Klar«, sagte Lian. »Damit wir ihm vertrau'n.«

Dorello nickte anerkennend. »Nur leider wurde unser kleiner Spion zerstört, bevor wir erfuhren, welches der letzte Schritt vor Dalahan ist. Daher entschieden wir uns einzugreifen. Als wir in Hestria an Land gingen, um Euch … *einzuladen*, erfuhren wir von Eurer Festnahme und der Deportation in den Turm.« Er zuckte mit den Achseln. »Den Rest kennt Ihr.«

Kriss öffnete den Mund, aber sie bekam keinen Laut heraus. Sie fühlte den Drang sich zu setzen, aber sie konnte sich nicht bewegen. Sie dachte an das Gefühl beobachtet zu werden, das sie erfüllt hatte, bevor der Vogel zu ihnen geflattert war. Umi, ein Spion? Das konnte nicht sein, das durfte nicht sein. Ihr wurde schlecht, als sie daran dachte, was der General und seine Leute alles mit angehört und beobachtet hatten. Jedes Gespräch zwischen ihr und Lian, alles, was sie Umi anvertraut hatte. Sie kannten ihre Briefe an Alrik, die sie geschrieben hatte, während Umi ihr über die Schulter geblickt hatte. Sie wussten alles. Auf einmal kam sie sich nackt vor, ausgeliefert.

Umi. Entgegen aller Vernunft hatte sie geglaubt, das kleine Geschöpf würde wirklich Zuneigung für sie empfinden. Ihr Freund sein. Aber Lian hatte recht gehabt. Er war nur eine Maschine gewesen. Ohne Gewissen, ohne Treue.

Sie zitterte vor Wut. Und nicht nur sie: Lian schien ernsthaft in Erwägung zu ziehen, über Dorello herzufallen. Sie zweifelte nicht daran, dass er es geschafft hätte, den Mann niederzuschlagen. Aber es wäre trotzdem dumm gewesen, denn wohin sollten sie auf einem Unterseeboot schon fliehen? Außerdem musste er auch die bewaffneten Wachen auf dem Gang vor der Kabine gesehen haben. Mit Gewalt würden sie von hier nicht entkommen können. Nur - wie dann?

»Tut mir leid, dass wir Euch so hintergehen mussten«, sagte Dorello. »Aber wie heißt es so schön? ›Im Krieg und auf der Suche nach verlorenen Inseln ist alles erlaubt‹. Es war klar, dass Ihr auf anderem Wege nicht mit uns zusammenarbeiten würdet.«

»Natürlich nicht!« Kriss verschränkte die Arme, damit sie zu zittern aufhörten. »Ihr seid Mörder und Verräter!«

»Das Erste ist wahrer als das Letztere«, gab Dorello unbekümmert zu.

»Und wohin geht die Fahrt nun?«, fragte Lian mit düsterer Miene.

»Das hängt ganz von Euch und Doktor Odwin ab, Herr Berris.« Dorello warf einen Blick auf die Pendeluhr aus Obsidianholz, die neben dem Bücherregal vor sich hin tickte. »Ich möchte Euch nahelegen, Euch zu beeilen. Der General erwartet Euch zum Frühstück. Und ist es unklug, ihn warten zu lassen.« Er wandte sich zum Gehen ab.

»Ruhndor ist kein General mehr.« Kriss fand selbst,

dass sie wie ein trotziges Kind klang.

»Für uns schon«, sagte Dorello und verließ sie. Ein schwerer Riegel wurde vor die Tür geschoben.

»*Schessk*verdammter *Korf*mist.« Lian fiel resigniert auf das Bett. Zum ersten Mal wurde Kriss klar, dass sie beide nebeneinander geschlafen haben mussten, und errötete gegen ihren Willen. Sie wandte den Blick ab, damit Lian es nicht bemerkte.

»Irgendwelche Pläne?« Lian trat den Stapel mit den frischen Kleidern zu Boden.

Kriss lauschte und inspizierte die Wände der Kabine. Es bestand die Gefahr, dass sie beobachtet und abgehört wurden, daher setzte sie sich neben Lian und flüsterte: »Wir müssen Kontakt mit dem Kapitän aufnehmen. Aber wie?«

»Bevor wir ins Museum eingebrochen sind«, sagte Lian, genauso leise, »da haben wir 'nen Treffpunkt ausgemacht.«

Kriss sah ihn verblüfft an. »Habt ihr?«

»Falls was schief geht und wir's nich' bis zur *'rose* schaffen.«

»Und wo liegt dieser Treffpunkt?«

»Am nördlichsten Zipfel von Raxander.«

Kriss nickte. Das Königreich Raxander, weiter im Westen Ellkors, war bekannt für seine scheinbar unerschöpflichen Opal-Minen, die albernen Federn, die man dort an den Hüten trug – und seine uralte und unerschütterliche Feindschaft zum Fürstentum Hestria.

»Die Hestrianer haben da nix zu melden«, fuhr Lian fort. »Und außerdem …« Er flüsterte noch etwas, das sie nicht verstand. Sie rückte näher an ihn heran, bis sie die Wärme seines Körpers spüren konnte. Ihr wurde heiß und sie schluckte. »Entschuldige. Was hast du gesagt?«

»Ich hab gesagt, dass die Kerle wahrscheinlich nix davon wissen. Du und der Vogel wart nicht dabei, als wir das besprochen haben.«

Kriss starrte ihn an. Warum hatten er oder der Kapitän ihr nichts von dem Treffpunkt erzählt? Aus Angst, sie könnte es irgendwem verraten?

Aber das war erst mal zweitrangig. Sie würden nicht von Bord kommen, ohne dass ihre Entführer es zuließen. Dafür wussten sie etwas, dass der General nicht wusste, nämlich wohin der nächste Schritt der Reise ging. Das stärkte ihre Verhandlungsposition hoffentlich ein wenig.

Kriss betrachtete in Gedanken die Mosaikstücke vor ihr, drehte sie, fügte sie in verschiedenen Kombinationen zusammen, bis sie ein Bild erkannte. Ein gefährliches Bild, ja. Aber es konnte funktionieren.

»Ich weiß, was wir machen«, sagte sie.

Lians Miene verriet, wie sehr er es hasste, auf die Folter gespannt zu werden. »Nämlich?«

Ein Lächeln erschien auf ihren Lippen. »Na, was macht man normalerweise mit Leuten, die einem krumm kommen?«

Er erkannte seine eigenen Worte und grinste. »Man trickst sie aus«, vollendete er.

Als Kriss kurz darauf gegen die Tür der Kabine klopfte, öffnete ihnen die Frau mit dem Zopf.

»Wir haben da was von Frühstück gehört«, sagte Lian frech.

»Hier lang.« Die Frau zeigte den Gang hinab. Kriss und Lian gingen voraus, während sich ihnen zwei Graujacken mit Pistolen anschlossen.

Kriss fiel auf, dass das Innere des Schiffs weit geräumiger war, als das der *Windrose*. Dafür war die Ausstattung mit ihren vernieteten Eisenwänden sehr viel abstoßender. Ihre Schritte schepperten auf dem nackten Metallboden und ihre Stimmen klangen blechern bei jedem Wort. Aber wer erwartete schon gehobenen Komfort auf einem Kriegsschiff?

Kriss spähte zu Lian. Er schien genauso nervös zu sein, wie sie.

Ihr Weg führte stur geradeaus, vorbei an Wegkreuzungen und geschlossenen Türen, treppauf, treppab, bis zu einem Raum, der früher die Offiziersmesse gewesen sein mochte. Zwei Bullaugen blickten in die Tiefen des Meeres. Es gab einen langen Tisch mit Stühlen darum. Nur einer davon war besetzt.

General Ruhndor saß an dem ihnen gegenüberliegenden Ende der Tafel und schnitt mit dem Messer einen gebratenen Fisch in Scheiben. Seine Kaubewegungen wirkten mechanisch; als er die Gabel zum Mund führte, musste Kriss an eine Dampfmaschine denken, die Kohle in sich hineinschaufelte.

Der General hob den Blick mit versteinerter Miene. Kriss sah ihr Spiegelbild in seinem grünen Kristallauge. Konnte Ruhndor sie damit irgendwie durchleuchten, ihre Gedanken lesen? Sie war unfähig, ihm zu verzeihen, wie er sie ausgehorcht hatte. Aber mehr noch als dass sie ihn verachtete, fürchtete sie sich vor ihm.

Auch wenn sie sich vornahm, ihm das auf keinen Fall zu zeigen.

Markon Dorello stand hinter dem General, die Armen auf dem Rücken verschränkt und nickte ihr und Lian freundlich zu. War er so etwas wie Ruhndors erster Offizier oder sein Adjutant?

»Setzt Euch«, befahl der General. Seine Stimme war alt aber stark.

»Und wenn wir lieber stehen bleiben wollen?«, fragte Kriss.

Der General gab seinen Leuten ein Zeichen. Sie legten Kriss und Lian die Hände auf die Schultern und drückten sie auf zwei freie Stühle.

Essen war vor ihnen aufgetischt: Krabbenfischfilet in einer hellen Sauce. Kriss' Bauch rumorte. Das letzte Mal hatte sie vor dem Einbruch ins Museum etwas gegessen und das schien eine Ewigkeit her zu sein.

»Keine Sorge«, sagte Dorello. »Bedient Euch. Wir haben keinen Grund, Euch zu vergiften.«

»Danke«, sagte Kriss, aber sie ignorierte die Mahlzeit. Lian dagegen machte sich sofort darüber her, als ob es kein Morgen gäbe. Kriss räusperte sich. »Ihr seht sehr lebendig aus für einen Toten, General.« Sie war überrascht, dass ihre Stimme gar nicht zitterte.

Dorello schmunzelte. Die einzige Regung in Ruhndors Gesicht war ein Neujustieren der Kristalllinse. »Mein vorgetäuschter Tod hält mir die Kopfgeldjäger vom Leib.«

»Ja«, nuschelte Lian mit vollem Mund. »Wie man hört, sind 'n paar Leute zu Hause gar nich' gut auf Euch zu sprechen.«

»Ich habe keine Zeit für Plaudereien, Doktor.« Kriss zuckte zusammen, als Ruhndor blitzartig ein Stück Fisch aufspießte. »Was habt Ihr in Hestria herausgefunden?«

»Dass man sich vor Spionen in Acht nehmen sollte«, sagte Kriss und wünschte sich, dabei nicht so zu schwitzen. Der Teller vor ihr ließ ihr so sehr das Wasser im Munde zusammenlaufen, dass sie fast fürchtete, ihr Speichel würde auf den Tisch laufen. Sie hörte Lian neben sich kauen und schmatzen. Sollten sie ihm etwas ins Essen gemischt haben, dann zeigte es bei ihm noch keine Wirkung. Wenn sie vielleicht nur einen kleinen Bissen …?

»Ich werde kein zweites Mal fragen.« Ruhndors Kristalllinse war unverändert auf sie gerichtet. Kriss fragte sich, ob ein Teil seiner Menschlichkeit verloren gegangen war, als er die Prothese angenommen hatte. Sie fand es schwer sich vorzustellen, dass er einmal Frau und Kinder gehabt haben sollte. »Und wenn wir sie Euch nicht beantworten?«

»Werdet Ihr dieses Schiff nicht lebendig verlassen.« Es war ein unbestreitbarer Fakt, so wie die Nacht auf den Tag folgte.

Lian hörte auf zu kauen. Kriss' Kehle schnürte sich zu. »Was wollt Ihr mit der Insel?« Ihre Stimme hatte noch nicht alles von ihrer vorgetäuschten Selbstsicherheit verloren.

»Das hat Euch nicht zu interessieren.« Ein weiterer Fakt.

»Es geht um eine Waffe, oder? Ich dachte, Ihr hättet genug vom Krieg, General. Nach allem, was mit Eurer Familie –«

Das künstliche Auge stellte sich surrend neu ein, brachte sie zum Schweigen. Kriss wusste, dass sie einen wunden Punkt getroffen hatte.

»Ich habe andere Methoden, die Antwort aus Euch herauszubekommen, Doktor.« Ruhndors Stimme klang schärfer als zu zuvor.

»Keine davon ist besonders erfreulich«, fügte Markon Dorello hinzu.

»Ach ja?« Lian spuckte beim Sprechen halb gekauten Fisch. »Und was wollt Ihr machen? Uns foltern?«

Ruhndor sagte nichts. Das brauchte er auch nicht.

»Ihr könntet vielleicht Eure Mutter wiedersehen, Doktor«, sagte Dorello mit warmer Stimme. »Wir wissen, dass Euch das mehr interessiert als die Insel. Führt uns nach Dalahan und wir unterstützen Euch auf der Suche nach ihr. Vielleicht stellt Ihr dabei sogar fest, dass wir nicht halb so übel sind, wie Ihr glaubt.«

Kriss starrte ihn an. Dorello entgegnete ihrem Blick völlig unschuldig. *Ich meine es ernst,* sagten seine Augen.

Sie glaubte ihm kein Wort. Sie hatte die Wärter im Turm gesehen, die er und seine Leute einfach abgeschossen hatten wie lebende Zielscheiben. Und sie wusste, dass keine der Graujacken zögern würde, das Gleiche mit Lian und ihr zu tun, sobald sie ihren Zweck erfüllt hatten.

Wieder dachte sie an ihren verzweifelten Plan. Ihre einzige Chance.

»Also gut …« Kriss ließ demonstrativ die Schultern sinken und sah zu Lian. Das war der Moment, den sie abgesprochen hatten. »Ihr habt gewonnen, General«, sagte sie, mit dem resigniertesten Tonfall, den sie aufbringen konnte. »Ich brauche eine Karte.«

Einem fast unmerklichen Wink von Ruhndor folgend, zog Markon Dorello eine Landkarte aus einer Schublade der Tafel und breitete sie auf dem Tisch aus.

»Nun, Doktor?« Der General tupfte sich die Lippen mit einer Serviette ab.

Ihre Kleider klebten an Kriss' Haut. »Der letzte Krieger«, sagte sie. »Die Statue von Ollon Monda. Sie stand ursprünglich an der … Ostpromenade von Hestria. Ihr Blick ging durch zwei Pfeiler aufs Meer hinaus. Wenn man ihrer Blickrichtung folgt, gelangt man … hierher.« *Der nördlichste Zipfel von Raxander*, hatte Lian gesagt. Also tippte sie auf die betreffende Stelle auf der Karte, weiter im Westen Ellkors, wo eine Landzunge wie ein Finger ins Meer hineinragte. »Irgendwo dort«, log sie mit aller Überzeugung, zu der sie fähig war, »befindet sich der letzte Wegweiser nach Dalahan.«

»Nein«, sagte der General.

Kriss hatte das Gefühl, kalte Hände aus Eisen würden sich um ihren Hals legen.

»Ihr lügt«, erklärte Ruhndor. Wieder ein Fakt.

»N-Nein, das tue ich nicht –!«

Der General nickte der Graujacke hinter Lian zu und diese drückte ihm eine Pistole gegen den Hinterkopf. Der Hahn wurde mit einem Klicken gespannt.

»Überlegt es Euch gut, Doktor.«

Kriss' Herz hörte für einen entsetzlich langen Moment auf zu schlagen. Sie sah, wie Lian Ruhndor kühn entgegenblickte. Aber sie sah auch die Schweißperlen auf seiner Stirn, das Zucken seines Mundwinkels.

»Was für'n Grund hätten wir, jetzt noch zu lügen?«

Lians Stimme klang gepresst, aber tapfer. »Wir sind doch nich' lebensmüde.«

Kriss versuchte vergeblich zu schlucken. Sie war drauf und dran alles zu gestehen, und zuckte zusammen, als sie Holz knarren hörte. Der General hatte sich in seinen Stuhl zurückgelehnt. »Ihr solltet es besser nicht sein«, sagte er. »Ihr bleibt an Bord, bis wir dort sind. Solltet Ihr versuchen, mich zu betrügen, ist Euer Leben verwirkt. Haben wir uns verstanden, Doktor?«

Kriss sah sich in dem grünen Kristall eifrig nicken. Ihre Stirn glänzte feucht. »Ja, General. Natürlich!«

Ruhndor ließ den Blick nicht von ihr; sie spürte die Willenskraft des Mannes wie den Luftdruck vor einem Gewitter. Die Graujacke hinter Lian senkte die Pistole. Kriss sah ihn versteckt aufatmen.

»Herr Hauptmann. Bringt sie in ihr Quartier.«

»Zu Befehl, General.« Dorello schlug die Hacken zusammen, dann wandte er sich an Kriss und Lian. Er gestikulierte spöttisch in Richtung Tür. »Wenn Ihr mir bitte folgen wollt?«

Selbst als sie dem General den Rücken zudrehte, blieben die eisernen Hände um Kriss' Hals. Sie wusste: Wenn die *Windrose* nicht am Treffpunkt in Raxander auf sie wartete, war ihre Zeit abgelaufen.

»Das ist ein Schiff der Sturmsäbel-Klasse, nicht wahr?«, fragte sie auf dem Weg zurück zu ihrem Quartier, oder vielmehr ihrem Gefängnis. Ihre Schritte schepperten über den Boden.

»Kompliment, Doktor«, sagte Dorello. Vorbeikommende Graujacken salutierten vor ihm. »Sagt bloß, Ihr interessiert Euch für Kriegsmaschinen?«

»Nicht besonders«, antwortete sie kühl. Der Schweiß unter ihren Achseln war noch immer nicht getrocknet. »Aber wir haben ein Modell dieser Schiffsklasse im Museum der Universität. Sie können zu Lande, zu

Wasser und in der Luft reisen. Soweit ich weiß, sind nur noch drei oder vier davon aus dem Großen Feuer übrig.«

»Zwei, dieses hier mitgezählt.« Dorello klang stolz. »Wir haben es uns von der milorianischen Armee *ausgeborgt,* bevor wir damit untergetaucht sind. Im wahrsten Sinne des Wortes.«

»Und seitdem seid Ihr auf der Flucht, ja?«, fragte Lian, nicht ernsthaft interessiert.

»Seit acht Jahren und drei Monaten«, sagte Dorello, der sich weiterhin als der charmanteste Gastgeber aller Zeiten gab. Kriss war schon vorher aufgefallen, wie gut er aussah. Aber sie ließ sich davon nicht täuschen.

»Und seid Ihr dem nicht überdrüssig?«, fragte sie. »Auf diesem Schiff eingesperrt zu sein, ohne wieder nach Hause gehen zu können? Ein Leben als gemeine Piraten zu führen, ohne Ehre, ohne Heimat?«

»Nun, Doktor«, er zeigte ein vielsagendes Lächeln, »keiner von uns wird ewig auf diesem Boot bleiben.«

»Dann helft uns«, sagte Kriss so leise, dass niemand außer ihm es hören konnte. »Ich werde dafür sorgen, dass Baronin Gellos ein gutes Wort für Euch bei Seiner Majestät einlegt! Ihr wärt wieder ein freier Mann!«

Er schien von dem Versuch gerührt. »Ihr vertraut der Baronin blind, was? Wir wissen zwar nicht, was sie im Schilde führt, aber lasst mich Euch trotzdem einen kleinen Ratschlag geben«, Dorello warf einen Seitenblick zu Lian, »ich an Eurer Stelle würde mich vor ihr in Acht nehmen.«

Lian funkelte den Mann an. *Lass dich nicht ärgern,* dachte Kriss. *An seiner Stelle hätte ich auch so etwas gesagt.* »Und Ihr, Herr Dorello? Vertraut Ihr Eurem General?«

»Bis ans Ende der Welt.« Ein Hauch von Ironie lag in seinen Worten.

»Obwohl er 'n allseits bekannter Verräter is'?«

»Nun, das sind wir alle, Herr Berris.« Dorello zuckte mit den Achseln. »Aber zumindest sind wir *lebendige* Verräter. Ihr wisst von der Schlacht von Skeilar, als wir gegen Parandirs Hauptstadt marschiert sind.« Es war keine Frage; Kriss wusste, dass Umi es ihm verraten hatte. »Ich weiß nicht, ob Eure ach so klugen Geschichtsbücher es Euch verraten haben, Doktor, aber Skeilar war ein Massaker.« Auf einmal lag kein Spott mehr in seiner Stimme. »Wir lagen dort im Dreck, während Fluggeräte Tod und Feuer spuckten und ælonische Kriegsmaschinen wie haushohe Spinnen unsere Kameraden unter sich zerquetschten, als wären sie nichts als Ungeziefer.« Die blassblauen Augen schienen sich bei der Erinnerung zu verschleiern. »Unsere Brigade wurde in Windeseile aufgerieben. Seine Majestät hatte befohlen auszuhalten, was auch kommen möge, weigerte sich aber Verstärkung zu schicken. Der General hatte eingesehen, dass wir für eine verlorene Sache kämpften. So oder so, wir hätten niemals gewinnen können. Deshalb hatte er den Befehl zum Rückzug gegeben und ist mit uns desertiert. Keiner von uns hat jemals mit dem Feind paktiert.« Er klang bitter. »Wir haben unser Königreich verraten, ja. Aber unser Königreich hat *uns* genauso verraten. Ihr versteht daher vielleicht, dass keiner von uns seine Entscheidung groß bedauert.«

»Und wisst Ihr, was Ruhndor … im Schilde führt?«

Erst jetzt fand Dorello sein spöttisches Lächeln wieder. »Ich wäre ein schlechter Adjutant, wenn ich es nicht täte.« Kriss war nicht ganz sicher, ob sie ihm das glaubte. Konnte es sein, dass der General nicht einmal ihn in seine Pläne eingeweiht hatte? Warum? Als Vorsichtsmaßnahme, falls seine Männer gefasst wurden? Was hatte er ihnen versprochen, dass sie acht Jahre lang zu ihm hielten?

»Er weiß mehr über die Insel als wir, oder?«, fragte Lian.

»Oh ja.«

Kriss hatte so etwas geahnt. Halblaut sagte sie: »Aber er sucht Dalahan nicht aus archäologischer Neugier.«

»Oh nein.« Dorello schien es Spaß zu machen, sie herumraten zu lassen. »Nein«, sagte er noch einmal, als wäre es ein äußerst alberner Gedanke.

Sie hatten längst die Tür zu ihrem Quartier erreicht. Die Frau mit dem Zopf schob den Riegel zur Seite und öffnete ihnen.

»Ihr habt sicher Verständnis dafür, dass wir Euch nicht an Bord herumlaufen lassen«, sagte Markon Dorello. »Trotzdem sind wir keine Barbaren. Wenn Ihr etwas benötigt, steht eine Wache vor Eurer Kabine bereit.«

»Zu liebenswürdig«, sagte Kriss beißend. Sie und Lian traten ein. Ruhndors Adjutant blieb im Gang stehen.

»Ach, Doktor Odwin?«

Kriss drehte sich zu ihm um.

»Der General blufft nicht«, sagte Dorello. »Niemals. Ihr solltet daher beten, dass wir etwas an unserem Ziel finden. Einen guten Tag wünsche ich noch.« Er verneigte sich. Die Tür fiel vor Kriss' Augen ins Schloss.

Landgang

Der General erwartete Markon Dorello auf der Brücke. Der alte Mann hatte den Kommandostuhl besetzt, der auf einem dreistufigen Podest ruhte und ihn das Steuerrad sowie die mannigfaltigen Skalen und Anzeigen aus poliertem Messing überblicken ließ. Die Beleuchtung war ein trübes Rot, in dem das Eisen der Wände fast schwarz wirkte.

Ruhndor schien das Eintreten seines Adjutanten nicht bemerkt zu haben. Er hatte die arthritischen Hände mit den dicken Adern auf den Knauf seines Gehstocks gelegt. Seine ungleichen Augen sahen hinaus durch das zolldicke Glas, das die Brücke halb umschloss. Draußen beleuchteten die Lichter der *Morgenstern* eine trübselige Landschaft aus zerklüftetem Fels und Schlick. Regenbogenhaie, bunt wie Fieberträume, nahmen vor dem Schiff Reißaus.

»Ich melde mich wie befohlen, General.« Dorello salutierte.

Der alte Mann nickte nur. Er schien in andere Sphären abgedriftet zu sein.

Dorello folgte seinem Blick hinaus in die Unterwasserlandschaft. Als Kind hatte er sich so die Dunkelwelt immer vorgestellt, in die der Weltengeist, wenn man seinen Priestern glauben durfte, alle unreinen Seelen verdammte, um sie zu läutern; leblos, kalt und düster. In den letzten acht Jahren hatte er gelernt diese Aussicht zu hassen und eine fast schmerzhafte Sehnsucht nach freiem Himmel und der Sonne auf seinem Gesicht erfüllte ihn. Der Landgang in Dschakura war viel zu kurz gewesen und die Landung in Raxander konnte nicht schnell genug kommen. Aber bald, tröstete er sich, bald würden er und die anderen das verfluchte Schiff ein für alle Mal verlassen können. Sobald das Fräulein Archäologin sie ans Ziel geführt hatte.

»Haben die Gefangenen noch etwas gesagt?«, ertönte die Granitstimme des Generals. Die kristallene Linse in seiner rechten Augenhöhle funkelte im roten Halbdunkel wie ein Smaragd vor einer Kerzenflamme.

»Doktor Odwin hat versucht, mich zur Meuterei zu bewegen«, entgegnete sein Adjutant unbekümmert. »Ansonsten nichts Weltbewegendes. Wenn mir die Frage gestattet ist: Warum habt Ihr dem Mädchen nicht gesagt, was Ihr vorhabt?«

»Zeitverschwendung«, sagte Ruhndor verächtlich.

»Natürlich, General.«

»Ihr glaubt nicht, dass sie die Wahrheit sagen?«

»Ich glaube ihnen, dass sie nicht sterben wollen«, sagte Dorello lächelnd. »Zumindest werden wir es bald genau wissen.«

Draußen veränderte sich die Landschaft. Die Lichtlanzen der *Morgenstern* schälten die Umrisse von Schiffswracks aus der Finsternis. Seepusteln wucherten auf den Überresten gepanzerter Rümpfe und fingergroße Fische huschten durch von Rost gefressene Löcher. Dorello versuchte sich die Schlacht vorzustellen, die hier während des Großen Feuers in der Oberwelt getobt haben musste, und wieder kehrten die Erinnerungen zurück: die Körper seiner Kameraden im Schlamm von Skeilar. Pfützen aus schmutzigem Wasser und Blut, die in Wahrheit die Fußabdrücke der riesigen Kriegsmaschinen waren. Todesboten und Fleddervögel, für die das Schlachtfeld ein wahres Festmahl bereitet hatte. Das Donnern ælonischer Artillerie überall; Blitze, die die Nacht zerrissen. Und die Schreie.

»Ihr habt gute Arbeit in Hestria geleistet, Herr Hauptmann.« Ruhndors Tonfall war so trocken und hart wie immer, aber Dorello kannte ihn lange genug, um zu wissen, dass hinter den Worten aufrichtige Anerkennung steckte. Er verneigte sich.

»Ich danke Euch, General.«

Der alte Mann erhob sich mit steifen Gelenken. Er kam von seinem Podest herab und die Spitze seines Gehstocks machte *klack-klack-klack* auf den Eisenstufen. »Ich werde mich hinlegen. Weckt mich, bevor wir unser Ziel erreichen.«

»Zu Befehl.« Eine der Wachen vor dem Quartier des Generals hatte Dorello verraten, dass Ruhndor in letzter Zeit vermehrt unter Albträumen litt und im Schlaf die Namen seiner Frau und seiner Töchter rief. Je näher sie der Insel kamen, desto fester schien ihn die Vergangenheit zu umklammern.

»Die Brücke gehört Euch, Herr Hauptman«, sagte Ruhndor.

Dorello salutierte, genau wie der Steuermann und der Maat. Gemeinsam verfolgten sie, wie der General – *klack-klack-klack* – die Brücke verließ und sich die Tür zischend hinter ihm schloss.

Nach all den Jahren hatte Dorello immer noch höchsten Respekt vor dem alten Mann. Und in Momenten wie diesen wünschte er sich, er hätte sich den Glauben an Ruhndors Mission bewahren können.

Irgendwann gab Lian auf. Die Zellentür bestand aus massiven Eisen, wie fast alles auf diesem Schiff, und wies auf dieser Seite ihres Gefängnisses kein Schloss auf, das er hätte knacken können, selbst wenn er das Werkzeug dazu gehabt hätte. Mit einem unterdrückten Fluch trat er dagegen, woraufhin ihn eine Wache auf dem Gang anschnauzte, sich ruhig zu verhalten.

»Selbst wenn wir hier rauskommen sollten und eine Tür nach draußen finden, wir können dieses Schiff nicht verlassen«, flüsterte Kriss. »In dieser Tiefe würde uns der Druck der Wassermassen zerquetschen. Wir müssen warten, bis sie uns von Bord lassen.«

Ihr war genauso unwohl bei dem Gedanken wie ihm. Sie sah zu, wie er sich neben sie auf das Bett setzte.

Sie fuhren schon seit einer Weile. Es war Morgen gewesen, als man sie zum General geführt hatte, wenn man der Pendeluhr an der Wand glauben durfte. Nun war es später Nachmittag. Kriss wusste nicht, wie schnell die *Morgenstern* war. Aber sie hatte das Gefühl, dass die Reise bald vorbei sein würde. Auf die eine oder andere Art.

»Wir haben noch'n ganz and'res Problem«, sagte Lian mit gesenkter Stimme. »Das hier is'n Kriegsschiff. Und Kriegsschiffe haben Kanonen.«

Kriss nickte. Selbst wenn die *Windrose* sie am Treffpunkt erwarten sollte, konnte es sein, dass die *Morgenstern* sie vernichtete, bevor Lian und sie das Luftschiff erreichten. Sie wusste zwar, dass die *Windrose* auch über Kanonen verfügte, aber Schiffe der Sturmsäbelklasse konnten ganze Städte in Schutt und Asche legen. Wie gut waren die Waffen der *Morgenstern* erhalten geblieben? Sie war sicher, dass niemand an Bord ihr das verraten würde.

Wieder verwünschte sie ihren knurrenden Magen; wenn sie vorhin doch nur etwas gegessen hätte. Der Hunger machte es schwieriger, nachzudenken. Aber sie war zu stolz, die Graujacken um Essen zu bitten.

»Was weißt du noch über diese Sturmsäbeldinger?«, fragte Lian.

»Nicht viel.« Kriss zuckte verloren mit den Achseln. »Die Antriebe sind ælonisch. Es gibt keine Schiffsschrauben wie auf Dampfschiffen. Stattdessen stößt sich die Maschine einfach vom Boden ab, wenn sie fliegt, oder vom Wasser, wenn sie taucht.«

»Nich' sehr hilfreich. Was noch?«

Kriss schloss die Augen. Sie versuchte, sich in das Universitätsmuseum zurückzuversetzen und die Plakette vor dem Modell des Sturmsäbels zu lesen. »Na ja, dann ist da noch der Stimmschlüssel.«

Lian runzelte die Stirn. »Der was?«

»Das Schiff kann nur mit der Stimme des Kommandanten gestartet werden. Um zu verhindern, dass Feinde es übernehmen. Oder Meuterer.« Sie schauderte, als sie sich vorstellte, wie Ruhndor den ursprünglichen Kapitän der *Morgenstern* unter Folter dazu brachte, ihm die Kontrolle über das Schiff zu geben.

»Das heißt«, Lian rieb sich seine Narbe, »das Schiff rührt sich nich' vom Fleck, wenn Ruhndor auf Landgang is'?«

»Es sei denn, er hat die Maschine so eingestellt, dass sie auch auf Dorello oder jemand anderen hört.«

Er grinste müde. »Meinst du wirklich, einer wie der teilt so was mit and'ren?«

Kriss strich sich das Haar hinter die Ohren. »Ich weiß es nicht.« Natürlich wäre es riskanter. Sollte Ruhndor etwas zustoßen, würde die *Morgenstern* nicht starten können. Andererseits lebte der General mit der ständigen Gefahr, dass jemand aus seiner Mannschaft sich gegen ihn auflehnte und versuchte, Kurs Richtung Heimat zu setzen. »Es läuft alles auf die Frage hinaus, wie sehr Ruhndor seinen Leuten vertraut …«

Lian nickte für sich. »Vielleicht könn' wir das irgendwie ausnutzen.«

»Ja. Vielleicht.« *Aber wenn die* Windrose *nicht auftaucht, ist alles andere sowieso egal.* Kriss sprach es nicht laut aus, trotzdem schien Lian ihre Gedanken erraten zu haben. »Sie wird da sein«, sagte er. »Bestimmt.«

Sie hielt sich ein Kissen vor den Bauch. »Warum bist du dir da so sicher?«

»Auf den Käpt'n is' halt Verlass.«

»Wieso habt ihr mir nichts von dem Treffpunkt gesagt?« Kriss richtete ihre Brille. »Sei ehrlich.«

Lian zuckte unbeholfen mit den Achseln. »Weil's nich' wichtig war, deshalb. Außerdem dacht' ich, 's wär'n schlechtes Nomen, wenn ich dir vor unser'm Bruch davon erzähle.«

»Omen.«

»Von mir aus auch das.«

Vielleicht lag es daran, wie er ihrem Blick auswich. Aber sie hatte das Gefühl, dass er nicht alles gesagt hatte. Einen Moment lenkte sie ein Meerestier ab, das mit hornigem Panzer und viel zu vielen Klauen am Bullauge vorbeiglitt. »Ich dachte, die bringen dich um«, sagte sie leise. »Vorhin, am Tisch.«

»Für 'nen Moment«, antwortete Lian ernst, »dacht' ich das auch.«

»Das war sehr tapfer von dir«, sagte Kriss. »Ich weiß nicht, ob ich so mutig gewesen wäre, mit einer Pistole am Kopf.«

»Hätt' trotzdem nich' viel gefehlt und ich hätt' meinen Stuhl nass gemacht.« Lian hielt inne und schnüffelte; er hob den Arm und roch an seinem Hemd. Seine Nase kräuselte sich.

Kriss sah zu, wie er aufstand und nach der Kleidung griff, die ihre Gastgeber ihnen heute Morgen gegeben, die aber bislang keiner von ihnen angerührt hatte. Als er begann, sein Hemd aufzuknöpfen, machte Kriss' Herz einen Satz. Scheu sah sie weg.

»Was denn?«, fragte er verwirrt.

»Nichts«, sagte sie und betrachtete verstohlen seine Reflexion im Bullauge. Als er das alte Hemd abstreifte, konnte sie sehen, wie mager er war. Seltsam, so wie er sich immer den Bauch hielt, hatte sie erwartet, Narben dort zu sehen, aber seine Haut war ganz glatt. Dafür zeichneten sich seine Muskeln sehnig ab; sie konnte jede seiner Rippen zählen. Trotzdem spürte Kriss, wie sie ein heißer Schauer durchflutete.

»Ich hatte daran gedacht, ihnen die Wahrheit zu sagen«, gestand sie leise, als Lian sich fertig umgezogen neben sie setzte. »Ich meine, nur ganz kurz. Dorello hat recht, die Insel bedeutet mir nichts.«

»Die machen kurzen Prozess mit uns, wenn wir sie dahin geführt haben –«

»Ich weiß«, sagte Kriss. *Ich weiß …* Selbst wenn sie ihm gaben, was er wollte, würde Ruhndor sie nicht gehen lassen. Schließlich konnte er nicht riskieren, dass sie anderen von seinen Plänen berichteten, wie auch immer diese aussehen mochten. Und er würde sie wohl kaum für den Rest ihres Lebens auf diesem Schiff einsperren, wenn es eine viel einfachere Lösung gab.

»He«, sagte Lian sanft. »Sie wird schon kommen.«

»Und wenn nicht …?«

»Denken wir uns eben was Neues aus. Kopf hoch. Du hast im Knast besser durchgehalten als ich, du wirst doch jetzt nich' die Muskete ins Korn werfen, oder?« Er lächelte hoffnungsvoll.

»Nein«, sagte sie.

Lian schien einen Moment mit sich zu ringen – dann legte er den Arm um sie. Dankbar lehnte Kriss ihren Kopf an seine Schulter und vergaß für einen Moment ihre Sorgen.

»Lian, kann ich dich was fragen?« Ein Kloß schien in ihrer Kehle zu stecken.

»Klar.«

Sie öffnete den Mund und schloss ihn wieder. Es konnte sein, dass sie hiernach nie wieder die Gelegenheit hatte, die Frage zu stellen. Aber sie fürchtete sich vor der Antwort. »Als wir nach Hestria geflogen sind«, brachte sie mit schwerer Zunge hervor. »Als ich die Brille abgenommen habe, da hast du gesagt …«

Er nickte; ernster auf einmal. »Ich weiß.«

»Was hattest du damit gemeint?«

Es schien ihm schwerzufallen sie anzusehen. Ihr Herz sank in die Schuhe. »Nix«, sagte er dann. »Ich hab gar nix damit gemeint.« Er wandte den Blick zum Bullauge und sie wusste, dass er log.

Die Worte kamen von ganz allein über ihre Lippen, obwohl alles in ihr schrie: *Hör auf! Tu's nicht!* »Warum hast du es dann gesagt? Nur um mich aufzuziehen?«

Er sagte nichts.

»Lian …«

»Ja!«, bellte er und ließ die Knöchel knacken. Auf einmal wünschte sie sich, den Mund nie aufgemacht zu haben. Sie schluckte schwer; für einen Moment hatte sie das Gefühl zu ersticken.

»Tut mir leid«, murmelte Lian mit Reue im Blick. »So hab ich das nich' gemeint, ich –«

»Es muss dir nicht leidtun«, sagte sie kühl.

»Bist … bist du jetzt sauer?«

»Warum sollte ich das sein?« Wie schrecklich ihre Stimme klang. »Ich habe eine Frage gestellt und du hast mir geantwortet. Das ist alles. Ich bin müde. Weck mich, wenn wir da sind.«

Sie drehte sich weg, als wollte sie schlafen. Auf der Matratze zusammengekugelt, das Kissen an sich gedrückt. Sie dachte daran, wie er ihr auf dem Fest der Farben die Blüte ins Haar gesteckt und sie angelächelt hatte.

Was hast du erwartet? Er war ein Straßenjunge, ein Schläger. Unbelesen und grob. Er hatte sich von Anfang an über sie lustig gemacht, nur um sich nicht dumm zu fühlen – warum sollte er plötzlich damit aufhören? *Was ist passiert, Bria?*, dachte sie. *Was ist nur mit mir los?*

Das Schweigen zwischen ihnen zog sich ewig hin.

»Ich hab angefangen das Buch zu lesen«, sagte Lian irgendwann zaghaft.

Sie antwortete nicht.

»Is' ganz spannend, eigentlich. Ich mein', ich bin erst auf der zweiten Seite, aber trotzdem …«

»Dann viel Spaß auf Seite drei«, sagte Kriss.

Schweigen, für eine lange, lange Zeit.

Dann änderte sich der Klang der Antriebe. Kriss sprang vom Bett und eilte zum Bullauge. Die Dunkelheit hinter dem Fenster hellte sich auf und bald drangen goldene Sonnenstrahlen in das Meer. Ein Schwall Wasser rann von der runden Glasscheibe, als die *Morgenstern* die Oberfläche durchstieß.

Die roten, nackten Felsklippen einer Steilküste erhoben sich fast senkrecht vor dem Fenster, nicht weit vom Rumpf des Schiffs entfernt. Meeresvögel flohen kreischend vor der mächtigen Maschine. Nach zwei oder drei Klaftern verschwanden die Klippen unter der *Morgenstern*, als diese in den Himmel stieg. Eine Graslandschaft breitete sich vor dem Schiff aus, bedeckt mit mageren Blutbeerbüschen und einer Handvoll Palmen, die ihre Blätter im Wind wiegten. Ein Fluss stürzte sich als Wasserfall über die Kante der Klippen; links und rechts von seinen Ufern lagen mit Flechten bewachsene Findlinge aller Formen und Größen. Die Abendsonne neigte sich wie ein brennender Rubin dem Horizont zu und goss Feuer über den Himmel.

Kriss hörte das Knirschen von Stein und das Ächzen von Metall, als das Schiff auf dem Boden aufsetzte. Das Singen der Antriebe verstummte. Sie glaubte, das Herz sprengte ihr jeden Moment die Brust. Sie drückte sich die Nase fast am Bullauge platt, aber sie entdeckte weit und breit kein Zeichen von Zivilisation. Und auch keine *Windrose*. Verzweiflung griff nach ihr.

»Vielleicht sind sie woanders gelandet«, sagte Lian. »Vielleicht verstecken sich Branskers Leute hier irgendwo und warten auf uns …«

Kriss wünschte, sie hätte daran glauben können.

Die Eisentür schwang quietschend auf. Die hartgesichtige Frau mit dem Zopf stand dort, eine doppelläufige Pistole in der Hand. Ein glatzköpfiger Mann, dessen Nase aussah, als wäre sie wenigstens dreimal gebrochen, drohte neben ihr mit gleicher Waffe.

»Mitkommen.« Die Frau deutete mit dem Kinn den Gang hinab. Sie und die andere Graujacke ließen ihre Gefangenen vorausgehen. Kriss spürte die doppelte Mündung der Pistole hart in ihrem Rücken.

Eine Panzertür führte nach draußen. Der General und sein Adjutant erwarteten sie am Fuße einer Gangway.

Die Spitze von Ruhndors Gehstock bohrte sich in die rötliche Erde. »Ich hoffe um Euretwillen, dass wir finden, was wir suchen, Doktor.« Seine Augenprothese fixierte Kriss.

Sie sagte nichts. Die Luft im Schiff hatte verbraucht und nach Eisen geschmeckt und sie genoss für einen Moment den Duft von Meer und trockenem Gras. Zirper und Brummgrillen musizierten in den Büschen; sie waren selbst über das Brüllen des Wasserfalls zu hören, während Kriss so unauffällig wie möglich den Himmel absuchte. Ihre Schultern sanken herab. Keine Spur von der *Windrose*.

Sie sah zu Lian. Er nickte. Ihnen beiden war klar, dass sie improvisieren mussten.

»Nun, Doktor?«

Kriss spürte den Blick des Generals an ihrem Hinterkopf. »Wir suchen das Haus des Schläfers«, sagte sie und erinnerte sich an Veribas' Vers.

»Und was genau ist das?«

Kriss sah den General ernst an. »Das weiß ich nicht. Noch nicht. Ich werde es erkennen, wenn wir es sehen. Wie das Baumhaus im Smaragdwald.«

Sie sondierte die Gegend. Hier hatte nichts auch nur annähernd Ähnlichkeit mit einem Haus (oder einem Schläfer). »Versuchen wir es dort!«, sagte sie so selbstsicher wie möglich und zeigte auf eine Ansammlung von Findlingen weiter in Richtung Klippen. Sprüh vom Wasserfall wehte ihr ins Gesicht.

Niemand folgte ihr. Als sie sich umdrehte, sah sie, dass die Frau mit dem Zopf und der glatzköpfige Mann sich links und rechts von Lian aufgestellt hatten und auf ihn zielten. Er wagte es nicht, sich zu bewegen.

»Nur damit Ihr nicht auf falsche Gedanken kommt«, sagte der General.

Kriss schluckte mit staubtrockener Kehle.

Geh schon, sagten Lians Lippen stumm. *Halt sie hin!*

Kriss nickte kaum merklich und ging auf die Findlinge zu. Ruhndor und Dorello folgten ihr mit einigem Abstand. Lian wurde von seinen Wächtern hinterhergeschubst. Die *Morgenstern* blieb hinter ihnen zurück wie ein gestrandetes Seeungeheuer aus Metall.

Mit einiger Mühe erklomm Kriss den ersten Findling, einen hüfthohen grauen Felsbrocken. Von hier aus überschaute sie die anderen Steine, die Palmen und den Fluss – und die steil bergab gehenden Klippen. Es war merklich dunkler geworden, die Sonne schon halb hinter den Horizont getaucht. Und immer noch kein Schiff in Sicht. *Kommt schon, Kapitän!*

»Hier ist nichts!«, rief sie dem General und seinem Adjutanten zu. Unter ihren wachsamen Blicken hüpfte sie von dem Findling und marschierte zum nächstgrößeren Stein.

Was sollte sie ihnen erzählen? Dass die Steine vielleicht in irgendeiner bedeutsamen Weise angeordnet waren? Dass man unter ihnen graben musste, um etwas zu finden? Zeit – sie brauchte mehr Zeit.

»Wir warten, Doktor.«

Kriss konnte ihr Glück kaum fassen, als die Lösung direkt vor ihren Augen lag.

»Hier ist etwas!«, rief sie. »Schriftzeichen!«

Der General und Dorello kamen näher. Lians Wächter sorgten dafür, dass er ihnen folgte.

Es waren tatsächlich Schriftzeichen! Kriss' Finger fuhren die Einkerbungen im Stein entlang. Jemand hatte sie in den Fels geritzt – möglicherweise Reisende, die hier Rast gemacht hatten. Wahrscheinlich bedeuteten die Worte nichts als »Ich war hier« oder »Soundso liebt Den-und-den« – Dummheiten, die Leute irgendwo hinkritzelten, wenn ihnen langweilig war. Aber die Zeit und die Elemente hatten die Buchstaben bis zur Unkenntlichkeit verwittert. Sie konnten ebenso gut Schriftzeichen irgendeiner längst vergessenen Sprache sein.

Lians Leben – und das ihre – hingen nun ganz allein von ihrem schauspielerischen Talent ab.

»Das sind Galdæische Runen«, erklärte sie, während sie tat, als würde sie die Einkerbungen im Fels studieren. *Na ja, mit ein bisschen Fantasie kommt es schon hin …*

Sie hatte Ruhndors Nähe gespürt, noch bevor sie seine Stimme hörte: »Könnt Ihr es entziffern?«

Kriss schob sich die Brille zurück. »Es ist nicht leicht, ich –«

»Könnt Ihr es entziffern, Doktor?« Sie fühlte den grünlichen Schimmer seines falschen Augen auf ihrer Haut.

»Ja«, beeilte sie sich zu sagen. Die ersten Sterne gingen gerade auf. »Gebt … gebt mir nur ein wenig Zeit!«

Ruhndor sagte nichts, sein Gesicht war so hart wie der Fels unter ihren Fingern.

Ich hoffe, du weißt, was du tust, sagte Lians Blick.

Das hoffe ich auch, dachte sie.

Heißes Blut raste durch ihre Adern. Was sollte sie ihnen sagen? Was wollten sie hören? Wahrscheinlich erwarteten sie eines von Veribas' Rätseln. *Denk dir was aus! Irgendwas! Schnell … bevor sie misstrauisch werden!*

»Das, äh, Haus«, begann sie. *Weiterweiterweiter!* »Äh, das Haus liegt im Schoß« – keine Ahnung, wie sie ausgerechnet auf *Schoß* gekommen war – »des dritten … äh, das Wort hier ist kaum zu erkennen. Es heißt … ich glaube, es heißt …«

Sie würden ihr nicht glauben; sie würden sie durchschauen und sie würden Lian töten, damit sie so etwas nie wieder versuchte. Selbst wenn sie ihnen etwas halbwegs Plausibles auftischen konnte, würden sie sie wieder auf das Schiff schleppen und weiterfliegen und dann würde die *Windrose* sie niemals mehr finden, falls das Schiff überhaupt jemals kam.

Der Gelbe Mond ging auf, dicht gefolgt von seinem roten Bruder. Kühler Wind spielte mit Kriss' Haaren; der Wasserfall donnerte in ihren Ohren. Sie erschrak, als plötzlich die Lichter der *Morgenstern* auffluteten und dabei lange, harte Schatten warfen.

»Das Wort, Doktor.« Ruhndors Tonfall war scharf wie eine Henkersaxt. Sein Umriss zeichnete sich schwarz vor den Strahlen des Schiffs ab.

»Es heißt«, setzte Kriss an. Ihre Lippen zitterten. Schweiß lief ihr aus allen Poren. Kein Schiff am Horizont, nur eine dichte Wolkenbank, die sich grau färbte, nun wo das Feuer des Sonnenuntergangs erloschen war. Bransker würde nicht kommen. Er hatte sie im Stich gelassen. »Es heißt …«, ihr Blick kreiste hilflos umher, traf eine Palme, »Baum!«

»›Das Haus liegt im Schoß des dritten Baumes‹?«, wiederholte Dorello. »Na ja, klingt zumindest nach Veribas.«

Kriss drehte sich zum General. Kaufte er ihr das ab? Sein bärtiges Gesicht war undurchdringlich wie immer. Die Kristalllinse fokussierte sich neu. Dann verengte sich sein Auge aus Fleisch und Blut.

»Erschießt den Jungen«, sagte er zu seinen Graujacken.

Kriss gefror. »Nein!« Sie sah, wie Lian die Augen zusammenkniff, aber – dem Weltengeist sei Dank! – die Frau mit dem Zopf und der Glatzkopf mit der gebrochenen Nase zögerten. »General!«, rief Kriss. »W-Wartet! Ich habe Euch alles gesagt, was hier steht!

»Ihr vergeudet meine Zeit, Doktor.« Ruhndor hob die Hand, um den Befehl zum Feuern zu geben.

»Schiff in Sicht!«, rief plötzlich eine Stimme von der *Morgenstern*.

Kriss sah auf. Am östlichen Horizont durchbrach eine weiße, massige Form die Wolkenbank.

Kapitän Bransker hob das Fernrohr und sah das hässliche Schiff aus Eisen und Dornen über den Klippen liegen. Winzige Gestalten bewegten sich in den Lichtstrahlen, die von ihm ausgingen. Zwei davon kamen ihm selbst auf diese Entfernung sehr vertraut vor.

»Volle Kraft voraus!«, rief er in das Sprechrohr zum Maschinenraum. »Schiff klar zum Gefecht!«

Lian wusste, wann ihm eine Gnadenfrist in den Schoß fiel.

Die beiden Graujacken waren nur für einen Moment abgelenkt, aber das reichte ihm. Er sprang vor, packte den Waffenarm des Glatzkopfs und wirbelte den Mann herum.

Die Frau mit dem Zopf ließ erschrocken ihre Pistole hochschnellen, aber sie feuerte nicht, denn Lian hielt ihren Kameraden vor sich wie ein Schutzschild, wobei er dem ächzenden Mann die Arme auf dem Rücken verdrehte. Seine Pistole war auf dem Boden gelandet, ohne dass sich ein Schuss gelöst hatte.

»Lass ihn los, Junge!«, bellte die Frau.

Und Lian gehorchte. Er trat ihr den Glatzkopf entgegen. Sie feuerte aus Reflex, doch der Schuss zerfetzte nur einen Palmwedel. Beide Graujacken stürzten; für einen Moment wirkten sie wie ein einziges Wesen mit zwei Köpfen und viel zu vielen Gliedmaßen. Lian warf sich hin, um nach der fallengelassenen Pistole zu greifen –

»Eine falsche Bewegung«, hörte er Markon Dorello sagen, »und der Doktor ist tot.«

Ehe Kriss blinzeln konnte, hatte Dorello ihren linken Arm gepackt. Sie schielte ungewollt, als er die Mündungen seiner Pistole in ihr Gesicht hielt.

Lian kam mit erhobenen Händen auf die Beine. Seine Augen funkelten vor Hass.

»Sehr mutig, Kleiner«, sagte Dorello, nicht ohne Sympathie. »Aber auch sehr dumm.«

Kriss sah, wie sich die Graujacken hinter Lian wieder aufrappelten. In der Ferne ertönten die Luftschrauben der *Windrose*. Im Mondlicht wirkte das

Schiff wie ein fliegender, weißer Donnerwal.

»Zurück an Bord«, befahl der General.

Dorello setzte sich in Bewegung. Ohne die Waffe zu senken, zog er Kriss neben sich her. Sie zitterte wie nie zuvor in ihrem Leben.

Aber sie wusste, dass der Mann mit den viel zu blauen Augen einen Fehler gemacht hatte.

Keiner ist, wie er scheint, hatte Lian gesagt. Und das traf auch auf sie zu. Sie war nicht das harmlose, kleine Mädchen, das der General und seine Handlanger in ihr sahen. Das war ihr Vorteil. Ihr einziger.

Tu es! Jetzt!

Noch bevor sie den bewussten Befehl dazu gab, griff ihre freie Hand nach Dorellos Pistole. Sie riss ihm die Waffe aus den Fingern – und richtete sie auf den General, der ihnen vorausging. Dorello starrte sie ungläubig an, aber Ruhndor verzog selbst jetzt keine Miene.

»Keine Bewegung!«, rief Kriss und machte drei Schritte zurück. »Oder – oder ich schieße!«

Dorellos Blick war fast anerkennend. Er gab den beiden Graujacken einen Wink. Sie hatten Lians Arme ergriffen, aber sie blieben, wo sie waren.

»Wem versucht Ihr etwas vorzumachen, Doktor?«, fragte Dorello. »Wir wissen beide sehr gut, dass Ihr niemals –«

Der Schuss dröhnte über die Klippen. Ein winziger Krater rauchte vor Dorellos Stiefeln. Kriss sah noch für einen winzigen Moment, wie ihm die wasserblauen Augen fast übergingen, dann richtete sie blitzschnell die Pistole wieder auf den Kopf des Generals. Fieber schien sie zu verbrennen. Ihre Hand zitterte, als sich ihr Finger um den zweifachen Auslöser krümmte. Alles in ihr schrie.

Sie hatte nicht schießen wollen, schon gar nicht, um jemanden zu verletzten. Aber das durfte niemand wissen.

»Zurück«, befahl sie. Der Gestank von Schießpulver ließ sie fast würgen. »Und die Waffen weg!« Sie wusste, es steckte nur noch eine Kugel in der Waffe …

»Tut, was sie sagt«, befahl Dorello zu ihrer Überraschung.

»Lian!«, rief Kriss. Er riss sich von den Graujacken los und riss der Frau mit dem Zopf die Pistole aus der Hand.

Die *Windrose* kam unaufhaltsam näher. Gleichzeitig hörte Kriss scheppernde Schritte aus dem Inneren der *Morgenstern*. Verstärkung war im Anmarsch. Doch noch blieb das Schiff reglos liegen, was ihr verriet, dass sie sich zumindest in einer Sache nicht geirrt hatte: Ruhndors Stimme war der einzige Schlüssel.

»Ihr werdet mich töten müssen, Doktor«, sagte Ruhndor tonlos. Er schien den doppelten Lauf gar nicht zu sehen, der auf ihn zielte. »Anders könnt Ihr mich nicht aufhalten. Und ich weiß, dass Ihr keine Mörderin seid.«

Ein Klicken ertönte, als Lian den Hahn der gestohlenen Pistole in Feuerrast brachte. »Bist du dir bei mir auch so sicher, Glasauge?«

Es ging sehr schnell. Der General holte mit seinem Stock aus, die scharfe Spitze blitzte in der Lichtflut der *Morgenstern* auf. Ein Knall ließ Kriss zusammenfahren – und der Stock des Generals zerbarst in tausend Splitter.

Lian grinste Ruhndor an und blies den Rauch von der Pistole. »Netter Versuch«, sagte er.

Die *Windrose* schien zwischen den Sternen zu wachsen und zu wachsen.

»Die Waffen runter!«, befahl eine harsche Stimme. Die Männer des Generals stürmten aus dem Schiff, Musketen im Anschlag.

»Spät, aber doch«, hörte Kriss Dorello zufrieden murmeln.

»Ich sagte, zurück!«, wiederholte sie und fand, dass

sie wie jemand anderes klang; jemand, der mutiger war als sie.

»Denkt nach«, sagte Ruhndor ruhig, während Lian und sie weiterhin auf ihn zielten. »Ihr seid in der Minderzahl und Ihr habt nur noch zwei Schüsse. Selbst wenn Ihr auf Euer Schiff gelangt, hat die *Morgenstern* Euch in Windeseile eingeholt. Wenn Ihr leben wollt, ergebt Euch.«

Kriss sah zu Lian. Genau wie er wich sie vor den anstürmenden Soldaten zurück, Schritt für Schritt, zum Rand der Klippen. *Was jetzt?*, fragte sie stumm.

»Na, was wohl?« Lian packte den General am Arm und hielt ihm die Pistole unter das Kinn. »Wir springen!«

»*Was?*«

»Seid vernünftig!«, riet der General.

»Ich sagte: *Waffen runter!*«

Ein Dutzend Musketen war auf sie gerichtet. Kriss sah die Soldaten vor ihnen. Die Klippen hinter ihnen.

»Denkt nicht mal daran!«, rief Dorello.

Aber Kriss dachte überhaupt nicht mehr. Sie holte tief Luft; nur einen Moment vor Lian drehte sie sich um – und sprang. Lian folgte ihr, riss den General mit sich. Sie stürzten, zwei, drei Klafter tief; Wind pfiff in Kriss' Ohren, während sie sich die Seele aus dem Leib schrie.

Dann kam der Aufschlag. Die Luft wich ihr in Schwärmen von Blasen aus den Lungen, als sie das kalte, harte Wasser durchbrach und Salz stach in ihre weit aufgerissenen Augen. Sie strampelte wild mit Armen und Beinen, sah Lian, der genau wie sie versuchte, den Fluten zu entkommen, und den General, der sich zur Oberfläche kämpfte. Ruhndors künstliches Auge leuchtete in der nassen Dunkelheit wie Elmsfeuer.

Als sie den Kopf über Wasser bekam, rang Kriss verzweifelt nach Atem, hustete und verschluckte sich. Sie blinzelte sich das salzige Nass aus den Augen, sah nach oben. Ihre Brille hatte sie beim Sturz verloren, aber sie wusste, dass die langen grauen Flecken am Rand der Klippe nur die Leute des Generals sein konnten – und die Dinger, mit denen sie auf das Meer unter sich zielten, Musketen.

Bumm, Bumm, Bumm – die Schüsse zerfetzten die Nacht. Kriss schrie auf, als neben ihr eine Kugel ins Wasser schlug.

»Nur Warnschüsse«, keuchte Lian hinter ihr. »Sie brauchen ihn noch!«

Kriss paddelte mit den Armen, drehte sich fort von den Klippen, hin zum offenen Meer. Der General schwamm ihnen mit gekonnten Bewegungen davon, aber er war zu langsam. Lian holte weit mit den Armen aus, setzte ihm nach. Er bekam das Bein des alten Mannes zu fassen. Ruhndor trat nach ihm, doch Lian ließ sich nicht abschütteln. Wasser spritzte und klatschte, als sie miteinander kämpften.

Die Windrose*!* Kriss legte den Kopf zurück. Das Schiff war nicht mehr weit entfernt, vielleicht zweihundert Klafter weiter aufs Meer hinaus. An der offenen Tür der Gondel wurde eine Strickleiter herabgelassen, die fast die Wellen berührte. Trotz ihrer brennenden Augen glaubte sie, dort oben im Schiff die vertrauten Umrisse von Lorgis und Barabell ausmachen zu können.

»Worauf wartet ihr?«, herrschte Dorello die Schützen an. »Hinterher! Los!«

Fünf der Soldaten gehorchten. Sie warfen ihre Musketen fort, nahmen Anlauf und stürzten sich in die Fluten. Ein mehrfaches Klatschen ertönte von jenseits der Klippen.

Dorellos Blick fiel auf das sich nähernde Luftschiff. *Mein Kompliment, Doktor*, dachte er.

»Feuer!«, brüllte Kapitän Bransker. Die Kanoniere der *Windrose* hatten nur darauf gewartet. Von schrecklichem Lärm und Feuerwerk begleitet, schmetterten sie Splittergeschosse auf das Land über den Klippen. Mit diebischer Freude verfolgte der Kapitän durch das Fernrohr, wie die winzigen grauen Gestalten dort unten zu ihrem eisernen Schiff flohen, während um sie herum Steine, Palmen und Büsche zerrissen wurden. »Mit den besten Empfehlungen von Baronin Gellos, ihr Lumpenpack!«

Der General mochte alt sein, aber hilflos war er nicht, wie Lian auf die harte Tour erfahren musste. Ruhndors rechter Haken traf seinen Kiefer und ließ Sterne vor seinen Augen aufgehen. Lian warf sich auf ihn, riss ihn mit sich in die Tiefe; er trat nach dem General, aber das Wasser verlangsamte seine Bewegungen, raubte ihnen die Wucht. Ruhndor kämpfte sich zurück an die Oberfläche. Lian folgte ihm. Japsend durchbrach er die Oberfläche, sein nasses Haar klebte ihm im Gesicht – und steinerne Hände legten sich um seinen Hals. Röchelnd umklammerte er Ruhndors Handgelenke, doch der Griff des Generals war unerbittlich wie eine Würgekette. »Ihr begreift nicht!«, rief der alte Mann. »Irgendjemand muss sie aufhalten oder sie werden alles zerstören!«

Er hatte Recht, Lian begriff kein Wort. Er ließ Ruhndors Gelenke los und mit einer Bewegung, die selbst für ihn fast zu schnell war, um sie zu sehen, schmetterte er dem General die Handkanten gegen den Hals. Ruhndors menschliches Auge wurde groß, dann verließ ihn alle Kraft. Keuchend und prustend wich Lian von ihm. Einen Moment lang trug das Salzwasser den alten Mann wie eine reglose Puppe, dann ging er mit der nächsten Welle unter.

»Lian!«, rief Kriss hinter ihm. Auf einmal wurde er sich des wilden Plantschens und Klatschens hinter sich bewusst.

Lian streckte ihr die Hand entgegen und zog sie mit sich durchs Wasser. Kriss wusste, dass der Vorsprung den sie vor den Graujacken hatten, nicht lange halten würde. Mit aller Kraft strampelte sie sich voran, aber sie verlangsamte Lian nur. Da legte sich ein Schatten über sie.

»Doktor!« Lorgis' tiefes Organ ertönte aus dem Himmel. Kriss hob den Blick und sah die massige Ballonhülle der *Windrose*, mit der Gondel, aus der die Strickleiter baumelte, zum Greifen nahe. Kriss biss die Zähne zusammen, kämpfte sich weiter voran. *Nicht stehenbleiben*, befahl sie sich. *Es ist nicht mehr weit, gleich haben wir's überstanden!*

Lian streckte die Hand nach der untersten Sprosse aus; Wind wehte sie aus seiner Reichweite. Er versuchte es erneut - und bekam die Leiter zu fassen. Er hievte sich aus dem Wasser. »Nimm meine Hand!«, rief er Kriss zu. Sie streckte die Finger nach ihm aus, umklammerte sein Handgelenk -

Sie erschrak, als etwas ihren rechten Fuß packte. Über die Schulter sah sie eine Graujacke, die Vorhut der anderen. »Loslassen!«, rief sie und trat mit dem linken Fuß nach dem vernarbten Gesicht des Mannes. Blut strömte aus seiner Nase, doch er hielt sie unbarmherzig fest.

Ein Donnerschlag ließ die Nacht erbeben. Nein, kein Donner. Die Graujacke machte ein dummes Gesicht, als etwas in ihren Rücken schlug. Kriss sah nach oben. Lorgis hockte weit, weit über ihr am Rand der offenen Gondel, eine noch rauchende Muskete in der Hand. Sie war dankbar, dass sein Schielen seine Zielsicherheit nicht beeinträchtigt hatte.

»Beeilt euch!«, rief er, aber das hätten sie auch so getan, denn die anderen Graujacken hatten sie schon fast erreicht. Mit Beinen wie aus Gummi kletterte Kriss Lian hinterher, die Strickleiter hinauf. Die Graujacken streckten die Hände nach ihnen aus, aber die Matrosen auf dem Luftschiff zogen die Leiter zu sich herauf, Zoll für Zoll, bis sie für ihre Verfolger unerreichbar war.

Die *Windrose* gewann an Höhe, eiskalter Wind brachte die Strickleiter in Bewegung. Zitternd klammerte sich Kriss an die hölzernen Sprosse, als hinge ihr Leben davon ab. Was es auch tat. Unter ihr wurden die Graujacken zwischen den Wellen immer kleiner - einer der Männer schwamm auf den reglosen Körper des Generals zu.

»Alles noch dran?«, fragte Lorgis, als sie zähneklappernd und nass bis auf die Knochen im unteren Deck der *Windrose* standen. Barabell reichte ihnen zwei Decken. »Schön, Euch wieder an Bord zu haben«, sagte die pausbäckige Matrosin.

»Wo habt ihr solange gesteckt?« Lian schlang schlotternd seine Decke um sich.

»Schwierigkeiten mit der hestrianischen Grenzpatrouille«, erklärte Barabell.

»Wir haben bald noch viel größere Schwierigkeiten, wenn wir noch länger warten«, drängte Kriss.

Markon Dorello beobachtete, wie das weiße Luftschiff wieder volle Fahrt aufnahm und in weitem Bogen flüchtete.

Er und die anderen Soldaten hatten die Deckung der *Morgenstern* verlassen; die Schüsse der *Windrose* hatten kaum mehr als Kratzer auf ihrem Panzer hinterlassen, aber die Gegend um das Schiff herum sah aus, als hätte ein Meteoritenschauer eingeschlagen. Die Überreste einer Palme brannten noch.

Dorello hatte befohlen, Strickleitern am Klippenrand zu befestigen und sah zu, wie die Schwimmer zurückkehrten. Der letzte von ihnen, ein Berg von einem Mann, trug den Körper des Generals auf seinem Rücken. Während seine Kameraden ihn mitsamt der Leiter hochzogen, hielt seine freie Hand Ruhndor fest.

»Ist er am Leben?«, rief Dorello zu ihm hinunter.

»Ja, Herr Hauptmann!«

Dorello nickte erleichtert. Ohne den alten Mann wären sie hier gestrandet. Allerdings war ihm auch klar, dass sie nicht abheben konnten, bevor er nicht das Bewusstsein wiedererlangt hatte. Er sah die rauchenden Krater im Gras und die erschöpften, klatschnassen Schwimmer um sich herum und gegen seinen Willen musste er lachen. Die Soldaten sahen ihn an, als hätte er den Verstand verloren.

Nach allem, was sie über sie wussten, hatten sie den Fehler begangen, Doktor Odwin und Lian Berris zu unterschätzen. Nun, das würde kein zweites Mal geschehen.

Fieber

Als sie keuchend zu Kapitän Bransker auf die Brücke rannte, hinterließen Kriss' Kleidung und ihr Haar eine nasse Spur auf dem Schiffsboden. Lian setzte ihr nach.

»Doktor«, brummte der Kapitän erfreut. Er steckte sich gerade seine Pfeife an. »Sind gerade noch rechtzeitig gekommen, was?«

»Genau wie verabredet«, fügte Lian hinzu. Kriss sah den Kapitän ernst nicken. »Wie verabredet.«

Sie entschied, dass sie sich auch später noch über Branskers seltsamen Tonfall wundern konnte. »Kapitän, wir haben keine Zeit. Ruhndors Männer können jederzeit starten.«

Er hob die buschigen Augenbrauen. »Welcher Kurs?«

Im Kartenraum ließ sich Kriss Stift, Lineal und Kompass geben. In ihre Decke eingehüllt und auf den Boden tröpfelnd, legte sie mit vor Erschöpfung zitternden Händen das Lineal in Hestria an. Genauer gesagt an der Westküste des Stadtstaates, wo einst die Statue von Ollon Monda aufs Meer hinaus geblickt hatte. Sie schloss kurz die Augen …

»Weißt du noch die Richtung?«, fragte Lian besorgt.

»Ja«, sagte sie selbstsicher. Ja, sie erinnerte sich. »Nord-Nordwest.«

Sie überprüfte die Windrose des Kompasses, legte das Lineal in den richtigen Winkel - und zog vorsichtig einen Strich an der Holzleiste entlang. Der Stift fuhr dabei über Meer und Meer und noch mehr Meer.

Es gab nur eine einzige Stelle, an der er Land schnitt.

»Hier ist es.« Kriss tippte auf eine Landspitze im Norden von Ulgrai, dem Kontinent des Westens, mit seinen Savannen, Buschwäldern und dem gletscherbedeckten Oukara-Gebirge im Zentrum. »Das Kap der bösen Vorahnung.«

»Kurs setzen auf Nord-Ulgrai!«, bellte der Kapitän

durch die offene Tür den Steuermännern zu. »Alle Maschinen volle Kraft!«

»Aye, Aye!«, ertönte es von der Brücke.

Kriss spürte, wie das Schiff die Richtung wechselte. Auf einmal überkam sie ein ungutes Gefühl. »Kapitän … Vielleicht ist es klüger, erst einmal einen anderen Kurs zu fliegen.«

»Hrm?«

»Selbst wenn die *Morgenstern* – das Schiff des Generals noch nicht gestartet ist, werden uns seine Männer im Auge behalten, solange sie können, und unseren Kurs verfolgen. Wir würden ihnen nur verraten, wo wir hinwollen.«

Bransker rieb sich die Nase. »Gut gedacht, Doktor.« Gerade als er den Steuermännern neue Anweisungen gab, trat Nesko, der flachshaarige junge Matrose ein. Er brachte zwei dampfende Becher. »Hier«, sagte er freundlich-schüchtern zu Kriss und Lian. »Beugt Erkältungen vor.«

»Danke.« Kriss ließ sich eine Tasse geben und nahm einen großen Schluck – sie bereute es sofort. Die Luftfahrer sahen erheitert zu, wie sie einige Zeit mit tränenden Augen vor sich hin röchelte. Lian hingegen leerte seinen Becher in einem Zug, ohne sich zu schütteln oder das Gesicht zu verziehen.

»Was … hhhhh … ist … da … hhhhh … drin?«

»Ein bisschen Wollbockmilch, Zinnoberkraut, Feuerkümmel, Pampelsinensaft – und jede Menge Glasbeerenschnaps.«

Kriss spürte, wie die Hitze des Gebräus ihre Kehle hinab rann, als habe sie kochende Lava geschluckt.

»Jetzt ruht Euch aus«, sagte Bransker, »bevor Ihr das ganze Schiff nass macht.«

Kriss nickte. Sie hatte ohnehin nichts anderes vorgehabt. Sie fühlte sich wie gerädert, jeder Muskel tat ihr weh. Aber an Schlaf war nicht zu denken, dafür war sie zu aufgekratzt.

Auf dem Gang war ein Matrose gerade damit beschäftigt, den Boden aufzuwischen. Er seufzte, als Kriss ihn passierte, eine neue, nasse Spur hinter sich herziehend. Lian holte sie nach ein paar Schritten ein. Sein feuchtes Haar glänzte wie heißer Teer.

»Kriss, warte! Wohin gehst du?«

»Sehr, sehr heiß baden«, antwortete sie, ohne ihn anzusehen.

»Kriss …«, setzte er an.

»Lian?«, fragte sie kühl.

Er hielt ihre Schulter, zwang sie stehenzubleiben. »Lass uns drüber reden«, sagte er leise, als fürchte er, dass der Matrose mit dem Wischmopp sie hören könnte.

Sie blickte zu ihm auf. »Worüber?«

»Du weißt schon.« Er verlagerte das Gewicht von einem Fuß auf den anderen.

Sie zuckte mit den Achseln. »Was gibt es noch zu bereden? Es ist doch alles klar.«

Ohne sich ein weiteres Mal umzudrehen, ließ sie ihn stehen.

Im Waschraum des Schiffs ließ sie heißes Wasser in die Zinkwanne laufen. Als sie hineinstieg und Dampfschwaden sie einhüllten, wich auch der letzte Rest Kälte aus ihr.

Obwohl sie sich dagegen wehrte, ging ihr Lian nicht aus dem Sinn. Wie verletzt er sie eben angesehen hatte … Sie zweifelte nicht daran, dass es ihm leidtat, und sie war froh, dass er alles heil überstanden hatte, so wie sie selbst.

Aber sie war nicht bereit, ihm zu verzeihen. Nicht jetzt.

Kriss schloss die Augen und fühlte wieder die Pistole in ihrer Hand, schwer und hart. Der Schuss, den sie abgefeuert hatte, dröhnte noch in ihren Ohren. Sie hoffte, nie mehr in ihrem Leben eine Waffe anfassen zu müssen.

Sie glaubte nicht daran, dass Ruhndor ertrunken war. Ob die *Morgenstern* schon die Verfolgung aufgenommen hatte – unter Wasser, unsichtbar? Seit sie an Bord der *Windrose* gekommen war, hatte sie halb erwartet, jeden Moment einen Warnruf der Matrosen zu hören. Sie versuchte, nicht an den General zu denken, aber wie die Erinnerung an Lians Blick suchte auch er sie heim.

Als sie aus der Wanne gestiegen war, wischte sie den Wasserdampf vom Spiegel und betrachtete ihr Gesicht: die vollen Wangen, das runde Kinn, die ernsten, braunen Augen, das Haar, das ihr in braunen Strähnen am Kopf klebte.

Sie hatte sich nie zuvor Gedanken über ihr Aussehen gemacht. Wie sie auf andere wirkte. Auf Jungen. Sie wusste nicht, ob ihr das Mädchen, das ihr entgegensah, gefiel …

Kriss schüttelte den Kopf. Sie trocknete sich ab und eilte, nur in ein Handtuch gehüllt, durch den Gang, bevor einer der Matrosen sie sah.

In ihrer Kabine angekommen, sah sie die Sterne durch das Bullauge funkeln. Sie griff in der Dunkelheit nach den Schwefelhölzern und entzündete das Gaslicht. Sie zog frische Kleidung aus dem Koffer, setzte ihre Zweitbrille auf die Nase – und auf einmal umklammerte sie ein Gefühl von Verlorenheit. Ohne Umi, ohne jemanden, mit dem sie über das reden konnte, was in ihr vorging, kam sie sich unendlich einsam vor. Im Stich gelassen. Alles war einfacher gewesen, bevor sie Lian getroffen hatte.

Sie versuchte, sich mit einem dritten Brief an Alrik abzulenken.

Hatte sie den General zuvor unerwähnt gelassen, aus Angst, Alrik könne vor Sorge umkommen, entschuldigte sie sich nun dafür und berichtete *alles*, was sie ihm bisher verschwiegen hatte: das Auftauchen des Mannes ohne Gesicht im Haus der Baronin, die

Begegnung mit Dorello und dem General in der Großen Bibliothek, die Jagd durch die Straßen von Dschakura. Dann fuhr sie fort mit ihrer Befreiung aus dem Gefängnisturm durch die Mannschaft der *Morgenstern* und der Rettungsaktion der *Windrose.*

Falls ihnen etwas zustieß, dann sollte Alrik wissen, dass wahrscheinlich der totgeglaubte General seine Hände im Spiel hatte. Sie bat ihren Mentor, Seine Majestät zu informieren, dass Ruhndor am Leben und ihnen auf den Fersen war. Vielleicht konnte jemand den Mann hinter Gitter bringen, bevor sie ihm ein weiteres Mal begegneten. Aber eigentlich glaubte sie nicht wirklich daran. Wer wusste schon, wie lange der General in der *Morgenstern* auf dem Grund des Meeres ausharren konnte? Und wer konnte sagen, wo er das nächste Mal auftauchen würde?

Sie tunkte die Feder ins Tintenfass und fuhr fort.

Letzte Nacht habe ich wieder von Bria geträumt. Es war kein angenehmer Traum.

Sie und die anderen Forscher waren in Hestria gewesen, kurz vor ihrem Verschwinden. Aber der letzte Brief, den wir damals von Bria bekommen haben, war aus Kelifreh abgeschickt worden. Sind sie anschließend nach Hestria geflogen? Aber warum hat sie uns nichts davon gesagt? Hat vielleicht die hestrianische Geheimpolizei ihre Post abgefangen?

Ich bin ganz sicher, dass sie es geschafft haben, aus dem Fürstentum zu entkommen. Nur, wohin sind sie danach gegangen? Oder haben die Hestrianer sie doch noch gefangen? Aus irgendeinem Grund habe ich bislang immer gedacht, wenn wir Dalahan finden, finden wir auch Bria. Aber vielleicht ist es dumm, davon auszugehen. Die Welt ist so groß. Auf ihrem Weg zur Insel kann alles Mögliche passiert sein.

Aber vielleicht, so unwahrscheinlich es auch sein mag, ist sie wirklich dort, gestrandet, und wartet auf mich.

Sie fehlt mir, Alrik. Ihr beide fehlt mir, von Tag zu Tag

mehr. Aber ich werde jetzt nicht aufgeben. Ich muss wissen, dass es ihr gut geht. Dalahan ist nicht mehr weit; es gilt nur noch einen letzten Hinweis zu finden und zu entschlüsseln, dann steht uns der Weg dahin offen.

Hoffentlich.

Mit bleischweren Lidern brachte sie noch ein »*Liebe Grüße, Kriss*« zu Papier. Dann legte sie die Feder beiseite und schloss das Tintenfass. Sie rieb sich die Augen und gähnte so heftig, dass es ihr fast den Kiefer ausrenkte. Ihr Blick fiel auf das Döschen mit den Indigopastillen. Erst jetzt fiel ihr auf, dass sie die Pillen schon lange nicht mehr gebraucht hatte.

Als sie am nächsten Morgen erwachte, schien ein Schmiedehammer in ihrem Kopf zu wüten.

Ihr Hals kratzte wie ein Säbelkaktus, ihre Nasenschleimhäute fühlten sich wund und ausgetrocknet an. Kriss berührte ihre Stirn. Sie schien förmlich zu glühen, dabei war ihr kalt, unsagbar kalt und ihre Gedanken waren schwer. Wenn sie sich nicht die Seele aus dem Leib hustete, dann plagten sie Niesanfälle. *Von wegen, ›beugt Erkältungen vor‹ …*

Es gab keinen Arzt an Bord. Entweder hatte die Baronin auf die Schnelle keinen für ihre Expedition anheuern können – oder sie hatte am falschen Ende gespart. Ein Matrose hatte während des Großen Feuers einem Feldarzt assistiert und dabei ein wenig von ihm gelernt, wobei die Betonung auf »wenig« lag. Er konnte auch nicht mehr tun, als ihr ein Thermometer unter die Achsel zu klemmen, festzustellen, dass sie Fieber hatte (als wäre sie nicht allein darauf gekommen!), und ihr letztlich nur raten, sich gut zuzudecken, reichlich Wasser zu trinken – und weiterhin das Glasbeerenschnaps-Gebräu zu schlucken.

Unter der Decke gleichzeitig fröstelnd und schwitzend, brachte Kriss über den Tag verteilt drei Becher von dem Zeug herunter. Der Alkohol machte sie zuerst leicht im Kopf – und danach nur noch schwermütiger.

Sie würden Dalahan nie erreichen, das war ihr jetzt klar. Vorher platzte die Ballonhülle der *Windrose*. Oder ein Blitz ließ das Schiff in Flammen aufgehen. Oder der General holte sie ein und schoss sie ab. So oder so, sie wusste, dass sie auf der Suche nach der Insel sterben würde. Genau wie ihre Mutter zuvor.

Aber wahrscheinlich würde sie vorher im Fieber verbrennen.

Manchmal glaubte sie zu hören, wie Lian vor ihrer Tür herumschlich. Doch wenn er es wirklich war, klopfte er nicht an und Kriss wünschte sich einmal mehr, die eine Frage niemals gestellt zu haben; wünschte sich, er hätte nie etwas gesagt, das sie auf die absurde Idee gebracht hatte, sie könnten etwas anderes als Freunde sein …

Zum ersten Mal musste sie sich eingestehen, dass sie vieles über Archäologie wusste – über die Einbalsamierungsriten der alten Hierokraten von Talikor, welche Währung man zur Zeit der dritten Dynastie in Ramakhan benutzt hatte, oder wie man ruminosanische Elfenbeinschnitzereien datierte –, aber wenig bis gar nichts über Jungen. Schon gar nicht solche wie Lian.

Hatte sie ernsthaft geglaubt, er könnte sich für sie interessieren? Sie hätte darüber gelacht, wäre es nicht so traurig gewesen. Wenn diese Expedition vorbei war, würden sie wieder getrennte Wege gehen; in ein oder zwei Monaten würde er sie schon vergessen haben. Der Gedanke tat ihr weh.

Und sie wollte sich nicht weh tun lassen.

Irgendwann am Abend überraschte Kapitän Bransker sie mit einem Besuch.

»Kopf hoch, Doktor. Gibt Schlimmeres als eine Erkältung.« Er setzte sich zu ihr und betrachtete seine im Schoß zusammengelegten Hände. Seine Stimme war ungewohnt sanft. »Weiß, wovon ich rede. Meine

Frau leidet an Knochenfrost. Harmloser Name, aber eine entsetzliche Sache. Sie kann nur daliegen und zittern. Ist kalt wie ein Eiszapfen. Gibt keine Heilung, wisst Ihr? Nur Medikamente, damit es nicht noch schlimmer wird. Aber die sind teuer.«

Kriss bekam ein schlechtes Gewissen. »Das tut mir leid …«

»Muss es nicht. Die Baronin zahlt für ihre Medizin – auch, falls ich von dieser Expedition nicht …« Er ließ den Satz unvollendet. »Eine Heilige, die Frau. Selten heutzutage. Wirklich selten.« Der Kapitän erhob sich. »Die Pflicht ruft. Wie gesagt, gibt Schlimmeres als eine Erkältung. Trotzdem gute Besserung, Doktor.«

Er tätschelte ihr die Schulter und ging.

Vor dem Schlafengehen brachte Nesko ihr noch einen letzten Trunk. Kriss musste sich überwinden, das Gebräu herunterzukriegen.

»Herr Berris lässt Euch gute Besserung ausrichten«, sagte der junge Matrose.

Kriss zog die Bettdecke bis unter ihre laufende Nase. »Ist er …«, begann sie und wurde von einem weiteren Hustenanfall unterbrochen. »Ist er wenigstens auch so gebeutelt wie ich?«

Nesko lächelte scheu. »Nein. Er ist kerngesund.«

Kriss grummelte etwas Unfeines. Es hätte Lian gar nicht geschadet, auch etwas zu leiden.

»Nun, erholt Euch gut.« Nesko machte Anstalten zu gehen.

»Nesko«, krächzte sie.

»Ja, Madame?«

Der Schnaps machte ihre Zunge schwer und gleichzeitig ganz leicht. »Bin ich … hübsch?« Sie schämte sich für die Frage, noch bevor sie sie ausgesprochen hatte. Mit verquollenen und tränenden Augen sah sie, wie er blinzelte.

»Ja, Madame«, sagte er nach kurzem Zögern. »Natürlich, Madame!«

»Danke«, murmelte sie. Was hätte er auch anderes sagen sollen? Sie war krank und noch dazu die Leiterin dieser Expedition. Warum stellte sie andauernd Fragen, deren Antworten sie nicht hören wollte?

Schlaf kam über sie wie eine Decke aus Stein. Sie träumte von kreischenden Echsen, die sie durch einen brennenden Dschungel hetzten.

Sie schlief bis zum Mittag des nächsten Tages. Als sie erwachte, von der Schiffsglocke geweckt, fühlte sie sich wesentlich erholter. Die Nase war noch wund, der Hals noch rau und nach wie vor quälten sie Kopfschmerzen, aber zumindest hatte sie nicht mehr das Gefühl, daran sterben müssen.

Dennoch blieb sie weiter im Bett, ließ sich eine dritte Decke bringen, nachdem sie die anderen beiden durchgeschwitzt hatte, schlief viel und trank noch mehr. Zwischendurch raffte sie sich auf, um ihren Nachttopf durch das Bullauge zu leeren.

Ulgrai war bereits mit bloßem Auge als gewellte grüne Linie am Horizont auszumachen. Ob Veribas all die Orte, zu denen er sie führte, selbst besucht hatte? Oder kannte er sie auch nur aus Büchern, so wie Kriss viel zu viele Dinge nur aus Büchern kannte?

Ulgrai. Es war ein zweigeteiltes Land. An seinen Küsten gab es prächtige Königreiche, manche davon so alt wie die Menschheit selbst. Als die Völker Ellkors und Beraels gerade erst begonnen hatten, den Sternen Namen zu geben, füllten die Abhandlungen der Astronomen Ulgrais bereits ganze Bibliotheken. Städte wie das sagenumwobene Gamalanda, die Stadt der Tausend Türme, und Nembriar, das mit seinen uralten Tempeln und Palästen den Schauplatz tausender Legenden bildete, waren in aller Welt bekannt.

Das Innere des Kontinents jedoch wurde von Stammesgemeinschaften bevölkert, die sich seit Jahrtausenden nicht verändert hatten, als habe der Lauf der Zeit sie nie berührt. Vor Kriss' innerem Auge erschienen Bilder von stolzen Männern und Frauen mit tiefschwarzer Haut, die sich mit Kriegsbemalung aus Ocker und Kalk durch die Savanne schlichen und mit federgeschmückten Speeren und bunt bemalten Schilden Sichelgazellen und grauhäutige Rüsselstampfer jagten.

Ulgrai. Eigentlich hätte sie sich denken können, dass ihre Reise sie früher oder später hierher führen würde. Erst Veribas' Baumhaus in Berael, dann die Statue in Ellkor, nun das Haus des Schläfers hier. Was auch immer dieses »Haus« sein mochte …

Was würden sie an ihrem Ziel finden? War ihnen der General vielleicht schon zuvorgekommen?

Siedend heiß war Kriss eingefallen, dass Ruhndor nun, da er wusste, dass sie ihn belogen hatte, noch einmal nach Hestria zurückkehren konnte, um dort seine Leute in das Museum einbrechen zu lassen. Wenn sie die Statue des letzten Kriegers fanden, konnten sie sich den Rest selbst zusammenreimen.

Aber eine Rückkehr nach Hestria würde sie einige Zeit kosten; bis dahin hatte die *Windrose* wenigstens einen kleinen Vorsprung. Oder doch nicht? Wie schnell war das Schiff des Generals? Würde er am Haus des Schläfers bereitstehen, um sie ein weiteres Mal gefangen zu nehmen? Würde er sich für die Schmach, die Lian und sie ihm beigebracht hatten, rächen?

Sie mussten schneller sein. Kriss hatte Nesko gebeten, den Kapitän daran zu erinnern, aber Nesko hatte ihr ausrichten lassen, dass ihnen die Kessel um die Ohren fliegen würden, wenn sie das Schiff noch weiter strapazierten.

Was wusste der General über Dalahan, das sie nicht wussten? Veribas und Bria waren nicht die einzigen Forscher, die sich auf die Suche nach der Insel gemacht hatten – konnte es sein, dass Ruhndor in irgendeiner uralten, vergessenen Chronik auf weitere

Hinweise gestoßen war? Zumindest schien auch er nicht zu wissen, *wo* das sagenumwobene Eiland lag. Wie es aussah, war er genauso auf Veribas' letztes Rätsel angewiesen, wie sie.

Diese Nacht träumte Kriss wieder von Bria, doch als sie am nächsten Morgen aufwachte, konnte sie sich an keine Einzelheiten erinnern. Nur an die Sehnsucht, die der Anblick ihrer Mutter in ihr wachgerufen hatte.

Sie warf die Decke von sich. Von den Kopfschmerzen war nur ein blasses Echo geblieben. Den wunden Hals und die trockenen Nasenschleimhäute spürte sie nur, wenn sie sich bewusst darauf konzentrierte. Und sie hatte wieder Appetit. Gut. Sie hatte viel zu viel Zeit im Bett vertrödelt. Es lag schließlich noch Arbeit vor ihr.

Nun, da sie wusste, wohin die Reise ging, nahm sie sich ein weiteres Mal ihre Bücher vor, um zu sehen, welcher von den aberhunderten von mythischen »Schläfern« auf der Welt etwas mit dem Kap der Bösen Vorahnung zu tun hatte. Und noch bevor Nesko ihr das Mittagessen brachte, stieß sie in Band zwei von *Archäologische Fundstätten in Ulgrai* auf die Lösung.

Kriss klappte das Buch zu. Ein heißer Schauer durchfloss sie. *Der letzte Schritt vor Dalahan.*

Wenig später kündigte das Läuten der Schiffsglocke an, dass sie ihr Ziel fast erreicht hatten. Nun blieb nur zu hoffen, dass sie die Ersten dort waren.

Auf dem Flur begegnete sie Lian. Hatte er gehört, wie sie aufgestanden war, und auf sie gewartet? Kriss wusste es nicht, aber als sie ihn sah, begann ihr Herz zu rasen. Sie setzte eine kühle Miene auf, während er auf sie zu kam.

»Geht's dir wieder …?«

»Besser, ja.«

Er schien nicht zu wissen, was er mit seinen Händen anstellen sollte. »Ich hatt' mir schon Sorgen gemacht.«

Sie lächelte müde. »Eine einfache Erkältung bringt mich nicht um, Lian.«

Er sah sie verwirrt an, verletzt. Dann verhärtete sich seine Miene. »Gut.« Auf einmal lag eine deutliche Distanz in seiner Stimme. »Ich hab nämlich keine Lust, diese Expedition alleine weiterzuführ'n.«

Damit ließ er sie durch.

Kapitän Bransker hob erstaunt die Augenbrauen, als Kriss die Brücke betrat, das Buch unter dem Arm. Vor der *Windrose* breitete sich ein Stück Steppe unter der sengenden Sonne aus. Magere Krüppelbäume erhoben sich über hüfthohem Nadelgras und eine Herde Ankerhornantilopen huschte durch den Schatten des Schiffs. Weit voraus leuchtete das Meer.

»Doktor.« Brankser nickte ihr zu. »Wieder wohlauf?«

»Ja. Danke, Kapitän.«

»Seid zäh. Muss man Euch lassen.«

»Die *Morgenstern* ...?«

»Keine Spur weit und breit.« Der Kapitän hob das Fernrohr ans Auge. »Eine riesige Ansammlung von Nichts hier draußen. Kein Gebäude. Nicht mal Ruinen. Habt Ihr Euch auch nicht verrechnet?«

»Nein«, sagte Kriss. »Das Haus des Schläfers liegt direkt voraus.«

»Hrm?« Bransker schien zu überlegen, ob sie nicht vielleicht doch noch am Fieber litt.

»Nicht auf dem Land, Kapitän«, erklärte Kriss gut gelaunt. »Eine Viertelmeile vor der Küste – unter Wasser!«

Das Haus des Schläfers

Es war einmal, vor über fünf Jahrtausenden, da lebte in der Golkuma-Steppe im Norden Ulgrais ein Knabe vom Stamm der Uganu: O-Nung-Ra, der Sohn der Morgenröte. Als er dreizehn Jahre alt war, ging er gemäß den Traditionen seines Stammes hinaus in die Wildnis, um dort acht Tage und acht Nächte alleine zu überleben und zu beweisen, dass er nicht länger ein Kind war. So lebte O-Nung-Ra unter dem freien Himmel, trank mit den Rüsselstampfern aus Wasserlöchern und ernährte sich von Wurzeln und Beeren.

In der achten Nacht seiner Prüfung begegnete er einer Greisin, die von einem Feuerwaran angegriffen wurde – einer Bestie mit Schuppen wie Flammen und Krallen aus Stahl.

Ohne zu zögern kam der Sohn der Morgenröte der alten Frau zur Hilfe, bewaffnet nur mit einem Messer aus Obsidian und seinem Mut. Die Bestie und er kämpften die ganze Nacht und einen halben Tag, bis O-Nung-Ra schließlich als Sieger hervorging, gebadet vom Blut seines Gegners.

Zu seiner Überraschung war die Greisin nicht geflohen und hatte dem Kampf zugesehen. Nun offenbarte sie O-Nung-Ra ihr wahres Gesicht. Sie war kein sterbliches Wesen, sondern vom Volke der Gulscha, den Geistern der Luft und der Erde.

Als Geschenk für seine Tapferkeit und seine Güte verriet sie O-Nung-Ra ein großes Geheimnis: Unter den Wurzeln eines roten Krüppelbaumes, einen Mondzyklus im Westen, würde er ein Juwel finden, das ihn unsterblich machen würde.

O-Nung-Ra trat die Reise an. Und wie versprochen fand er das Juwel. Und wie versprochen feite es ihn vor dem Tode.

Er kehrte zurück zu seinem Stamm, nun kein Kind

mehr, sondern ein großer Krieger. In hundert Kämpfen bewies er seinen Mut und der Stamm der Uganu machte O-Nung-Ra zu seinem König. Fünfmal acht Jahre vergingen und O-Nung-Ra einte die Stämme der Golkuma-Steppe unter sich. In jeder Schlacht ging er seinen Kriegern voran und gemeinsam bezwangen sie jeden Gegner und brachten dem Land Frieden. Den Herrn der Hundert Stämme nannte man ihn, Bezwinger der Dunkelheit. *Nun-Anra*, das Diamantherz.

Doch kein Friede währt ewig. Und kein mächtiger Mann bleibt ohne Feind. Und so kam es, dass O-Nung-Ras jüngerer und einziger Bruder, vom Neid geblendet, eines Tages verkündete, der Frieden habe O-Nung-Ra schwach gemacht; er habe seinen Mut verloren. O-Nung-Ra erklärte sich bereit, ein weiteres Mal allein in die Steppe zu ziehen und acht Tage und acht Nächte nur durch seine Klugheit und seinen Mut zu überleben.

Aber sein Bruder hatte ihm eine Falle gestellt und O-Nung-Ra lief in einen Hinterhalt. Seine eigene Obsidian-Klinge durchbohrte sein Herz. Seine treuen Krieger fanden ihn am nächsten Tage.

Doch die Macht des Juwels hatte O-Nung-Ra nicht verlassen. Sein Pakt mit dem Tod hielt. Er starb nicht. Aber er war auch nicht lebendig. Er schlief. Vielleicht für immer.

Und so kam es, dass seine Anhänger O-Nung-Ra in einem Grabmal auf der Insel der Roten Steine aufbahrten, wo er ruhen sollte, bis die Hundert Stämme ihn wieder brauchen würden …

»Es ist ein Märchen«, erklärte Kriss dem Kapitän. »Aber einen König namens O-Nung-Ra hat es tatsächlich gegeben. Genauso wie sein Grabmal.« Sie schlug das Buch auf und zeigte ihm einen Kupferstich des Gebäudes. Es war so groß wie ein kleines Haus und trug eine Kuppel aus Bronze.

»Und dieses ... Grabmal ist hier?« Bransker kratzte sich den Backenbart.

»Ja. Es lag auf einer kleinen Insel in einem See in Küstennähe. Dann gab es vor rund achthundert Jahren ein starkes Seebeben, durch das einige Teile der Küste überflutet wurden, zusammen mit der Insel. Und dem Grabmal. Dort liegt es noch heute.«

»Der König auch?« Der Kapitän machte keinen sehr überzeugten Eindruck.

»Nein. Grabräuber haben es längst geplündert. Genauso wie O-Nung-Ras Sarkophag – und seinen Inhalt. Der Schläfer ist fort. Aber sein Haus steht noch. Nur leider ist das schon alles, was hier über das Grabmal steht.« Sie klappte das Buch zu. »Wir werden uns also vor Ort umsehen müssen.«

Glücklicherweise war die Besatzung auf eine Eventualität wie diese vorbereitet. Matrosen brachten die drei Taucheranzüge mit den massigen Helmen aus dem Lagerraum, andere trugen lange Schläuche aus Gummi hinter ihnen her. Draußen wurde mit quietschenden Flaschenzügen eines der sechs Beiboote zu Wasser gelassen, das bislang hinter einem Schott in der Außenwand der *Windrose* gelagert hatte.

»Euer erster Tauchgang, Doktor?«, fragte der Kapitän und schmauchte seine Pfeife.

»Ja«, gestand Kriss, mit einem unruhigen Blick auf die schweren Kupferhelme. Sie hatten runde Glasfenster vorn und zwei Ventile. Eines an der Seite, über das man verbrauchte Luft abgab, und eines hinten, das mit dem Luftschlauch verbunden wurde. »Aber es kann nicht so schwer sein, oder?«

Branskers Blick sagte etwas anderes. »Lorgis geht mit Euch runter. Hat die meiste Erfahrung.«

»Aye, Käpt'n!« Der muskulöse Luftfahrer grinste mit gelben Zähnen. Allem Anschein nach konnte er es kaum erwarten, etwas anderes zu sehen, als die Holzwände des Schiffs.

»Und wer ist der Dritte?«, fragte Kriss.

»Ich.« Lian trat zu ihnen. Er warf Kriss einen Seitenblick zu, den sie nicht deuten konnte.

Sie sah ihn ernst an. »Das musst du nicht.«

»Ich hab der Baronin versprochen, 'n Auge auf dich zu haben.«

»Ich kann sehr gut allein auf mich aufpassen.«

»Das Risiko geh ich nich' ein.«

Sie verzog missmutig den Mund. Aber sie wollte vor dem Kapitän und seinen Leuten keine Szene machen. Also sagte sie nur mit kühler Stimme: »Schön.«

Die Luftschrauben der *Windrose* standen still. Unter ihr schaukelte das Boot auf den Wellen. Drei Matrosen bauten darauf die tonnenförmigen Kompressoren auf, welche die Taucher per Handbetrieb über die Gummischläuche mit Luft versorgen würden.

Im Gang vor dem Fallreep half Barabell Kriss, sich durch die Halsöffnung in den Taucheranzug zu zwängen. Das Ding bestand aus festem Leder mit einer Schicht vulkanisiertem Gummi darüber. Es war sehr weit geschnitten. Mit Schnallen konnte man es an den jeweiligen Träger anpassen. Kriss kam trotzdem nicht umhin festzustellen, dass der Anzug für jemanden mit ihrer Figur nur bedingt geschaffen war.

Man stülpte ihr dicke Handschuhe über. Zu guter Letzt legte sie die dazu gehörigen klobigen Stiefel an. Bleigewichte in den Sohlen machten jeden Schritt zu einer Anstrengung. Ein weiteres Gewicht wurde ihr auf den Rücken geschnallt.

»Bereit?«, fragte Barabell, wie üblich eine Zuckerwurzel zwischen den Zähnen.

Kriss nickte.

Lian und Lorgis, die bereits in ihren Anzügen steckten, waren über die Strickleiter in das Boot geklettert.

Als Kriss ihnen folgte, spürte sie die Bleigewichte an sich zerren.

Während die Matrosen auf dem Boot die Sicherungsleinen mit den Gürteln der Anzüge verbanden, merkte sie, dass Lian sie ansah. Seine Miene war ernst.

Man setzte ihnen die Helme auf. Kriss schluckte; als sich die kupferne Kugel über ihren Kopf senkte, kämpfte sie mit einem Anfall von Klaustrophobie und hatte alle Mühe, bei dem Gewicht auf ihren Schultern geradestehen zu bleiben. Aber sie wollte, sie durfte jetzt nicht kneifen. Trotzdem ließ sie der Gedanke, in der Tiefe auf den Helm und den Anzug angewiesen zu sein, schaudern. Vielleicht sollte sie doch lieber oben bleiben? Nein. Es bestand die Gefahr, dass die Matrosen Hinweise übersahen, die nur ihr als Gelehrte etwas sagten. Und die Zeit drängte.

Die Helmkrausen wurden über drei Metallbolzen mit dem Kragen des Anzugs verbunden. Kriss hörte ein Quietschen, als der Gummischlauch an das Luftventil geschraubt wurde. Das Rauschen der Wellen, die Stimmen der Menschen um sie herum – all das hörte sie nur noch gedämpft. Ihre Sicht auf das Meer war jetzt auf einen Kreis beschränkt, so groß wie ihre gespreizte Hand.

Das Grabmal lag gut sechs Klafter in der Tiefe. In diesen Teil des Ozeans drang noch genügend Sonnenlicht durch die Wassermassen, so dass sie sehen konnten. Aber in dem versunkenen Gebäude selbst würde es stockdunkel sein. Dicke Glasflaschen mit grün phosphoreszierender Flüssigkeit dienten ihnen als Lampen und wurden auf der linken Seite ihrer Helme befestigt, damit sie die Hände frei hatten: Kriss für die mit Wachs beschichtete Holztafel, in die sie mit einem Griffel Zeichnungen oder Notizen einritzen konnte; Lian und Lorgis für zwei Harpunen mit scharfen Widerhaken. Zusätzlich trug jeder von ihnen ein Messer am Gürtel. Selbst das Meer war nicht ohne Gefahren.

Dann war es soweit.

Kriss und ihre Begleiter setzten sich auf den Rand des Bootes, wobei die anderen Matrosen ein Gegengewicht bildeten. Kriss versuchte, ihr wummerndes Herz zu ignorieren, ihre Furcht vor allem, was da unten lauern konnte. Sie versuchte, an Bria zu denken.

»Ihr wisst, was zu tun ist«, sagte einer der Matrosen. »Das Gemäuer liegt direkt vor Eurer Nase, wenn Ihr unten seid. Ihr kennt die Leinensignale. Zieht einmal, und wir holen Euch hoch. Zweimal, und wir pumpen Euch mehr Luft nach unten. Dreimal, und wir geben weniger Luft. Verstanden? Dann viel Glück!«

Lorgis versank als Erster in den Wellen. Einer seiner Kameraden ließ ihn langsam an der Leine hinab, während ein anderer darauf achtete, dass der Luftschlauch sich nicht verhedderte. Lian war der Nächste. Er drehte sich kurz zu Kriss um, dann machte es *Platsch* und er wurde vom Wasser verschluckt.

Nun war sie an der Reihe.

Kriss holte tief Luft, kniff die Augen zusammen und stieß sich vom Bootsrand ab. Sie vernahm ein entferntes Klatschen und dann das Dröhnen von Wasser. In der Enge des Helms hörte sie ihr eigenes, angespanntes Atmen und das entfernte Zischen des Kompressors.

Die Wachstafel an sich geklammert, spürte sie, wie das Blei sie in die Tiefe zog, während oben der Matrose an ihrer Leine darum kämpfte, dass ihr Abstieg nicht zu schnell erfolgte. Erst nach zehn oder zwölf Herzschlägen traute sie sich, die Augen zu öffnen.

Sie sank durch eine Welt aus Azur.

Sonnenstrahlen glitten in Wellen durch die Wasseroberfläche und beleuchteten einen grellroten Wald aus Blutkorallen, der sich unter ihren Füßen ausbreitete. Mondquallen und Geisterrochen trieben lautlos dahin und eine Purpurkrabbe marschierte mit spinnenlangen Beinen seitwärts über den schlickbedeckten

Boden. Ein Schwarm von Schimmerlingen schwebte vor Kriss' Augen, bunt wie die Schatzkammer eines Königs. Als sie die freie Hand nach ihnen ausstreckte, schwirrten sie wie auf Kommando davon. Kriss lächelte, völlig verzaubert. Sie fühlte sich, als habe sie ein neues Universum entdeckt. Ein Universum der Stille, beherrscht von einer ewigen, blauen Dämmerung. Hätte sie gewusst, welche Schönheit ihr hier unten begegnen würde, hätte sie weniger Zeit mit ihrer Furcht verschwendet.

Inzwischen ging ihr Atem ganz gleichmäßig. Sie vergaß nicht, das Ablassventil zu betätigen, wann immer es ihr zu stickig unter dem Helm wurde, und sah dabei die schlechte Luft in Blasen entweichen. Das Gewicht von Anzug und Helm nahm sie kaum noch wahr.

Bald setzte sie auf dem Boden auf, zwischen Lian und Lorgis, deren Helmlampen in geisterhaft grünem Licht glühten. Obwohl sie ihre Gesichter nicht sehen konnte, hatte sie trotzdem keine Schwierigkeiten, die beiden voneinander zu unterscheiden: Lian mit seiner schlaksigen Gestalt und den muskulösen, riesenhaften Lorgis daneben.

Lian zeigte in eine Richtung.

Eine dunkle Silhouette erhob sich in dem unterseeischen Garten. Obwohl von Seepusteln und Schleieranemonen völlig überwuchert, erkannte Kriss die Umrisse aus ihrem Buch wieder: ein kastenförmiger Bau mit einer Dachkuppel.

»Ich sehe es!«, rief sie, bis ihr einfiel, dass keiner von beiden sie hören konnte. Also nickte sie stattdessen, indem sie sich zweimal kurz verneigte. Mit federnden Schritten, langsam wie in einem Traum, begannen sie den kurzen Spaziergang zum versunkenen Grabmal.

Rotweiß gestreifte Schlangen flohen vor ihnen, als sie das Bauwerk zur Hälfte umrundeten, auf der Suche nach dem Eingang. Ein Torbogen tat sich vor ihnen auf wie ein gähnender Schlund.

Kriss sah zu Lian und Lian sah zu Lorgis. Der Riese ging als erster hinein, die Harpune in beiden Händen. Wolken von Schlick wurden von seinen Stiefeln aufgeworfen. Kriss schloss sich ihm an und Lian folgte ihr.

Dunkelheit überkam sie im Inneren; es reichte kaum Licht von außen herein. Der Geisterschein der Helmlampen beleuchtete von Seepusteln verkrustetes Mauerwerk. Mit einem Wink bat Kriss die anderen beiden, noch zu warten. Sie wollte nichts überstürzen, schließlich kannte sie Veribas' Vorliebe für leicht zu übersehende Hinweise. Doch der Stein war zu dicht bewachsen; sie konnte die Pusteln nicht mit der bloßen Hand von den Wänden kratzen.

Sie sah zu einem weiteren Torbogen. Wie ein Portal in die Nacht gab es hinter ihm nichts als Schwärze, die Kriss' Nacken mit kalten Fingern kitzelte. *Die Grabkammer.*

»Weiter!«, gestikulierte sie. *Versuchen wir dort unser Glück.*

Lian und der Matrose gingen ihr voraus, ihre Lampen wirkten wie Riesenleuchtkäfer, die sich von ihr entfernten. Kriss sah sich ein letztes Mal in dem Vorraum um und erschauderte bei dem Gedanken, dass Grabräuber ihnen, was immer sie hier finden sollten, vor der Nase weggeschnappt haben könnten. Aber nein, das war unwahrscheinlich. Als Veribas seine Rätselverse verfasst hatte, war das Haus des Schläfers schon längst bis auf die letzte Grabbeigabe geplündert gewesen.

Was wohl aus O-Nung-Ras mumifizierten Körper geworden war? Ob ihn irgendein reicher Sammler neben seinen Kamin gestellt hatte? Der Gedanke machte sie wütend.

Die Grabkammer hüllte sich in vollkommene Schwärze. Kriss schluckte; sie merkte, dass sie ungewollt langsamer geworden war. Laut *Archäologische Fundstätten in Ulgrai* maß die Kammer fünfzehn mal fünfzehn Schritte. Aber der Schimmer ihrer Helmlampen drang nicht bis zu den Wänden vor. Kriss musste einige Schritte nach rechts machen, bis das grüne Leuchten auf Mauerwerk traf. Es war mit einer Schicht aus Schleim bewachsen; Kolonien winziger Lebewesen mit dem wenig schmeichelhaften Namen *Seerotz*. Glücklicherweise waren sie leicht mit der Hand abzuwischen.

Kriss entließ ein weiteres Mal die verbrauchte Luft, dann fuhr sie mit dem rechten Handschuh über die Wand, ging sie Schritt für Schritt ab, während Lian und Lorgis in anderen Richtungen suchten.

Selbst durch den Schleimfilm konnte man deutlich erkennen, dass es früher Gravuren auf dem Stein gegeben hatte, ungefähr auf der Höhe ihrer Augen. Allerdings waren sie zu sehr verwittert, als das man sie erkennen konnte. Dem Buch nach mussten sie in Nabandi geschrieben gewesen sein, einer frühen Silbenschrift aus Schleifen und Strichen, die Kriss nur mäßig beherrschte. Eher schlechter.

Aber waren die Gravuren überhaupt der Schlüssel?

Sie vergewisserte sich, dass der Atemschlauch ihr folgte, und wagte sich tiefer in die Grabkammer. Wenn sie nur mehr Licht –

Sie blieb stehen, als etwas durch den Schein ihrer Lampe glitt, ganz knapp jenseits ihres Gesichtsfeldes. Kriss drehte sich um.

Eine rote Fratze mit dunklen Glotzaugen und einem zähnestarrenden Maul hing vor der Sichtscheibe ihres Helms.

Kriss wich zurück, wobei sie fast über ihren Schlauch stolperte. Der hässliche Fisch verschwand auf Nimmerwiedersehen in der Dunkelheit und ließ sie nervös lächelnd zurück.

Lian und Lorgis hatten sich ihr zugewandt; sie

konnte sich die fragenden Gesichter unter ihren Helmen sehr gut vorstellen. »Nichts passiert«, signalisierte sie und setzte ihre Untersuchung fort. Zwecklos, die Zeichen waren alle unlesbar.

Nein, zumindest eines war nicht verwittert: eine mehrfach geschlungene Schleife, mit einer waagerechten Linie in der Mitte. Kriss wischte den Seerotz ab. Ein Hinweis? Sie hob die Wachstafel; der Holzgriffel war daran mit einer Metallklammer befestigt und zusätzlich durch eine Schnur gesichert. Kriss löste ihn und begann, das Zeichen so getreu wie möglich in das Wachs zu ritzen. Die nächsten vier, fünf Schritte zeigte die Wand nur schleimbewucherten Stein.

Dann entdeckte sie ein weiteres Nabandi-Zeichen: einen unregelmäßigen Kreis mit zwei Querstrichen. War es das, was sie laut Veribas hier finden sollten? Oder doch nur ein Zufall? Sicherheitshalber machte sie eine Kopie von dem Symbol und schritt den Rest der Wand ab. Fehlanzeige.

Sie fuhr zusammen, als etwas sie an der Schulter berührte. Lian stand neben ihr; im phosphoreszierenden Licht wirkte sein Gesicht kränklich. Er zeigte zur gegenüberliegenden Wand, an der sie Lorgis' Gestalt im grünen Schimmer erkannte. Kriss folgte ihm, sorgsam darauf bedacht, nicht auf Lians Luftschlauch zu treten.

Lorgis tippte auf die Wand. Dort gab es drei Zeichen. Zwei davon waren fast völlig unkenntlich, das mittlere hingegen hatte sich tapfer gegen die Elemente gehalten. Kriss machte eine Abschrift und versuchte vergeblich, in den bisherigen Symbolen irgendeinen Sinn zu erkennen. Ergaben sie vielleicht ein bestimmtes Wort? Lorgis führte sie ein paar Schritte weiter und zeigte ihr ein viertes Schriftzeichen, ohne dass es mehr Klarheit brachte.

Gedankenverloren schritt Kriss tiefer in die Kammer hinein. Sie hatte immer mehr das Gefühl, auf der richtigen Spur zu sein. Hatten die Zeichen vielleicht irgendeine doppelte Bedeutung? Standen sie vielleicht nicht nur für Silben, sondern für eigene Begriffe? Das eine war die Silbe »*ni*«, die sehr häufig im Nabandi gebraucht wurde, aber gleichzeitig auch für das Substantiv »Arm« stehen konnte. Wenn nur Alrik hier gewesen wäre. Er kannte sich viel besser mit dieser toten Sprache aus; so würde sie ihre Bücher zu Rate ziehen müssen. Aber bevor sie zurück nach oben tauchten, wollte sie sichergehen, dass sie kein Zeichen übersehen hatten.

Auch auf der Wand am anderen Ende der Grabkammer gab es ein Band von Gravuren auf Augenhöhe, doch keine einzige davon war zu entziffern. Kriss fuhr mit den Fingern im Lederhandschuh über den von Seerotz befreiten Stein und hielt den Helm und die Lampe dicht an die Wand. Nein. Keine weiteren lesbaren Zeichen.

Dafür glaubte sie, etwas anderes entdeckt zu haben, das die Dunkelheit bislang verborgen gehalten hatte. Der gespenstische grüne Schein der Lampe schälte ein großes Gebilde in der linken, hinteren Ecke der Kammer aus der Schwärze. Stutzend trat Kriss näher. Mehr Details wurden sichtbar. Es war ein hüfthohes, langes Etwas, unförmig und mit Stacheln besetzt. Es schien massiv zu sein. Was war das? Irgendeine besonders hässliche Statue? Es sah eher aus wie der Panzer einer riesigen Schnecke –

Schrecken durchfuhr sie.

Unmöglich! Sie waren alle längst ausgerottet!

»Panzerkrake!«, schrie sie, doch niemand hörte sie. Sechs Tentakel, fast zwei Klafter lang, schossen aus einer Öffnung in dem Ding auf sie zu und griffen nach ihr. Im gespenstischen Licht erkannte Kriss Reihen von Saugnäpfen, mit Haken bewehrt.

Sie stolperte zurück, während Lorgis und Lian zu ihr eilten, so schnell es das Wasser zuließ. Die Spitzen ihrer Harpunen voraus näherten sie sich den Fangarmen. Lians Angriff ging ins Leere, ein Tentakel umschlang seinen Oberkörper und drückte ihn wie eine Würgeschlange. Lorgis' Waffe wurde ihm von einem anderen Arm fortgeschlagen, während ein dritter seine Beine packte und ihn - langsam, ganz langsam - umwarf. Die beiden zappelten im Griff des Kraken, während dieser sie zu sich zog. Kriss konnte ein kreisrundes Maul mit abstoßenden Zähnen zwischen den Wurzeln der Fangarme erahnen.

Ein Tentakel streckte sich nach ihr aus. Sie warf sich zur Seite, vom Wasser abgefangen. Lorgis' Harpune! Sie warf sich zu Boden; der Tentakel stieß gegen ihre Schulter und schleuderte sie gegen die Wand. Kriss fing den Aufprall ab; sie kam auf die Beine, bevor der Krake wieder nach ihr schnappte. Der Tentakel wickelte sich um ihren rechten Fuß, zog auch sie an sich - Kriss landete auf dem Rücken, das Bleigewicht des Anzugs drückte ihr schmerzhaft gegen die Schulterblätter. Schlick wallte auf, als der Krake sie über den Stein schliff.

Kriss streckte die Hand nach der Harpune aus, während sie an der Waffe vorbeigezogen wurde, doch ihre Fingerspitzen streiften nur deren Schaft. Sie strengte jeden Muskel an, versuchte, ihren Arm weiter auszudehnen.

Dann bekam sie die Harpune zu fassen, hob sie an - und stieß sie in das knochenlose Fleisch des Fangarms.

Von den Wassermassen verzerrt, hörte sie den Kraken einen Schrei ausstoßen, der böse Erinnerungen an das Brüllen der Mörderechse aus dem Smaragdwald heraufbeschwor. Eine dunkle Wolke wehte an ihr vorbei; unter Schmerzen zuckend gab der Tentakel ihr Bein frei. Kriss' Herzschlag stockte für einen Moment, als sie sah, wie sich die Stacheln des Armes in ihrem Luftschlauch verfingen. Eine Fontäne von Luftblasen stieg auf, als der Schlauch entzweigerissen wurde. Panik überkam sie. Das Ventil war so gebaut, dass es sich verschloss, bevor Wasser eindringen konnte; alle Luft, die sie noch hatte, befand sich in dem Helm – und schwand mit jedem angsterfüllten Atemzug. Sie musste raus, musste an die Oberfläche, oder sie würde ersticken.

Da schlang sich etwas Starkes von hinten um ihre Hüfte und drückte zu.

Lian biss gequält die Zähne zusammen und legte alle Kraft in seine von dem Tentakel gefesselten Arme. Er klammerte sich an der Harpune fest; versuchte, nach dem Biest zu stechen, aber es hielt ihn weit von sich. Es würde ihn erst zerquetschen und dann verschlingen.

Doch er hatte nicht vor, im Magen dieses Dings zu sterben. Er wollte überhaupt nicht sterben. Und so kämpfte er weiter gegen den Würgegriff des Fangarms, während er spürte, wie seine Kräfte ihn allmählich verließen.

Da fing das Vieh an, zu brüllen, es war der abstoßendste Laut, den er je gehört hatte. *Ich hab es getroffen*, dachte er, aber das hatte er nicht. Lorgis vielleicht. Oder Kriss. Wer immer es war, er hatte das Biest für einen Moment geschwächt. Lian drückte weiter gegen den Griff des Kraken, bekam mehr Spielraum für seine Arme – die Widerhaken der Harpune bohrten sich in die Wurzel des Tentakels. Blut breitete sich wie Nebel aus. Lian zog die Harpune zurück und weiteres Blut wallte durch den Schimmer seiner Lampe. Er wagte einen neuen Angriff. Wieder brüllte das Vieh und entließ ihn endgültig aus seinem Griff.

Mit Armen und Füßen strampelnd warf sich Lian zurück, fort aus der Reichweite der Fangarme. Und er sah – *Kriss!*

Sie versuchte, sich von einem Tentakel zu befreien.

Ihr Schlauch war gerissen!

Bis ins Mark erschrocken schwamm Lian zu ihr und versenkte die Harpune in dem Krakenfleisch. Kriss' Bein kam frei …

… doch sie merkte es kaum. Ihr Atem ging schnell, viel zu schnell, die Luft in ihrem Helm war stickig, verbraucht. Ihr Kopf wurde ganz leicht, Flecken tanzten vor ihren Augen. Es hieß, zu ersticken sei eine der angenehmeren Todesarten. Nun, zumindest würde sie es bald erfahren.

Sie hatte sogar schon Wahnvorstellungen: Lian stand vor ihr. Grünes Licht beleuchtete sein Gesicht durch die Sichtscheibe des Helms. Er redete auf sie ein, aber Kriss hörte ihn nicht. Stattdessen sah sie zu, wie er nach der Rückseite seines Helms griff und den Luftschlauch abschraubte. *Warum?*, wunderte sie sich. *Du wirst auch ersticken. Warum tust du das?*

Luftblasen strömten aus dem Ende seines Schlauchs. Kriss erschrak, als Lian plötzlich außer Sicht war.

Warte, dachte sie. *Geh jetzt nicht! Ich muss dir noch etwas Wichtiges sagen!*

Sie nahm nur halb wahr, wie etwas auf ihren Helm klopfte, hörte kaum das Quietschen, als ein Schraubverschluss gelöst wurde. Sie nahm einen letzten Atemzug …

Luft! Kriss atmete tief durch. Sie hatte wieder Luft! Sie hob den Handschuh und ließ die halb verbrauchte Luft aus dem Helm. Gleichzeitig sog sie den frischen Sauerstoff ein, der aus dem Schlauch kam. Er roch nach Gummi und Metall, aber für sie war er so süß wie eine Sommerbrise. Ihre Gedanken klärten sich allmählich; Lian tauchte wieder vor ihr auf. »Geht es dir gut?«, fragte sein Blick.

Sie nickte, dann erkannte sie, dass er die eigene Luft anhielt. Er musste zurück an die Oberfläche!

Kriss drehte sich um, sah den grünschwarzen Schemen von Lorgis, der die fallengelassene Harpune aufgehoben hatte und damit auf die wirbelnden Arme des Kraken zuhielt. Das Wasser wurde trübe vor Blut. *Wir können ihn nicht allein lassen!*, schrie alles in ihr auf.

Dann sah sie, wie die Spitze der Harpune im Maul des Kraken versank. Ein schreckliches Brüllen ertönte jenseits der Welt des Helms. Fangarme zuckten, schlugen um sich … und erlahmten.

Kriss zog an der Sicherungsleine, fühlte, wie diese sich kurz darauf spannte. Halt, die Tafel! Sie brauchte die Tafel!

Einen Moment lang fürchtete sie, die Schnur, mit der das Quadrat aus Holz und Wachs an ihren Gürtel befestigt war, sei gerissen. Aber sie irrte sich. Sie zog die Tafel an sich, gerade als Lian seinen Arm um sie legte; gemeinsam verließen sie die Grabkammer. Lorgis schloss sich ihnen an. Krakenblut wallte ihnen nach, als sie in den Korallenwald zurückkehrten.

Voller Sorge sah Kriss, wie Lians Gesicht allmählich rot anlief. Sie war drauf und dran, ihm seinen Luftschlauch zurückgeben, als Lorgis zu ihnen schwamm und Lian mit seinem Schlauch aushalf.

Kriss sah Lian erleichtert durchatmen. Wie gemein war sie gewesen, wie dumm, ihn von sich zu weisen, und das nur aus gebrochenem Stolz …

Während die Matrosen oben auf dem Boot an ihren Leinen zogen und sie langsam, Klafter für Klafter, zurück an die Oberfläche stiegen, erwartete Kriss halb, wieder von Fangarmen gepackt zu werden.

Die Matrosen hievten sie auf das Boot. Natürlich war ihnen nicht entgangen, dass die Taucher in Schwierigkeiten geraten waren, und waren so aufgeregt, als wären sie selbst dort unten gewesen. Kriss begann hastig, an den Bolzen des Helms zu fummeln, aber sie brauchte die Hilfe der anderen, um das Ding endlich, endlich, *endlich* von ihren Schultern zu bekommen. Genau wie Lorgis und Lian war sie eine ganze lange Zeit nur damit beschäftigt zu atmen.

»Was ist passiert?«, fragte ein Matrose.

»Was habt ihr gefunden?«, ein anderer.

Kriss antwortete ihnen nicht. Sie sah zu Lian, der sich die verschwitzten Haare aus dem Gesicht strich.

»Danke«, sagte sie.

Er lächelte, sanft und freundlich. »Ich hab doch gesagt, ich pass auf dich auf«, erinnerte er sie. Und Kriss begriff, dass er es nicht für die Baronin getan hatte.

Der Tanz

Nur wenige Schiffe verirrten sich in das Verbotene Meer. Der Ozean hier war rauer als anderswo auf der Welt und ein harter Wind verwandelte die Wellen in weißgekrönte Ungetüme. Manche Matrosen schworen Stein und Bein, an den wenigen Tagen, wenn das Meer verhältnismäßig ruhig war, ælonische Maschinen unter der Oberfläche gesehen zu haben, riesige Schrauben, die die Wellen aufpeitschten. Andere munkelten von unterseeischen Korallen-Palästen einer fremden Rasse, die älter, viel älter war als die Menschheit, und sich darauf vorbereitete, die Bewohner des Festlands eines Tages zu unterwerfen. Lorgis hatte Kriss erst gestern die Legende eines Geisterluftschiffs erzählt, das hier seine Runden drehen sollte, bemannt von untoten Luftfahrern, deren einziges Ziel darin bestand, die Schiffe der Lebenden ins Verderben zu locken. (»Der Freund eines Freundes meines Schwagers hat das Ding selbst gesehen! Ich schwör's bei meinem Leben, Doktor!«)

Kriss fand diese Geschichten absolut faszinierend. Aber sie glaubte keine davon. Andererseits, wenn sie so wie jetzt aus dem offenen Bullauge blickte, in die Nacht unter kalt funkelnden Sternen, ohne etwas anderes zu sehen als das wilde Meer und den abgrundschwarzen Himmel, dann konnte sie verstehen, wieso die Seefahrer in alten Tagen davon überzeugt gewesen waren, dass hier irgendwo das Ende der Welt auf sie lauerte und sich der Ozean als gigantischer Wasserfall ins Nichts ergoss.

Es war die Nacht des zweiten Tages, seit sie das Haus des Schläfers hinter sich gelassen hatten, und die *Windrose* flog mutterseelenallein im rotgelben Licht der Monde. Bisher waren sie zwei Unwettern nur um Haaresbreite entkommen. Es würden nicht die letzten sein, soviel stand für Lorgis, Barabell und ihre Kameraden fest.

Heute Morgen hatte Kriss ungewollt ein Gespräch zwischen zwei Matrosen mitgehört, die den Gang vor ihrem Quartier schrubbten.

»Ich sage dir«, hatte der eine angesetzt, »das Krakending, das die da unten in der Gruft geweckt haben, war'n schlechtes Omen. Mann, guck nich' so blöd! Muss doch irgend'nen Grund haben, warum so viele von der Suche nach dieser *schessk*verdammten Insel nie zurückgekehrt sind!«

»Vielleicht hat sie der Schiffsfresser erwischt«, hatte der andere Luftfahrer halb geflüstert.

Kriss ließ sich davon nicht ins Bockshorn jagen. Sie vertraute dem Kapitän, seiner Besatzung und seinem Schiff. Sie konnte es fühlen, Dalahan war zum Greifen nahe. Jede Nacht träumte sie von der Insel. Und von Bria. Jedes Mal bat Kriss sie, auszuhalten. Hilfe war unterwegs. Kein halber Tag mehr und sie waren an ihrem Ziel.

Wenn nichts schief ging.

Natürlich hatte nicht nur sie die Anspannung der Matrosen bemerkt. »Zeit, dass der Haufen auf andere Gedanken kommt«, hatte Kapitän Bransker beschlossen und eine kleine Feier anberaumt. »Seid natürlich herzlich eingeladen, Doktor. Aber bringt Eure stärksten Nerven mit.«

»Gehst du auch hin?«, hatte Kriss Lian gefragt.

»Klar. Du nich'?«

»Doch, natürlich.« *Jetzt schon!*

Schon seit geraumer Zeit hörte sie Musik und das Poltern tanzender Füße aus dem unteren Deck. Sie sog ein letztes Mal die frische Luft ein, dann schloss sie das Bullauge und zog sich um. Für den heutigen Anlass hatte sie beschlossen, zur Abwechslung wieder ein Kleid zu tragen. Nur für sich, natürlich.

Zu guter Letzt nahm sie die Brille ab und verstaute

sie in der Kleidtasche. Ob Lian schon auf sie wartete?

Der provisorische Tanzsaal war eigentlich ein großer Lagerraum neben der Kombüse. Die Matrosen hatten ihn so gut wie leergeräumt und die Kisten und Tonnen und Säcke daraus in andere Räume verteilt oder dort auf den Gängen platziert und vertäut, wo niemand Gefahr lief, über sie zu stolpern.

Auf den Feiern, die Kriss kannte, war es immer recht gesittet zugegangen. Ihr Freundeskreis setzte sich im Großen und Ganzen aus Gelehrten zusammen – Menschen, die sich eher beim Gespräch oder mit einem guten Buch amüsierten. Daher war sie nicht ganz vorbereitet auf das, was auf sie zukam, als sie die Tür öffnete.

Der Raum war bis zum Bersten gefüllt mit Matrosen, deren Lachen und Grölen die Wände wackeln ließ. Pfeifenqualm lag zum Schneiden dick in der Luft; darunter mischte sich der klebrig-süße Geruch von Zuckerwurzelbier. Kriss erkannte Lorgis und Barabell, die sich, von ihren Kameraden angefeuert, im Armdrücken maßen (und Barabell gewann, wie es aussah). Mehrere Stimmen schmetterten einen nicht ganz feinen Shanty, begleitet von einer kleinen Kapelle mit Drehorgel, Quetschharmonika und Klirrleier. In der Mitte der »Tanzfläche« drehte sich Nesko mit einer jungen Luftfahrerin. Seine Wangen leuchteten rot – ob vom Alkohol oder vor Aufregung konnte Kriss nicht sagen.

Sie schob sich zwischen den Matrosen hindurch. Diejenigen, die sie in all dem Trubel wahrnahmen, nickten ihr gut gelaunt zu oder zogen sogar ihre Mützen vor ihr. Kriss grüßte jeden einzelnen zurück, auch wenn sie die wenigsten beim Namen kannte. Jemand drückte ihr im Vorbeigehen ein Glas Gewürzwein in die Hand. Sie bedanke sich höflich und stellte es ungesehen auf einem Fass ab, während sie ständig an Männern und Frauen vorbeispähte, die meist ein bis zwei Köpfe größer als sie waren.

Keine Spur von Lian. Ihre Schultern sanken herab. Es war scheinbar eine Ewigkeit her, seit sie nach ihrem Ablegen vom Kap der bösen Vorahnung in ihrer Kabine gesessen hatten, um über Veribas' letztem Hinweis zu brüten …

Kapitän Bransker hatte als nächstes As-Quindar ansteuern lassen, eine Stadt weiter südlich, um Inspektionen am Schiff vorzunehmen und außerdem die Vorratskammer, Kohlelager und Wassertanks aufzustocken. Schließlich konnte niemand sagen, wohin sie der letzte Schritt ihrer Reise verschlagen würde. Möglich, dass sie eine ganz lange Zeit fernab der Zivilisation verbringen würden.

Durch das Bullauge sah Kriss die pastellfarbenen Türme von As-Quindar in der Nachmittagssonne leuchten. Doch so gern sie auch den legendären Gewürzmarkt der Stadt besucht hätte oder den Grünen Tempel von Goh, ihr blieb keine Zeit dafür. Es bestand die Gefahr, dass die *Morgenstern* das Kap längst erreicht hatte - oder ihnen sogar schon einen Schritt voraus war.

Und so saßen Lian und sie auf dem Boden, vor sich ausgebreitet die Nabandi-Schriftzeichen aus dem Haus des Schläfers, die Kriss mittlerweile auf Papier übertragen hatte. Sie war glücklich, wieder mit Lian gemeinsam zu rätseln, so wie zuvor. Sie hatte es vermisst - und sie glaubte, dass es ihm genauso gegangen war.

»Die Zeichen stehen für die Silben *Ni, Gu, Ong* und *Bem*«, erklärte sie und schlug ihr *Handbuch präælonischer Sprachen Ulgrais* auf. »Davon abgesehen, dass man aus ihnen hunderte von Wörtern bilden kann, kann jedes von ihnen allein auch für ein Wort stehen. *Ni* heißt Arm, *Gu* Sonne, *Ong* ist Brot und *Bem* Mensch.« Sie pustete auf ihre Tasse mit Mondblütentee. Draußen gellte der Gesang einer Priesterin über die Dächer und rief die Gläubigen zum Gebet.

»Arm, Sonne, Brot, Mensch …« Lian rieb sich seine Narbe. Anscheinend konnte er damit auch nicht viel anfangen.

»Ich habe mir noch einmal die hiesigen Mythen angesehen, aber nichts gefunden, das irgendeinen Sinn ergibt.« Kriss schlürfte ihren Tee.

»Kommt vielleicht der Name einer Gegend dabei raus?«

»Wenn, dann ist es keine, die ich kenne.«

»*Schessk*. So kurz vorm Ziel hätt's uns der Kerl ruhig 'n bisschen leichter machen können. Einfach 'ne Nachricht: ›fliegt nach da-und-da‹! Oder wenigstens was, bei dem wir nur eins und eins zusammenzählen müssen – wär' das zu viel verlangt?«

Kriss verschluckte sich am Tee. Lian sah sie erschrocken an. »Hab ich was Falsches gesagt?«

Hustend und röchelnd wischte sie sich die Tränen aus den Augenwinkeln. »Nein«, krächzte sie. »Eins und eins!«

»Eins und eins?«

»Zahlen!« Kriss blätterte wie wild in dem Buch. »In manchen Schriftsystemen gibt es keine eigenen Symbole für Zahlen – stattdessen benutzt man Buchstaben!«

»Du meinst …?«

»Ganz genau! Koordinaten!« In ihrer Eile riss Kriss fast eine Seite aus dem Buch. »Es muss doch irgendwo – *hier*!«

Ihr Finger tippte auf eine Tabelle mit Nabandi-Schriftzeichen – und Feban-Zahlen darunter. »Lian, du bist ein Genie!«

Er grinste. »Meine Rede.«

»Hör dir das an: *Ni* steht für die Sieben. *Gu* ist die Neun. *Ong* die Fünf und *Bem* die Sechs.« Während sie las, kritzelte sie die Zahlen auf ein Blatt Papier.

»Aber … daraus kann man doch alle möglichen

Kombinationen zusammenkombinieren – oder? Woher wissen wir, welche davon er gemeint hat?«

Kriss stockte. Das war eine sehr gute Frage. Sie warf einen Blick auf die Zeichen aus dem Grabmal. Dann ließ sie sich von Lian die Schreibfeder geben und malte ein Quadrat auf das Blatt.

»Was wird das?«

»Das ist die Grabkammer.« Kriss malte einen schwarzen Kringel in die Mitte der unteren Seite des Quadrats: der Eingang in die Kammer. »Hier habe ich das erste Zeichen gefunden.« Sie markierte die betreffende Stelle. »Hier das zweite, hier das dritte – und hier das vierte.«

»Und wie hilft uns das weiter?«

»Nabandi wird von rechts nach links geschrieben. Vielleicht ist das die Reihenfolge, in der die Zahlen angeordnet werden müssen. Verstehst du?«

»So blöde bin ich nun auch wieder nich'.«

Sie sah erschrocken auf. »So hab ich das auch nicht gemeint!«

Er lächelte. »Ich doch auch nich'. Also – wie is' nun die Reihenfolge?«

»Fünf, sieben, neun, sechs.« Kriss schrieb die Zahlen auf. »Siebenundfünfzig, sechsundneunzig«, murmelte sie. »Im alten Ulgrai kannte man keine Längen- und Breitengerade. Die sind erst vor knapp dreihundert Jahren eingeführt worden. Wahrscheinlich hat Veribas die modernen Angaben verwendet, zuerst den Breitengrad und dann den Längengrad.«

»Wenn's denn wirklich Längen- und Breitendinger sind«, gab Lian zu bedenken.

Kriss hielt inne. Natürlich, sie konnte auch meilenweit danebenliegen. Aber andererseits passte diese Art der Verschlüsselung zu Veribas' Stil. »Gehen wir mal davon aus, dass es doch welche sind«, sagte sie. »Dann haben wir siebenundfünfzig Grad nördliche Breite …«

»Moment! Wieso nördlich und nich' südlich?«

»Wenn es südlich wäre, dann wäre das mit einem Minus davor angezeigt. Und so etwas wie negative Zahlen kannte man zu der Zeit, als das Grabmal errichtet wurde, noch nicht. Mal sehen«, sie knetete ihre Unterlippe, »die Neun und die Sechs wären dann sechsundneunzig Grad östliche Länge. Östlich weil …«

»Kein Minus vorsteht. Klar.« Lian sah sich die Zahlen noch einmal an - 5, 7, 9, 6 - und kam ins Grübeln. »Aber wer sagt, dass es siebenundfünfzig Grad irgendetwas und sechsundneunzig soundso sind, und nich' …«

»Fünf Grad nördliche Breite und siebenhundertsechsundneunzig Grad östliche Länge?«

»Zum Beispiel.«

Kriss lächelte wissend. »Ganz einfach: Die Länge geht nur von null bis hundertachtzig Grad - Plus *oder* Minus. Und die Breite nur von null bis neunzig.«

Sie sah, wie Lian angestrengt versuchte, bei all den Zahlen den Überblick zu behalten. Sie glaubte ihm nicht ganz, als er sagte: »Ah. Alles klar …« Er sah auf. »Wie meinst du, is' er überhaupt auf die Zeichen in dem Tempel gekommen? Ich mein', er wird ja wohl kaum selbst unten gewesen sein und alle anderen abgeschmirgelt haben.«

»Nein, wahrscheinlich nicht. Aber Veribas war Gelehrter. Er hat viel von der Welt gesehen und noch mehr über sie gelesen. Ich nehme an, er saß in seinem Baumhaus und hat nach einem geeigneten Wegweiser gesucht. Vielleicht ist er in einem seiner Bücher über das Haus des Schläfers gestolpert und hat festgestellt, dass es für seine Zwecke genau richtig ist.« Kriss zuckte mit den Achseln. »Wenn das Haus nicht geeignet gewesen wäre, hätte er wohl etwas anderes gesucht.«

»Und danach …«

»Musste er nur noch nach einem Wegweiser suchen,

der zum Kap der Bösen Vorahnung führt ...«

»Und is' dabei auf die Statue gekommen.«

Kriss nickte. »Sobald er diese Etappe der Reise festgelegt hatte, hat er das Rätsel geschrieben, das wir im Globus gefunden haben. Er hatte eine Menge Zeit gehabt, sich über all das Gedanken zu machen. Und es ist immer leichter, sich ein Rätsel auszudenken, als es zu lösen.«

»Kann man wohl sagen. Aber was, wenn die Zeichen doch was and'res bedeuten?«

Kriss nahm ihre Notizen und stand auf. Ihre Zuversicht geriet nur für einen winzigen Moment ins Wanken. »Ich würde sagen, wir lassen es drauf ankommen!«

Als Nesko und seine Kameradin mehr torkelnd als tanzend an ihr vorbeiwirbelten, tauchte Kriss aus der Erinnerung auf. Die gute Laune der Matrosen war ansteckend und so klatschte sie im Takt der Musik mit und feuerte die Tänzer an. Ihr taten die Mannschaftsmitglieder leid, die heute Nacht auf der Brücke und im Maschinenraum ihren Dienst verrichten mussten.

Plötzlich schwoll das Gejohle noch weiter an, als jemand Neues den behelfsmäßigen Tanzsaal betreten hatte. *Lian!*, dachte sie und wurde abermals enttäuscht. Kapitän Bransker ließ sich von seiner Mannschaft zuprosten. Man gab ihm etwas zu trinken und er hob seinerseits das Glas. »Auf die Expedition!«, brüllte er.

»Auf die Expedition!«

»Auf die *'rose*!«, rief Bransker.

»Auf den Käpt'n!«, grölten die Matrosen zurück.

Auch Kriss stieß auf Bransker an. Ihre Blicke trafen sich und der kleine, dicke Mann schien auf sie zuzurollen. »'N Abend, Doktor.«

Sie machte einen Knicks. »Guten Abend, Kapitän.«

»Dachte mir, ich schau mal, ob sich meine Luftratten wie befohlen amüsieren.«

Kriss musste lachen. »Ich glaube, sie bemühen sich

redlich.«

»Will ich ihnen auch geraten haben.«

»Wie sieht der Himmel aus?«, fragte Kriss.

»Dunkel und voller Sterne«, grummelte Bransker. »Aber zumindest kaum eine Wolke am Himmel.« Er nahm einen Schluck Bier und wischte sich den Schaum von der Oberlippe. »Macht mich misstrauisch.«

»Vielleicht solltet Ihr auch versuchen, Euch ein bisschen abzulenken.« Kriss deutete auf die Tanzfläche.

»Kann nicht. Los des Kapitäns. Tragisch.« Bransker grinste; Kriss hätte nicht gedacht, dass sie den Mann je so mögen würde. »Wisst Ihr, Doktor, als Ihr mein Schiff zum ersten Mal betreten habt, dachte ich, die Baronin hätte den Verstand verloren. Dachte, Ihr wärt nur ein weiterer, nutzloser Bücherwurm. Noch grün hinter den Ohren. Mit Verlaub«, fügte er hinzu.

Kriss nickte. »Ehrlich gesagt war ich mir am Anfang auch nicht so sicher. Ich meine, was die Wahl der Baronin angeht.«

Bransker zwinkerte ihr zu. »Dann sind wir jetzt wohl beide schlauer, was?« Er gab ihr einen Klaps auf den Rücken, der sie fast aus den Schuhen warf.

»Danke, Kapitän«, sagte sie, als sie sich wieder gefangen hatte.

Bransker leerte sein Bierglas. »Bitte nun, mich zu entschuldigen, Doktor«, sagte er und strich sich den Backenbart glatt. »Die Pflicht ruft.« Er verneigte sich ungewohnt elegant. Ein paar Matrosen versuchten, ihn zum Tanzen zu animieren, aber er winkte ab. »Sauft nicht zu viel, ihr Luftratten! Morgen steht ihr alle wieder an Deck!«

Sie schwenkten krakeelend die Gläser. »Aye, aye, Käpt'n!«

Kriss sah Bransker nach. Sie konnte sich erinnern, dass er vor zwei Tagen noch sehr viel weniger enthusiastisch gewesen war …

»Siebenundfünfzig nördliche Breite, sechsundneunzig östliche Länge«, nuschelte der Kapitän mit vollem Mund. Er stand zusammen mit Kriss und Lian vor dem Kartentisch im Navigationsraum und kaute auf einer Stachelpflaume. Sein brauner Stummelfinger fuhr zu einem leeren Stück Ozean auf der Karte, weit im Norden von Ulgrai. »Mitten im Verbotenen Meer.« Seine Stirn umwölkte sich.

Kriss rückte ihre Brille zurecht. »Ist das ein Problem?«

Bransker spuckte den Stachelpflaumenkern in einen leeren Becher. »Heißt nicht ›Verbotenes Meer‹, weil's dort so lauschig ist. Gibt mörderische Stürme. Schiffe gehen andauernd verloren. Hrhm.« Er kratzte sich das unrasierte Kinn. »Ein ganzes Stück weg von zu Hause – von *überall*. Bin noch nie so weit draußen gewesen.«

Kriss hatte ihm kaum zugehört. »Aber ist das nicht die perfekte Lage für eine Insel wie Dalahan?«

»Aye«, stimmte Bransker mit spürbarem Widerwillen zu.

»Kapitän, wir sind nicht so weit gekommen, um jetzt umzudrehen.«

Branskers Ledergesicht verriet, dass sie ihn bei seiner Luftfahrerehre gepackt hatte. »Von umdrehen hat keiner was gesagt, Doktor!«

Kriss lächelte. »Das hatte ich auch nicht erwartet, Kapitän.«

Einer der Matrosen jonglierte mit Früchten und brachte damit Kriss zum Lachen. Am Rande bekam sie mit, wie Lorgis, unterlegt mit dramatischen Gesten, den Kampf gegen den Panzerkraken schilderte. »Und dann hab ich mir die Harpune geschnappt und sie dem Vieh in sein hässliches Maul gebohrt! So!« Barabell klopfte ihm müde grinsend auf die Schulter und versicherte ihm, was für ein Held er war.

»Sag nich', du hast dich extra für das hier so fein rausgeputzt?«

Lian stand plötzlich neben Kriss. Sie hatte gar nicht bemerkt, wie er hereingekommen war. Auf einmal wurde ihr heiß.

»Und wenn es so wäre?«, fragte sie und dachte gekränkt: *Gefällt es dir denn nicht?* »Ich dachte schon, du kneifst.«

»Meinst du etwa, ich lass mir das hier entgeh'n?« Er reichte ihr den Arm. »Darf ich bitten, Madame?«

Das Trommeln in Kriss' Brust war fast lauter als das Gestampfe der Matrosenfüße auf dem Boden. »Ich – ich kann nicht.«

»Klar kannst du.«

»Ich meine, ich kann nicht tanzen!«

Lian zuckte mit den Achseln. »Ich glaub', das wird hier keinem auffallen.«

Noch bevor Kriss reagieren konnte, hatte er ihren Arm geschnappt und bahnte ihnen einen Weg zur Tanzfläche. Kriss errötete, als sich die Blicke der Matrosen auf sie beide richteten. Sie *konnte* nicht tanzen. Nicht mit ihren weichen Knien und den schweißnassen Handflächen. Sie würde sich nur vor allen lächerlich machen und schlimmer noch – vor Lian. Oder war das Ganze vielleicht nur ein Trick, um sie zu ärgern?

Aber es war bereits zu spät. Ein neues Lied wurde aufgespielt, Lian nahm ihre Hand und es ging los.

Er konnte genauso wenig tanzen wie sie, vielleicht weniger, doch es schien ihn nicht im Geringsten zu kümmern. Er drehte sich hierhin und dorthin, federte auf und ab und ließ die Arme fliegen, dass die anderen aufpassen mussten, von ihm nicht getroffen zu werden. Er war alles andere als elegant – trotzdem konnte Kriss nicht aufhören ihn anzusehen.

Hatte sie vorher versucht, sich etwas anderes einzureden, gab es nun keinen Zweifel mehr. Sie war hoffnungslos in ihn verliebt.

»Komm schon«, sagte Lian, während er um sie herum hüpfte. »Trau dich!«

Ihr blieb gar nichts anderes übrig, als es ihm gleich zu tun. Unter den gespannten Blicken von einem Dutzend Matrosen bewegte sie erst zaghaft die Füße hin und her. Dann ließ sie sich vom Rhythmus packen. Sie brauchte keine bewussten Befehle mehr an ihre Beine geben – die Musik führte sie ganz von allein und alles, was sie tun musste, war sich fallen zu lassen. Ihre Sorgen und Ängste waren vergessen; während sie mit Lian über die Dielen wirbelte, fühlte sie sich zum ersten Mal seit Langem frei. Und glücklich.

Bald darauf reihten sie sich in den Kreis von Matrosen ein, welche Schulter an Schulter hin- und hertanzten und dabei das Deck erschütterten. Kriss lachte lauthals, als sie aus dem Takt geriet und mit Lian zusammenstieß. Sie sah ihn lächeln und auf einmal schien sich der Raum um sie zu drehen. Ihre Beine wurden schwach, so dass er sie festhalten musste. Ihr Gesicht schien zu glühen. »Ich glaube, ich brauche ein bisschen frische Luft!«

»Geht mir genauso«, sagte Lian.

Die Matrosen protestierten, als sie den Tanzsaal verließen. Kriss sah, wie Lorgis Lian bedeutsam zunickte. Am Ende des Korridors, vor der Tür zum Navigationsraum, fanden sie eine halbwegs ruhige Ecke. Lian setzte sich auf eine Seemannskiste an der Wand. Meeresluft fuhr Kriss durch das Haar, als sie ein Bullauge öffnete. Sie schloss die Augen und genoss es.

Sie waren allein.

»Warum hast du mich angelogen?«, fragte Lian.

Kriss starrte ihn an. Er grinste. »Du kannst ja *doch* tanzen. Ziemlich gut sogar.«

»Danke.« Ob er wusste, wie viel ihr das bedeutete?

»Was is' eigentlich mit deiner Brille passiert?«

Es ist ihm aufgefallen! »Nichts«, sagte sie unschuldig. »Ich hatte … nur keine Lust sie zu tragen.«

Er winkte. »Kannst du dann überhaupt was sehen?«

Sie legte den Kopf schräg. »Ich bin kurzsichtig, Lian«, seufzte sie, »aber nicht *so* kurzsichtig.«

»Ich mein' ja nur. Nicht, dass du mir irgendwo gegen läufst.« Er lächelte. »Ich find', sie steht dir. Die Brille. Passt zu dir.«

Da waren sie wieder: Flüstermotten in ihrem Bauch und das Gefühl, Wolken gegessen zu haben. Damit er nicht sah, wie sie rot wurde, blickte sie nach draußen. In der Ferne sah sie einen dunklen Kegel aus den Wellen ragen. Eine Insel – aber noch nicht Dalahan, denn dafür war es noch zu früh. »Dass wir mal soweit kommen würden …«

»Hast du etwa dran gezweifelt?«

»Manchmal schon. Du nicht?«

»Nee.«

Sie musterte ihn amüsiert. »Ach nein?«

»Nö.« Er zuckte die Achseln. »Mit mir an deiner Seite – was soll da schiefgehen?«

Das brachte sie zum Lachen. Als sie sich neben ihn auf die Kiste setzte, fühlte sie sich, als stünde sie wieder auf der Tanzfläche, mit klopfendem Herzen, weichen Knien und nass vor Schweiß.

Eine Weile saßen sie nur so da und Kriss suchte verzweifelt nach irgendeinem Gesprächsthema. »Weißt du … weißt du eigentlich schon, was du tun wirst, wenn wir zurück nach Hause kommen?«

Er betrachtete seine Schuhspitzen. »Weiß nich'. Mal seh'n, wohin's mich verschlägt.«

»Hast du gar kein Ziel?«

Er dachte darüber nach. »Nein. Noch nich', schätz' ich.«

»Vielleicht könntest du weiter für die Baronin arbeiten.« *Und wir könnten uns sehen.*

Er grinste schief. »Nich', wenn ich's vermeiden kann.« Auf einmal zog er ein Gesicht, als habe er auf Bitterwurz gebissen.

Kriss sah erschrocken, wie er sich den Bauch hielt. »Was ist?«

»Nix«, winkte er ab. »Nur die Verdauung. Lass uns über was and'res reden. Was machst *du*, wenn wir zurück sind?«

»Du meinst, wenn wir Dalahan gefunden haben und nicht vorher von Geisterschiffen abgeschossen werden?« *Oder von Ruhndor*, fügte sie in Gedanken hinzu.

»Ja.« Lian nickte. »Du könntest 'n Buch drüber schreiben. Reich und berühmt werden.«

»Ja, vielleicht.« Kriss' Beine wippten auf und ab. »Ehrlich gesagt … ich hab mir darüber noch gar keine Gedanken gemacht. Vor drei Jahren noch hätte ich wahrscheinlich nichts anderes im Kopf gehabt. Aber … es gibt Wichtigeres als Ruhm und Ehre.« Was würde sie tun, wenn sie die Insel fanden – aber nicht Bria? Würde die Baronin ihr Geld für eine weitere Expedition geben, um sie zu suchen? Sie schüttelte den Kopf. »Bei unserem Glück fallen wir sowieso vorher über den Rand der Welt.«

Das brachte Lian zum Lächeln.

Kriss sah ihn an. Er bemerkte das. »Ich hab doch nix zwischen den Zähnen, oder?«

»Nein«, sagte sie. »Du … bist hübsch, wenn du lächelst. So ganz ohne Spott.«

»Wer – ich?«

Sie nickte. Sie hatte ihm das schon solange sagen wollen; es war gar nicht so schwer gewesen. Aber sie hatte nicht damit gerechnet, was als nächstes geschah. Als Lian sich vorbeugte. Und sie küsste.

Kriss spürte seine Lippen auf ihren und zitterte. Flattern im Bauch, Musik und Knistern in der Luft – es stimmte alles, was die Leute über den ersten Kuss sagten.

Sie küsste ihn zurück; ihre Zunge traf auf seine Zähne; er öffnete die Lippen weiter und seine Zunge berührte ihre, weich und warm und schön; ihr Körper bebte, ihr wurde heiß. Sie wünschte sich verzweifelt, die Zeit anhalten zu können, nur um in diesem Moment zu baden.

Doch so schnell er gekommen war, so schnell verging er auch wieder.

Sie hatte die Augen noch geschlossen, als Lian sich zurückzog.

»Tut mir leid …«, sagte er.

Kriss hatte das Gefühl, ewig zu fallen. Sie schlug die Augen auf und sah sein Gesicht, schuldbewusst, scheu, als habe er etwas Verbotenes getan. Unfähig zu begreifen, was geschehen war, versuchte sie ein Lächeln, aber in ihrer Verwirrung wurde nur eine Grimasse daraus. »Von mir aus brauchst du nicht aufhören«, sagte sie und beugte sich wieder zu ihm vor.

Lian wich zurück, er berührte ihre Arme, als wollte er sie auf Abstand halten. Sein Blick ließ ihr Herz rasen; nichts ergab mehr Sinn. »Ich hätte das nich' –«, setzte er an. »Ich … tut mir leid.« Er stand auf, rieb sich verlegen den Nacken.

»Wieso?« Ein Kloß in ihrer Kehle ließ sie fast an dem Wort ersticken. »Bin ich so abstoßend?« Es sollte ein Scherz sein, aber ihre Stimme klang klein und hilflos.

»Nein«, sagte Lian. Wenn er sie dabei nur angesehen hätte. Doch er vermied es weiterhin, mit ihr Blickkontakt aufzunehmen, als plagte ihn sein schlechtes Gewissen. Oder seine Feigheit. »Ich … ich darf … ich kann nich'.«

»Liegt es an meiner Figur? An meinem Gesich–?«

»Nein!«, sagte er, entschiedener diesmal. Aber sie glaubte ihm nicht. Sie konnte ihm nicht glauben. »Es tut mir leid.« Der Satz klang mit jedem Mal schrecklicher in ihren Ohren.

»Das sollte es auch«, brachte sie hervor. Wie, das wusste sie nicht. Salz stach ihr in die Augen. »Denn soll ich dir was sagen? Du bist ein miserabler Küsser.«

Ich werde nicht weinen, ermahnte sie sich. *Nicht jetzt. Nicht vor ihm!*

Ohne ein weiteres Wort oder ihn auch nur eines Blickes zu würdigen, stand sie auf und ging so beherrscht sie konnte den Gang hinab.

Lian machte keine Anstalten ihr zu folgen und das tat ihr noch mehr weh.

»Kriss!«

Sie reagierte nicht. *Nicht vor ihm!*, befahl sie sich. Als sie die Treppe ins obere Deck hinaufging, hörte sie ihn noch murmeln: »Ihr findet das alles sicher unglaublich komisch, was?«

Sie wusste nicht, mit wem er sprach und sie wollte es auch nicht wissen. Sie wollte ihn niemals wiedersehen.

Heuchler. Das war er, ein Heuchler. Sie hatte geglaubt, er würde sich als Letzter von Äußerlichkeiten täuschen lassen, aber sie hatte sich in ihm getäuscht. *Heuchler.*

In ihrer Kabine angekommen, warf sich Kriss auf das Bett und presste die Hände auf ihre geschlossenen Augen. So sehr sie es auch versuchte, sie konnte die Welt nicht ausblenden. Das Brummen der Luftschrauben, die Musik, das Gepolter, das Grölen der Matrosen, all das dröhnte in ihren Ohren.

»*Es tut mir leid*«, hörte sie Lians Stimme nachhallen. »*Estutmirleidestutmirleidestutmirleid…*«

Warum? Warum hatte er sie geküsst? Wie hatte er so grausam sein können? Wenn er sie quälen wollte, warum sagte er dann, dass es ihm leidtat? Und warum war sie so dumm gewesen, es geschehen zu lassen? Warum ließ sie sich von ihm wehtun? Sie war so dumm, dumm, *dumm*!

Sie hörte sich selbst schluchzen. Es dauerte einen Moment, bis sie begriff, dass sich ein neues Geräusch unter den Lärm auf dem Schiff gemischt hatte. Kriss hielt den Atem an. Die Schiffsglocke läutete in einem fort. Es war nicht das ruhige *Bing-Bing-Bing*, das eine bevorstehende Landung ankündigte, sondern ein wildes Gebimmel, das selbst Tote aufgeweckt hätte.

Die Musik im Tanzsaal war verstummt; Schritte donnerten durch den Gang auf dem Deck über ihr. Ein Gemurmel von Stimmen wurde laut, während die Schiffsglocke weiter lärmte.

»An die Kanonen!«, brüllte jemand und Kriss erstarrte.

Ruhndor hat uns gefunden!

Ein Licht in der Nacht

Kriss riss die Tür auf und rannte die Treppe hinauf ins obere Deck. Auf dem Gang liefen Matrosen an die Kanonen oder in ihre Quartiere.

»Der General?« Lian eilte zu ihr. Ihn zu sehen traf sie, aber sie schüttelte nur den Kopf und kämpfte sich bis auf die Brücke vor.

»Kapitän, was ist passiert?«

Die Augenbrauen düster verzogen, deutete Bransker hinaus in die Dunkelheit. Selbst ohne ihre Brille erkannte Kriss einen Schemen zwischen den Sternen: die massige Form eines Luftschiffs, an deren Spitze ein rubinrotes Licht hin und herschwankte wie eine Laterne im Sturm. Zwei Ausläufer hingen an den Seiten des Schiffs – Kriss hielt sie für die Gondeln der Luftschrauben, obwohl sie ungewöhnlich dünn waren.

Lian sprach aus, was sie dachte: »Das sieht nich' nach der *Morgenstern* aus.«

»Ist schnell, was immer es ist«, knurrte der Kapitän mit zusammengepressten Kiefern. »Ruder hart Backbord!«

»Aye, aye!« Der Steuermann am Seitenruder gehorchte und ließ das Steuer kreisen wie ein Glücksrad auf dem Jahrmarkt. Die *Windrose* drehte nach Backbord ab. Das fremde Schiff voraus schien nach rechts zu wandern, bis es vom Rand der Brückenverglasung verschluckt wurde. Nur einen Moment später tauchte es wieder auf und hielt mit der *Windrose* mit. Sein Licht baumelte von einer Art Angel an der Spitze seiner Gashülle. Es glühte wie eine kleinere Version des Roten Mondes. Gut hundert Klafter mochten zwischen den beiden Schiffen liegen – auf die Entfernung schien das andere Fluggerät nur wenig kleiner als die *Windrose* zu sein.

»Fremdes Schiff verfolgt uns«, meldete der Maat, ein Mann so groß und dünn wie der Kapitän klein und dick war.

»*Korf*«, fluchte Bransker. »Hab selbst Augen im Kopf! Alle Maschinen volle Kraft!«, bellte er in ein Sprechrohr. »Bereithalten zum Feuern!« in ein anderes.

Den Magen zum Zerreißen angespannt, starrte Kriss hinaus in die Nacht. Das dunkle Schiff jagte ihr einen Schauer nach dem anderen über den Rücken. Es wies keine andere Beleuchtung auf als das dicke, rote Licht, das vor seinem Bug baumelte. Von der Seite betrachtet wirkte es gedrungener als andere Luftschiffe.

Dann erkannte Kriss die Form des Heckruders: lang und fächerförmig, und sah, dass die Ausläufer keine Antriebsgondeln waren.

Sondern Flossen.

»Das ist kein Luftschiff!«

Lian sah sie an, als wäre sie nicht ganz bei Trost. Er blickte hinaus zu dem Ding, das weiter mit der *Windrose* mithielt. Gemeinsam beobachteten sie, wie sich sein Bug der Länge nach zu teilen schien und sich in ein offenes Maul voller Stalagmiten und Stalaktiten verwandelte.

Kriss stockte der Atem.

Nein, es war kein Schiff. Es war ein Fisch. Ein hässlicher, fliegender Fisch aus schwarzem Metall. Das rote Licht, das vor ihm an einem fühlerähnlichen Auswuchs hin, erinnerte Kriss an Kupferstiche von Fischen aus den Tiefen des Ozeans, die ähnliche Laternen benutzten, um ihre Beute anzulocken.

»Sankt Haros steh uns bei!«, hörte sie den Steuermann am Höhenruder flehen.

Der Schiffsfresser. Die Geschichten, die ihr die Matrosen über das Ding erzählt hatten, zuckten wie fiebrige Blitze durch Kriss' Gehirn. Es kam näher. Und näher.

Und näher.

Bransker umklammerte ein Sprechrohr. »Steuerbordgeschütze - *Feuer*!«

Donnerschläge hallten durch die Nacht. Kriss sah das Mündungsfeuer der Kanonen in der Dunkelheit aufflammen. In ihrem flüchtigen Licht erkannte sie, dass die metallene Haut des Fisches Schuppen aufwies. Die Splittergeschosse der *Windrose* prallten ohne Wirkung an ihnen ab.

Bransker funkelte Kriss und Lian an. »In Eure Quartiere! Sofort!«

Kriss gehorchte ohne Widerworte. Sie rannte von der Brücke und Lian setzte ihr nach.

Sie hatten die Treppe ins untere Deck fast hinter sich gebracht, als ein Beben durch das Schiff ging und sie von den Beinen riss. Kriss schrie auf, als die Kante einer Stufe ihr gegen das Steißbein schlug. Sie hörte überall auf dem Schiff Glas brechen; Gegenstände - und Menschen - knallten auf die Dielen. Holz ächzte wie unter Schmerzen, die Lampen an der Decke wippten hin und her, her und hin. Lian half ihr auf. Durch das Bullauge gegenüber der Treppe sah Kriss eine Fläche aus schwarzem Glas. Die Härchen an ihrem Nacken richteten sich auf, als ihr klar wurde, dass sie in das Auge des Schiffsfressers blickte. Sie glaubte, dahinter ein kränkliches Licht leuchten zu sehen, und spürte die Intelligenz der Maschine, alt und verdreht. Kriss war unfähig auch nur einen Muskel zu rühren, trotzdem sprang ein Teil ihres Verstandes von einer Frage zur nächsten. Gab es jemanden in seinem Inneren, der es steuerte? Wer baute so ein Ding?

Und warum?

»Es greift wieder an!«, rief Lian.

Auf der Brücke der *Windrose* versuchten die Steuermänner verzweifelt, dem fliegenden Monster auszuweichen. Aber es war zu schnell, zu wendig. Die volle Breitseite, die das Luftschiff ihm entgegenschleuderte, schien es nicht im Geringsten zu kümmern. Panik kitzelte Kapitän Branskers Gehirn mit kalten Fingern, als er zusah, wie das Ding wieder in die Dunkelheit hineintauchte. Er wusste, dass es nicht die Flucht ergriff. Es bereitete sich darauf vor, die *Windrose* ein weiteres Mal zu rammen.

»Schweres Geschütz auffahren!«, rief Bransker und sah zu dem kleinen Schrein aus lackiertem Holz mit der Statue des Schutzheiligen der Luft- und Seefahrer darauf. Er hatte Sankt Haros erst heute Morgen drei Kupfermünzen als Opfer dargebracht.

Seine Matrosen versuchten, in Windeseile die Kanonen mit schweren Eisenkugeln zu stopfen. Anders als die Splittergeschosse hatten sie einen mächtigeren Rückstoß und einen geringeren Einschlagradius – aber auch die größere Durchschlagskraft. Und so nah, wie die Bestie ihnen kam, konnten die Kanonenkugeln ihr Ziel ohnehin nicht verfehlen. Jedem an Bord war klar, dass die Maschine dort draußen das Schiff zu Sägemehl verarbeiten würde, wenn sie nicht aufgehalten wurde.

Wie ein Schwert zerriss der Schiffsfresser eine Wolkenbank. Von den ælonischen Energien in seinem Inneren lautlos angetrieben, beschrieb er eine Kurve – dann machte er blitzschnell kehrt und jagte erneut auf die *Windrose* zu. Donnerschlag um Donnerschlag erschallte, als die Kanonen in unregelmäßigen Abständen feuerten und das Schiff ins Wanken brachten. Die Eisenkugeln schlugen gegen Metall, doch sie verursachten kaum mehr als Dellen im Schuppenpanzer des Ungeheuers, welches als Antwort seine Eisenkiefer aufriss und baumlange Zähne im Mondlicht funkeln ließ. Von Furcht gelähmt sah Kriss in seinem Schlund ein Feuer lodern, wie in einem Hochofen.

Sie und Lian krallten sich ans Treppengeländer und machten sich auf den nächsten Einschlag gefasst.

Orangefarbene Flammen leuchteten hinter dem Bullauge auf – dann wurde die *Windrose* ein weiteres Mal erschüttert. Weiß vor Angst sah Kriss, wie schwarze Dornen aus dem Boden vor dem Fenster wuchsen. Dielen zerbarsten krachend in einem Splitterregen. Kriss kniff die Augen zu und drehte das Gesicht weg. Holzstücke prasselten gegen ihren Rücken.

Dann war es vorbei. Wind fauchte durch das Deck. Kriss drehte sich um. Die Wand mit dem Bullauge und ein Teil des Bodens waren einfach aus dem Schiff gebissen worden. Das unregelmäßige Loch, das dabei entstanden war, reichte bis hinauf ins obere Deck. Jenseits davon sah sie die schwarze Silhouette des Fressers, der sich wieder von der *Windrose* abgestoßen hatte, um den nächsten Angriff einzuleiten.

Ein Deck höher standen Lorgis und Barabell vor der aufgebissenen Wand. Ihre Kameraden hatten sie mit Seilen um die Hüften gesichert und hielten sie fest, während Barabell mit Hilfe einer Lampe eine Granate entzündete und Lorgis zuwarf. Er wog die Eisenkugel einen Moment in der Hand, dann winkelte er den Arm an wie ein Kugelstoßer. Die Lunte schmolz funkensprühend dahin.

Der Fresser war wieder im Anmarsch. Die Matrosen blickten in sein albtraumhaftes Maul.

Lorgis schloss sein schielendes Auge. »Mal seh'n, wie dir das hier schmeckt!«, rief er gegen die Gewalten des Windes an und schleuderte die Granate von sich. Der Wind erfasste sie, dennoch verfehlte sie ihr Ziel nicht. Lorgis bildete sich ein, ein metallenes *Klong* zu hören, als das Geschoss auf dem Unterkiefer der Maschine landete.

»Zurück!«, schrie Barabell. Sie und Lorgis warfen sich in den Gang, als die Welt dort draußen auf einmal voller Zähne war. Die Luftfahrer hielten sich die Ohren zu. Eine Explosion ertönte; Licht mit der Farbe von Feuer blitzte auf – und ein Kreischen wie aus hundert Albträumen erfüllte den Himmel, ließ beinahe jeden an Bord aufschreien …

… unter ihnen auch Lian und Kriss, auch wenn sie ihre eigenen Stimmen durch das Wüten des Schiffsfressers kaum hörten. Die Gegenwehr der Matrosen hatte das Monster nicht aufgehalten. Es schlug abermals gegen das Schiff, wobei schwarzer Rauch aus seinem Maul aufstieg und vom Nachtwind zerrissen wurde.

Kriss verlor ihren Halt am Geländer. Sie stürzte die Treppe hinab. Im selben Moment, als ihr Kopf auf den Bodendielen aufschlug und ein grelles Feuerwerk hinter ihren Augen entfachte, ertönte ein dreifacher Knall weit über ihnen, der ihre Ohren klingeln und das Trommelfell fast platzen ließ. Ehe sie begriff, was geschehen war, kippte der Gang heckwärts nach unten, in einem Winkel von fünfundvierzig Grad. Kriss schmerzender Körper rutschte die Dielen hinab, das raue Holz brannte auf ihren Handflächen, als sie versuchte sich festzuhalten. Tonnen, Kisten und Truhen, die die Matrosen in dem Gang abgestellt hatten, hatten sich aus ihrer Vertäuung gelöst. Nun rollten und schleiften sie über die Dielen, auf sie zu.

Kriss erschrak. In ihrer Panik breitete sie die Arme aus – ihre Finger fanden Halt am schmalen Türrahmen einer Kabine. Nur einen Moment bevor sie von einer rutschenden Truhe erschlagen wurde, kam Kriss auf die Beine. Kurz darauf krachten die Behälter unter ihr gegen die Wand zum Waschraum. Und die ganze Zeit knarrte, ächzte und stöhnte die Federholzkonstruktion der *Windrose* wie unter Qualen. Glas splitterte und Menschen schrien, während sie durch das Schiff geschleudert wurden.

»Kriss!«, hörte sie Lian mit zusammengepressten

Kiefern rufen.

Er hing am unteren Teil des Geländers, die Knöchel seiner Hände waren weiß hervorgetreten. Hinter ihm stand die Treppe fast vertikal.

»Es geht mir gut!«, log sie über den Wind und den Lärm. Sie kämpfte sich den schrägen Boden hinauf, indem sie sich an den Türklinken der Kabinen entlanghangelte. Was war passiert? Die Zähne des Fressers mussten die hinteren Gasballons durchbohrt haben und platzen lassen. Der mechanische Fisch war durch das fauchende Loch in der Wand nicht zu sehen - dafür konnte sie beobachten, wie das Schiff unerbittlich, Klafter um Klafter, an Höhe verlor. Die *Windrose* war zum Untergang verdammt.

Wir werden sterben, erkannte Kriss. Wenn sie nicht im brennenden Schlund des Monsters landeten, dann würden Regenbogenhaie oder andere Räuber sie verschlingen - oder das Meer selbst. Aber ihr Körper kämpfte sich weiter voran, trotz aller Schmerzen, trotz aller Hoffnungslosigkeit.

Schweiß stand dem Kapitän auf der Stirn, während er sich an den Sprechrohren festhielt. Das Brückenfenster der *Windrose* zeigte nicht länger den Ozean, sondern starrte hinauf zum Roten Mond. Die Ruder reagierten nicht mehr, der Fresser musste zusammen mit den hinteren Ballons auch deren starres Holzskelett beschädigt haben, genau wie die Seilwinden, welche die Höhen- und Seitenruder am Heck mit den Steuerrädern verbanden. Bransker hatte das Bild viel zu klar vor Augen: wie die Gondel mit der Spitze schräg nach oben stand, während die verbliebenen vorderen Gasballons versuchten ihre Last zu tragen. Die Nadel des Höhenmessers sank und sank, jeden Augenblick ein Klafter tiefer.

»Ballast abwerfen!«

Der Maat, der sich an einem Haltegriff an der Wand

festklammerte, gehorchte und kappte die betreffenden Leinen an der Wand der Brücke. Der Effekt war zu gering; ohne weiteren Auftrieb würde das Heck der Gondel bald von den Wellen verschluckt werden, zusammen mit dem Maschinenraum – Bransker stellte sich vor, wie das Wasser durch die Schlote in die Kessel geriet, blitzartig verdampfte und dabei vielleicht das halbe Schiff auseinanderriss. Der nächste Angriff des Ungeheuers würde vielleicht die vorderen Ballons vernichten und dann würden sie fallen wie ein Amboss. Die *Windrose* war verloren, so oder so.

Dass ein fliegender Fisch sein stolzes Schiff so einfach besiegt hatte – es war fast zum Lachen. Aber nur fast. Er dachte daran, dass in alter Zeit die Kapitäne mit ihren Schiffen untergegangen waren. Aber bis es soweit war, hatte er die Pflicht, so viele Seelen wie möglich zu retten.

»Beiboote ins Wasser!«, krächzte Bransker mit heiserer Kehle. »Alle Mann von Bord!«

Während das Lampenlicht wie im Sturm flackerte, stemmte sich Kriss weiter gegen die Schwerkraft, Tür für Tür, bis zu Lian an der Treppe. Das Schiff um sie herum schien mit ihr zu leiden; über seine Todeswehen hinweg erklang die Stimme des Kapitäns durch die Sprechrohre und befahl den Matrosen, die Beiboote zu Wasser zu lassen.

Lian, mit der Linken an das Geländer geklammert, streckte Kriss die freie Hand entgegen. Sie konnte ihn fast erreichen!

»Weiter!«, feuerte er sie an. »Du hast es gleich geschafft! Nur noch ein kleines Bisschen!«

Kriss strengte jeden Muskel an, ihre Fingerspitzen berührten seine Fingerspitzen. Sie ließ die Türklinke los, drohte für einen Moment, zu fallen – da legte sich Lians Hand um ihre und hielt sie fest. Er versuchte ein aufmunterndes Lächeln und wollte etwas sagen, als sich der Schiffsfresser wieder gegen die *Windrose* warf. Kriss kämpfte um ihr Gleichgewicht, während sie sich an Lian klammerte, der sich wiederum am Geländer festhielt. Irgendwo brach Holz; Kriss sah einen menschlichen Umriss an einem Bullauge vorbeifliegen. »Mann über Bord!«, rief jemand. Lian zog sie ans Geländer. Sie umschloss das Gusseisen so fest, dass es wehtat.

»Doktor Odwin! Herr Berris!«

Kriss und Lian rissen den Blick die fast senkrecht stehende Treppe hinauf, von wo die leiernde Stimme ertönt war. Neskos bleiches Gesicht hing dort. »Großer Weltengeist, Euch ist nichts geschehen!«

»*Noch* nich'!«, gab Lian gepresst zurück. »Wirf uns 'n Seil runter oder –!«

»Hat keinen Zweck«, sagte Nesko. »Wir evakuieren das Schiff! Versucht, nach draußen zu kommen! Beeilt Euch, das Heck wird jeden Moment untergehen!« Damit war er auch schon wieder verschwunden.

Kriss spähte an den aufragenden Stufen vorbei. Das Loch in der Wand lag keine zwei Klafter von ihnen entfernt, das schräge Deck hinauf.

»Bereit?«, fragte Lian.

Sie nickte hastig; was blieb ihr anderes übrig?

Lian stieß sich als erster von der Treppe ab. Er machte einen Satz auf die andere Seite des Flurs und hielt sich an der nächsten Kabinentür fest. Als Kriss ihm nachsetzte, hatte er sich schon weiter vorwärts gekämpft.

Es war, als würde man versuchen, einen Hügel während eines Erdbebens zu besteigen. Kriss bemühte sich, ihr Zittern unter Kontrolle zu kriegen. Ihre Muskeln verkrampften sich beim Gedanken an den nächsten Angriff des Schiffsfressers, während sie den Sinkflug der *Windrose* in ihrem Magen spürte.

Das Schiff schwebte mittlerweile nur knapp über den rauen Wellen. Durch das Loch in der Wand sah

Kriss drei Beiboote, voll mit Matrosen, Kisten und Fässern. Laternen brannten an den Spitzen der Boote. Weitere Männer und Frauen sprangen aus dem oberen Deck ins Wasser. Man warf ihnen Rettungsringe an Seilen zu.

Der Schattenriss des Schiffsfressers zeichnete sich für einen Moment vor dem Gelben Mond ab. Das rubinrote Leuchtorgan flatterte im Wind, als die Maschine abermals auf die *Windrose* zuhielt.

»Du zuerst!«, rief Lian gegen den Lärm an; das Haar wehte ihm ins Gesicht. Er hielt ihre Hand und zog sie vor das Loch, während er sich an dessen gesplitterten Rand festhielt.

Kriss sah die Fluten gute fünf Klafter unter sich; Mondlicht färbte die Gischt.

»Los! Das Vieh is' gleich hier!«

Kriss holte tief Luft, schloss die Augen. Sie nahm einen Schritt Anlauf –

Und sprang.

Die Steuermänner und der Maat sahen zu, wie Kapitän Bransker den Schrein von Sankt Haros durch das Brückenfenster schleuderte. Glas barst in tausend Splitter.

»Das Ding hat sowieso nichts genutzt!«, rief Bransker, als er die Blicke seiner Leute sah. »Worauf wartet ihr? Raus mit euch!«

Das Meer verschlang sie, zog sie in die Tiefe. Kriss kämpfte mit Händen und Füßen gegen den Sog an; sie schnappte nach Luft, als sie die Oberfläche durchbrach. Etwas schlug klatschend neben ihr auf die Wellen und nur einen Moment später tauchte Lians Kopf über dem Wasser auf. Mit einem Ruck warf er sein nasses Haar aus dem Gesicht, um sehen zu können. »Kriss?«

»Hier …!«, begann sie, dann erfasste sie die Macht

der See; eine Welle brach über ihr zusammen und begrub sie unter Wasser. Mit brennenden Augen sah Kriss in der Tiefe einen Schemen, der auf sie zueilte. Lian griff nach ihrem Arm; sie traten mit den Beinen, bekamen wieder Auftrieb, kehrten zurück an die Oberfläche.

Das Verbotene Meer war stärker als der Ozean vor der Küste von Raxander. Die Wellen rissen sie in die Höhe und wieder hinab, ohne dass sie sich dagegen wehren konnten. Nicht weit von ihnen sah Kriss ein Beiboot in dem schweren Seegang kentern. Die Besatzungen der zwei verbliebenen Boote streckten ihren Kameraden im Wasser helfend ihre Ruder entgegen.

»Hierher!«, schrie Kriss und winkte. »Hierher! Wir brauchen Hilfe!«

Eine entfernte Stimmte rief etwas über das Brausen der Wellen.

»Hilfe!«, schrie auch Lian.

Ein Rettungsring flog ihnen zu. Lian und Kriss taten alles, um gegen die See anzukämpfen. Kriss erreichte den Ring zuerst. Sie umschlang ihn mit dem linken Arm und zog Lian mit der rechten Hand zu sich. Während die Matrosen sie mitsamt des Rings heranzogen, blickte Kriss über ihre Schulter und sah die *Windrose*, oder deren Überreste. Die Gondel ragte nur noch zur Hälfte aus den Wellen, mit der Brücke an ihrer Spitze. Von der Ballonhülle war allein die vordere Hälfte übrig, die sich wacker gegen die Schwerkraft hielt, während der luftleere Rest hinter dem Wrack hergezogen wurde wie eine Schleppe. Wie durch ein Wunder waren die Kessel nicht explodiert. Doch das half ihnen nur wenig.

Der Schiffsfresser fiel hungrig über das zerstörte Luftschiff her – es gab einen Knall, als seine Zähne einen weiteren Gasballon platzen ließen. Nun sank die gesamte Gondel unter Wasser. Nur die letzten verbliebenen Ballons hielten sich über Wasser, zusammen mit Trümmern, Tonnen und Kisten – und den Körpern toter Menschen. Dafür konnte Kriss nun drei weitere Boote sehen, die auf der anderen Seite des Schiffs zu Wasser gelassen worden waren. Auch sie waren mit Matrosen und Vorräten beladen.

Der Kapitän!, durchzuckte es sie. Hatte er es geschafft? Was war mit Lorgis, Barabell und Nesko?

Ihre Sachen waren noch auf dem Schiff, genau wie Brias Notizbuch und ihr letzter Brief an Alrik …

Die Matrosen zogen sie an Bord. Kriss kannte keinen von ihnen mit Namen. Das Beiboot schaukelte und wippte auf den Wellen und zwang sie, sich am Bootsrand festzuhalten. »Das Monster!«, rief sie.

Lian und die Matrosen folgten ihrer Blickrichtung. Der schwarze Fisch hatte die Überreste der *Windrose* einmal umkreist – nun hielt er in ihre Richtung. Kriss hörte mehrere Stoßgebete an Sankt Haros. Die junge Frau neben ihr hatte angefangen zu weinen.

Aber die Maschine interessierte sich nicht länger für die Menschen. Sie hatte ihr Werk der Vernichtung vollendet und kehrte zurück in die Ferne, bis sie zu einem Schatten zwischen den Sternen wurde. Kriss sah ihr nach, unfähig zu glauben, dass es vorbei sein sollte. War Veribas dem Ding nie begegnet – oder hatte er es absichtlich verschwiegen? Bria und die anderen Forscher – waren sie dem Fresser ebenfalls zum Opfer gefallen?

»Der Käpt'n!«, rief jemand von einem anderen Boot. Kriss atmete erleichtert aus, als sie Branskers massige Gestalt zwischen den Wellen ausmachte. Weitere Überlebende schwammen auf die Beiboote zu.

»Das war's«, murmelte ein dicker Matrose. »Wir sind erledigt. Hier draußen findet uns keiner. Und mit diesen Nussschalen kommen wir nicht weit.« Er versuchte, ins Meer zu spucken, aber der Wind war gegen ihn und der Speichel klatschte ihm ins Gesicht. Kriss sah Lian müde grinsen. Eine Erinnerung wurde wach: ein dunkler Kegel, der aus dem Wasser ragte. »Die Insel«, flüsterte sie.

Eine Matrosin sah sie an. »Was?«

»Ich habe im Vorbeiflug eine Insel gesehen! Sie kann nicht sehr weit weg sein!«

Die Matrosen legten sich in die Riemen. Bald trug der Wind den Ruf zu ihnen:

»Land in Sicht!«

DRITTER TEIL

Schiffbrüchig

Sie hörte das Brüllen des Ungeheuers hinter sich, während sie versuchte, gegen die Strömung anzuschwimmen. Doch was sie auch tat, das Meer trieb sie immer weiter auf den eisernen Schlund zu; rotes Licht fiel über ihren Rücken, brannte auf ihrer Haut. Ihre Muskeln waren wie gelähmt, sie kam nicht voran; sie schrie, aber kein Laut drang über ihre Lippen. Sie beging den Fehler, über ihre Schulter zu blicken, sah den Schatten des Ungeheuers, aber das Licht, das es vor sich hertrug, war nicht rot – es war grün, giftgrün; ein Auge aus Kristall, das sie anvisierte, sie bis auf die Knochen durchleuchtete. Ich sehe dich, hörte sie eine Stimme wie Granit sagen und –

Kriss erwachte keuchend aus dem Schlaf und das Brüllen des Schiffsfressers wurde zum Tosen der Brandung. Sie fand sich auf dem Beiboot wieder, den Rücken gegen eine Kiste gelehnt.

Hinter ihnen war die Sonne eben erst über den Horizont gestiegen und wusch den Himmel mit gelbem Licht. Seevögel, so grau wie die Morgenwolken, kreischten über ihren Köpfen. Es klang, als würden sie die Schiffbrüchigen auslachen, als deren sechs Boote die Insel erreichten.

Kriss' Brille hatte den Untergang der *Windrose* weitgehend schadlos in der Tasche ihres Kleides überstanden: Die Gläser waren unzerkratzt und die verbogenen Bügel ließen sich leicht wieder richten.

Noch im Mondlicht hatte sie erkannt, dass es sich bei ihrer Zuflucht um eine Vulkaninsel handelte. Um den braungrauen Felskegel, der sich in ihrer Mitte erhob, lag ein grüner Ring aus Urwald, vor dem sich wiederum ein weißer Sandstrand ausbreitete. Behausungen waren nirgends zu erkennen. Niemand wusste, wie die Insel hieß; wenn je zuvor Menschen hier gewesen waren, dann hatten sie sich nicht bemüht, die königlichen Kartographen darüber zu unterrichten.

Sie stiegen im niedrigen Wasser aus. Sand schmirgelte über Holz, als die Matrosen die Boote aus der Reichweite der Wellen zogen.

Kriss' Kleid hing feucht und klamm an ihr. Sie hatte ihre durchnässten Schuhe ausgezogen; ihre Zehen versanken halb im Sand, als sie den ersten Fuß auf die Insel setzte. Verzweiflung schlang sich um ihr Herz. *Gestrandet im Nirgendwo.*

»Na bitte, is' doch ganz idyllisch hier«, sagte Lian hinter ihr, um ein Lächeln bemüht. »Aber bei unser'm Glück bricht wahrscheinlich jeden Moment der Vulkan aus.«

Sie antwortete ihm nicht. Wie sollte es weitergehen? Wie sollten sie von hier entkommen? »Es ist meine Schuld …«

»Wie bitte?« Lian sah sie an, als habe sie etwas sehr Dummes gesagt.

»Ich … ich hätte wissen müssen, dass so etwas passiert!«

»Was? Wie, bitte schön, hätt'st du dieses Vieh vorhersehen soll'n?«

»Ich leite diese Expedition, Lian! Ich bin verantwortlich für –!«

»Irgendwelche Fischmonster? Hast du dir den Kopf angehau'n?« Er betastete ihre Stirn. Sie zog seine Hand weg.

»Niemand gibt dir die Schuld dafür«, sagte Lian. »Außer dir selbst. Und du solltest schleunigst damit aufhör'n, sonst tret' ich dir gegen's Schienbein. Verstanden?«

Sie lächelte schwach. »Verstanden.«

Zwei Matrosen, die mit ihnen im Boot gewesen waren, öffneten eine Kiste mit Verbandsmaterial, um die Verletzten aus den anderen Booten zu versorgen. Lorgis, Barabell und Nesko hatten den Untergang ebenfalls auf verschiedenen Booten überstanden. Drei Boote weiter sah Kriss Kapitän Bransker auf den

Strand hüpfen. Er ließ seine Mannschaft durchzählen: Fünf Matrosen hatten es nicht überlebt; sie waren auf dem Luftschiff von umherfliegenden Kisten erschlagen worden oder im Meer ertrunken. Nun waren nur noch fünfundzwanzig Luftfahrer übrig. Kriss sah, wie Bransker diese Nachricht düster aufnahm, doch er sagte nichts. Stattdessen packte er mit an, wo er konnte, half seinen Leuten, die Kisten und Fässer von den Booten zu hieven und klopfte dann und wann einem seiner Matrosen aufmunternd auf die Schulter.

»Seid Ihr wohlauf, Doktor? Herr Berris?« Lorgis kam zu ihnen. Das Schielen ließ seinen Blick nur noch trauriger wirken.

»Ja, danke, Lorgis.« Kriss nickte kaum merklich. »Ich bin froh, dass ihr noch bei uns seid.«

Er legte ein Grinsen auf. »Keine Sorge, Doktor. So schnell werdet Ihr uns nicht los.«

»Schöner *Schessk*«, murmelte Lian, als er die Boote und den müden Haufen der Überlebenden betrachtete.

»Hätt' ich selbst nicht besser sagen können.« Sand knirschte, als Barabell zu ihnen marschierte. Das feuchte schwarze Haar hatte sie mit den Händen aus der Stirn gestrichen. »Bitte sagt mir, dass wir Glück im Unglück haben und schon am Ziel sind, Doktor.«

Kriss tat es leid, die Frau zu enttäuschen. »Nein. Ich meine, das ist sehr unwahrscheinlich. Die Insel hier ist zu klein, um Dalahan zu sein. Immerhin gab es dort eine Hochkultur. Es müssten Spuren von Zivilisation zu sehen sein. Gebäude. Oder wenigstens Ruinen.«

»Vielleicht gibt's die«, sagte Lian. »Irgendwo im Dschungel. Kann doch sein. Außerdem, was is' mit den Dingern da drüben?«

Als sie erkannte, was er meinte, verengte Kriss verwirrt die Augen:

Dort, wo der Strand in den Dschungel überging, stand eine Reihe mannshoher Steinklötze mit gut hundert Schritten Abstand zueinander. Sie hatten alle die gleiche Größe und die gleiche Form. Zu regelmäßig, um auf natürlichem Wege entstanden zu sein. Anscheinend bildeten sie einen Ring um die gesamte Insel.

Wie gebannt ging Kriss auf die Klötze zu und hörte die Schritte von Lian und den drei Matrosen hinter sich; manchmal piekten sie Muschelscherben und Steine in die Fußsohlen. Ein Kiesel schien lebendig zu werden und verwandelte sich vor ihren Augen in eine kleine Krabbe.

»He! Bleibt nicht zu weit weg von den Booten!«, rief der Maat.

Ein Gesicht sah ihnen entgegen, als sie den erstbesten Klotz erreichten. Ein Gesicht, in Stein gehauen.

Schauer liefen Kriss über den Rücken. Es war kein menschliches Gesicht. Seine Augen waren winzige runde Löcher; Nase und Ohren fehlten. Der Mund war da, wo ein Mund sein sollte, doch er erschien nur als schmaler Schlitz, fast wie eine Schnittwunde im Fels. Steinernes Blattwerk umrahmte das Antlitz. In die übrigen Seiten des Klotzes waren Muster aus Rankpflanzen eingearbeitet.

»Sind das irgendwelche … Götzen?«, fragte Nesko und knetete nervös seine Mütze.

Kriss hockte sich vor den Klotz. Ihre Finger fuhren über glattgeschmirgelten Stein. »Ich vermute, ja.« Die eigenen Worte kamen ihr weit entfernt vor. »Vielleicht ein Fruchtbarkeitsgott …«

»Habt Ihr so was schon mal gesehen?« Abergläubische Furcht sprach aus Lorgis' Stimme.

Kriss schüttelte nur den Kopf. Sie blickte zu den nächsten Klötzen links und rechts. Aus der Entfernung schien es, als zeigten sie ähnliche Gesichter. Eine Warnung vielleicht?

Lian sprach aus, was ihnen allen auf der Zunge lag: »Irgendwer lebt also doch hier.«

»Vielleicht auch nicht«, sagte Kriss. »Wir wissen

nicht, wie alt diese Steine sind.« Dennoch fröstelte ihr und das lag nicht allein am Morgenwind und ihrem feuchten Kleid. Die Rufe der Dschungeltiere erschienen ihr auf einmal drohend und abweisend. Sie klangen anders, als die Stimmen des Smaragdwalds. Fremder. Verzerrter. Sie erwartete halb, dass grünblaue Echsen zwischen den Bäumen hervorbrachen.

»Vielleicht sollten wir erst mal zu den anderen zurück«, schlug Lian vor. Niemand widersprach ihm.

»Also gut«, rief der Kapitän, nachdem sie alle einen Gedenkmoment für die Toten eingelegt hatten. »Jetzt sperrt mal die Lauscher auf!«

Die Schiffbrüchigen hatten sich im Kreis um Bransker versammelt. Kühler Wind fuhr ihnen durch das Haar und die durchnässte Kleidung, während die Vögel weiter über sie lachten. Ein paar davon waren auf den Vorratskisten gelandet und pickten mit ihren Schnäbeln danach.

Bransker war ein energischer Redner; selbst wenn er nicht der Kapitän gewesen wäre, hätte seine raue Hornbären-Stimme alle Aufmerksamkeit auf sich gezogen. Kriss schob ihre Sorgen fürs Erste zur Seite und lauschte so konzentriert sie konnte.

»Was passiert ist, ist passiert. Haben später noch Zeit, unsere Wunden zu lecken. Wichtig ist: Wir sind am Leben!«

»Bleibt die Frage, wie lange«, flüsterte ein Matrose neben Kriss. Lorgis verpasste ihm eine Ohrfeige.

»Die Baronin weiß, wohin wir aufgebrochen sind. Hab ihr aus As-Quindar einen Brief geschickt.« Der Kapitän sah Kriss an; irgendetwas an seiner Stimme verriet ihr, dass er nicht die Wahrheit sagte – zumindest nicht die ganze Wahrheit. Wollte er sie und seine Leute nur beruhigen?

»Wird allerdings seine Zeit brauchen, bis Hilfe kommt. Vielleicht Tage. Vielleicht Wochen.«

»Und wenn sie uns hier draußen nich' finden, Käpt'n?«, fragte dieselbe Matrosin, die beim Untergang der *Windrose* neben Kriss im Boot geweint hatte. Auch jetzt noch waren ihre Augen rotgerändert.

»Was, wenn der Fisch sie auch zu fassen kriegt?«, wollte jemand anders wissen. Viele murmelten Zustimmungen.

»Darüber zerbrechen wir uns später den Kopf! Anderes geht erst mal vor! Nach allem, was wir wissen, kann dieses *schessk*verdammte Vieh jederzeit kehrtmachen, um uns auch noch zu verspeisen! Oder der nächste Sturm erwischt uns. Oder Ruhndor und seine Speichellecker!«

Kriss dachte an das grüne Auge aus ihrem Traum und erschauderte. Gemurmel brach unter den Matrosen aus. Lian scharrte unruhig mit den Füßen im Sand.

»Ruhe!«, donnerte Bransker. Und sie gehorchten. »Fürs Erste haben wir festen Boden unter den Füßen. Aber keiner weiß, was auf dieser Insel alles kreucht und fleucht. Ein Erkundungstrupp wird losziehen und sich nach Essbarem, Süßwasser, ungemütlichen Eingeborenen umsehen – und vor allem nach einem Dach über'm Kopf!«

»Käpt'n!« Lorgis hob die Hand. »Ich melde mich freiwillig!«

»Genau wie ich!«, sagte Barabell.

Kriss' Hand war wie von allein in die Luft gestiegen.

Bransker blinzelte, als habe er sich verguckt. »Doktor?«

»Ich komme ebenfalls mit«, sagte sie ernst.

Lian sah sie an. Er nickte, als habe er nichts anderes erwartet. Der Kapitän dagegen schüttelte den Kopf. »Nix da. Zu gefährlich.« Er hob gerade den Finger, um das nächste Mitglied des Trupps zu bestimmen, als Kriss rief: »Kapitän, es kann sein, dass Menschen hier leben. Und sie werden wahrscheinlich kein Feban sprechen. Wir müssen uns irgendwie verständigen können.« Sie sagte nichts von ihrer Furcht, dass wahrscheinlich *keine* der Sprachen, die sie beherrschte, sie hier draußen weiterbringen würde.

Branskers Kiefer mahlten. Er stieß schnaubend die Luft aus den Nasenflügeln. »Na schön«, brummte er. »Herr Berris wird Euch begleiten.«

»Aye, Käpt'n«, sagte Lian und drehte sich zu Kriss. Sein Gesicht war ernst, fast trotzig, als wollte er sagen: *Mich wirst du auch nicht so schnell los.*

Ein Lager wurde am Strand errichtet. Der Kapitän bestimmte Wachen, die ständig mit einem Fernrohr den Himmel im Auge behielten. (Zu seinem Leidwesen wurde Nesko als erster Wachposten eingeteilt – es war klar, dass er lieber mit dem Erkundungstrupp gewesen wäre, so wie damals im Smaragdwald.)

Matrosen schleppten Holz aus den äußeren Regionen des Dschungels heran. Feuer wurden entfacht und davor Leinen auf Stöcke gespannt, an denen die Kleidung zum Trocknen hing. Kriss und der Rest des Trupps brauchten nicht zu warten, bis ihre Sachen trocken waren. Eine der geretteten Kisten war voll mit weißen Hemden und Hosen. Kriss zog sich in einiger Entfernung zu den anderen im Schatten eines Steinklotzes um. Sie musste die Ärmel mehrfach umkrempeln und das Hemd spannte über ihrem Bauch. Aber das war um Längen angenehmer als das durchgeweichte Kleid auf ihrer Haut.

Auch Fässer mit Schießpulver und Zündkraut hatten die Überfahrt überstanden, ohne nass zu werden. Als Kriss umgezogen zurückkehrte, reichte der Maat gerade Musketen an den Rest des Erkundungstrupps.

Außer Lian, Barabell und Lorgis begleiteten sie noch zwei Matrosen: eine Frau mit roten Locken und einer Hakennase, an der ein silberner Ring hing. Aulin war ihr Name. Kriss kannte sie vom Sehen. Sie war ihr bisher immer wortkarg und ernst erschienen. Aber nie so ernst wie jetzt.

Der sechste im Bunde war Grimald, ein Mann so fett wie ein Donnerwal. Eine Klinge hatte seinen rechten Mundwinkel aufgeschlitzt und die Narbe verzog seinen Mund zu einem hässlichen Halbgrinsen. Kriss beobachtete, wie er heimlich einen Schluck aus einem Flachmann nahm, nachdem er seine Muskete überprüft hatte. Als er ihren Blick bemerkte, prostete er ihr ungeniert zu. Sie fühlte das Bisschen Zuversicht, das sie sich mühevoll zusammengesammelt hatte, wieder schwinden.

Lorgis schulterte eine Tasche mit Proviant. »Gehen wir«, sagte er.

Schnarrend, grunzend, quietschend und gackernd empfing sie der Wald. Sonnenstrahlen schnitten als kalte, gelbe Klingen durch das Blätterdach und beleuchteten Stämme, auf denen dichtes Moos wie grünes Fell wuchs. Als sich die sechs Schiffbrüchigen ihren Weg durch das Dickicht bahnten, flohen kleine Pelztiere vor ihnen die Bäume hinauf, fast zu schnell für das menschliche Auge. Einmal erschreckte sie eine Totenkopfviper, die ihnen zischend und rasselnd drohte – bis Lorgis sie mit der Spitze seiner Muskete in hohem Bogen durch den Wald schleuderte. Kriss verfluchte ihre immer noch feuchten Schuhe, die bei jedem Schritt quietschten, und das Gefühl, von tausend hungrigen Augen beobachtet zu werden. Normalerweise gab es auf so kleinen Inseln wie dieser keine größeren Räuber. Aber normalerweise gab es auch keine Fische aus Eisen, die Schiffe fraßen. Und vielleicht waren die menschlichen Bewohner der Insel auch sehr viel gefährlicher als jede Fauna. Denn dass es hier Menschen gab, verriet ihnen ein weiterer Hinweis, den sie schon kurz nach Beginn ihrer Wanderung entdeckten: ein schmaler Trampelpfad, der durch das Unterholz führte.

Barabell ging in die Hocke und untersuchte den Boden. »Höchstens ein paar Tage alt«, sagte sie. »Hier ist vor gar nicht allzu langer Zeit wer lang gekommen.«

Mit ernster Miene blickte sie zu den anderen auf. Kriss schluckte, während sich Lian, Aulin und Grimald nervös umsahen.

»Wenn's hier Menschen gibt, dann haben sie auch Wasser und was zu essen«, entschied Lorgis. »Also machen wir besser 'nen guten Eindruck, wenn wir ihnen begegnen. Weiter!«

Mit schussbereiten Gewehren gingen sie tiefer in den Wald. Lorgis und Barabell bildeten die Vorhut, dicht gefolgt von Aulin und Grimald. Kriss ging ihnen nach. Lian blieb ein oder zwei Schritte hinter ihr zurück. Sie glaubte zu spüren, wie er sie dabei ansah. Es war ihr unangenehm. Trotz aller anderen, dringenderen Sorgen spukte ihr die Erinnerung an den Kuss durch ihren Kopf. Wie er sich von ihr abgewandt hatte. »*Es tut mir leid.*«

Es tat immer noch weh. Sie rang nach Luft, schüttelte den Kopf, um den Gedanken daran zu vertreiben. Ohne Erfolg.

Möglich, dass sie auf dieser Insel sterben würden – und alles, an das sie dachte, war ein einziger Kuss.

»Kriss ...« Lian ging plötzlich neben ihr, die Muskete geschultert.

»Nein«, stellte Kriss klar.

Er blinzelte verwirrt. »Was, *nein*?«

»Nein, ich will nicht darüber reden.« Sie blickte stur geradeaus, auf Grimalds breiten Rücken.

»Du weißt doch gar nich', was ich sagen –!«

»Doch, das weiß ich. Und du kannst dir dein ›tut mir leid‹ sonst wohin stecken. Immer wenn ich glaube, dass du kein Idiot bist, tust du alles, um mich vom Gegenteil zu überzeugen.«

»Ich bin kein Idiot!« Leiser fügte er hinzu: »Nur ein Mistkerl ...«

»Das habe ich mittlerweile auch mitbekommen.«

Die Rufe aus dem Dschungel füllten das Schweigen zwischen ihnen.

»Ich wollt' dir nich' wehtun«, sagte Lian nach zehn stummen Schritten. Er sprach leise, als fürchte er, die anderen könnten ihn hören.

Warum tust du das?, dachte sie. *Warum bohrst du in meiner Wunde?* »Spar dir das für die Mädchen, mit denen du sonst verkehrst.« *Ich wünschte, ich hätte dich nie getroffen.*

»Es gibt keine anderen Mädchen«, sagte Lian.

Erst jetzt sah sie ihn an.

»Du bist die Einzige!« Er sagte es lauter, als er anscheinend wollte, und vergewisserte sich mit einem schnellen Blick, dass es niemand mitbekommen hatte.

Kriss blieb stehen. »Was soll das heißen?«

Lian setzte zu einer Antwort an.

»Da oben!«, zischte Barabell.

Kriss und Lian rissen die Köpfe hoch. Es war dunkler geworden. Die Sonne wurde für einen Moment ausgesperrt, als etwas Großes lautlos wie eine Sommerbrise über die Wipfel hinweg schwebte.

Der Fresser!

Das Monster flog keine hundert Klafter über ihnen: ein riesiger Fisch im Himmelsmeer. Kriss konnte die zerschrammten schwarzen Eisenschuppen sehen und –

Ein Schuss ging los; ein Schwarm blutroter Vögel stob kreischend aus den Baumkronen. Eine Rauchschwade breitete sich aus, zusammen mit dem Gestank von Schießpulver.

»Bist du irre?« Lorgis wirbelte zu Grimald herum, der wie eine Statue dastand, den furchtsamen Blick auf die vorbeiziehende Riesenmaschine geheftet, die Muskete noch erhoben.

Kriss' Herz raste, als sie und die anderen Deckung hinter den Bäumen suchten.

Aber der Fresser interessierte sich gar nicht für sie

oder sonst irgendetwas auf der Insel. Stattdessen zog er friedlich seines Weges und gab die Sonne wieder frei.

»Reiß dich zusammen, Mann!«, herrschte Lorgis Grimald an.

Grimald schwieg. Sein Mund zeigte nur das abstoßende Narbengrinsen, aber sein Blick war reuig. Er griff nach dem Pulverhorn an seinem Gürtel und begann, die Muskete wieder zu stopfen.

»Ob dieses Vieh von hier kommt?« Aulin strich sich eine rote Locke aus dem Gesicht.

»Vielleicht is' es nur auf der Durchreise«, murmelte Lorgis. Barabell knuffte ihn in die Seite. »Was?«, rief er aus. »Das war ernst gemeint!«

Kriss spähte hinter dem Baum hervor; sie sah der ælonischen Maschine nach, bis diese außer Sicht war.

Und wenn das hier doch Dalahan ist?, fragte sie sich. Oder wenn die Menschen, die hier lebten, von dort stammten? Hatten ihre Vorfahren den Fresser geschaffen? War das die Waffe, hinter der Ruhndor her war? (Denn sie konnte sich immer noch nicht vorstellen, was außer einer Waffe ihn interessieren könnte.)

Aber wie passte das zu den Berichten, nach denen der Schiffsfresser auch über anderen Ozeanen gesichtet worden war?

Bria. Wenn sie und die anderen dem Biest hier im Verbotenen Meer begegnet waren, hatten sie die Begegnung vielleicht auch überlebt! Vielleicht hatten sie sich ebenfalls auf diese Insel gerettet, dem einzigen Stück Festland weit und breit! Kriss' Herz schlug ihr schmerzhaft gegen die Brust, als neue Hoffnung in ihr aufging.

Und was hatte er damit gemeint? ›Du bist die Einzige‹?

Sie spähte zu Lian. Nun, da der Schatten des Schiffsfressers vorübergeglitten war, hatte er sich aus seiner Deckung hervorgewagt. Kriss war drauf und dran, ihn zur Rede zu stellen, als sie sah, wie er in den Wald hineinlauschte und sein Blick die Bäume absuchte. Ihr Herz sank wieder in die Tiefe.

Sie hatte es nicht als einzige bemerkt. Niemand wagte es, sich zu rühren.

»Was ist?«, flüsterte Grimald Lian zu.

»Ich dacht', ich hätt' was gesehen«, murmelte Lian argwöhnisch.

Im gleichen Moment wirbelte Aulin herum. »Da ist was«, zischte sie. »Zwischen den Bäumen!«

Jeder Nerv in Kriss' Körper schien zum Zerreißen gespannt. Da war es wieder, das Gefühl beobachtet zu werden. Mit angehaltenem Atem ließ sie ihren Blick durch den Wald schweifen – da! Etwas wie ein grüner Schatten hatte sich zwischen den Bäumen bewegt und war kurz darauf schon wieder mit der Urwaldkulisse verschmolzen. War es vielleicht nur ein Tier? Oder hatte ihre Fantasie ihr einen Streich gespielt?

Lorgis bedeutete der Gruppe mit einem Wink, enger zusammenzutreten. *Hinter mich,* befahlen Lians Lippen Kriss stumm, während er und die Matrosen mit schussbereiten Musketen einen Kreis um sie schlossen.

Sie hörte Schritte. Leise, unregelmäßige Schritte, von allen Seiten.

»Die kreisen uns ein«, raunte Barabell.

»*Korf*«, flüsterte Grimald. Er klang noch nervöser, als Kriss es war.

»Nicht schießen!«, flehte sie.

Dann traten sie aus dem Dickicht. Sie waren zu neunt.

Nein. Es waren keine Tiere.

Sie waren groß; der Kleinste von ihnen überragte selbst Lorgis um eine Handlänge. Sie gingen aufrecht auf zwei Beinen und trugen Speere in zwei Händen. Dennoch wäre Kriss nie auf den Gedanken gekommen, sie für Menschen zu halten.

Ein Fieber schien sie zu überkommen. Sie glaubte, den Verstand zu verlieren.

»Großer Weltengeist!«, hauchte Barabell.

Es war, als hätten Pflanzen beschlossen, zu menschlicher Form zu wachsen, um Krieg zu führen. Kriss erkannte ihre Gesichter wieder: nasenlos, mit schmalen Strichen als Münder und winzigen Augen (die Iris rubinrot, die Pupille schwarz).

Anstelle von Haaren trugen sie auf ihren Häuptern und den breiten, knorrigen Schultern Blätter oder Moos. Sie hatten alle eine ähnliche Form und waren doch verschieden. Die Haut des einen Wesens hatte die Farbe von Smaragden und Rankpflanzen und dünne Lianen kringelten sich um die viel zu langen Arme und Beine. Ein anderes trug eine grünbraune Färbung und Dornen wuchsen in seinem Gesicht. Das Wesen neben ihm dagegen war hellgrün wie eine Frühlingslilie. Weiße Blütenkelche sprossen auf seinem Schädel. Sie wirkten alle ausgemergelt und in die Länge gestreckt; ihre Hüften waren mit zwei Händen zu umfassen, als beinhalteten sie keine Organe. Die Hände und die Füße erinnerten Kriss an Wurzeln: braun und spitz zulaufend.

Und sie sprachen.

Der Größte von ihnen, ein Geschöpf mit borkiger Haut und einem Strauß klingenförmiger Blätter auf Kopf und Schultern, sagte etwas in einer fremden Sprache zu ihnen, mit einer Stimme, die klang, als würde ein uralter Baum mit seinen Ästen knarren.

»Sprechende Blumen«, flüsterte Lian und lachte. Es klang leicht verrückt.

Die Welt drehte sich um Kriss; sie fühlte den Drang, sich zu setzen, aber sie traute sich kaum, auch nur zu blinzeln.

Die grünen Riesen traten näher und drohten mit ihren Speeren. Glasige Steinspitzen mit scharfen Kanten blitzten in der Sonne.

Der Anführer (zumindest hielt Kriss ihn dafür) sagte erneut etwas, ohne dass sie ihn verstand. Rote Augen schienen sie zu durchbohren. Sie hatte das Gefühl, durch einen bösen Traum zu jagen. Zumindest war sie damit nicht allein. Lian blinzelte in einem fort, als traute er seinen Augen nicht. Lorgis, Barabell und Aulin ging es anscheinend ganz genauso. Und Grimald? Sein Blick war irre vor Furcht.

»G-Ganz ruhig«, brachte Kriss hervor. »Wir-Wir tun euch nichts!«

Der Anführer antwortete etwas; ein kurzes Wort, mehr ein Geräusch. Seine Artgenossen standen reglos da. Keiner von ihnen machte Anstalten, die Speere sinken zu lassen.

»Sprecht … sprecht Ihr Feban?«, fragte Kriss.

Keine Reaktion. Ihr fiel auf, dass die grünen Riesen nicht blinzelten – niemals. Auch atmeten sie nicht – aber wozu auch, wenn sie wirklich Pflanzen waren.

»*Ka sarun Mru-Hondur?*«, fragte Kriss.

Der Anführer der neun legte den Kopf schräg. Seine Augen waren zu zornigen Schlitzen verzogen – zumindest glaubte sie, dass es Zorn war, den sie aus dem Blick herauslas. Sie hatte keine Ahnung, wie sie die Mimik dieser Kreaturen deuten sollte. Auf der ganzen Welt gab es nichts, das war wie sie.

»*Leng Obasi a'bascha?*«

Egal, welche Sprache sie verwendete, die Riesen reagierten nicht.

»Mein Name ist Krisstenja Odwin«, sagte Kriss schließlich erneut auf Feban. Klang sie wirklich so hilflos? »Dies sind meine Freunde! Wir sind auf eurer Insel gestrandet!« Sie hörte Lorgis neben sich angespannt atmen. »W-Wir tun euch nichts! Wir –!«

»*Oodween*«, sagte der Anführer. Es klang fragend.

»J-Ja!«, sagte Kriss, halb erschrocken und zeigte auf sich selbst. »Kriss Odwin!«

Zu vieles schien gleichzeitig zu geschehen:

Der Anführer der grünen Riesen machte einen Schritt auf Wurzelfüßen in ihre Richtung. Der zweite

Schuss an diesem Morgen unterbrach die Musik des Dschungels. Eine Kugel aus Grimalds Muskete schlug in die Brust des Riesen mit dem Blütenschmuck ein; weißer Saft spritzte aus einer grünen Wunde. Das getroffene Wesen kippte ins Unterholz; seine Artgenossen brüllten auf. Einer von ihnen winkelte den Arm an, holte mit seinem Speer aus –

Grimald war sein Ziel. Lian sprang vor ihn, die Arme ausgebreitet. Er schrie, als sich die Steinspitze in seine linke Schulter bohrte.

Der Wald und die Welt erstarrten für eine Ewigkeit.

Die Antwort

»Lian!« Kriss fing ihn auf, als er die Balance verlor und zurückfiel. Sein Gesicht war eine gequälte Grimasse, die vor ihren Augen verschwamm. Das Pflanzenwesen hatte den Speer wieder zurückgezogen und nun konnte Kriss seine Wunde direkt sehen. Sie war tief, ging fast bis auf den Knochen. Blut, dick und rot, tränkte sein weißes Hemd. Es hörte nicht auf zu fließen. »Lian! Lian, hörst du mich? Sag etwas, bitte! Irgendwas!«

»*Schessk*«, keuchte er, nur halb bei Bewusstsein. Alle Farbe war aus seinen Wangen gewichen. Seine Lider flatterten.

Gehetzt flogen die Blicke der Matrosen von einem Riesen zum anderen, genau wie die Mündungen ihrer Gewehre. Die Riesen ihrerseits verharrten in Angriffsstellung. Sie riefen wild durcheinander, während zwei von ihnen sich zu ihrem angeschossenen Artgenossen beugten und leise auf ihn einredeten. Kriss spürte die Angst auf beiden Seiten. Und die Wut. Und die ganze Zeit murmelte Grimald vor sich hin: »I-Ich wollte nicht …! Ich hab das nicht gewollt, ich –!«

»Nehmt die Waffen runter!«, rief Kriss unter Tränen, während sie Lian festhielt.

Die Matrosen hörten nicht auf sie. Sie sah, wie sich Lorgis' Finger um den Abzug verkrampfte.

»*Sofort!*« Kriss' Stimme überschlug sich fast.

Die grünen Riesen beobachteten angespannt, wie erst Barabell, dann Lorgis und schließlich Aulin und Grimald ihre Musketen senkten und langsam, ganz langsam zu Boden legten. Aber selbst dann ließen die fremden Wesen ihre Speere nicht sinken.

»Er braucht Hilfe!«, flehte Kriss; sie wusste nicht genau, zu wem sie sprach. Ihre Tränen mischten sich mit Lians Blut. »Lorgis, Barabell!«

»Ganz ruhig!« Lorgis hob eine Hand, damit die Riesen sie sehen konnten. Unter ihren funkelnden Blicken griff er vorsichtig in seine Umhängetasche. Drei Speere richteten sich auf ihn, als er kurz darauf eine Rolle Leinenbinden hervorzog. »Ganz ruhig!«

Sie ließen es geschehen, doch ohne ihre Waffen zu senken.

Blut floss. Lian ächzte vor Schmerz. Kriss flüsterte seinen Namen, hielt seine Hand, während Barabell und Aulin ihr halfen, ihn zu stützen. Lian sah sie an und zeigte ein verzerrtes Lächeln. »Wein' nich'«, sagte er. »Du bist nich' mehr hübsch, wenn du weinst …«

Seine Finger waren eiskalt.

Lorgis drückte Kriss die Leinenbinden in die Hand. In Ka-Scha-Raad war eines der Ausgrabungsmitglieder von einem Sandrochen gebissen worden. Alrik hatte ihr gezeigt, wie man eine solche Wunde versorgte – aber sie hatte es noch nie selbst getan.

Blut malte Kriss' Finger rot, als sie den Spalt in Lians Fleisch zusammendrückte und mit zitternden Händen verband. Sie wusste, dass die Wunde gesäubert und genäht werden musste. »Alles wird gut«, flüsterte sie, ohne es zu glauben.

»Ich weiß«, sagte Lian, so leise, dass sie ihn kaum hörte. Er war bleich wie der Tod.

»Es war ein Versehen!«, klagte Kriss die Riesen an. »Wir wollten euch nicht wehtun!«

Sechzehn rote Augen starrten sie verständnislos an. Kriss spürte, wie der Wahnsinn ihren Verstand streifte, als sie sah, wie sich der gefallene Riese plötzlich wieder bewegte. Seine Artgenossen halfen ihm aufzustehen. Die Wunde in seiner Brust hatte sich halb geschlossen. Der weiße Saft, sein Blut, war auf der grünen Haut zu Harz geronnen.

Der Anführer der Wesen sprach zu dem Verletzten; Kriss erschrak, als seine fremdartigen Augen sie wieder fixierten.

»Er braucht Hilfe!«, sagte sie und deutete auf Lian. »Bitte! Wir müssen zu unseren Leuten und ihn verarzten, oder er wird verbluten, versteht ihr das nicht?«

Das große, grüne Wesen knarrte ein paar Worte. Sein Wurzelfinger zeigte in eine Richtung.

Die anderen Riesen verengten den Kreis um die Matrosen. Sonnenlicht brach sich auf den Steinsplittern ihrer Speere. Einer von ihnen – seine Haut algengrün und mit Moos bedeckt – trat auf Kriss zu. »Nein!«, protestierte sie. »Nein!« Knorrige Hände packten sie und schoben sie zur Seite. Der Riese schlang einen Arm um Lians Brustkorb; er war zu benommen, um sich dagegen zu wehren. Kriss wusste nicht einmal, ob er überhaupt noch bei Bewusstsein war. Sie war bereit, mit bloßen Fäusten auf das Wesen loszugehen, doch zwei Speerspitzen hielten sie zurück.

Der Moosriese hob Lian wie eine übergroße Puppe hoch und trug ihn in die Richtung, die der Anführer gezeigt hatte. Die anderen bedeuteten den Menschen mit ihren Waffen, ihm zu folgen.

»Was tut ihr mit ihm?«

Die grünen Riesen drängen sie vorwärts. Befahlen etwas mit fremden Worten.

»Was habt ihr vor?«

Kriss erhielt keine Antwort, die sie verstehen konnte. Die kriegerischen Pflanzen trieben ihre Gefangenen vorwärts. Die Musketen blieben im Unterholz liegen.

Kriss ging neben dem Moosriesen her, griff nach Lians Hand. »Halt durch«, flüsterte sie. »Halt durch …«

Er antwortete ihr nicht.

Sie wusste nicht, wie lange sie wanderten und in welche Richtung. Das Gefühl, in einem Traum gefangen zu sein, war noch immer nicht vergangen.

Irgendwann erreichten sie ein Dorf auf einer Lichtung. Um einen freien Platz aus Erde standen Häuser aus grauen Felsklötzen. Rankpflanzen hatten ihre

Mauern und die flachen Dächer erobert.

Weitere Pflanzenwesen beobachteten, wie die Fremdlinge an ihnen vorbei geführt wurden. Wie viele es waren, konnte Kriss nicht sagen. Fünfzig oder mehr. Einige von ihnen hatten bis eben vor primitiven Webstühlen gesessen und an Teppichen aus grobem Stoff gearbeitet. Andere hatten mit ihren Wurzelhänden feuchten Lehm geformt. Manche der Geschöpfe waren kleiner als die anderen, ihr Kopfschmuck nur Knospen. Kinder. Es waren Kinder.

Gemurmel wurde laut. Es klang wie das Wispern des nächtlichen Waldes. Ein Wort ging von Wesen zu Wesen. »*Orrm.*«

»Was sind das für Missgeburten?«, flüsterte Aulin, ohne einen Hehl aus ihrer Furcht zu machen. »Wo kommen die her?«

Niemand konnte es ihr sagen, doch ein Teil von Kriss' Verstand, der immer noch versuchte, Sinn in den Wahnsinn zu bringen, erinnerte sie an das Baumhaus im Smaragdwald. Es war schwierig, mit ælonischer Energie das Wachstum von Lebewesen zu beeinflussen. Aber es war nicht unmöglich …

»Halt durch«, flüsterte sie Lian wieder und wieder zu, wie ein Mantra.

Die Speerträger bedeuteten ihnen mit unmissverständlichen Bewegungen, auf dem Platz in der Dorfmitte anzuhalten. Kriss unterdrückte einen Aufschrei, als der knöchrige kleine Baum neben ihr zum Leben erwachte.

Aber es war kein Baum, nur ein weiterer Riese. Er zog die Wurzelfüße aus zwei Löchern in der nackten Erde und senkte die langen Arme, die eben noch zur Sonne gereckt gewesen waren. Sein Gesicht erinnerte Kriss an die Rinde des uralten Federholzbaumes im Park der Universität: grau vor Jahren, von Furchen gezeichnet, scheckig vor Flechten. Das Blattwerk auf seinem Kopf und den Schultern war nur spärlich und weinrot. Als er auf die Menschen zukam, ging er gebeugt. Seine Augen verschwanden fast unter borkigen Wülsten.

Der Anführer der Speerträger erklärte ihm etwas. Der alte Riese hörte zu, ohne sich zu rühren.

»Bitte!«, flehte Kriss. »Es war ein Missverständnis! Wir müssen zu unseren Leuten oder unser Freund stirbt!«

Die alte Pflanze musterte sie; die Farbe ihrer Augen erinnerte Kriss an das Abendrot. In ihnen wohnte eine Intelligenz, die sie erschaudern ließ und sie begriff, dass das Wesen vor ihr vielleicht so alt war wie der uralte Federbaum im Park. Oder älter. Hunderte von Jahren vielleicht.

Der knorrige Mund bewegte sich – und eine Stimme wie trockenes Laub in einer Brise fragte: »Wie viele … seid ihr?«

Es sprach Feban!

Kriss hörte die Matrosen nach Luft schnappen. Sie selbst war genauso sprachlos, doch nur für einen Moment. Sie war viel zu erleichtert, jemand gefunden haben, der sie verstand.

»Fast dreißig Menschen«, antwortete sie. »Wir sind Reisende und hier gestrandet. Der fliegende schwarze Fisch …«

»Ja«, sagte der alte Riese und Kriss wusste, dass sie nicht mehr erklären musste.

»Unser Freund wurde verletzt.« Sie versuchte, ihr Befremden zu überwinden. Irgendwie war es noch unwirklich, mit einer Pflanze zu reden, die ihre Sprache beherrschte. »Unsere Boote liegen am Strand – wir haben dort die Mittel, um seine Wunde zu versorgen! Jemand muss zu ihnen gehen und –!«

»Nein«, wisperte die alte Pflanze. Das eine Wort traf Kriss wie ein Peitschenschlag. »Ihr … werdet hierbleiben … bis die Kinder der Erde entschieden haben … was geschehen soll.«

»Aber er stirbt!«, schluchzte sie.

»Dort.« Knotige alte Wurzeln deuteten auf ein einsames Steinhaus am Rande des Dorfes. »Dort könnt ihr … ihn versorgen.«

Licht fiel in einen schmucklosen Raum aus Stein; Pflanzen drangen von außen durch die kaputten Fenster. Es gab einen Tisch, bestehend aus einem Steinblock, und als Bett eine halbverfallene Decke aus geflochtenem Stroh. Wer hatte diese Häuser gebaut?, fragte sich Kriss. Die Riesen? Aber diese konnten hier drinnen kaum aufrecht stehen.

Wo sind wir?

Der Riese mit dem Mooskleid bettete Lian auf das Stroh. Der Junge gab ein leises Ächzen von sich.

Eine andere Pflanze förderte eine Blechkiste aus einer Ecke zutage. Kriss erkannte fast gänzlich verblasste Febanbuchstaben auf dem Metall. In der Kiste lag ein Fläschchen mit Alkohol und Beutel aus gewachstem Stoff. Stoffbinden waren darin vor Wind und Wetter geschützt.

Kriss lief der Schweiß, als sie sich Alriks Worte ins Gedächtnis zurückrief: welche Handgriffe sie zu tun hatte, und wann. Sie blickte über die Schulter zu dem grauen Riesen, der gebeugt an der Tür stand und ihnen aus uralten Augen zusah. Kriss war sicher, dass er so etwas wie der Dorfälteste war – zumindest hatte sie keinen Riesen gesehen, der älter schien als er. Sie dachte an das Wort, das die Dorfbewohner gesprochen hatten: *Orrm*. War das sein Titel, oder sein Name? Sie war sich nicht mal sicher, ob er überhaupt ein Mann war; ob diese Wesen zwei Geschlechter hatten – oder gar keins.

So oder so, die Riesen ließen die Menschen allein. Die schwere Holztür wurde von außen verriegelt. Kriss spürte eine Faust, die ihr Herz gefangen hielt.

»Was habt Ihr vor, Doktor?«, fragte Lorgis.

»Einen Kompressionsverband anlegen, um die Blutung zu stoppen.«

»Habt Ihr so was schon mal gemacht?«

»Natürlich«, log sie, ohne ihn anzusehen.

Sie wusch sich die Hände mit Wasser aus ihrer Flasche. Dann riss sie ein Stück von einer Verbandsrolle ab und tränkte es mit Alkohol. Lian reagierte nicht, als sie seinen rotbesudelten Verband abnahm. Frisches Blut floss. Kriss fürchtete, die Kontrolle über ihre zitternden Finger zu verlieren, als sie mit dem alkoholgetränkten Tuch die Wundränder abtupfte. Lian zuckte zusammen, stöhnte mit zusammengebissenen Zähnen.

Sie redete beruhigend auf ihn ein, während die anderen auf dem Steinboden neben der Tür saßen. Es schien, als hätten sie Angst, auch nur zu atmen.

Ihr Schweiß tropfte auf Lians rote Brust. Jeder Muskel in ihrem Körper schien verkrampft. *Es ist doch nur Blut*, versuchte sie sich einzureden.

Lians Blut …

Als sie die Wunde ein zweites Mal verband, hatte er erneut das Bewusstsein verloren. Kriss schloss kurz die Augen und küsste ihn auf die Stirn. Tränen rannen über ihre Wangen. Sie liebte ihn, trotz allem. Doch alles, was sie tun konnte, war darauf zu hoffen, dass er wieder aufwachte; dass die Wunde sich nicht infiziert hatte und wieder verheilen würde.

Sie war überrascht, als Barabell ihr ein stolzes Lächeln schenkte. Kriss fuhr sich mit blutigen Fingern durch das Haar; ihr Handrücken hinterließ einen roten Streifen auf ihrer Stirn, als sie sich die kalten Schweißperlen abwischte.

Unmenschliche Stimmen drangen durch die zerstörten Fenster zu ihnen. Kriss sah, dass die grünen Riesen … die Kinder der Erde … sich auf dem Platz in der Dorfmitte versammelt hatten. *Ein Parlament der Pflanzen*. Ihr war klar, dass in diesem Moment über ihr

Schicksal und das aller anderen Menschen auf dieser Insel entschieden wurde. Zum ersten Mal kam ihr der Gedanke, dass diese Wesen *fleischfressende* Pflanzen sein konnten.

»Das is' alles deine Schuld«, knurrte Lorgis in Grimalds Richtung. »Wenn du nich' die Nerven verloren hättest –!«

»Es tut mir leid, wie oft soll ich das noch sagen?«

»Wenn der Junge stirbt, isses deine Schuld!«

»Verflucht, ich hab ihn nicht gezwungen, sich vor den Speer zu werfen!«

»Hätt' er's mal lieber gelassen!«, sagte Aulin düster.

»Irgendwer muss den Käpt'n benachrichtigen …«, murmelte Lorgis.

»Und was soll er machen?« Barabell spuckte aus. »Sich den Weg hierher freischießen? *Schessk*, hast du's nicht mitbekommen? Die Viecher schlucken Kugeln und stehen wieder auf!«

»Wir können nich' hier bleiben, Bell!«

»Ach was, wirklich? Du bist ja ein richtiges Genie, Lorgis!«

Kriss sagte nichts. Sie hockte neben Lian und streichelte seine Hand. Sie dachte daran, wie kalt sie zu ihm gewesen war. Und was er gesagt hatte: »Du bist die Einzige.«

Wenn sie es gekonnt hätte, hätte sie mit ihm die Plätze getauscht. Seine Wunden übernommen.

Die Tür öffnete sich quietschend. Der alte Riese war zurückgekehrt. Zwei Speerträger begleiteten ihn.

»Die Kinder der Erde … haben entschieden.«

Die Menschen erwarteten die Antwort mit angehaltenem Atem.

»Ihr dürft … bleiben.«

Kriss atmete auf. »Und unsere Leute am Strand?«

»Ihr alle.«

»Danke«, sagte sie. Und noch einmal: »Danke. Wir – wir werden nicht lange bleiben, versprochen. Es ist

Hilfe unterwegs. Wir –«

»Nein«, raunte der alte Riese.

»Was soll das heißen?« Lorgis hatte sich erhoben und die Fäuste geballt. Selbst er reichte den beiden Wächtern kaum bis an die Schultern.

»Ihr werdet … diese Insel nicht wieder verlassen.«

»Was?«, stieß Aulin aus.

»Wieso nicht?«, fragte Barabell.

Abendlichtrote Augen sahen von einem Menschen zum anderen. »Dies ist … unser Zuhause. Wir haben … dreitausend Jahre … hier gelebt. Wenn Fremde kommen … werden sie uns jagen. Und töten.«

»Das werden sie nicht«, sagte Kriss. »Ich verspreche es!«

Der alte Riese sah sie mit schräg gelegtem Kopf an. »Kannst du so ein Versprechen … halten? Für wen kannst du sprechen … außer für dich?«

»Aber wir können nicht hierbleiben! Wir müssen zurück nach Hause, zu unseren Familien!« *Zurück zu Alrik,* dachte sie.

»Nein.« Wurzelfinger spreizten sich knarrend. »Ihr werdet … all eure Waffen vernichten. Ihr werdet … euch fügen. Die Kinder der Erde sind nicht … grausam. Aber wir werden es sein … wenn ihr uns zwingt.«

Lorgis machte einen Schritt in Richtung der drei Pflanzen. »Heißt das, ihr wollt uns für den Rest unseres Lebens hier drinnen einsperren?«

»Nein«, sagte der alte Riese. »Nicht … in diesem Haus. Aber ihr werdet … das Dorf nicht ungesehen … verlassen.«

Kriss sah Hass in Lorgis' Blick funkeln. Doch er hielt sich zurück.

»Einer von euch … nur einer … wird mit den Kindern der Erde gehen, um den anderen von euch … Bescheid zu geben. Versucht nicht … gegen uns zu kämpfen. Ihr seid wenige … und wir sind viele.«

Kriss spähte zu den Matrosen. Es war deutlich, dass Barabell, Lorgis und der Rest bereits Fluchtpläne schmiedeten. Aber sie erklärten sich einverstanden – fürs Erste.

»Wir werden euch nichts tun«, versprach Kriss. »Wie … wie ist dein Name?«

Das uralte Wesen wandte sich ihr zu. In seiner gebeugten Haltung war es fast so groß wie sie. Oder so klein.

»Orrm«, antwortete es.

Kriss' Herz beschleunigte seinen Schlag. »Wir sind nicht die ersten Menschen, die sich hierher verirren, nicht wahr, Orrm? Die Kiste mit dem Verbandsmaterial stammt nicht von hier – und du sprichst Feban.«

»Ja«, sagte Orrm. »Über die Jahrhunderte … sind immer wieder … Menschen zu den Kindern der Erde gekommen.«

»Das letzte Mal war vor drei Jahren, oder?« Ihre Stimme war so heiser, dass Kriss die Worte kaum herausgebracht hatte. Ihr Körper bebte. Sie wusste nicht, ob sie die Antwort hören wollte oder nicht.

»Ja«, flüsterte Orrm. »Schiffbrüchige. Zwei Männer und eine Frau … aus einem Land namens … Miloria. Der Eisenfisch hatte ihr … Schiff zerstört. Ihre Kameraden … waren ertrunken. Nur sie hatten … überlebt.«

»Brialla Odwin!«, stieß Kriss aus. »War sie die Frau? Sie … sie ist meine Mutter! Ist sie hier? Geht es ihr gut?«

Das alte Geschöpf sah sie lange an. »Folge mir«, sagte es schließlich.

Orrm führte sie in ein anderes Haus und ließ sie allein. Regale aus Stein waren gefüllt mit Treibgut aus anderen Wracks, welches sich im Laufe der Jahrhunderte angesammelt hatte: eine Puppe aus Holz, ein Steuerrad, ein verrosteter Anker, das halb zerrissene

Gemälde einer schönen Frau – Überbleibsel verlorener Träume und Hoffnungen. Es gab ein paar Ælon-Relikte; Apparate aus Kupfer oder Eisen oder Kristall, die schon seit Ewigkeiten ihre Energie verloren hatten.

Alle. Bis auf eines.

»Hallo Kriss, mein Schatz.«

Bria saß auf einem Stuhl, der aus grobem Holz gezimmert war. Sie trug ein schmutziges Hemd und einen abgetragenen Rock; Kriss sah einen Verband aus braunem Stoff um ihren Bauch, durchweicht von dunkleren Flecken. Sie war so schön wie damals und zum ersten Mal erkannte Kriss sich selbst in den Zügen ihrer Mutter wieder. Brias Stimme klang benommen, fast schläfrig. Sie lächelte, aber es schien traurig.

»Ich weiß nicht, ob du diese Aufzeichnung jemals sehen wirst. Harander ist als Einziger von uns dreien unverletzt. Vielleicht findet er entgegen aller Wahrscheinlichkeit einen Weg, mit ihr von dieser Insel zu entkommen, damit du erfährst, was mit uns geschehen ist. Auch wenn es bis dahin zu spät für mich sein wird.

Sei unbesorgt, ich habe keine großen Schmerzen. Unsere … Gastgeber sorgen für uns, so gut sie können. Sie kennen eine Pflanze, deren Saft schmerzstillend wirkt, so dass ich die Wunden kaum spüre. Aber auch wenn keiner von uns dreien Arzt ist, ist es gewiss, dass ich nicht lange durchhalten werde. Trotzdem muss ich nicht leiden. Und ich bin dankbar dafür.

Etwas hat unser Schiff angegriffen. Irgendeine ælonische Maschine, wie ein riesiger Fisch. Sie hat die Kessel der *Sommerblüte* aufgerissen; das Gas aus den Ballonhüllen hat sich entzündet. Nur wir drei haben die Explosion überlebt, aber Edrik und ich waren schwer verletzt. Wir konnten uns auf diese Insel retten. Unsere Gastgeber haben uns gefunden und hierher gebracht. Sie sprechen irgendeinen uralten, ulgraisischen Dialekt. Die Sprache ihrer Schöpfer. Harander hat als Dolmetscher fungiert, wenn auch mehr schlecht als recht. Sie behandeln uns gut. Manchmal singen sie für uns. Sie sind faszinierende Geschöpfe. Das Gerät, mit dem ich das hier aufzeichne, gehörte ihren Schöpfern. Ich bin ihnen zutiefst verbunden, dass sie es mir überlassen haben. Es gibt kein Papier hier, weißt du?

Ich wünschte, wir hätten sie unter anderen Umständen entdeckt. Was wir alles von ihnen hätten lernen können …

Aber auch ohne die Verletzungen würden wir diese Insel niemals verlassen. Sie erlauben es nicht. Sie haben Angst vor Menschen … und ich kann es ihnen nicht einmal verübeln. Also sind wir unseren Häschern in Hestria entkommen, nur um in einem anderen Gefängnis zu landen. Komisch, wie das Leben manchmal spielt, nicht wahr? Unsere Expedition war so weit gekommen … fast bis ans Ziel. Doch statt der einen Insel voller Wunder haben wir eine andere gefunden. Seltsam, wie bedeutungslos Dalahan geworden ist. Der Preis, den wir auf der Suche nach der Insel bezahlt haben, ist einfach zu hoch. Ich hätte Tamalea niemals verlassen dürfen. Und ich hoffe, dass du und Alrik mir vergebt, dass ich euch allein gelassen habe, nur für die Aussicht auf ein bisschen Ruhm und neue wissenschaftliche Erkenntnisse. Aber Dalahan … der Mythos … scheint die Menschen blind zu machen.« Tränen rannen über Brias Wangen. Sie lächelte nicht länger.

»Mein Schatz, ich weiß nicht, ob dich das hier jemals erreichen wird. Ob man nach uns suchen wird. Ob Harander entkommen kann. Aber es ist kein Moment vergangen, in dem ich nicht an dich gedacht habe, Kriss. Kein Moment, in dem ich mir nicht gewünscht habe, bei dir zu sein. Es tut mir so unendlich leid, dass du nun auch deine Mutter verloren hast. Ich wäre gern da gewesen, um die Frau zu sehen, die du einmal sein wirst.

Aber ich weiß, dass Alrik sich um dich kümmern wird. Und ich weiß, dass du stark bist, dein Leben wird weitergehen. Vergiss mich nicht und ich bin immer bei dir.

Ich liebe dich.«

Das Abbild ihrer Mutter verging. Die Kristalllinsen des Memogrammprojektors erloschen.

Kriss hatte schon lange vorher zu weinen begonnen; sie hatte nicht bemerkt, dass sie nicht länger alleine war. Nun stand Lian neben ihr, blass und erschöpft; der Verband um seine Schultern zeigte kleine rote Flecken. Ohne ein Wort zu sagen, schloss er sie in die Arme und sie hielt ihn fest.

Der Weg nach Dalahan

»Es wird in deinem Körper bleiben, solange ich es will«, sagte die Baronin und schenkte sich Wein in einen Kristallkelch ein. Lian saß auf dem Stuhl vor ihr und funkelte sie an. Er wusste, dass sie die Wahrheit sagte. Er spürte das Ding in seinen Eingeweiden, wie einen winzigen Kiesel. Es tat nicht weh; anders als die Erkenntnis, was sie ihm angetan hatte. »Sei unbesorgt«, fuhr die Baronin fort. »Es hat keine Auswirkung auf deine Verdauung oder deine generelle Gesundheit. Dafür ist es zu klein. Ich will dir nicht wehtun, Lian, das musst du verstehen.« Sie sah ihn an. Ihr Gesicht war schön wie immer. Mitleid lag in ihren grünen Augen. »Das tust du doch, oder?«

Er erwiderte ihren Blick. Trotz aller Wut, die ihn verzehrte, blieb seine Miene ganz kühl, als er sagte: »Ich hasse Euch.«

»Ich weiß«, sagte sie bedauernd und strich ihm über das Haar. »Machen wir also das Beste daraus.«

Lian erwachte im Dunkel des Steinhauses. Rotes Mondlicht drang durch das zugewucherte Fenster und ließ ihn die Silhouetten der anderen ausmachen, die hier mit ihm untergebracht waren. Er erkannte Lorgis, der zusammengekauert auf Stroh neben Barabells üppigen Leib schlief. Irgendwo schnarchte jemand leise: Grimald. Ein Mann, dessen Stimme er nicht erkannte, wimmerte im Schlaf und für einen Moment fühlte sich Lian in den Schlafsaal des Waisenhauses zurückversetzt, bis er von draußen die Schritte von wurzelgleichen Füßen auf der Erde vernahm, begleitet von den nächtlichen Rufen des Dschungels.

Die Erinnerung an die Baronin spülte neuen Hass durch seine Adern. Er schüttelte den Kopf, um ihr schrecklich-schönes Gesicht zu vertreiben, doch alles, was er damit bewirkte, war Schmerz, der an seiner linken Schulter aufloderte.

Mit zusammengebissenen Zähnen betastete Lian seinen Verband und versuchte im trüben Licht auszumachen, ob sich die roten Flecken auf dem Stoff ausgebreitet hatten. Nein, hatten sie nicht. Aber es tat immer noch *schessk*verdammt weh und als er auf die Strohmatte zurücksank, spürte er die Wunde klopfen und pulsieren. Auf einmal schien das Gefängnis um ihn herum enger und enger zu werden, bis es ihm fast den Atem raubte. Die Erinnerung drängte sich ganz von alleine auf: wie Kriss und er bei Sonnenuntergang mit zehn von den grünen Ungeheuern zum Strand zurückgekehrt waren, um die schlechten Nachrichten zu überbringen.

»Willst du dich nicht lieber ausruhen?«, hatte Kriss gefragt. Ihre Augen waren noch rot und verquollen gewesen und er hatte sich nichts sehnlicher gewünscht, als etwas für sie tun zu können. Er war froh gewesen - er war es immer noch - dass er seine eigene Mutter niemals gekannte hatte. Er konnte sich nicht vorstellen, wie es sein musste, so jemanden zu verlieren.

»Nein«, hatte er geantwortet. »'S geht schon wieder. Danke.« In Wahrheit hatte er höllische Schmerzen gehabt, trotz der Medizin, die ihm die Grünlinge gegeben hatten. Aber er wollte noch ein letztes Mal das Meer sehen, bevor sie in dem Dorf aus Stein eingesperrt wurden.

Er erinnerte sich noch gut an die dummen Gesichter, die die Matrosen und Bransker bei ihrer Rückkehr gemacht hatten. Einige von ihnen hatten mit den Fingern Schutzzeichen gegen böse Geister gemacht, was die Grünlinge natürlich nicht vertrieben hatte. Der Käpt'n hatte zu den Waffen gerufen – fünf lächerliche Musketen waren alles, was ihnen geblieben war –, aber Kriss hatte sich schützend vor die Riesen gestellt. »Nicht schießen! Bitte! Hört mir zu!«

Sie hatte den anderen die Lage erklärt. Dass sie Gefangene der Grünlinge waren und dass diese den Rest des Erkundungstrupps als Geiseln genommen hatten, um sicherzugehen, dass keiner von Branskers Leuten – oder Bransker selbst – irgendetwas Dummes tat.

»Wir finden eine Lösung«, hatte Kriss versprochen. Lian hatte keine Ahnung, ob die Grünlinge, die sie begleiteten, auch nur ein Wort verstanden hatten. Er hatte Branskers Widerwillen gesehen, aber der Käpt'n hatte sich letztlich gefügt und auch seine Leute hatten, wenn auch mit einiger Mühe, die Nerven behalten. Fürs Erste. Lian war sich sicher, dass einer von ihnen oder sie alle früher oder später durchdrehen würden, wenn sie erst begriffen, was auf sie zukam.

Und nun waren sie hier, eingepfercht in verschiedene Steinhäuser, während draußen die Grünlinge mit den Glasstein-Speeren Wache hielten.

Lian drehte den Kopf zur Seite. Kriss lag neben ihm. Ihre Wangen waren feucht. Manchmal murmelte sie den Namen ihrer Mutter. Sie so zu sehen, traurig, verzweifelt, beschwor einen viel schlimmeren Schmerz herauf als den an seiner Schulter.

Er wusste noch genau, wann er aufgehört hatte, sie nur als die »kleine Archäologin« zu sehen. Es war im Smaragdwald gewesen, als sie die Echse erschossen und sich anschließend übergeben hatte. Sie war so mutig gewesen und gleichzeitig so … anrührend verletzlich. Als sie ihm dann in Hestria von ihrem Plan, ins Museum einzubrechen, erzählt hatte, ein ungläubiges Lächeln auf den Lippen, da war es um ihn geschehen gewesen.

Dann war ihm klar geworden, dass es nicht sein durfte. Er hatte versucht, sie auf Abstand zu halten, aber er war nicht dagegen angekommen. Er hatte bei ihr sein wollen, wenigstens als ihr Freund. Er hatte den Auftrag, sie zu beschützen, aber selbst ohne diese Order hätte er niemals zugelassen, dass ihr etwas zustoßen würde. Auch wenn sie sehr gut gelernt hatte, selbst auf sich aufzupassen.

Es tat ihm leid, wie grausam er zu ihr gewesen war. Es war nie seine Absicht gewesen. »Ich glaub', ich bin in dich verliebt!«, hatte er ihr sagen wollen.

Doch er brachte es nicht über die Lippen, denn es würde ihr nur noch mehr wehtun, wenn sie die Wahrheit herausfand; wenn sie erfuhr, dass der Vogel nicht der einzige Spion auf der *Windrose* gewesen war. Er hätte es ihr gesagt, wenn er es gekonnt hätte, nur damit keine Lügen mehr zwischen ihnen standen. Aber es war ihm nicht erlaubt, und das ließ ihn vor Wut und Verzweiflung zittern.

Schmerz flammte auf, als Lian sich mit einem Arm hochstemmte und sich zu ihr beugte.

Kriss träumte, dass jemand sie auf die Lippen küsste.

Sie erwachte und sah sich mit wunden Augen in der Dunkelheit um. Wo war sie? »Bria?«, flüsterte sie.

Lian lag neben ihr, ebenfalls wach. Sein Lächeln war scheu. »Ich bin's nur. Schlaf weiter. Ich pass' schon auf dich auf.«

Kriss erwiderte das Lächeln und schloss wieder die Augen. Sie brauchte Kraft für morgen – wenn sie ihre Fluchtpläne schmieden würden.

Bald schlief sie ein. Und sie träumte von Lian.

Ein paar Schritte abseits des Dorfes, unter schützenden Bäumen, lagen die Gräber der Schiffsbrüchigen, die sich im Laufe der Jahrtausende auf die Insel verirrt hatten. Es waren nicht viele und die Kinder der Erde hatten jedes Grab mit persönlichen Gegenständen der Toten geschmückt. Hier ein schartiges Schwert, dort eine verrostete Pistole, hier ein Amulett aus angelaufenem Silber, beschwert mit einem Stein.

Kriss wusste sofort, welche davon Brias letzte Ruhestätte war, als sie die Brille entdeckte, die mit Pflanzenfasern an einem kleinen Stock befestigt war. Die Gläser waren schmutzig und zersprungen, die Bügel rostzerfressen. Kriss' Augen brannten, als sie daran dachte, dass sie ihrer Mutter immer vorgeworfen hatte, zu schludrig mit ihrer Brille umzugehen.

Unter den strengen Augen eines Speerträgers hatte sie weiße Blüten im Dschungel vor dem Dorf gepflückt. Nun legte sie eine davon auf Brias Grab – auf jedes Grab.

Orrm hatte ihr berichtet, dass Bria als erste ihren Verletzungen erlegen war, aber sie war friedlich eingeschlafen. Ihr Kollege Edrik war nur eine Woche darauf verstorben. Harander Baskil, der dritte Überlebende – der Mann, als dessen Freund Markon Dorello sich in der Großen Bibliothek ausgegeben hatte – war noch anderthalb Jahre bei den Kindern der Erde geblieben. Er hatte sich von seiner Verzweiflung abgelenkt, indem er Orrm und einigen anderen Feban beigebracht hatte. Da er der einzige Mensch auf der Insel gewesen war, hatte man ihm erlaubt, sich vom Dorf zu entfernen. »Wir fanden ... seinen Körper Tage später«, hatte Orrm ihr mit seiner Wisperstimme erklärt und dabei betrübt geklungen. »Er hatte ... einen scharfen Stein benutzt ... um zu verbluten.«

Die Bäume rauschten über ihr. Kriss kniete sich vor das Grab ihrer Mutter. »Danke«, flüsterte sie und hoffte, dass Bria sie hören konnte. »Danke für alles.«

»Sie wär bestimmt stolz auf dich«, sagte Lian hinter ihr. Er setzte jedes Wort so vorsichtig, als fürchte er, ihre Wunden wieder aufzureißen.

»Ja«, sagte Kriss und wischte sich die Augen ab. »Bestimmt.« Sie hatte so vieles gelernt; sie war eine andere Krisstenja Odwin, als jene, die Tamalea verlassen hatte. Sie hatte sogar ihre Flugkrankheit überwunden. Und vor allem fühlte sie sich tapferer als je zuvor; so wie ihre Mutter.

Lian trat neben sie. »Glaubst du, dass was kommt, wenn man … Du weißt schon – die Lichtlande und das alles?«

»Nein«, sagte Kriss. »Aber ich hoffe es.« Sie atmete tief durch und lauschte mit geschlossenen Augen dem Wald.

Bria war fort, für immer. Die Gewissheit tat noch immer weh. Dennoch fühlte sich ein Teil von ihr befreit. Die Zeit des Bangens und Zweifelns war vorbei. Sie wusste, was mit ihrer Mutter geschehen war; wusste, dass sie nicht hatte leiden müssen. Sie war dankbar dafür. Und vielleicht war Bria nun bei Timos, irgendwo, jenseits dieser Welt.

Kriss löste die alte Brille aus ihrer Befestigung und steckte sie ein. Dann erhob sie sich und klopfte sich die Erde von den Knien. »Komm«, sagte sie. Leise, damit der Speerträger sie nicht hörte. »Wir haben zu tun.«

Lian runzelte die Stirn. »Was meinst du?«

»Ich weiß nicht, wie es dir geht«, Kriss zeigte eine entschlossene Miene, »ich für meinen Teil will nicht auf dieser Insel sterben. Zuhause wartet ein guter Freund, den ich wiedersehen will. Egal, was sie uns sagen, es gibt einen Weg. Und wir werden ihn finden.«

Lian grinste. »So wollt' ich dich hören.«

Als sie ins Dorf zurückkehrten, hörten sie eine Frau schreien. Es war Aulin.

Ein Speerträger hatte sie mit beiden Armen fest umklammert und trug sie zu seinen Artgenossen. Seine Dornen hatten blutige Schrammen in Aulins Gesicht hinterlassen. Sie versuchte sich zu befreien, trat in die Luft und spuckte nach dem anderen Riesen. »Lass mich los! Lass mich!«, kreischte sie wie am Spieß.

Die Kinder der Erde waren in Aufruhr. Bewaffnet mit Speeren und Pfeil und Bogen, bildeten ihre Krieger einen Kreis um die übrigen Matrosen, die ihrerseits in Panik gerieten. Spannung lag in der Luft, wie vor einem Gewitter.

»Nein!«, flüsterte Kriss. Sie und Lian wollten zu den anderen laufen, doch ihr Aufpasser hielt sie mit hartem Griff fest.

»Was soll das?«, bellte Kapitän Bransker, inmitten seiner Leute. »Lasst sie in Ruhe!«

Hassk, der Anführer der Speerträger, dessen Trupp sie gestern im Wald aufgegriffen hatte, rief etwas. Was immer es war, es sorgte nur für mehr Unruhe unter seinen Artgenossen. Kriss sah, wie sich Wurzelhände zu Fäusten ballten. Die grünen Riesen verengten den Kreis um die Menschen. Manche der Wesen gaben ein dunkles Röhren von sich; es klang wie der Gesang von Schlachthörnern.

»Verfluchte Monster!«, brüllte ein Matrose. Lorgis hatte alle Mühe, ihn zurückzuhalten.

»Orrm«, rief Kriss, als sie ihn aus einem Steinhaus treten sah. »Orrm, was ist passiert?«

Orrm schlurfte an ihr vorbei und sprach zu Hassk. Dieser antwortete mit einem langen, knarrenden Wortschwall.

»Die Frau … hat das Dorf unerlaubt verlassen«, erklärte Orrm auf Feban. Er drehte sich dem Kapitän zu.

»Auf eigene Faust!«, versicherte der Kapitän ihm; Kriss sah selbst aus einigen Schritten Entfernung den Schweißfilm auf Branskers Stirn in der Sonne glitzern. »Lasst sie los und ich sorge dafür, dass sie bestraft wird!«

»Ich habe nichts getan!«, wehrte sich Aulin. Die roten Locken hingen ihr ins Gesicht, sie hatte die Zähne vor Schmerz zusammengebissen. »Die Viecher haben mich einfach angegriffen!«

»Schnauze!«, donnerte Bransker. Speichel flog aus

seinem Mund. »Kommt nicht wieder vor«, sagte er sanfter zu Orrm. »Ich schwör's!«

Orrm blieb stocksteif stehen, so dass Kriss glaubte, er habe im wahrsten Sinne des Wortes Wurzeln geschlagen. Dann drehte er den knorrigen Körper zu Hassk. Als er sprach, schien es, als übersetze er die Worte des Kapitäns.

Aulin ächzte, als sie auf dem Boden landete. Ihre Häscher traten einen Schritt zurück. Hassk rief den anderen Kindern der Erde etwas zu. Der Kreis um die Matrosen lockerte sich, löste sich auf.

»Missgeburten«, zischte Aulin und spuckte vor ihnen aus. Mit einem Satz war der Kapitän bei ihr und verpasste ihr eine schallende Ohrfeige. Aulin hielt sich die Wange, mehr vor Schreck als aus Schmerz. Bransker verneigte sich hastig vor den umgebenden Riesen. »Kommt nicht wieder vor«, versprach er abermals.

Kriss stieß die Luft aus, als ihr Wächter Lian und sie losließ. Sie liefen zu den Matrosen; Kriss bemerkte, dass einer von ihnen einen dunklen, feuchten Fleck an seinem rechten Hosenbein hatte.

»Tu so was nie wieder«, raunte der Kapitän Aulin zu. Und leiser fügte er hinzu: »Zumindest nicht ohne Befehl!«

Es war den Menschen erlaubt, sich weiterhin im Freien aufzuhalten – innerhalb der Dorfgrenze, die durch den äußersten Ring aus Steinhäusern bestimmt wurde. Die Kinder der Erde gingen weiterhin ihren Geschäften nach. Sie töpferten kleine Tierfiguren zu ihrem Vergnügen, woben Teppiche, mit denen sie das Innere der Steinhäuser schmückten (»Zum Gedenken … an die Schöpfer«) – aber die meiste Zeit standen sie einfach nur herum und blickten erhobenen Hauptes und mit ausgestreckten Armen zur Sonne, während ihre Füße sich in die weiche Erde bohrten. Manchmal ließen sich handtellergroße Schleierfalter und andere Insekten auf ihren Schultern und Häuptern nieder und taten sich an ihren Blüten gütlich, ohne dass die Pflanzen reagierten.

Zuerst hatte Kriss gedacht, dass sie schliefen, aber weit gefehlt. Manchmal reichte eine hastige Handbewegung eines Menschen und sofort langten die grünen Riesen nach ihren Speeren. Aber sie griffen nicht an. Und auch die Matrosen verhielten sich ruhig. Der Zwischenfall mit Aulin blieb der einzige seiner Art.

Einundsiebzig Kinder der Erde lebten auf der Insel. Nicht alle davon waren gleichzeitig im Dorf, manche besuchten die großen Bäume im Dschungel, um ihnen »zu lauschen«, wie Orrm es ausgedrückt hatte. Er hatte Kriss bestätigt, dass die Kinder der Erde keine Geschlechter kannten – aber er war nicht beleidigt, dass sie von ihm als Mann dachte. Die Begriffe hatten keine Bedeutung für ihn oder sein Volk – aber er verstand, dass sie für die Menschen wichtig waren.

»Wie vermehrt ihr euch dann?«, hatte Kriss gefragt, ohne zu wissen, ob sie damit gegen irgendein Tabu verstieß. Doch Orrm war sehr geduldig mit ihr. Er hatte ihr erklärt, dass jedes Mitglied seines Volkes mehrmals im Laufe seines Lebens eine Knospe auf dem nabellosen Bauch ausbildete. Daraus bildeten sich Ableger, die in Erde gesteckt und gegossen wurden – bis sie reif genug waren, aus dem Mutterboden gezogen zu werden und auf eigenen Füßen zu wandeln.

Er hatte sie in das am strengsten bewachte Steinhaus geführt. Es besaß kein Dach, so dass Sonne und Regen in sein Inneres gelangten – bei Unwettern wurde es mit Matten aus Pflanzenfasern abgedeckt. Auch bestand sein Boden nicht aus Stein, sondern aus lockerer, fast schwarzer Erde.

Daraus sprossen Gewächse, von denen manche an faustgroße Knollen erinnerten, mit winzigen Blättern auf der Spitze. Nur wenn man genau hinsah, erkannte man zwei Stummel an den Seiten, aus denen sich irgendwann die Arme bilden würden. Andere waren schon weiter ausgebildet und besaßen bereits Köpfe, dünne Ärmchen und winzige Knopfaugen. Sie ragten bewegungslos aus der Erde, bis Orrm ihnen aus einer hölzernen Kanne Wasser gab – dann begannen sie, sich zu regen und gaben mit piepsigen Stimmen ein erfrischtes »Aaahhh« von sich. Kriss hielt halb erschrocken die Hand vor den Mund. Sie verstand, warum Bria von diesen Geschöpfen so fasziniert gewesen war.

»Wofür habt ihr die Speere?«, hatte sie gefragt, als sie einen Krieger passierten. »Was jagt ihr?«

»Nichts«, hatte Orrm erklärt. »Die Kinder der Erde … töten nicht für Nahrung.«

Sein Volk ernährte sich allein von Licht, den Mineralien der Erde (die sie gewissenhaft düngten) und Wasser aus dem kleinen Bach, der am Dorf vorbeiplätscherte. Einmal war ein kurzer Schauer über die Insel gegangen und während die Menschen in den ihnen zugewiesenen Häusern Zuflucht suchten, hatten sich die grünen Riesen in der Dorfmitte eingefunden und mit offenen Händen den Regen empfangen. Dabei hatten sie gesungen: ein perfekter Chor aus tiefen und hohen Stimmen. Ihr Gesang hatte Kriss tief berührt. Sie war glücklich, dass sie diesen Moment hatte miterleben dürfen.

Ohne die Notwendigkeit zu jagen oder Ackerbau zu betreiben, hatten die Kinder der Erde viel Zeit zum Dichten und zum Philosophieren. Sie erfanden Lieder, die ganze Wochen dauern konnten, ohne dass sich eine Melodie wiederholte – Lieder für den Sonnenaufgang, für den Tanz der Monde, Lieder für das Leben und Lieder für den Tod. Manchmal versammelten sie sich in Gruppen und unterhielten sich, indem sie den Sternen neue Namen gaben oder sich Geschichten erzählten, über ferne Welten, auf denen silberne

Pflanzen lebten und Samen, die zwischen den Planeten reisten und das All in einen Garten verwandelten.

So wie sich äußerlich keine zwei Riesen glichen, waren sie auch von ihrem Wesen her so unterschiedlich wie die Menschen. Es gab Hitzköpfe, die am Strand mit der Flut rangen oder miteinander kämpften, bis sie ihre Meinungsverschiedenheiten beigelegt oder zumindest ihre Energie abgebaut hatten; Einsiedler, die nur einmal im Jahr zur Gemeinschaft zurückkehrten und sonst allein im Wald lebten um dort über den Sinn des Daseins zu spekulieren; Forscher, die den Verlauf der Gestirne berechneten oder all ihre Zeit dafür aufbrachten, die Flora und Fauna der Insel zu beobachten; Künstler, die für ihre Artgenossen Bilder aus buntem Sand gestalteten oder abstrakte Skulpturen aus Lehm, mit denen sie versuchten, Begriffen wie »Liebe« und »Mut« Form zu geben. Doch sie alle brachten Orrm, ihrem Ältesten, den gleichen Respekt entgegen und verehrten ihn wie einen weisen Patriarchen.

Aber auch wenn die Dorfbewohner versuchten, sich von den Menschen nicht stören zu lassen, bemerkte Kriss dennoch ihre Blicke. Die kleineren Ausgaben der grünen Riesen – die *Sprösslinge*, wie Orrm sie auf Feban nannte – sahen die Menschen mit neugierig schräg gelegten Köpfen an. Die Blicke der älteren waren anders. Unruhig. Feindselig.

Die Matrosen ihrerseits beäugten die grünen Riesen mit Furcht, oder – wie in Aulins Fall – offenem Hass. Die meisten von ihnen hatten sich in kleineren Gruppen im Schatten der Häuser eingefunden und tuschelten miteinander über »diese Missgeburten« oder was sie tun würden, wenn sie wieder zu Hause wären. Ihre Notdurft verrichteten sie im Dschungel – niemals zu zweit, immer begleitet von einem Speerträger.

Kapitän Bransker marschierte die ganze Zeit hin und her, wie ein gefangener Nebelpanter. Dabei war ihm deutlich anzusehen, wie er Pläne schmiedete. Kriss wollte ihn dabei unterstützen. Aber zuerst musste sie noch mehr über diese Insel erfahren – und über ihre Bewohner.

»Mein Volk … fürchtet sich«, erklärte Orrm, als er sie und Lian auf einem Dorfrundgang begleitete. Die Sonne neigte sich bereits dem Horizont zu; die ersten Sterne kamen hervor.

»Wir haben noch nie … so viele Menschen auf einmal bewirtet. Und wir haben … nicht vergessen, was andere, die vor euch … hier gestrandet waren, den Kindern der Erde … angetan haben. Wir leben … sehr lange. Stirbt einer von uns … vor seiner Zeit … durch Gewalt … ist es ein besonders großer Schock.«

Kriss dachte an den Speerträger bei ihrer ersten Begegnung mit den Riesen im Wald, der nach dem Schuss aus Grimalds Waffe wieder aufgestanden war. Sie fragte sich, welche Grausamkeiten man diesen Wesen antun musste, um sie zu töten. Aber sie wollte die Antwort nicht wissen.

Lian betastete seinen Verband unter dem Hemd und forderte damit neuen Schmerz heraus. »Was is' mit ihnen passiert? Mit den Mördern, mein' ich?«

Orrm sah ihn an. Er schien bekümmert. »Wir mussten … sie töten.«

Lians Augen wurden groß.

»Unsere Leute haben auch Angst«, erklärte Kriss dem uralten Geschöpf. »Sie haben Wesen wie euch noch nie getroffen. Und Menschen fürchten, was sie nicht verstehen.«

»Und sie töten … was sie fürchten. Sag mir … fürchtet ihr euch voreinander? Führt ihr deshalb … all die Kriege?«

»Ich glaube, ja«, gestand sie.

»Und hast du … Angst vor uns?«

»Nein«, sagte sie, selbst von der Antwort überrascht.

»Wie seid ihr überhaupt hierhergekommen?«, fragte Lian. »Oder seid ihr hier … gewachsen?«

»So … ist es«, wisperte Orrm.

Und so berichtete er ihnen, wie vor über dreitausend Jahren, während der Ælonischen Epoche, eine Gruppe von Forschern aus ihrer Heimat in Ulgrai geflohen war. Man hatte sie als Ketzer gebrandmarkt. Sie selbst dagegen betrachteten sich als einfache Wissenschaftler. Sie erforschten den Einfluss von Ælon auf Lebewesen. Sie waren besessen davon, Leben nach ihren Vorstellungen zu formen – *wirkliche* Lebewesen zu erschaffen, keine mechanischen Imitationen, wie Umi eine gewesen war.

Um in Ruhe ihren Forschungen nachzugehen, zogen sie sich auf diese Insel im Nirgendwo zurück und errichteten hier das Dorf aus Stein (die Maschine, die die schweren Steinklötze bewegt hatte, war mit dem Versiegen des Ælon in ihre Bestandteile zerfallen). Im Dschungel fanden sie Nahrung und Wasser und so verbrachten sie Jahrzehnte in ihrem selbstgewählten Exil und versuchten, die Samen von Tieren und Pflanzen zu kreuzen und zu beeinflussen. Kriss erschauderte, als Orrm ihr von den Tausenden von missgestalteten Wesen berichtete, die sie dabei erschufen – doch die wenigsten dieser Kreaturen waren lebensfähig.

Dann führte eine Formel zu ihrem Durchbruch.

»Wai erblickte das Licht der Welt; Wai … der Erstgeborene. Er war damals … nur ein Keimling. Aber … er konnte sehen. Und hören. Fühlen. Die Schöpfer nannten ihn … ihr ›Kind‹, sie gaben ihm … Sonnenlicht und gute Erde. Lehrten ihn sprechen. Die Formel, die Wai erschaffen hatte … gebar weitere unserer Vorfahren und sie … lebten gemeinsam mit den Schöpfern … in Frieden.«

Kriss versuchte sich vorzustellen, welche geistige Disziplin man brauchte, sich die dafür nötigen ælonischen Energien zu unterwerfen; welchen *Willen.* »Orrm, wie alt bist du?«

»Dies ist das fünfhundert … unddreiundzwanzigste Jahr meines Lebens.«

Schwindel überkam Kriss. Das Wesen neben ihr war älter als das Königreich Miloria.

»Die Schöpfer«, sagte Lian. »Was is' aus ihnen geworden?«

»Sie liegen … dort begraben.« Orrm zeigte auf ein fensterloses Haus, das mit Blütenkränzen geschmückt war. Vier Kinder der Erde saßen dort auf ihren Knien, die Hände in den Boden gegraben, ohne sich zu rühren. Beteten sie?

»Was ist passiert?«, fragte Kriss.

»Zeit«, antwortete Orrm. Eine warme Abendbrise brachte das Herbstlaub auf seinem Kopf und den Schultern in Bewegung. »Sie wurden alt … und sie starben.«

»Hatten sie keine Kinder?«

»Nein. Es waren … ausschließlich Männer.«

Typisch, dachte Kriss.

Lian massierte die Narbe an seiner Oberlippe. »Warum sind sie nie nach Hause zurückgekehrt? Sie hätten doch dort mit euch angeben könn'?«

»Sie hatten … sich selbst bewiesen, dass sie recht hatten. Und das … genügte ihnen. Aber sie haben uns … von der Welt dort draußen erzählt. Von den Kriegen … und dem Leid, das die Menschen einander bringen. Ich verstehe … dass sie nicht den Wunsch hatten … dorthin zurückzukehren.«

»Nicht alle Menschen sind schlecht«, sagte Kriss. »Es waren immerhin Menschen, die euch geschaffen haben!«

»Wahr.« Orrm nickte – eine Geste, die er sich von seinen Besuchern abgeguckt hatte. »Aber Menschen … werden unser Tod sein, wenn sie … von uns erfahren.«

»Nicht, wenn ich es verhindern kann«, sagte Kriss. Es klang eher lächerlich, als heroisch, aber das schien Orrm nicht zu kümmern.

Einige Zeit verging in Schweigen. »Die Schöpfer«, sagte Kriss irgendwann. Und so unschuldig wie möglich fuhr sie fort: »Sie müssen ein Schiff gehabt haben, das sie hierher gebracht hat, oder?«

Sie merkte, wie Lian die Ohren spitzte.

»Ja, es gab … ein Schiff«, wisperte Orrm. »Schöner als jeder Vogel am Himmel … und hundertmal schneller.«

Kriss brauchte nicht lange auf das unvermeidliche *Aber* zu warten.

»Aber es … ist längst verfallen. Verrostet.«

Kriss sah, wie Lians Schultern herabsanken und er das Gesicht verzog.

Es wäre auch zu einfach gewesen, dachte sie.

Am Morgen des dritten Tages trafen sie sich mit dem Kapitän. Die Kinder der Erde hatten den Menschen gerade Essen gebracht – gummiartige grüne Früchte aus dem Dschungel, die nach Honig schmeckten, saure, blaue Trauben und mehlige Knollen, die über dem Feuer geröstet wurden – und während die anderen ihr Frühstück verzehrten, setzte sich Kriss mit Lian und Bransker an den Bach, um sich zu beraten.

Ein Krieger stand mit drei Schritten Abstand zu ihnen. Ein Vogel machte es sich auf seinen Kopfblüten gemütlich.

»Was macht die Schulter?«, fragte der Kapitän.

»Geht schon wieder.« Wie zum Beweis bewegte Lian den linken Arm. »Die Grünen haben mir 'n Heilmoos gegeben. Scheint zu funktionieren.«

Bransker rieb sich das stachelige Kinn. Wie die anderen männlichen Matrosen hatte er sich seit zwei Tagen nicht mehr rasiert. »Neuigkeiten?«

»Nicht viele.« Kriss spähte zu dem Krieger. Doch er

schien gar nicht hinzuhören. »Es gibt kein Schiff oder sonstige Transportmittel auf der Insel.«

»Außer die Boote.« Bransker nickte. »Nur kommen wir mit denen nicht weit. Nicht im Verbotenen Meer. Hrhm. Sind immer noch zu wenige. Und haben keine Waffen –«

»Irgendein Zeichen von Luftschiffen?«, fragte Kriss.

»Keine«, sagte Bransker. Er hatte Tag und Nacht mit seinem ausziehbaren Fernrohr Ausschau gehalten. »Nur der *schessk*verdammte Fisch.«

Kriss kaute auf ihrer Unterlippe. Sie alle fürchteten sich davor, dass die ersehnte Hilfe der Baronin – vielleicht in Form ihres zweiten Luftschiffs, der *Kompassnadel* – genau wie sie Opfer des Fressers wurde.

»Haben Eure grünen Freunde Euch wenigstens verraten, ob das Vieh die ganze Zeit hier rumschwirrt, Doktor?«

»Nein«, wollte Kriss antworten. Aber jemand kam ihr zuvor:

»Eisenfisch kommt und geht, wie Eisenfisch will.«

Alle drei konnten ihren Wächter nur anglotzen. Keiner von ihnen hatte gewusst, dass er sie verstand.

»Ist Waffe aus Krieg, lange vergessen«, fuhr das Kind der Erde fort. Der Vogel schwang sich von seinem Kopf und flatterte auf bunten Schwingen in die Baumwipfel. »Zieht allein durch Himmel, auf uraltem Kurs. Ziellos. Rastlos. Bleibt einige Monate hier. Fliegt dann weiter. Kinder der Erde wissen nicht, wohin. Doch kehrt immer wieder zurück. Vielleicht wahnsinnig geworden. Wissen nicht, wie lange noch lebt. Wann Kristalle leer.«

»Danke für die Auskunft«, murmelte Bransker entgeistert.

»Eure Pläne«, sagte der Wächter, nicht ohne Mitgefühl. »Alle nutzlos. Kinder der Erde verstecken, wenn kommen. Euch auch verstecken. Eure Leute euch nicht finden auf Insel.«

Damit wandte er sich wieder ab, als habe er nie etwas gesagt, und erfreute sich am Sonnenlicht.

»Sei dir da nicht zu sicher, Freundchen«, grummelte Bransker.

Die Nacht brach heran und die Monde zogen ihre Bahnen. Die Sterne strahlten hier draußen so hell, wie Kriss es nirgends sonst auf der Welt erlebt hatte. Sie und Orrm saßen auf dem flachen Dach des Steinhauses, in dem das Treibgut und Brias letzte Nachricht aufbewahrt wurden. Unter ihnen hatten sich ein paar Kinder der Erde versammelt, um singend die Nacht zu begrüßen. Die Riesen konnten auch im Dunkeln sehen, es waren nur eine Handvoll Fackeln für die Menschen aufgestellt.

Kriss hatte die Beine über dem Rand baumeln lassen, Orrm dagegen hatte sich hinter ihr im Schneidersitz niedergelassen, den Oberkörper nach vorn gebeugt. Lian hatte sich schlafen gelegt, genau wie die meisten anderen Schiffbrüchigen. Aber Kriss fand keine Ruhe. Es gab eine Frage, die sie beschäftigte.

»Ja«, antwortete Orrm ihr. »Ich kenne … Dalahan.«

Ein amüsiertes Funkeln lag in seinen Augen, als Kriss ihn anstarrte. Sie stolperte fast über ihre eigenen Worte. »Heißt das, d-du bist dort gewesen?«

Orrm schüttelte steif den blättergeschmückten Kopf. Auch etwas, das er sich von den Menschen abgeguckt hatte. »Nein«, raunte er. »Keiner von uns … war je dort. Wird es je … sein.«

»Aber woher weißt du dann davon?« *Lass dir nicht jedes Wort aus der Nase ziehen!*

»Ein Mann aus Dalahan … kam zu den Kindern der Erde. Vor fast … zweitausend Jahren. Wir nahmen ihn auf … und er erzählte uns … seine Geschichte.«

Kriss war sprachlos. Genauso gut hätte er behaupten können, ein Mann wäre vom Roten Mond gefallen.

»Viele, die auf unserer Insel gestrandet sind … haben nach Dalahan gesucht. So wie du, nicht wahr? So wie deine Mutter … vor dir.« Orrm legte fragend den Kopf zur Seite.

»Ja. Aber ich bin damit nicht allein. Jemand anders ist ebenfalls auf der Suche nach Dalahan. Es gibt dort etwas, irgendein … Relikt, vermute ich. Es darf nicht in seine Hände fallen. Ich glaube, er würde damit nur Schaden anrichten.«

»Du willst … ihm zuvorkommen.«

»Wenn ich das kann, ja. Was weißt du über die Insel, Orrm?«

»Nicht viel.«

»Bitte erzähl es mir trotzdem.«

Er tat ihr den Gefallen – und Kriss lauschte mit der gleichen Aufregung, mit der sie Bria immer zugehört hatte.

Vor dreitausend Jahren, berichtete Orrm, lag die Insel Dalahan weit, weit im Süden, doch wo genau, daran erinnerte sich niemand mehr. Ihr Boden war fruchtbar und die Fischernetze immer zum Bersten gefüllt. Die Menschen waren hochgewachsen, ihre Haut hatte die Farbe reicher Erde. Ihr Gott war A'san, der Dreigesichtige, das Licht in den Herzen der Menschen, Schöpfer des Universums und am Ende der Zeit sein Vernichter.

Seine Hohepriester regierten die Insel in seinem Namen, zunächst weise und gütig.

Doch Macht ist ein Gift, das nach mehr verlangt. Und so begannen die Hohepriester, ihre Herrschaft immer eifersüchtiger zu verteidigen. Durfte sich anfangs noch jeder Mann und jede Frau auf Dalahan den Prüfungen für das Priesteramt stellen, war es bald nur noch Auserwählten erlaubt, dies zu tun; Menschen von bestimmtem Blut – dem Blut der Hohepriester. Schließlich gab es nur fünf Hohepriester, die Dalahan regierten und nach ihnen ihre Söhne und Töchter und deren Söhne und Töchter.

Mit Furcht sahen sie (oder glaubten, zu sehen), wie die Außenseiter, mit denen ihr Volk Handel trieb, neue Ideen in die Köpfe ihrer Untertanen säten und sie vom rechten Glauben abführten. Also befahlen sie, alle Verbindungen zum Festland und anderen Kulturen abzubrechen, damit die Herzen ihrer Untertanen rein blieben.

Mit Hilfe der ælonischen Energien versetzten sie die Insel Dalahan weit in den Norden, in das Nirgendwo des Verbotenen Meeres, um dort vor der Saat des Unglaubens sicher zu sein.

Das Volk beugte sich. Die Hohepriester hatten ihm Reichtum versprochen und zumindest dieses Versprechen hielten sie. Das Meer beschenkte Dalahan überreich und das Korn auf den Feldern gedieh wie nie zuvor. Hunderte von Jahren vergingen in Frieden und Isolation, bis die Menschen von Dalahan vergessen hatten, dass es eine Welt jenseits des Verbotenen Meeres gab.

Aber nichts währt ewig und so zog eines Tages ein Dunkel am Horizont auf. Eine Krankheit brach aus, ein Fieber, das die Menschen binnen weniger Tage tötete. Nur eine Berührung reichte, um sich anzustecken.

Kein Kraut und keine Tinktur konnte die Kranken heilen; auch die ælonische Kraft brachte keine Genesung. A'sans Hohepriester sahen darin die Strafe ihres Gottes für ihren Machthunger, und sie befahlen dem Volk von Dalahan zu beten, um den Dreigesichtigen wieder gnädig zu stimmen.

Doch auch die stärksten Gebete konnten der Seuche nicht Einhalt gebieten. Bevor ein Monat verstrichen war, hatte sie die Hälfte der Dalahaner dahingerafft. Ihre Leichen lagen auf den Straßen und in den Gärten. Man verbrannte sie, bis der Rauch den Himmel schwärzte, und noch immer zerstörte die Seuche ihre Opfer. Und die Hoffnung.

Einige wenige wagten es, das Gebot der Hohepriester zu brechen. Sie retteten sich vor der Ansteckung ins Meer und verließen die Insel. Der Rest blieb. Und betete. Und starb.

»Heute … ist die Insel nur … ein Grabmal«, schloss Orrm. Er sah Kriss an. »Wenn du … die Insel immer noch finden willst, dann lass dich … zum Turm führen. Von dort aus … wirst du sie sehen. Aber … du wirst nicht finden, was du suchst.«

Diese Nacht fand Kriss kaum Schlaf. Sie lag die meiste Zeit wach und dachte an Orrms Geschichte. Der Morgen kam nicht schnell genug.

Der Turm, den der Älteste erwähnt hatte, war ein Bauwerk im Norden der Insel, zu weit weg, als dass man es vom Dorf aus erkennen konnte. Von seiner Spitze aus hatten die Späher der Kinder der Erde beobachtet, wie die sechs Rettungsboote sich der Insel genähert hatten – woraufhin ein Trupp aufgebrochen war, um sich die Neuankömmlinge genauer anzusehen, bewaffnet mit Speeren, die drei Jahre ungebraucht herumgelegen hatten.

Ein Riese führte Kriss und Lian auf Orrms Wunsch hin durch den morgendlichen Urwald zum Turm. Unterwegs erzählte Kriss Lian die Geschichte Dalahans.

Er verzog skeptisch die Nase. »Glaubst du daran?«

»Es klingt plausibel«, sagte Kriss. Aber sicher war sie sich nicht. Nicht, bevor sie die Insel mit eigenen Augen gesehen hatte.

»Aber wie kann man 'ne ganze Insel von hier nach dort zaubern?« Lian schlug eine Ranke zur Seite.

Kriss zuckte mit den Achseln. »Wahrscheinlich wurden einige Fakten einfach durch die Weitergabe verfälscht. Andererseits ist es in der Ælonischen Epoche passiert«, fügte sie hinzu, als würde das alles erklären.

Der Turm war ein breites Bauwerk, das ein paar Klafter über das Blätterdach ragte. Schlingpflanzen hatten seine Mauern erobert. Ihr Begleiter rief etwas nach oben, wahrscheinlich ihre Ankündigung. Dann zeigte er ihnen den Eingang des Turms.

Sie erklommen gut hundert Stufen. Die Aufregung trieb Kriss trotz ihrer Müdigkeit voran. Orrm hatte ihr berichtet, dass Bria diesen Turm - und Dalahan - nie gesehen hatte. Ihre Verletzungen hatten es nicht zugelassen. Kriss fühlte sich, als würde sie nun den lebenslangen Traum ihrer Mutter erfüllen.

Ein wenig von ihrer Höhenangst flackerte wieder auf, als sie die Spitze des Turms erreichten. Von hier oben ließ sich die halbe Insel überblicken. Voraus, über den Teppich des Dschungels, konnte Kriss sogar die Boote und Kisten als winzige Flecken am Strand ausmachen - und neues Treibgut aus dem Wrack der *Windrose*. Hinter ihr erhob sich massig und düster der Vulkan im Zentrum der Insel. Sie hoffte, dass der Gigant noch einige weitere tausend Jahre schlafen würde.

Zwei Kinder der Erde, die hier oben Wache hielten, wandten sich ihnen zu. »Hallo«, sagte Kriss knapp und die Riesen erwiderten etwas in ihrer eigenen Sprache.

Lian stützte sich auf die Brüstung und ließ den Blick schweifen. »Also - wenn du hier 'ne Insel siehst, dann sag mir, wo.«

»Orrm hat gesagt, sie wäre hier.« Kriss hatte sich das Messingfernrohr des Kapitäns ausgeliehen. Sie zog es aus und setzte es an ihr rechtes Auge, wobei sie das linke zukniff.

Die Enttäuschung kam schnell, denn alles, was sie sah, war der Ozean unter einem blassblauen Himmel. Keine Insel weit und breit, nicht einmal ein Korallenriff oder Klippen, die über die Wellen ragten.

»Es muss etwas geben«, beharrte sie und suchte erneut den Horizont ab. Nichts. Nur Unmengen von Wasser.

Frustriert ließ sie das Fernrohr sinken. »*Korf*«, sagte sie.

Lian nahm den Fluch schmunzelnd zur Kenntnis. »Vielleicht wissen die beiden Bescheid?« Er nickte in Richtung der beiden Riesen, die sich murmelnd miteinander unterhielten.

»Äh, Entschuldigung«, unterbrach Kriss sie vorsichtig. »Wir suchen Dalahan – könnt ihr uns weiterhelfen?«

Offenbar sprach keiner von beiden Feban.

»Da-la-han«, wiederholte Kriss überdeutlich.

Zumindest dieses Wort schienen sie verstanden zu haben, denn wie abgesprochen deuteten beide hinaus aufs Meer.

Kriss folgte ihrer Richtung, ohne etwas zu entdecken. Einmal geriet ein Seevogel in die Reichweite des Fernrohrs. Sie verfolgte seinem Flug und beobachtete, wie er in einer relativ niedrigen Wolke über dem nordöstlichen Horizont verschwand.

»Aber da ist nichts«, wollte sie sagen.

Dann sah sie einen Schwarm kleinerer Vögel aus der Wolke aufsteigen. Sie war keine Expertin, aber sie erschienen ihr nicht wie Seevögel.

Einen Moment lang stand Kriss da, wie vom Donner gerührt. Ihr Atem ging schneller, ihr Herz fing an zu trommeln. Konnte es wirklich sein? Der Gedanke war zu kühn, zu fantastisch.

Sie senkte das Fernrohr zum Meer – und hätte beinahe aufgeschrien, als sich ihr Verdacht bestätigte. Ein deutlicher Schatten lag unter der Wolke, dichter, dunkler als der aller anderen Wolken.

Ihr wurde schwummerig. Sie musste sich setzen, bevor ihre Beine nachgaben.

Lian begriff überhaupt nichts mehr. »Was hast du gesehen?«

»Dalahan«, sagte sie und kicherte.

Lian runzelte die Stirn.

»Sie haben die Insel versetzt!« Kriss kicherte wieder. Dann begann sie zu lachen. Sehr zur Verwunderung der beiden Riesen – und Lian. »Darf ich mitlachen?«, fragte er.

Kriss wischte sich eine Freudenträne aus dem Augenwinkel. *Wenn du nur hier sein könntest, Bria!* »Niemand hat Dalahan in all den Jahrhunderten gefunden, weil sie alle an der falschen Stelle gesucht haben!«

»Nämlich?«

Kriss grinste. »Denk an das Baumhaus im Smaragdwald. Es war die ganze Zeit in unserer Nähe, aber wir haben nur nach vorne geschaut – anstatt nach oben!« Das hatte Orrm also gemeint, als er gesagt hatte, sie würde nicht finden, was sie suchte.

Lian blinzelte verwirrt. Dann schien es ihm zu dämmern. »Du meinst, die verdammte Insel –?«

»Die verdammte Insel *fliegt*, Lian!«

»Nee.« Er schüttelte den Kopf. »Das geht nich'. Keiner kann 'ne ganze Insel einfach so in die Luft heben.« Und etwas weniger sicher fragte er: »Oder?«

»Man braucht eine gewaltige Menge Ælon dafür – eine unvorstellbare Menge! – aber es ist theoretisch möglich!«

»Komm schon ...« Lian schien zu glauben, dass sie ihn zum Narren hielt. »Ich mein' – *'ne ganze Insel*? Wozu?«

»Um sich vor der Unreinheit der Welt zu schützen. Um die Überlegenheit des eigenen Volkes zu demonstrieren. Um näher bei den Göttern zu sein. Hier, sieh selbst!« Kriss erhob sich und reichte ihm das Fernrohr. Sie stand dicht neben Lian, um ihn in die richtige Richtung zu drehen – die Nähe zu ihm lenkte sie für einen Moment ab.

»Ich seh nix!«, beschwerte er sich.

»Es gibt eine Wolke, die niedriger hängt als die anderen. Mit einem Schatten darunter im Meer. Ich weiß nicht wie, aber sie müssen die Wolke irgendwie künstlich geschaffen haben, um sich zu verstecken – vielleicht ein ælonisches Feld, das den Wasserdampf nicht kondensieren lässt …« Kriss schüttelte den Kopf, als sie begann, in ihre Theorien abzudriften. *Wir haben sie gefunden,* dachte sie. *Die Insel, nach der die ganze Welt gesucht hat – und wir haben sie gefunden!*

»Ich glaub', ich seh' sie«, verkündete Lian stolz. Er drehte sich Kriss zu – plötzlich spiegelte sich Entsetzen auf seinem Gesicht wieder. »Runter!«, schrie er und warf sich zu Boden, wobei er sie mit sich riss. Bevor Kriss begriff, wieso, fiel ein Schatten auf sie. Der Schiffsfresser flog so dicht über dem Turm hinweg, dass sein schuppiger Bauch sie fast zermalmte. Mit Lians Hilfe kam Kriss wieder auf die Beine; auch die beiden Kinder der Erde erhoben sich und redeten aufgeregt durcheinander. Kriss sah dem Eisenfisch nach – er raste mit alarmierender Geschwindigkeit nach Südosten.

»Warum hat's das Vieh auf einmal so eilig?« Lian hob das Fernrohr. »Am Horizont! Ich … ich glaub', da kommt ein Schiff! Ja! Es is' auf dem Weg hierher, wie's aussieht!«

Der Fresser hat Beute gewittert. Kriss faltete die Hände, damit sie aufhörten zu zittern. »Ist es die *Kompassnadel?*«

Lian ließ das Fernrohr sinken, ohne zu antworten, doch sein bleiches Gesicht verriet ihr alles, was sie wissen musste.

Die Morgenstern*!*

Feuer

»Lauf und gib den anderen Bescheid!«, sagte Kriss. Sie wusste, dass Lian schneller war als sie.

»Behalt du den Himmel im Auge!« Lian warf ihr das Fernrohr zu. »Vielleicht arbeitet der Fisch ausnahmsweise mal *für* uns!« Er lief los; die beiden Riesen fingen ihn vor der Treppe ab. »Lasst mich durch! Da is' 'n Kriegsschiff im Anflug! Wir müssen das Dorf warnen!«

Die Kinder der Erde verstanden die Worte nicht, aber sie begriffen die Dringlichkeit ins Lians Stimme. Schließlich gaben sie den Weg frei und einer von ihnen folgte Lian. Kriss hörte ihre Schritte den Turm hinabeilen. Mit eiskalten Händen hob sie das Fernrohr.

Der Schiffsfresser raste der *Morgenstern* mit aufgerissenen Kiefern entgegen. Ruhndors Schiff, ganz Eisen und Dornen und fast anderthalb mal so groß wie der Fresser, spie der wahnsinnigen Maschine eine volle Breitseite entgegen. Kriss wunderte sich, dass der General keine ælonischen Waffen zum Einsatz gebracht hatte – aber vielleicht funktionierten diese längst nicht mehr. Die einfachen Kanonenkugeln jedenfalls hielten den Fresser nicht auf. Er hielt unbeirrt auf die *Morgenstern* zu – und die *Morgenstern* auf ihn. Kriss erkannte, dass das Schiff des Generals das stachelbesetzte Visier über der Brücke geschlossen hatte. Sein Bug erinnerte jetzt an die Waffe, deren Namen es trug.

Funken sprühten, als die beiden Vernichtungsmaschinen zusammenstießen. Die Wucht des Aufpralls warf die *Morgenstern* fast eine halbe Meile zurück. Dann bremste sie ab. Ihre Antriebe nahmen wieder volle Fahrt auf und starteten einen erneuten Angriff auf den Fresser – eine stachelige Keule, die gegen einen hässlichen Fisch geschleudert wurde.

Erst jetzt merkte Kriss, dass sie den Schiffsfresser in

Gedanken anfeuerte. Lian hatte recht. Nach allem Unglück, das die Maschine gebracht hatte, war sie im Augenblick die einzige Hoffnung, Ruhndor aufzuhalten.

Sie kniff die Augen zusammen, als gleißende Blitze aus dem Bug der *Morgenstern* schossen. Sie schluckte – also hatte der General die ælonischen Waffen als letzten Trumpf zurückgehalten. Ein Kreischen erfüllte den Himmel – wie tausend Fingernägel, die über eine Tafel kratzten. Als Kriss wieder den Blick hob, krachte der gepanzerte Bug der *Morgenstern* abermals gegen den Eisenfisch – und warf ihn zurück. Der Fresser schien an den Dornen des Schiffs festzustecken und zappelte wie ein aufgespießter Tigerkarpfen, während das Kreischen weiter anhielt. Es waren die Schreie einer sterbenden Maschine. Ein weißglühender Punkt erschien auf der Flanke des Fressers. Dann durchbohrte ihn ein Blitz – und die *Morgenstern* durchbrach seinen Leib wie eine stählerne Faust. Eine regenbogenfarbene Wolke breitete sich aus und erlosch im Wind. Der Leib des Fressers zerfiel in zwei Hälften mit rotglühenden Bruchstellen. Das Kreischen erstarb und die Trümmer der hungrigen Maschine stürzten ins Meer. Und die *Morgenstern* hielt weiter auf die Insel zu.

Kriss brauchte all ihre Willenskraft, um sich aus ihrer Starre zu lösen.

»Sie kommen!«, rief sie dem verbliebenen grünen Riesen zu. Noch bevor er sie aufhalten konnte, rannte sie die Treppe hinab. Unten fing sie die Pflanze ab, die sie zum Turm begleitet hatte. »Wir müssen zurück ins Dorf, schnell!« Sie wartete nicht auf eine Erlaubnis, sondern rannte den schmalen Trampelpfad entlang, den sie gekommen waren. Lian müsste die anderen längst erreicht haben …

Der Grünling, der mit ihm zusammen ins Dorf rannte, ließ einen röhrenden Ruf erschallen. Egal, ob Mensch oder Pflanze, augenblicklich drehten sich ihnen alle Blicke zu.

Lian hielt auf den Kapitän zu. »Ruhndor ist im Anmarsch!«, stieß er aus und rang japsend nach Atem.

Bransker hob alarmiert die buschigen Brauen. »*Was?*«

»Wir haben die *Morgenstern* geseh'n!«, schnaufte Lian. Die Wunde unter dem Verband pulsierte vor Schmerz. »Sie kommt«, er musste tief Luft holen, »sie kommt direkt hierher!«

»Der Fisch –!«

»Is' auf sie zu, ja, aber wir haben keine Ahnung, ob Ruhndor das Ding nich' abschießen kann!«

»*Schessk*«, zischte Bransker.

Lian nickte hastig. »Seh ich genauso!«

Die Grünlinge hatten längst nach ihren Waffen gegriffen, nun umzingelten sie die Menschen. Es war niemand da, der ihnen klar machen konnte, was vor sich ging. Lian war heilfroh, als er die roten Blätter des Ober-Grünlings in der Menge ausmachte.

»Was ist … geschehen?«, fragte Orrm.

»Unsere Feinde sind hier!« Bunte Flecken tanzten vor Lians Augen. »Keine Ahnung, ob der Fisch sie aufhält!«

Bevor Orrm etwas erwidern konnte, rief eine bekannte Stimme vom Eingang des Dorfes: »Der Fresser ist tot!« Kriss rannte zu ihnen, ihr Gesicht war rot und verschwitzt. Völlig außer Atem machte sie neben Lian Halt. »Sie halten direkt auf die Insel zu!«

»*Korf*«, sagte Lian. Es war vergleichsweise harmlos gegen den Fluch, den der Kapitän ausstieß.

»Sind sie uns gefolgt?«, fragte Bransker.

»Sie haben die Koordinaten aus dem Haus des Schläfers«, antwortete Kriss. Es klang, als habe sie das schon länger befürchtet. Ihre letzten Worte gingen fast in dem Ruf unter, den Orrm ausstieß. Lian zuckte zusammen. Er hatte nicht gewusst, dass das alte Gewächs so laut werden konnte.

Panik erfasste die Grünlinge. Diejenigen ohne Waffen ließen alles stehen und liegen und rannten, so schnell ihre Wurzeln sie trugen, auf das große Haus nahe der Dorfmitte zu. Die anderen schnappten ihre Speere und Bogen und bildeten einen Ring um die Dorfgrenze, bis auf vier von ihnen, die in das »Gewächshaus« liefen, wie Lian es nannte. Kurz darauf kamen sie wieder hervor und trugen ihre angewurzelten Sprösslinge behutsam in mit Erde gefüllten Schüsseln.

Die Matrosen standen in dem Trubel wie bestellt und nicht abgeholt, keiner wusste, was er tun sollte. Lian ging es nicht anders. Die Grünlinge hatten gleich am ersten Tag ihre Musketen ins Meer geworfen. Wie sollten sie mit bloßen Händen und ein paar Speeren gegen Ruhndors Graujacken bestehen?

»Was habt ihr vor?«, fragte Lian.

»Uns … verstecken.« Orrms Augen glühten vor Wut.

»Das is' euer ganzer Plan?«

Das Gewächs funkelte ihn an. »Was können wir gegen ein Schiff ausrichten … das den … Eisenfisch getötet hat?«

Gute Frage, dachte Lian. Orrm ließ die Menschen stehen. Ein Großteil seiner Leute war in dem großen Haus verschwunden. Aber das Gebäude konnte unmöglich alle von ihnen aufnehmen. Dann begriff er: *Unterirdische Bunker!*

»Was ist mit uns?«, rief Kriss dem alten Grünling nach.

»Wir sitzen hier wie auf dem Präsentierteller«, grollte der Kapitän.

Orrm stand am Eingang des großen Hauses. Mit sichtlichem Widerwillen winkte er den Menschen zu. »Kommt.«

»In's Haus!«, befahl Bransker den Matrosen. Nachzügler, die bis eben noch geschlafen hatten, kamen aus den anderen Gebäuden hinzu. »Los! Bewegt eure morschen Knochen!«, schnauzte der Kapitän sie an.

Lian drehte sich Kriss im Laufen zu. »Aber wenn sie die Koordi-Dingsbums haben, warum kommen sie dann hierher?«

»Weil sie Dalahan nicht gefunden haben«, gab Kriss außer Puste zurück. »Jetzt klappern sie alle anderen Möglichkeiten ab.«

Lian versuchte, das schwarze Schiff am Himmel auszumachen, doch die Bäume versperrten ihm die Sicht. Er stellte sich lieber nicht vor, was Ruhndors Schergen tun würden, um die Lage der Insel aus den Grünlingen herauszubekommen.

Oder aus ihnen.

»Schadensbericht.« General Ruhndor lehnte sich in den Kommandantensessel zurück, die Hände auf den neuen Gehstock gelegt, den der Schiffszimmermann für ihn angefertigt hatte. Sonnenlicht flutete die Brücke, als das Schutzvisier wieder hochgefahren wurde. Die Insel lag direkt voraus, ein brauner Kegel, umgeben von einem breiten grünen Ring, der in einen weißen Strand überging.

Kein schlechter Urlaubsort, dachte Markon Dorello, während er die Skalen und Anzeigen überprüfte und Berichte aus dem ganzen Schiff über die Sprechrohre aufnahm.

»Das Ding hat uns ganz schön durchgeschüttelt, trotzdem gibt es nur ein paar Beulen am Bugpanzer.« Er rieb sich einen blauen Fleck am rechten Schienbein, den er sich zugezogen hatte, als das Monster gegen die *Morgenstern* gekracht war. Er wusste immer noch nicht, was unglaublicher war: dass ein Riesenfisch aus Eisen sie angegriffen hatte – oder die Leichtigkeit, mit der das Schiff dieses Was-immer-es-gewesen-war zerschmettert hatte. »Allerdings sind unsere Blitzwerfer endgültig aufgebraucht. Wenn noch so ein Vieh auftaucht, haben wir schlechte Karten.« Er drehte sich über die Schulter zum General.

Der alte Mann nickte kaum merklich. Sein falsches Auge ließ ein leises Surren vernehmen. »Es gibt nur einen Schiffsfresser auf der Welt«, sagte er. »Und wir haben ihn vernichtet. Der Verlust der Blitzwerfer ist akzeptabel.«

Wollen wir es hoffen, dachte Dorello.

»General«, rief der Maat hinter dem Periskop. »Ich erkenne ein Gebäude über dem Dschungel. Scheint sich um einen Turm zu handeln.«

»Steuermann: Kurs setzen«, befahl der General, kalt wie immer. Nur sein Adjutant bekam mit, wie sich Ruhndors Griff um den Knauf seines Gehstocks verkrampfte. »Haltet die Augen offen nach weiteren Anzeichen von Besiedelung.«

Das große Haus bestand nur aus einem einzigen Raum. Bänke und Tische aus Stein standen an den Seiten, die Wände waren mit Teppichen geschmückt, die die Kinder der Erde zu Füßen ihrer Schöpfer zeigten.

Drei Riesen hoben eine Steinplatte vom Boden. Darunter führte eine Treppe einige Stufen hinab in die Dunkelheit. Ein paar Krieger gingen zuerst nach unten. Ihnen folgten die Träger der Sprösslinge und schließlich die erwachsenen Dorfbewohner. Die Menschen wurden mit gekreuzten Speeren zurückgehalten; die Kinder der Erde hatten Vorrang.

»Was soll das heißen, Ihr habt Dalahan gefunden?«, fragte der Kapitän über den Tumult hinweg.

Kriss erklärte es ihm.

»Warum geben wir ihnen nicht, was sie haben wollen?«, fragte Grimald, der unbeabsichtigt zugehört hatte. »Es geht ihnen doch nur um die verdammte Insel!«

Er zuckte zurück wie ein geschlagenes Tier, als Branskers Blick ihn traf.

»Ruhndor darf Dalahan nicht bekommen«, stellte

Kriss klar.

»Warum?«, fragte jemand anders. »Was gibt es dort?«

»Egal«, bestimmte der Kapitän. »Dalahan gehört der Baronin.«

»Dalahan … gehört den Toten«, sagte Orrm hinter ihnen.

Seine Artgenossen waren alle unten. Die Speerträger gaben den Weg für die Menschen frei. Bransker ermahnte seine Leute, die Ruhe zu bewahren und einer nach dem anderen der Treppe zu folgen. Eine Handvoll Krieger blieben zurück, um auf weitere Nachzügler zu warten.

Die Stufen führten in einen Tunnel. Kriss war dankbar, dass der Kapitän Lorgis beauftragt hatte, eine der Laternen zu holen, die sie von den Rettungsbooten mit ins Dorf genommen hatten. Ihr gelbes Licht hielt zumindest etwas von der absoluten Finsternis zurück und ließ Kriss Wurzelenden erkennen, die sich hier und da durch Lücken im Mauerwerk gezwängt hatten. Irgendwo in weiter Ferne hörte sie das stetige *plip-plip-plip* von tropfendem Wasser.

Kriss blickte in die Schwärze jenseits des Laternenscheins und erschauderte. Jemand griff nach ihrer Hand. Lian. Sie hielt ihn ihrerseits fest, froh, dass er bei ihr war.

Die Kinder der Erde brauchten zwar keine Laternen, aber die meisten von ihnen mussten gebückt gehen, um sich nicht die Köpfe anzustoßen. Für die Menschen bestand diese Gefahr nicht, selbst für den hochgewachsenen Lorgis.

»Wohin führen diese Tunnel?«, fragte der Kapitän.

»Zu einem Ort … im Wald«, raunte Orrm. Seine Wurzelfüße schlurften über Stein. »Weit, weit weg … vom Dorf.«

Kriss blickte zur Decke. *Haben sie uns schon gesehen? Was, wenn sie uns hier finden?* Sie hatte Mühe zu atmen. Da ließen sie aufgeregte Rufe nichtmenschlicher Stimmen herumfahren. Die Riesen am Ende der Treppe liefen zu den anderen hinab.

»Sie … sind hier«, übersetzte Orrm. Die Blätter standen von seiner borkigen Haut ab.

Mit singenden Antrieben schwebte die *Morgenstern* drei Klafter über dem Dorf. Ihr Bug war auf den freien Platz in der Mitte der Siedlung gerichtet, während ein Großteil ihres Rumpfes die Bäume am Waldrand zu den Seiten drückte und halb entwurzelte.

Zwanzig Soldaten waren über eine Gangway in der Siedlung eingefallen, bis an die Zähne bewaffnet. Während ein Teil von ihnen das Gelände sicherte, durchsuchte der Rest die Häuser. »Niemand hier, Herr Hauptmann!«

»Sucht weiter«, befahl Dorello. Er dachte an die winzigen Gestalten, die der Maat während ihres Anflugs durch das Periskop beobachtet haben wollte. Sie waren irgendwo zwischen den Häusern verschwunden.

»Die Leute von der *Windrose*?«, hatte Dorello gefragt.

Der Maat hatte mit trockener Kehle geschluckt und ihn mit großen Augen angesehen. »Nein, Herr.«

»Was habt Ihr gesehen?«, hatte Ruhndor wissen wollen.

Der Maat hatte es ihnen gesagt. Hätte er es nicht besser gewusst, Dorello wäre sicher gewesen, dass der Mann betrunken war.

Während seine Männer nun die Siedlung erforschten, ging Ruhndors Adjutant in die Hocke. Die nackte Erde auf dem Dorfplatz wies Spuren von Schuhen auf … und andere Abdrücke, die er nicht zu deuten wusste. Sie erinnerten an übergroße Vogelspuren, aber sie besaßen zu viele Zehen und waren zu unregelmäßig.

Wer oder was lebte hier?

Er spähte hinauf zur Brücke der *Morgenstern*, wo die Silhouette des Generals stand, winzig gegen den eisernen Koloss seines Schiffs. »Glaubt Ihr wirklich, dass das hier Dalahan ist, General?«, rief Dorello.

»Nein«, antwortete die ælonisch verstärkte Stimme des alten Manns. »Aber ich glaube, dass die Leute von der *Windrose* hier sind. Und dass sie wissen, wo die Insel liegt.«

Dorello rieb sich das perfekt rasierte Kinn. Sie hatten im Vorbeiflug Wrackteile am Strand ausgemacht. War die *Windrose* ebenfalls dem fliegenden Monster begegnet? Hatte das Ding die Lakaien der Baronin kurz vor dem Ziel erwischt? Der General mochte recht haben. Wenn es Überlebende gab – und das schien der Fall zu sein – dann wussten diese vielleicht mehr als sie.

»Herr Hauptmann, seht Euch das an!«

Dorello richtete sich auf, als eine Soldatin ihm eine Laterne zeigte. In deren Fuß war ein Name eingraviert: *Windrose*. Er war nicht überrascht.

»Hauptmann Dorello!«, rief ein anderer Soldat. Er deutete auf das größte der Steinhäuser. »Sie sind in das Gebäude geflohen! Wir haben frische Kratzspuren auf dem Boden entdeckt – anscheinend gibt es einen versteckten Raum unter der Erde!«

Dorello lächelte. *Sie verbarrikadieren sich.* »Na los, worauf wartet ihr? Holt sie da raus.«

»Sind schon dabei, Herr Hauptmann!«

Dorello sah zum General hinauf und übermittelte ihm die Neuigkeiten. Ob Doktor Odwin zu den Überlebenden zählte? Auch das würde ihn nicht wundern. Die junge Dame war zäh.

»Keine Bewegung!«

Kriss und Lian ächzten erschrocken, als die Stimme weit, weit hinter ihnen durch das Gemäuer hallte. Wie die anderen Flüchtlinge auch, blickten sie im Laufen über die Schultern und erkannten winzige gelbe Punkte, die durch die Schwärze zu wanken schienen. Die Schritte der Graujacken knallten auf dem Boden, kamen näher und näher und näher.

»Sollen sie kommen.« Lorgis' Miene war düster im Laternenlicht. »Is' mir lieber zu kämpfen, als mich hier drinnen zu verstecken!« Er wurde langsamer, bis Barabell seinen Arm packte und ihn mit sich zog. Kriss wunderte sich gerade, wie seltsam ruhig die Kinder der Erde blieben, da dröhnte ein Schuss durch den Tunnel. Dicht hinter ihnen flogen Funken, als eine Kugel gegen Stein prallte. Die Menschen zuckten wie auf Kommando zusammen.

»*Das war nur eine Warnung!*«, hallte die Stimme aus der Schwärze. »*Die nächste trifft!*«

»Feiges Lumpenpack!«, brüllte der Kapitän. Nesko hielt ihn zurück.

»Kommt weiter«, knarrte Orrms Stimme. »Oder ihr werdet … unter Stein begraben.«

Zwei Krieger blieben am Ende der Kolonne stehen und bauten sich links und rechts an den Tunnelwänden auf. Kriss sah auf beiden Seiten helle Steinplatten in der sonst grünlich-grauen Wand.

Die Kinder der Erde waren vorbereitet.

Orrm winkte die letzten Matrosen an sich vorbei. Dann erteilte er den zurückgebliebenen Kriegern einen Befehl in seiner eigenen Sprache. Sie stemmten sich zugleich gegen die hellen Steinplatten.

Der Boden unter ihren Füßen vibrierte. Kriss spürte einen Mechanismus, der in Bewegung geraten war – und ein Dutzend Schritte hinter ihnen brach ein Teil des Tunnels mit ohrenbetäubenden Getöse zusammen. Kriss drehte sich mit geschlossenen Augen weg, als eine Staubwolke die Flüchtlinge einhüllte.

»Weiter«, befahl Orrm. Er musste es nicht zweimal sagen.

»Sie haben den Tunnel blockiert!«, rief Dorello dem General zu, nachdem er selbst die Nachricht erhalten hatte.

Ruhndors Worte hallten wie die Stimme eines Gottes über die Steinsiedlung, während sein Umriss auf der Brücke völlig reglos blieb. »Dann treiben wir sie eben aus ihrem Bau.«

Dorello konnte sich ein Grinsen nicht verkneifen. Er kannte den General lange genug, um zu wissen, was er vorhatte.

Irgendwann war der Tunnel zu Ende. Eine Treppe führte nach oben. Drei Krieger gingen vor und lösten eine Steinplatte aus der Decke. Kriss blinzelte, als gelbes Dschungellicht in den Tunnel fiel; Blätter und Erde rieselten herab. Die Stimme des Waldes erschien ihr wie die reinste Musik. Sie lächelte, als Lian ihr Staub aus den Haaren wischte.

Die Kinder der Erde verließen als erste den Tunnel. Winzige Tiere, die an Stachelhörnchen erinnerten, flohen vor ihnen steil die Baumstämme hinauf.

Kriss hatte keine Ahnung, in welchem Teil der Insel sie sich befanden. Sie erkannte weder Trampelpfade noch Wegweiser. Nur Bäume, Büsche und Farne.

»Was jetzt?«, fragte Lian. Aber die grünen Riesen waren bereits in eine Richtung aufgebrochen.

»Zu … den Höhlen«, erklärte Orrm. »Im Osten … am Strand.«

»Ihr habt den Mann gehört!«, rief der Kapitän, Staub hing in seinem Backenbart. »Keine Müdigkeit vorschützen!«

Kriss versuchte, mit Orrm Schritt zu halten. »Wie lange können wir es dort aushalten?«

»Lange«, antwortete er.

»Gibt es dort Nahrung – ich meine, für uns?«

Orrm sah sie nicht an. »Nein. Ihr … werdet nehmen

müssen, was der Wald … euch bietet.«

»Ruhig!«, zischte Barabell unvermittelt. »Hört ihr das?«

Die Flüchtlinge stoppten. Kriss lauschte zusammen mit den anderen in den Wald. Durch das Flüstern der Bäume und die Rufe ihrer Bewohner ertönte eine bekannte Stimme, so weit entfernt, dass man sie gerade eben hören konnte. Doch ihre Worte waren kalt und hart wie Stein.

»… wiederhole: Kehrt zur Siedlung zurück – oder wir brennen den Wald nieder! Die Wahl liegt bei euch!«

»Das kann er nich' ernst meinen!« Lian sah Kriss an, als erwarte er eine Antwort von ihr, aber sie war zu schockiert, um etwas zu sagen. Die meisten Matrosen stießen üble Flüche aus.

Auch Orrm hatten die Worte gelähmt. Entsetzen stand in seinen roten Augen. Die anderen Riesen sprachen auf ihn ein und er übersetzte Ruhndors Worte mit schwacher Stimme.

Mit einem Mal gerieten die Kinder der Erde außer sich. Viele von ihnen riefen ein Wort, dass Kriss wie ein flehendes »Nein!« vorkam. Andere, die meisten davon Krieger, heulten vor Wut und schüttelten ihre Waffen. Hassk, ihr Anführer, redete wütend auf Orrm ein. Er forderte, die Menschen auszuliefern – so viel erkannte Kriss anhand seiner Blicke und seiner unbeherrschten Gesten. Sie hob entsetzt die Hand an den Mund, neben ihr sog Lian scharf die Luft ein.

Und Ruhndor wiederholte seine Warnung ein weiteres Mal.

Kriss hatte den General nie zuvor so gehasst. Sie zweifelte nicht daran, dass er seine Drohung wahr machen würde, dass er die halbe Insel in Brand setzte und darauf wartete, dass sie sich an den Strand retteten, damit er sie dort einfach aufgreifen konnte.

Aber das durfte er nicht! Der Wald war die Heimat der Kinder der Erde – und außerdem waren noch einige von ihnen anderswo im Dschungel unterwegs, ohne zu wissen, was im Dorf geschehen war. Sie würden in den Flammen zu Grunde gehen!

Währenddessen redete Hassk weiterhin zornig auf Orrm ein. Und er war damit nicht allein.

»Was geht da vor?«, fragte Nesko ängstlich.

Kriss sah Orrms abwehrende Gesten und hörte den Widerstand in seiner Stimme. Auch wenn sie die Worte nicht verstand, war ihr klar, dass er versuchte, die Menschen zu schützen. *Warum?*, dachte sie.

Ein Riese mit Dornengesicht stieß einem Matrosen mit geteertem Zopf gegen die Schulter. »Nimm deine Hände weg, du Missgeburt!« Der Mensch wäre auf den Riesen losgegangen, hätte sich Orrm nicht zwischen sie gestellt.

»Wenn wir hier noch länger rumstreiten, kriegen sie uns«, ermahnte Lian seine Leute und die Pflanzen gleichermaßen.

Was sollten sie tun? Kriss' Gedanken rasten. Sie konnten nicht zulassen, dass die Insel zerstört wurde. Aber genauso wenig konnte sie dem General Dalahans Lage verraten. Bilder tauchten vor ihrem inneren Auge auf. Ein brennender Himmel; Dutzende Kriegsschiffe, schrecklicher als die *Morgenstern*, die Tod und Verderben brachten. Ein neues Großes Feuer, von Ruhndor entfacht.

Und noch bevor ihr klar wurde, was sie da tat, sagte sie: »Ich gehe zu ihnen.«

Lian wirbelte zu ihr herum. »*Was?* Bist du irre?«

»Sie wollen Dalahan. Wenn ich ihnen klar mache, dass sie auf der falschen Insel sind – dass es Dalahan gar nicht gibt – vielleicht lassen sie uns dann in Ruhe.«

»Ja, und vielleicht erschießen sie dich auch als Überbringer schlechter Nachrichten!« Lian packte sie, als könne er sie damit zur Vernunft bringen. »Wir reden hier von *Ruhndor*, Kriss! Schon vergessen, wozu der Kerl fähig is'?«

Wie gerufen erklang die Stimme des Generals ein weiteres Mal. »*Dies ist meine letzte Warnung! Kehrt zurück zur Siedlung oder tragt die Konsequenzen!*«

»Ich werde gehen«, beharrte Kriss. Sie drehte sich zu Orrm. Der alte Riese nickte. Er sah nicht glücklich aus.

»Du bist verrückt«, sagte Lian kopfschüttelnd. »Völlig irre!«

Sein Blick brach Kriss fast das Herz. »Du musst nicht mitkommen, Lian.«

»Was? Glaubst du, ich lass dich allein zieh'n?«

»Doktor«, sagte Lorgis, »vielleicht solltet Ihr noch einmal darüber –!«

»Nein«, bestimmte der Kapitän. »Doktor Odwin hat recht. Ist die beste Chance, die wir haben.« Aber auch er schien damit nicht zufrieden sein.

»Dann komm' ich mit!«, sagte Lorgis.

»Du bleibst hier«, entgegnete Bransker. »Pass auf, dass die anderen ruhig bleiben!«

Lorgis schien das nicht zu schmecken. Aber er fügte sich. »Aye, Käpt'n ...«

Orrm hatte in der Zwischenzeit Kriss' Plan für seine Leute übersetzt. »Du bist mutig«, sagte er zu ihr und verneigte sich mit knarrenden Gelenken.

Mutig oder sehr dumm, dachte Kriss. Sie fühlte sich, als wären ihre eigenen Füße zu Wurzeln geworden und mit der Erde verwachsen. Aber wie der Kapitän gesagt hatte, es war ihre beste Chance. Und die einzige. Sie hob den Blick zum Blätterdach, suchte nach Flammen und Rauch, während sie spürte, wie ihnen die Zeit davonlief.

Orrm stellte ihnen zwei seiner Krieger zur Seite, die sie auf dem schnellsten Weg zurück ins Dorf führen sollten. Einer davon war der Riese, der sie mit der Geschichte des Schiffsfressers überrascht hatte. Der Rest setzte die Flucht zu den Höhlen am Strand fort.

»Viel Glück, Doktor«, sagte Lorgis und zerquetschte

ihr fast die Finger, als er ihre Hand drückte.

»Euch auch«, gab Kriss zurück. Ruhndor war kein Wahnsinniger, sondern ein kühler Taktiker. Wenn sie es schaffte, ihm klar zu machen, dass es Dalahan gar nicht gab, dass Veribas sie belogen hatte – bestimmt würde er ohne Blutvergießen wieder abziehen.

Oder er wird dich an Ort und Stelle hinrichten …

Kriss tastete nach Brias Brille in ihrer Tasche. Wenn sie je etwas von dem Mut ihrer Mutter gebraucht hatte, dann jetzt.

»Beeilen wir uns«, sagte sie – und sie liefen los, den beiden Kriegern nach.

»*Setzt den Wald in Brand!*«, befahl Ruhndor in der Ferne.

»Schneller!«, trieb Kriss die anderen an.

»Kriss!« Lian lief neben ihr. »Da is' noch was, das ich dir sagen muss! Falls wir das nich' überstehen –!«

»Später!«, keuchte sie, bereits außer Atem.

»Nein, *jetzt*!«, bestimmte Lian heftig. »Bevor wir dabei draufgehen … wollte ich dir sagen … wollte ich sagen, dass ich – ach, *Schessk*!« Er griff nach ihrem Arm, zwang sie, anzuhalten –

»Lian, was –?«

Weiter kam Kriss nicht. Er riss sie an sich und küsste sie. Ruhndor, der Wald in Flammen – all das war für einen Moment vergessen. Sie sah Lian aus großen Augen an, das Herz flatterte ihr in der Brust. Und Lian sah Kriss an. »Es gibt Dinge, die ich dir nich' sagen darf«, erklärte er mit gesenkter Stimme, während der Kapitän und die beiden Riesen ihnen aus der Entfernung zusahen. »Aber ich wollt' dir nie wehtun, ehrlich!«

Sie verstand kein Wort – aber der Kuss hatte ihr *alles* gesagt. *Ich liebe dich,* wollte sie antworten. Stattdessen küsste sie ihn zurück und hoffte, dass er ebenfalls verstand.

»Keine Zeit dafür!«, rief der febansprechende der

beiden Krieger. »Rauch am Himmel!«

»Es ist besser, wenn sie euch nicht sehen«, sagte Kriss. »Bleibt hier und versteckt euch irgendwo!«

Keine fünfhundert Schritte später erreichten sie das Dorf. Eine Handvoll Bäume über dem Bach stand in Flammen. Holz knackte und knisterte, Qualm wehte wie Nebel zwischen den Häusern hindurch und reizte Kriss und Lian zum Husten.

Ein Ring aus Graujacken schloss sich mit erhobenen Musketen um sie. Auf der anderen Seite des Dorfes hing die *Morgenstern* singend zwischen den Bäumen wie ein schwarzer Donnerwal mit Stacheln.

»Also schön!«, rief Kriss. »Wir sind hier!«

»Doktor Odwin«, sagte eine vertraute Stimme durch eine Rauchschwade. »Wie schön, dass Ihr doch noch erscheint. Und pünktlich: Wir haben gerade mit dem Grillfest begonnen.« Der Rauch verzog sich und Markon Dorello trat zu ihnen. »Wie ich sehe, ist Herr Berris auch bei Euch. Und – Kapitän Bransker, nehme ich an?«

Der Kapitän spuckte nur auf den Boden.

»Ganz meinerseits«, sagte Ruhndors Adjutant mit charmantem Lächeln.

»Ihr habt Euren Weg ganz umsonst gemacht, Herr Dorello«, sagte Kriss. Seltsam, sie zitterte überhaupt nicht dabei. »Das hier ist nicht Dalahan.«

»Ach, tatsächlich?« Dorello hob in gespielter Überraschung eine Augenbraue. »Und wo liegt die Insel dann, wenn ich fragen darf?«

Sie wissen es also wirklich nicht! »Nirgends«, sagte Kriss bitter. »Dalahan ist nur ein Mythos. Veribas hat uns betrogen.«

Dorellos eisblaue Augen musterte sie. Ein gemeines Grinsen verzog seinen Mund.

Kriss hielt seinem Blick mit ernster Miene stand. Sie log so inbrünstig, wie sie noch nie in ihrem Leben gelogen hatte. »Wir alle haben uns von ihm zum Narren halten lassen. Durchsucht die Insel, wenn Ihr wollt. Ihr werdet hier nichts finden – oder sonst wo im Verbotenen Meer.«

»Ist das so?«

Kriss strengte all ihre Willenskraft an, nicht zu blinzeln. »Warum sollte ich lügen?«

»Das frage ich mich auch, Doktor.«

»Hört zu«, sagte Lian. »Wir sind unbewaffnet und auf dieser *schessk*verdammten Insel gestrandet.«

»Ihr habt alle Trümpfe in der Hand«, fügte Kriss hinzu. Es war nicht schwer, dabei hoffnungslos zu klingen.

Dorello stieß ein kleines Lachen aus. Erst jetzt glaubte sie, seine lockere Fassade zu durchschauen und die Anspannung zu fühlen, die sich dahinter verbarg. »Wisst Ihr, Doktor, irgendwie habe ich den Eindruck, Ihr seid nicht ganz aufrichtig zu uns.« Er zückte eine Pistole von seinem Gürtel – ein kalter Blitz traf Kriss, als Dorello die Waffe auf Lian richtete. Das Klicken des Hahns stach ihr in die Ohren. »Denkt lieber noch einmal darüber nach.«

Kriss sah Lian tapfer Dorellos Blick erwidern. Aber sie sah auch das Zittern seiner Beine.

Ihre Kehle war staubtrocken und zugeschnürt. Qualm ließ ihre Augen tränen. »Ich …«

Dorello legte die freie Hand hinters Ohr. »Ich fürchte, Ihr müsst etwas lauter sprechen, Doktor.«

»Diese Insel –«, begann Kriss.

»Verratet diesen Lumpen nichts!«, bellte der Kapitän.

So schnell, dass die Bewegung verwischte, richtete sich der Pistolenlauf auf Bransker. Dorellos Waffe spie Rauch und Feuer.

Der massige Leib des Kapitäns wurde einmal geschüttelt. Bransker ächzte und starrte auf das rauchende Loch über seinem Herzen. Seine Augen wurden groß. Er setzte zum Sprechen an. Dann fiel er um wie ein gefällter, kleiner Baum.

»Nein!« Mit brennenden Augen fiel Kriss auf die Knie, fasste Branskers Schultern. »Kapitän!«, rief sie aus. »Kapitän!« Doch Bransker antwortete nicht.

»Du *schessk*verdammtes –!«, setzte Lian an, aber Dorello richtete nur seine Pistole auf ihn. »Sei so gut, und halt den Mund, Kleiner.«

»Na los, schieß doch!«, höhnte Lian. »Worauf wartest du?«

»Auf die Entscheidung des Doktors.« Dorello starrte Kriss drohend an und sie erkannte zum ersten Mal, was er wirklich war: ein Mörder, kalt und gewissenlos.

Kriss sah den Kapitän vor sich liegen, die leeren Augen zum Himmel gerichtet, sein Mund offen wie vor Staunen, und sie dachte an seine kranke Frau Zuhause in Miloria, die nun vergeblich auf ihn warten würde.

Ein nie gekannter Zorn raubte ihr den Atem, ließ sie vor Hilflosigkeit zittern. Sie sah die auf Lian gerichtete Waffe, die Musketen, die die Graujacken auf sie hielten, und Dorellos auffordernden Blick. Sie hatte nie zuvor einem Menschen den Tod gewünscht.

Ihr Blick flog hinauf zur Brücke der *Morgenstern*. Zum ersten Mal konnte sie dort den Umriss des Generals ausmachen. Er hatte alles mit angesehen ohne sich zu rühren, wie ein Zuschauer im Theater.

»Wenn ich es Euch verrate, lasst Ihr dann die Inselbewohner in Frieden?«, rief sie, aber sie sprach nicht zu Dorello.

»Die Eingeborenen hier interessieren mich nicht, Doktor«, antwortete Ruhndors ælonisch verstärkte Stimme. »Nur die Insel.«

»Gebt mir Euer Wort!«

»Als ob das was nutzen würde«, murmelte Lian düster.

»Ihr habt mein Wort, Doktor«, antwortete Ruhndor.

Die Graujacken hatten seit dem Kap der Bösen Vorahnung dazugelernt. Sowohl Kriss als auch Lian wurden die Hände auf dem Rücken gefesselt, bevor man sie an Bord der *Morgenstern* brachte. Zudem behielten gleich vier Soldaten sie im Auge. Kriss' Magen machte einen Satz, als das Schiff abhob.

»Bringt mich unverzüglich zum General«, forderte sie.

»Mit dem allergrößten Vergnügen, Doktor.« Dorello hatte seine Maske falscher Freundlichkeit wieder aufgesetzt. Dass er eben einen Menschen getötet hatte, schien ihn nicht weiter zu kümmern. »Wenn Ihr mir bitte folgen wollt?«

»Hast du einen Plan?«, flüsterte Lian Kriss zu, während sie Ruhndors Adjutant folgten.

»Ja. Solange wie möglich überleben, bis uns was einfällt.«

»So was hatt' ich befürchtet«, sagte Lian mit gepresster Stimme. Kriss sah einen daumennagelgroßen roten Fleck, der den Hemdstoff an seiner linken Schulter durchweichte.

»Wollt Ihr gar nicht wissen, wie wir Euch hier draußen gefunden haben?«, fragte Dorello.

Kriss machte keinen Hehl aus ihrer Verachtung. »Ihr seid nach Hestria zurückgekehrt und habt Euch die Statue angesehen, nehme ich an.«

»Mein Kompliment, Doktor.« Dorello deutete im Gehen eine Verbeugung an. »Eure Kombinationsgabe erstaunt mich immer wieder. Ja, ich fürchte, wir waren gezwungen, in das Historische Museum einzubrechen. Wir fanden bald heraus, wo die Statue vorher gestanden hatte. Wir hätten das Haus des Schläfers vielleicht nie entdeckt, wenn die *Morgenstern* nicht auch unterseetauglich wäre. Es hat uns zwei weitere Tage gekostet, jemanden zu finden, der uns die Schriftzeichen aus dem Haus übersetzt. Tja, und nun sind wir hier«, endete er gut gelaunt.

Weder Kriss noch Lian hielten es für nötig, darauf etwas zu antworten.

Als sich die Tür zur Brücke öffnete, drehte sich ein lederbezogener Sessel auf einer dreistufigen Empore in ihre Richtung. Darin saß Ruhndor. Sein ælonisches Auge reflektierte die Gesichter seiner Gefangenen.

»Nun, Doktor – wo befindet sich die Insel?«

»Erst löscht Ihr das Feuer.« Kriss sah den Dschungel durch das Brückenfenster. Der Wind trieb einen Rauchschleier um das Schiff. »Ihr habt versprochen, den Eingeborenen nichts zu tun.«

Ohne eine Antwort wandte sich der General an eine wichtig aussehende Graujacke, wahrscheinlich seinen Maat, und nickte knapp. Der Mann umklammerte ein Sprechrohr: »Tanks eins und zwei leeren«, befahl er.

Kriss hörte das Klatschen großer Wassermassen durch das Singen der Antriebe. Sie erlaubte sich ein leises Aufatmen und hoffte, dass die beiden Krieger vor dem Dorf es schaffen würden, alle übrigen Flammen zu löschen.

»Die Insel, Doktor.« Ungeduld schwang in Ruhndors steinerner Stimme mit.

Kriss trotzte seinem Blick ohne Furcht – etwas, das sie bei ihrer letzten Begegnung nicht geschafft hatte. »Wenn ich Euch dorthin bringe, lasst Ihr uns dann frei?«

Der General drehte seinen Gehstock. »Wir werden sehen.«

Kriss blieb ein bitteres Lachen im Halse stecken. Er würde sie beide umbringen, das war klar. Wenn sie ihm gaben, was er haben wollte, hatte keiner von ihnen noch irgendeinen Wert für ihn. *Es sei denn …*

»Ich werde es Euch sagen«, erklärte Kriss ungerührt. »Unter einer Bedingung.«

Die grüne Kristalllinse schien für einen Moment aufzuglühen. »Ihr seid nicht in der Lage, Bedingungen –«

»Wir gehen mit auf die Insel. Es wird dort Fallen geben, die vielleicht nur ich entschärfen kann. Ihr glaubt doch nicht, dass die Dalahaner ihre Schätze unbewacht gelassen haben? Und ich denke nicht, dass sonst jemand an Bord Erfahrungen mit ælonischen Grabräuberfallen hat.«

Ruhndors Blick durchbohrte sie. Kriss ließ es an sich abprallen, doch in Gedanken kreuzte sie die Finger. *Bittebittebitte!* Sie konnte Lians Anspannung am eigenen Leib spüren. Ihre Fesseln begannen ihr wehzutun, aber sie ignorierte den Schmerz, so gut sie konnte.

»Hauptmann Dorello«, sagte der General schließlich.

»General?«

»Doktor Odwin und Ihr … Assistent werden uns begleiten.«

»Zu Befehl.« Ein anerkennendes Grinsen lag auf Dorellos Lippen, als er Kriss ansah, aber die eiserne Faust, die ihr Herz gefangen hielt, wollte sich nicht lösen. Ihr war klar – genau wie Lian, wenn sie seine Miene richtig deutete – dass sie ihnen damit nur einen kurzen Aufschub bis zu ihrer Exekution erkauft hatte. Dalahan war ihre letzte Möglichkeit zur Flucht.

Mit dem gleichen, unberührten Tonfall wie zuvor fragte sie:

»Wollt Ihr uns nun endlich verraten, was Ihr auf der Insel zu finden hofft, General?«

Er drehte seinen Stuhl von ihnen fort. »Geduld, Doktor«, sagte er. »Ihr werdet es bald erfahren.«

Die Insel der Toten

»Setzt Kurs nach Nordosten«, sagte Kriss. Sie glaubte, den Hauch eines Lächelns auf Ruhndors Lippen zu sehen. Vielleicht bekam sie auch nur allmählich Wahnvorstellungen.

»Steuermann, Ihr habt den Doktor gehört.«

»Zu Befehl, General.«

Das Schiff flog singend über den Urwald dahin. Es schien nur Momente zu dauern, dann breitete sich der Strand vor ihnen aus. Kriss erschrak, als sie dort unten, winzig und verletzlich, Lorgis, Barabell, Nesko und die anderen Matrosen im Kreis der Kinder der Erde ausmachte, die Hals über Kopf vor dem Schatten der *Morgenstern* flohen. Also hatten sie es nicht rechtzeitig zu den Höhlen geschafft ... Kriss hörte Lian fluchen.

»Sieht aus, als hätten wir den Rest der Bagage gefunden«, sagte Dorello.

»Großer Weltengeist!«, rief der Maat aus. »Was sind das für Kreaturen?«

»Ælonische Monstrositäten«, sagte der General.

»Ihr habt versprochen –!«

»Ich habe versprochen, die *Eingeborenen* in Frieden zu lassen, Doktor. Von den anderen Mitgliedern Eurer Expedition war keine Rede. Herr Hauptmann, holt sie an Bord.«

»Zu Befehl.« Während Dorello die Order weitergab, funkelte Kriss den General an. Es beeindruckte ihn nicht im Geringsten.

»Sprecht zu ihnen, Doktor. Macht ihnen klar, dass Widerstand nur Blutvergießen nach sich ziehen wird.« Er deutete zu einem Sprechrohr.

Kriss zögerte, suchte nach irgendeinem Ausweg, aber sie fand keinen. Widerwillig bewegte sie sich zu dem Rohr aus Messing. Ihre Stimme hallte zehnfach verstärkt durch den Himmel: »Hier … hier spricht Krisstenja Odwin.« Sie schloss die Augen. »An die Matrosen der *Windrose*: Bitte ergebt euch, andernfalls … wird der General das Feuer auf euch eröffnen. Er hat versprochen, die Insel der Kinder der Erde zu verschonen, wenn wir ihn nach Dalahan führen. Bitte fügt euch. Man wird … man wird euch anständig behandeln, da bin ich sicher.« Sie verachtete sich dafür, die Männer und Frauen derart zu belügen.

Als sie durch das Brückenfenster sah, fand sie Orrm inmitten seiner Leute wieder. Ihre Blicke trafen sich. *Es tut mir leid*, sagte sie stumm, ohne zu wissen, ob er sie verstand. Sie hatte sich so sehr gewünscht, ihm zu zeigen, dass Menschen auch zu etwas anderem fähig waren als Gewalt.

Die Kinder der Erde zogen sich von den Matrosen zurück. Kriss sah, wie Lorgis versuchte, seine Kameraden davon zu überzeugen, dass es besser war sich zu stellen. Die Höhlen waren noch zu weit entfernt und sie würden mit bloßen Händen in das Feuer der Graujacken laufen.

Letztlich fügten sich die Luftfahrer. Einer nach dem anderen blieben sie stehen und hoben die Hände. Keiner von ihnen war besonders versessen darauf zu sterben. Vielleicht vertrauten sie auch darauf, dass die Expeditionsleiterin einen Plan hatte, der ihnen später zur Flucht verhalf. Dieser Gedanke legte sich wie eine Schlinge um Kriss' Hals.

Die *Morgenstern* ließ sich auf dem weißen Sand nieder. Graujacken schwärmten aus. Mit vorgehaltenen Waffen trieben sie die Matrosen in Gruppen von vier oder fünf Mann an Bord.

»Was habt Ihr mit ihnen vor?« Lians Stimme war kalt und schneidend wie eine Klinge.

»Sie werden in einem der Frachträume untergebracht«, erklärte Ruhndor. »Ihr weiteres Schicksal hängt ganz von Eurer Mitarbeit ab.«

Deswegen hatte er sie also mitgenommen, erkannte Kriss, als weiteres Druckmittel. Sie hasste den Mann von Augenblick zu Augenblick mehr. »Und die Inselbewohner?«

»Ich stehe zu meinem Wort«, sagte der General. »Ihnen wird nichts geschehen.«

Es war keine Lüge. Nachdem die Matrosen an Bord waren, hob das Schiff wieder ab. Orrm und sein Volk wurden bei ihrer Flucht nicht behindert. Kriss wünschte sich, sie hätte sich auf andere Weise von den Kindern der Erde verabschieden können. Sie war sich gewiss, dass sie sie niemals wiedersehen würde.

»Kopf hoch, Doktor«, sagte Markon Dorello. »Ihr seid immerhin dabei, Archäologiegeschichte zu schreiben!«

Dalahan.

Ein Teil von ihr hatte nie ganz daran geglaubt, die Insel tatsächlich einmal zu sehen, geschweige denn sie zu betreten. Ein Teil von ihr hatte sie immer für ein Märchen gehalten, einen Traum – etwas, das man nie finden würde und das einen deswegen immer weiter antrieb.

Dalahan.

Erinnerungen wurden wach. Wie Bria ihr bei Kerzenschein die Legenden der Insel erzählte, während Kriss in ihrem Bett lauschte und ihre Fantasie Bilder von diesem Ort malen ließ. *Eines Tages gehen wir dort hin!*, hatte sie ihrer Mutter versprochen. *Eines Tages finden wir Dalahan und zeigen allen, dass es sie wirklich gibt!* Und Bria hatte gelächelt. *Das wäre schön.*

Dalahan.

Sie dachte daran, wie viele Abenteurer und Forscher vor ihnen von der Suche nach der Insel nicht zurückgekehrt waren. Und auch sie würde ihre Heimat nie wiedersehen, die Universität … und Alrik. Sie war zum ersten Mal in ihrem Leben verliebt, wirklich verliebt, aber sie hatte keine Chance, es zu genießen, mit

Lian zusammen glücklich zu werden. Wahrscheinlich würde sie auf Dalahan sterben.

»He«, sagte Lian leise. Er zeigte ein Lächeln. »Wir steh'n das durch. Irgendwie.«

»Ja.« Kriss versuchte, das Lächeln zu erwidern. »Irgendwie.« Sie wollte nach seiner Hand fassen, aber die Fesseln erlaubten es ihr nicht. Sie wollte ihn küssen, doch Ruhndors Leute würden das nicht zulassen.

Sie stellte sich Lorgis und die anderen vor, wie sie zusammengepfercht im Frachtraum gegen die stählernen Wände hämmerten. Das Leben der Matrosen lag jetzt in ihrer Hand, genau wie das von Lian. Sie erschauderte, als sie Kapitän Bransker wieder vor sich sah, sein Blick starr und leer, die rauchende Wunde über seinem Herzen.

»Wir sind da«, sagte sie irgendwann. Der Flug zur Insel war wie ein böser Traum vergangen. »Dalahan liegt direkt voraus.«

Dorello und der General sahen sie an. »Hier draußen gibt es nichts außer Wasser«, sagte der General mit zusammengebissenen Zähnen. »Ich hatte Euch für klüger gehalten.« Auf einen Wink von ihm hoben seine Leute die Waffen. Kriss spürte den Lauf einer Pistole an ihrem Hinterkopf. »*Wo ist die Insel, Doktor?*«

Es war das erste Mal, dass sie erlebte, wie Ruhndor die Beherrschung verlor.

»Ihr seid zu tief geflogen, General«, sagte sie, verblüfft über die Ruhe in ihrer Stimme. »Die niedrige Wolke da vorn – das ist die Insel.«

Ruhndors falsches Auge justierte sich surrend. Der General blickte hinaus in den Himmel – zu der einzelnen Wolke, die ihren Schatten auf das Meer warf.

»Soll das heißen, die Insel … fliegt?«, fragte Dorello, zu gleichen Teilen argwöhnisch und verblüfft.

Kriss schreckte zusammen, als sie ein brummendes Geräusch hörte. Es kam von Ruhndor. Der General lachte – es klang verwirrend menschlich.

»Natürlich!«, sagte er. »Wie sonst konnte sie all die Jahrtausende versteckt bleiben, Herr Hauptmann?«

Dorello schien nicht ganz überzeugt. »Aber die Energien, um so etwas zu bewerkstelligen –!«

»Großer Weltengeist«, hauchte der Maat hinter ihm.

»Steuermann! Bringt uns über die Wolke!«

»Zu Befehl, General.«

Nur ein paar Herzschläge vergingen – und dann sahen sie die Insel in der Mittagssonne. Es gab niemanden auf der Brücke, den der Anblick nicht gefangen nahm.

In ihre Wolke gebettet wie auf ein weißes Kissen, hing Dalahan am Himmel. Ein Stück Land, fast doppelt so groß wie die Heimat der Kinder der Erde und annähernd kreisförmig, als hätten zwei Gotteshände sie aus dem Boden gehoben. Erdbrocken hatten sich von ihrem unregelmäßigen Rand gelöst. Wie der Wolkenmantel wurden auch sie von unsichtbarer ælonischer Energie gehalten. Kriss überlegte, ob es eine ebenso unsichtbare Schutzhülle gab, welche die Insel vor den Stürmen des Verbotenen Meeres schützte.

Zu ihrer Überraschung war ein Großteil von Dalahan grün. Die *Morgenstern* flog dicht über zugewuchertes Land hinweg. Früher mochte es mal Ackerland gewesen sein, doch nach zweitausend Jahren war es verwildert und zu einem wahren Urwald geworden. Wenn sie genau hinsah, konnte sie hier und da Ruinen erkennen, die wahrscheinlich die Überreste von Bauerndörfern waren.

In der Mitte der Insel lag eine Stadt. Sie breitete sich vor ihnen aus wie ein Meer von Gebäuden. Die meisten von ihnen waren schon vor langer, langer Zeit eingestürzt.

Die Architektur war Kriss nicht vertraut. Die meisten Bauwerke bestanden aus weißem, rotem, gelbem und braunem Stein. Sie waren stufenförmig, mit ausladenden Balkons auf jedem Stockwerk. Schlingpflanzen hatten ihre Mauern erobert, sie bedeckten Springbrunnen und Laternenpfeiler und verwandelten überlebensgroße Statuen von Herrschern und Helden in Dinge, die Ähnlichkeit mit Orrms Volk hatten. Viele der Standbilder waren umgestürzt und lagen zerbröckelt auf den Straßen, deren Pflaster Gras und Bäume gesprengt hatten. Vögel nisteten auf flachen Dächern und Brücken, die sich zwischen den Häusern spannten – als die *Morgenstern* die Stadt überquerte, warfen sie sich kreischend in den Himmel. Kanäle, die sich in geometrischen Mustern quer durch die Stadt zogen, waren über die Ufer getreten und hatten hier und da Teiche und kleinere Seen gebildet.

Die ganze Stadt erinnerte Kriss an einen verwahrlosten Friedhof. »*Dalahan gehört den Toten.*« Es stimmte: Der Schauplatz von tausend Legenden war nicht mehr als ein fliegendes Grabmal. Es war ein ernüchternder und auch trauriger Gedanke.

»Die Seuche scheint ganze Arbeit geleistet zu haben«, sagte Dorello.

Kriss horchte auf. Sie wussten von der Seuche – aber nicht, dass Dalahan am Himmel hing?

»Wo sind die ganzen Knochen?«, fragte Lian. »'S muss doch was von den Leuten hier übrig geblieben sein.«

»Was auf den Straßen lag, haben verwilderte Tiere fortgeschafft. Oder der Wind.« Kriss unterdrückte einen Schauer. »Der Rest liegt wahrscheinlich in den Gebäuden.« Sie stellte sich die zum Tode verurteilte Bevölkerung vor, die nach Heilung flehte. In ihren letzten Tagen musste jedes Haus zum Hospital geworden sein – und schließlich zu einer Gruft.

Wie mochte das Leben auf der Insel gewesen sein, als Dalahans Kultur in ihrem Zenit gestanden hatte? Welche Lieder hatten die Menschen hier gesungen? Wie hatten sie ausgesehen, welche Kleidung hatten sie getragen und welche Sprache gesprochen? Wie viele ihrer Aufzeichnungen waren noch erhalten geblieben, in Büchern, Schriftrollen und Memogrammen?

Sie vergaß ihre Gedanken für einen Moment, als sie unter einem Netz aus Pflanzen die Formen riesiger Insekten ausmachte, mit bläulich schimmernden Metallhäuten und transparenten Flügeln. Ein Dutzend davon stand auf einem freien Platz, der von fensterlosen Gebäuden umringt war. Der Lufthafen von Dalahan.

Lians Blick ging in die gleiche Richtung. »Seh'n aus wie Veribas' Flieger – nur größer.«

Kriss nickte. Sie hatte dasselbe gedacht.

Nicht weit vom Lufthafen entdecken sie das Wrack eines Luftschiffs. Regenwasser hatte sich zwischen Falten der leeren Ballonhülle gesammelt, die Passagiergondel war in tausend Teile zerschellt. Die Schiffsplakette war nicht mehr zu entziffern, aber Kriss war sich sicher, dass es sich hierbei um Veribas' Schiff handelte. War seine Expedition am Ende doch dem Schiffsfresser begegnet – oder waren sie in einen Sturm geraten? Zumindest bedeutete dies, dass Veribas mit einem dalahanischen Schiff in die Zivilisation zurückgeflogen sein musste. Vielleicht funktionierte mehr als nur eines der Fluggeräte noch! Heiß vor Aufregung machte sie sich eine geistige Notiz.

»Dort liegt unser Ziel.« Der General deutete mit der Spitze seines Stocks auf einen Palast, der sich über die anderen Häuser erhob, sieben Stockwerke hoch, in Stufen angeordnet, wie fast alle Gebäude hier. Die Elemente hatten seine Mauern schmutzig und grau gemacht und eine blassgrüne Patina bedeckte die Kuppel auf seiner Spitze. Was früher ein ehrfurchtgebietender Anblick gewesen sein mochte, wirkte nun leblos und beklemmend.

Kriss war verwirrt. Die Stadt musste voller Schätze sein – warum wollte Ruhndor ausgerechnet hier landen?

Zuerst schien es, als würde das Gebäude von einer zwei Klafter hohen Hecke vom Rest der Stadt abgeschirmt. Erst nachdem die *Morgenstern* näher herangeflogen war, erkannte Kriss, dass es sich um eine zugewachsene Mauer handelte. Viele der Steinplatten in dem Vorhof des Palastes waren schon zerbrochen gewesen, noch bevor das eiserne Schiff sein Gewicht auf sie abwälzte. Grün spross zwischen den Rillen der Steine und schmutzige Gebilde lagen herum, manche davon länglich, andere rund oder gebogen.

»Da hast du deine Knochen, Lian«, sagte Kriss mit trockener Kehle.

Der ganze Vorhof war gespickt mit den Überresten menschlicher Skelette. Schädel, Rippen, Arm-, und Schenkelknochen lagen in alle Himmelsrichtungen verstreut.

Bilder tauchten vor Kriss' inneren Auge auf: die Kranken von Dalahan, die den Palast belagerten, um von den Hohepriestern Heilung zu bekommen – oder um diese an ihrem Schicksal teilhaben zu lassen. Aber die Priester hatten ihre Garde ausgesandt, die Kranken niederzuschlagen, bevor sie zu ihnen vordringend konnten. Spinnen aus Eis krochen Kriss' Rücken hinab.

»Endlich«, hörte sie den General murmeln. »Nach all den Jahren …« Er klang wie ein Mann, der nach langer Krankheit endlich Aussicht auf Heilung bekam. Ruhndor griff nach einem Sprechrohr aus Messing, das sich neben seinem Sessel erhob. Seine Worte ertönten gleichzeitig von überall auf dem Schiff:

»Hier spricht der General.

Unsere Mission steht kurz vor ihrer Erfüllung. Ohne dass sie es wissen, werden diese und die folgenden Generationen tief in unserer Schuld stehen. Jeder Einzelne von Euch kann stolz auf sich sein. Dies ist ein historischer Tag!«

Die umgebenden Graujacken, einschließlich Dorello, salutierten. Jubel ertönte aus dem Gang vor der Brücke.

Dorello bemerke Kriss' und Lians verwirrte Blicke.

»Wusstet Ihr es nicht?«, fragte er mit ironischem Lächeln. »Wir sind unterwegs, die Welt zu retten.«

Doch was er damit meinte, verriet er nicht.

Gangways wurden ausgefahren. Der General befahl zwanzig seiner Graujacken, ihn bei seinem Landgang zu begleiten. Kriss versuchte, das Poltern ihrer Stiefel auf den Gängen auszublenden und lauschte, doch die Antriebe der *Morgenstern* standen still. Das Schiff würde ohne die Stimme des Generals nicht wieder starten können.

Ihre Wächter winkten mit den Waffen und zwangen sie und Lian, dem General und seinem Adjutanten nach draußen zu folgen. Die übrigen Graujacken hatten sich in loser Formation auf dem Vorhof verteilt. Kriss atmete tief durch. Die Luft von Dalahan war klar und kühl. Eine leichte Brise brachte den Duft von Vegetation mit sich und ließ die Knochen auf den Steinen klappern. Eine Graujacke bückte sich nach einem Totenschädel.

»Ich würde das nicht tun«, warnte Kriss. »Normalerweise stirbt eine Seuche mit allen, die sie angesteckt hat. *Normalerweise*.«

Der Mann zog sofort die Hand zurück und Kriss freute sich, dass sie es geschafft hatte, ihm Angst zu machen.

»Ihr habt den Doktor gehört«, sagte Dorello heiter zu den anderen. »Lassen wir die Toten ruhen.«

»Stimmt das?«, flüsterte Lian ihr beunruhigt zu.

»Ich würde jedenfalls kein Risiko eingehen wollen«, antwortete sie. »Besonders nicht auf dieser –« Eine Bewegung am Rande ihres Sichtfelds ließ sie innehalten. Doch es war nur ein Blatt, mit dem der Wind spielte.

Dann hörte sie das Knurren.

Wie graue Blitze schossen sie aus dem Schatten des Tempels: zehn hüfthohe Gestalten, die ausgemergelt und irre vor Hunger auf vier Pfoten auf sie zu hetzten. Speichel troff von gebleckten Zähnen. Dornenhunde!

Sie waren schnell. Drei Graujacken fielen ihnen zum Opfer – die Tiere warfen sie um und schnappten nach ihren Kehlen, die namensgebenden Stacheln auf ihren Rücken steil aufgerichtet. Schüsse und Schreie gellten über den Vorhof. Kriss sah, wie Dorello kaltblütig seine doppelläufige Pistole hob. Er erschoss einen Hund im Sprung und tötete einen zweiten, bevor dieser eine Soldatin niederreißen konnte.

Jetztjetztjetzt! Alles in Kriss drängte darauf, die Ablenkung auszunutzen und zu fliehen, aber noch war ihre Chance nicht gekommen. Ihre Wächter hielten sowohl sie als auch Lian fest. Kurz darauf starb der letzte Hund mit einem herzerweichenden Winseln. Ruhndors Männer beruhigten sich wieder.

Dorello lud seine Waffe neu. »Wir sind schon unfreundlicher begrüßt worden«, sagte er und brachte damit ein paar Graujacken zum Lächeln.

Der General sagte nichts. Als wäre der Zwischenfall nie geschehen, marschierte er – *klack-klack-klack* – auf das Portal des Tempels zu. Es war fast groß genug, die *Morgenstern* hindurch zu lassen. Steinerne Pforten versiegelten den Eingang.

»Eure Expertise, Doktor.« Er deutete mit dem Stock auf das Portal. »Haben wir mit Fallen zu rechnen?«

Kriss schloss sich ihm an, wiederum gefolgt von ihren Wächtern. Sie sah, dass Ruhndors Leute Lian zurückhielten und dabei nicht vergaßen, mit ihren Waffen zu drohen.

»Ich fürchte, mir sind die Hände gebunden, General«, sagte sie mit einem schiefen Grinsen. Auf Ruhndors Nicken öffnete ihr ein Wächter die Fesseln. Kriss' Arme schmerzten, als sie sie nach einer Ewigkeit wieder frei bewegen konnte. Sie musste ihre Hände eine Zeitlang schütteln, bis wieder ein Gefühl in ihre Finger zurückkehrte.

Sie machte eine Schau daraus, wie sie die Steinpforten abschritt. Sie verriet dem General nicht, dass die Eingänge von Gebäuden wie diesem für gewöhnlich durch menschliche Wachen gesichert waren und nicht durch ælonische oder sonstige Fallen. Außerdem erkannte sie keine verräterischen Partikel in der Luft. Sie drückte gegen die Türen, aber sie rührten sich keinen Deut, natürlich nicht. Die Hohepriester hatten sie von innen gegen den Ansturm ihrer Untertanen verriegelt.

»Keine Fallen«, sagte sie kühl.

Ruhndor drehte sich seinen Soldaten zu. »Bringt drei Fässer Schießpulver vom Schiff.«

Bald darauf ertönte eine Explosion, so laut, dass Kriss fürchtete, sie könne die Insel entzweireißen. Noch lange danach klingelten ihr die Ohren.

»Bitte nach Euch, Doktor Odwin.« Dorello wischte sich Staub von der Schulter.

»Zu gütig«, sagte Kriss trocken.

Vor langer, langer Zeit musste das Innere des Palastes von einer Pracht gewesen sein, die selbst die Fürstin von Hestria beneidet hätte, aber jetzt nicht mehr. Die Hallen waren immer noch ausschweifend und schenkten jedem Schritt in deutliches Echo, doch ihr goldener und silberner Stuck war verblasst oder von der Decke abgefallen; Spinnweben verschleierten die Wände, Vögel waren durch die zerstörten Buntglasfenster eingedrungen und hatten überall ihre Spuren hinterlassen.

Dennoch waren nicht alle Kostbarkeiten verloren. Hier stand eine Büste aus Gold, halb verdeckt unter fingerdicken Staublagen, dort lag ein edelsteinbesetzter Kerzenleuchter. Die Hohepriester von Dalahan hatten wie Könige gelebt, stellte Kriss fest und sie fragte sich, was ihr dreigesichtiger Gott dazu gesagt hätte.

Ruhndors Leute zumindest waren entzückt über die zahlreiche Schätze, aber der General mahnte sie, Disziplin zu wahren. »Ihr könnt alles mitnehmen, was ihr tragen könnt, wie versprochen. Aber zuerst suchen wir, weswegen wir gekommen sind. Es muss irgendwo einen Zugang zum Herz der Insel geben. Findet ihn.«

Kriss erspähte, wie Dorello den Graujacken zunickte, ohne dass Ruhndor es mitbekam. Erst jetzt schwärmten die Soldaten aus.

»Ihr scheint viel über die Insel zu wissen«, sagte sie, dem Adjutanten zugewandt.

»Nicht genug«, sagte dieser. Währenddessen schritt ihnen der General voraus und sah sich im Foyer des Palastes um. Kriss wusste, dass er ihnen trotzdem zuhörte.

»Nicht alle Bewohner Dalahans sind auf der Insel gestorben, Doktor«, fuhr Dorello fort. »Wenigstens einer hat die Seuche überlebt und sich anderswo niedergelassen. Zu unserem Glück hinterließ er Memoiren aus seiner Zeit auf Dalahan – eine Chronik vom Untergang seiner Zivilisation. Über tausend Umwege gelangte diese Chronik in den Besitz des Generals, nachdem sie jahrhundertelang im Geheimarchiv eines Klosters im Ouraka-Gebirge vor sich hin geschimmelt hatte. Die Mönche wussten nicht einmal, was sie da gehabt hatten.«

»Aber der Chronist hat nicht verraten, wo die Insel liegt.« Es war keine Frage.

»Nein.« Dorello zuckte mit den Achseln. »Genauso wenig hielt er es für nötig zu erwähnen, dass sie fast dreihundert Klafter über dem Erdboden schwebt.«

»Also habt Ihr nach einem anderen Weg nach Dalahan gesucht.«

»Der Nachlass von Veribas' Freund war unsere beste Spur. Doch leider war uns jemand anders einen Schritt voraus. Den Rest der Geschichte kennt Ihr.«

»Wie lange sucht Ihr schon nach der Insel?«

»Seit dem Ende des Krieges. Acht lange Jahre.«

»Acht Jahre?« Lian runzelte die Stirn.

Dorello senkte die Stimme, als er sagte: »Der General … wie soll ich sagen? Die Insel ist seine große Leidenschaft. Seine einzige. Man könnte fast sagen, er war von Dalahan wie besessen.«

Erst jetzt erkannte Kriss die Wahrheit. »Und Ihr wisst nicht, warum. Er hat Euch nie gesagt, was er hier zu finden hofft.«

Doch Dorello lächelte nur geheimnisvoll und ließ sie stehen, als eine Graujacke nach ihm verlangte.

»Wir sind unterwegs, die Welt zu retten.« Hatte Ruhndor seinen Leuten das nur erzählt – oder glaubte er wirklich daran? Was immer er hoffte »im Herzen der Insel« zu finden, für Kriss gab es keinen Zweifel, dass sie und Lian ihre Nützlichkeit für ihn erfüllt hatten, wenn er es fand. Das konnte sie nicht zulassen. Andererseits, wenn sie ihm in die Quere kamen, würde er sie genauso erschießen lassen wie die Dornenhunde. Oder Kapitän Bransker.

Was sollten sie tun?

»General!«

Die Stimme hallte durch das Foyer.

»Wir haben etwas gefunden!«

Der Schatz der gläsernen Wächter

Es war eine Tür, so hoch wie zwei Mann und aus einem elfenbeinfarbenen Material beschaffen. Kristalle waren darin eingelassen. Doch alles Ælon, das einst in ihnen gespeichert gewesen sein mochte, hatte sich längst verflüchtigt, und die Tür stand ihnen offen.

Dahinter führte eine zwei Klafter breite Wendeltreppe unzählige Stufen hinab. Ælonische Laternen entzündeten sich und warfen kaltes, weißes Licht auf grobes Mauerwerk.

Kriss' Beine weigerten sich vorwärts zu gehen, sie musste sich zu jedem Schritt zwingen.

Sie wusste nicht, wie viele Stufen sie hinter sich brachte. Hunderte. Vielleicht Tausende. Sie fürchtete halb, dass die Treppe einmal senkrecht durch die Insel führte und sie an ihrem Ende ins Meer stürzen würden.

Dann erreichten sie einen Torbogen. Er führte in eine Halle - eine riesige Halle im Herzen von Dalahan. Während Lian, der General und seine Graujacken ihr folgten, leuchteten weitere Laternen von selbst auf, jedoch nur langsam, als wollten sie den Menschen Zeit geben, den Anblick, der sich ihnen bot, zu verarbeiten.

»Großer Weltengeist!«, hörte Kriss einen ihrer Bewacher ausrufen. Sie war geneigt, ihm zuzustimmen, aber es hatte ihr den Atem verschlagen. Und sie war damit nicht allein.

»Das is' …« begann Lian, aber ihm fehlten die Worte, den Satz zu beenden.

Kriss wusste nicht, was sie erwartet hatte, hier zu finden. Eine Kanone, die groß genug war, ein ganzes Land zu vernichten, vielleicht. Eine Flotte waffenstarrender Luftschiffe oder einen ganzen Schwarm von Schiffsfressern. Sie hätte mit allem gerechnet, nur nicht mit dem, was ihre Augen ihr zeigten.

Vor ihnen erstreckte sich ein kuppelförmiges Gewölbe, groß genug, dass die *Windrose* und die *Morgenstern* Platz gehabt hätten sich hier drinnen zu bekriegen, und so still wie die Weiße Kathedrale bei Nacht. Die Lichter an seiner Decke waren so weit entfernt, dass sie wie Sterne an einem dunkelgrauen Firmament wirkten. Gelber und roter Stein bildete ein verschlungenes Muster auf dem Boden, ein Labyrinth aus Schleifen, dessen Bedeutung Kriss nicht nachvollziehen konnte.

Aber all das verblasste zur Bedeutungslosigkeit vor den Obelisken.

Sie standen im Kreise am Rand des Gewölbes, so hoch wie der Turm im Wald der Kinder der Erde: zehn Kristalle, geschaffen aus Milliarden kleinerer Kristalle, klar wie Glas. Weiße Partikel leuchteten in ihrem Inneren, als hätte jemand Sternenstaub darin gefangen. Kriss' Knie begannen zu zittern. *Weiße* Partikel, nicht regenbogenfarbene! Sie wusste, was das bedeutete, aber ihr Verstand war noch längst nicht bereit, das Ausmaß dieses Funds zu erfassen. Und so bemerkte sie erst spät die gläsernen Wächter.

Die zehn Obelisken wurde von zehn identischen Statuen bewacht. Jede davon war mehr als doppelt so groß wie ein Mensch, dennoch wirkten sie vor den monströsen Kristallen wie Zwerge. Auch sie waren durchsichtig und erinnerten Kriss an alte Rüstungen, massig, schwerfällig und eindeutig kriegerisch. Ihre Hände waren Keulen, bestückt mit funkelnden Klingen. Ein einziges Auge aus blauem Edelstein steckte in ihren helmartigen Köpfen. Doch die Statuen rührten sich nicht. Stattdessen starrten sie stumm vor sich hin, als warteten sie auf Befehle, bedeckt vom Staub aus Jahrtausenden. Ihre Leiber waren völlig transparent; Kriss hatte vermutet, das verräterische Glitzern von Ælon-Partikeln zu sehen, doch sie wurde enttäuscht. Ob die Wächter bloße Zierde waren oder irgendwelche Götzen darstellten, konnte sie nicht sagen. Überhaupt war sie nicht fähig, auch nur ein einziges Wort herauszubekommen. Und während sie mit offenem Mund dastand, zog General Ruhndor – *klack-klack-klack* – an ihr vorbei. In der Mitte des Gewölbes angekommen, breitete er die Arme aus. Sein ælonisches Auge leuchtete vor Triumph. »Dies ist der Grund, warum wir hier sind! Der größte Schatz der Welt!«

Kriss wartete auf ein gewaltiges Echo, doch es blieb aus – vielleicht änderten ælonische Felder die Akustik des Gewölbes.

»Nun, Doktor, was haltet Ihr davon?« Ruhndor drehte sich zu ihr und deutete zu den Obelisken.

Kriss konnte nichts sagen.

Es waren Ælon-Speicher! Gigantische Ælon-Speicher! In ihnen war genug Energie gebündelt, um eine Insel aus dem Meer zu reißen und an den Himmel zu fesseln – und noch mehr!

Aber das Ælon in ihnen war nicht *verwebt*, noch nicht dem Willen eines Menschen unterworfen. Es war *freies Ælon*, etwas, das seit zweihundert Jahren niemand mehr gesehen hatte, und schon gar nicht in diesen Mengen! Sie stellte sich die Maschinen vor, die sich durch das Erdreich der Insel erstrecken mussten und von hierher ihre Kraft bezogen.

»*Alle Energie lässt sich für edle als auch niedere Zwecke einsetzen.*« Jetzt endlich begriff sie, was Veribas ihnen mit seinen letzten Worten hatte sagen wollen.

War Ælon erst einmal durch den menschlichen Geist geformt – ein Prozess, der Jahre, wenn nicht Jahrzehnte dauern konnte – und damit einem bestimmten Zweck zugeführt, zum Beispiel eine Handvoll Zahnräder und Kupferfedern zum Leben zu erwecken, gab es keine Möglichkeit, es für etwas anderes zu benutzen. Wie Eisen, das zu einem Schwert geschmiedet worden war und nun zu keiner anderen Form mehr gegossen werden konnte.

»*Alle Energie …*«

Kalte Schauer von Ehrfurcht und Angst liefen Kriss' Wirbelsäule hinab, als ihr klar wurde, was sie hier gefunden hatten. Freies Ælon war schiere, reine Macht. Die Fähigkeit, zu erschaffen oder zu zerstören.

Deswegen hatte Veribas nicht gewollt, dass die Insel zu seinen Lebzeiten gefunden wurde. Als er zu seiner Expedition aufgebrochen war, hatte noch das Große Feuer getobt. Die Energie in den Obelisken hätte die verbrauchten, ælonischen Kriegsmaschinen wieder aufladen können – und der Krieg wäre noch verheerender geworden, hätte vielleicht sogar die ganze Welt verbrannt.

»Das dürft Ihr nicht tun!«, rief sie aus.

»Doktor?« Ruhndor sah sie an.

»Ich weiß, was Ihr vorhabt!« Ihre Bewacher mussten Kriss gewaltsam zurückhalten. »Aber Ihr dürft es nicht!«

»Ihr begreift nicht«, stellte Ruhndor gelassen fest.

»Ich begreife nur zu gut! Ihr wollt einen neuen Krieg beginnen und –!«

Der General zeigte die Parodie eines Lächelns. »Ihr irrt Euch, Doktor.«

»Was ist es dann?« Kriss' Wächter hielten sie an den Schultern fest. »Wollt Ihr einen Rachefeldzug gegen Seine Majestät beginnen? Oder die Speicher an den Höchstbietenden verkaufen? Begreift Ihr nicht, welche Gefahr diese Kristalle darstellen?«

»Natürlich begreife ich das«, sagte Ruhndor todernst. »Wir sind nicht hier, um Krieg zu führen oder Geld zu machen.«

»Wofür dann?«, fragte Lian.

»Ihr wisst, wie es in der Welt aussieht.« Der General tat ein paar Schritte tiefer in das Gewölbe hinein. »Egal, ob zu Hause in Miloria, in Parandir oder Hestria – jede der großen Nationen kann es kaum erwarten, das Große Feuer wieder zu entzünden und seine Gegner endgültig in die Knie zu zwingen.«

Kriss sah ihn düster an. Aber sie ließ ihn ausreden. Auch Dorello und die anderen Graujacke lauschten gebannt Ruhndors Worten.

»Nach dem Waffenstillstand haben viele Länder nach Dalahan gesucht, in der Hoffnung, dort weitere Waffen zu finden. Auch die Expedition, zu der Eure Mutter aufgebrochen ist, hatte dieses Ziel, auch wenn Seine Majestät dies den Archäologen wohlweislich verschwiegen hatte. Derweil hatte ich eigene Nachforschungen angestellt …«

»Und seid auf die Chronik aus dem Kloster gestoßen …«

»In der diese Speicher beschrieben wurden.« Ruhndor sah Kriss an. »Mir war klar, was geschehen würde, sollten sie in die falschen Hände fallen. Ihr habt gesehen, was ælonische Maschinen wie der Schiffsfresser anrichten können. Stellt Euch die Vernichtungskraft einer Armee vor, die Hunderte dieser Kreaturen besitzt.«

»Und welche sind die *richtigen* Hände?«, wollte Lian wissen. »Eure etwa?«

Ruhndor umklammerte den Knauf seines Stocks. »Nein. Niemand darf so viel Macht besitzen. Wir sind nicht hier, um die Kristalle anzuzapfen, Junge.«

Lian verzog skeptisch die Augenbrauen. »Sondern?«

»Um sie zu vernichten«, sagte der General.

»*Was?*« Kriss glaubte, sich verhört zu haben – Dorello schien es ähnlich zu gehen. Während die Graujacken durcheinander murmelten, verriet ihr die Miene des Adjutanten, dass er von dieser Eröffnung genauso verwirrt war wie sie.

»Wer's glaubt«, höhnte Lian.

Ruhndor ignorierte ihn. »Die Ælonische Epoche muss ein für alle Mal zu Ende gehen. Mit all den Schrecken, die sie hervorgebracht hat.«

Kriss trat vor. Ihre Wächter ließen sie nur einen halben Schritt machen. »Aber – wenn Ihr die Speicher vernichtet, wird das Ælon in die Atmosphäre entweichen!«

»Und wenn schon.« Der General machte eine abfällige Geste. »Auf die ganze Welt verteilt ist es nicht mehr als ein Hauch. Harmlos. In dieser konzentrierten Form jedoch …« Er schwieg einen Moment. »Es darf kein zweites Großes Feuer geben, Doktor. Ich dachte, gerade Ihr würdet das verstehen.« Er richtete seinen Stock auf Kriss.

»Das … das tue ich«, sagte sie, unsicher, ob er ihr nicht nur etwas vorgaukelte. »Aber die Insel wird untergehen, wenn –!«

»Natürlich. Nur werden wir dann längst nicht mehr hier sein.«

Kriss wehrte sich gegen den Griff der Graujacken. »General! Dalahan ist der größte archäologische Fund aller Zeiten! Ich … ich kann nicht zulassen, dass Ihr die Insel zerstört!«

Ruhndor sah mitleidig auf sie herab. »Mach dich nicht lächerlich, Kind«, sagte er.

»Wenn Ihr wirklich so'n nobles Ziel habt«, begann Lian, »warum habt Ihr uns dann nix davon gesagt?«

Oder Eurer Mannschaft, fügte Kriss in Gedanken hinzu. Traute er ihnen so wenig?

Ruhndors Gesicht war wie in Stein gemeißelt. Er hielt es offensichtlich nicht für nötig zu antworten.

Und wenn er es uns gesagt hätte?, überlegte Kriss. Hätte sie ihm auch nur ein Wort geglaubt? Nein, das hätte sie nicht. Immerhin war er Ruhndor der Verräter. Sie hätte es nur für einen Trick gehalten, den Versuch, sie zu täuschen, so wie sie es auch jetzt noch tat. Nur – welchen Grund hatte er, ihnen etwas vorzulügen, nun, wo er am Ziel war? Da lag ein Ausdruck in seinem menschlichen Auge …

Und wenn er die Wahrheit sagt?

Noch bevor Kriss sich klar wurde, was das bedeutete, kehrte sich der General seinen Soldaten zu. »Geht zurück nach oben. Nehmt, was ihr kriegen könnt – was immer ihr findet, es gehört euch. Herr Hauptmann, meldet dem Schiff, dass wir weiteres Schießpulver brauchen. Und eine Lunte, die uns genug Zeit gibt, die Insel vor der Sprengung zu verlassen.«

Dorello antwortete nicht.

»Ich habe Euch einen Befehl erteilt, Herr Hauptmann!«

»Und wir haben Euch gehört, General«, sagte Dorello – und richtete seine Pistole auf den General.

Kriss' Puls dröhnte ihr in den Ohren.

»*Korf*«, flüsterte Lian.

Die Graujacken blieben abwartend stehen. Die Miene des Generals verdüsterte sich, falls das überhaupt möglich war. »Was hat das zu bedeuten, Markon?«, bellte er.

»Es tut mir leid«, sagte Dorello. »Aber wir können nicht zulassen, dass Ihr die Speicher vernichtet.«

Der General fletschte die Zähne. Grüne Funken schienen aus seiner Augenprothese zu sprühen. »Das ist Meuterei.«

»Ich hoffe, Ihr nehmt es nicht persönlich.« Dorello klang ungewohnt ernst. Kriss spürte, wie sich die Härchen an ihren Armen aufrichteten. Sie spähte zu Lian, der wenigstens zwanzig Schritte von ihr entfernt war und wie sie festgehalten wurde. Auch er konnte nur zusehen, wie die Dinge noch mehr außer Kontrolle gerieten.

»Ihr habt das die ganze Zeit geplant?« Ruhndor sah von einer Graujacke zur nächsten. Manche der Männer und Frauen wichen seinem Blick aus.

»Nein«, antwortete Dorello. »Nicht die ganze Zeit. Die ersten paar Jahre haben wir wirklich an Eure Vision geglaubt. Wir haben Euch vertraut. Nur irgendwann ist uns klar geworden, dass selbst, wenn wir die Welt retten, wir immer noch Gejagte sein werden. Und wir sind es leid, uns zu verstecken, General.«

Seine freie Hand deutete zu den Kristallen. »Aber wenn wir mit diesem Schatz in die Zivilisation zurückkehren, wird uns jedes Königreich mit offenen Armen empfangen. Nach all den Jahren werden wir endlich wieder *frei* sein!« Er zeigte einen Schatten seines üblichen, gewinnenden Lächelns. »Und darüber hinaus unanständig reich.«

Ruhndor umklammerte seinen Stock. »Ihr könnt die Insel nicht ohne mich verlassen, Markon! Die *Morgenstern* –!«

»Könnt Ihr getrost behalten. Ihr selbst habt die Fluggeräte in der Stadt gesehen. Es dürfte kein Problem sein, sie mit der Energie aus den Kristallen wieder flottzukriegen.«

Ruhndor starrte ihn an. Kriss glaubte zu sehen, wie etwas in dem alten Mann zerbrach.

»Es tut mir leid«, wiederholte Dorello und es klang täuschend echt. »Nehmt ihn fest.«

Zwei Graujacken traten vor, ein Mann und eine Frau. Ruhndors Blick durchbohrte sie. Metall glitt über Metall, als er mit einem Streich eine Klinge aus seinem Gehstock zog. Mit einem Kampfschrei rannte er auf seinen ehemaligen Adjutanten los. Er musste wissen, dass er nicht weit kommen würde.

Kriss kniff die Augen zusammen, als der Knall durch das Gewölbe hallte. Sie hörte das Ächzen des Generals und einen Körper, der zu Boden ging, begleitet von klirrendem Metall. Als sie wieder hinsah, stemmte sich Ruhndor auf, als gäbe es die rauchende Wunde in seiner Brust nicht. Wieder ein Schuss – und der General brach endgültig zusammen. Der alte Mann lag auf dem Labyrinth aus gelbem und rotem Stein, in seinem eigenen Blut, keine zehn Schritte von Kriss entfernt. Sein bärtiges Gesicht war ihr zugewandt. Durch einen feuchten Schleier sah sie, wie das grüne Licht in seiner Prothese erlosch. Die Hände vor dem Mund, wandte sie sich ab.

»Hartnäckig, bis zuletzt«, murmelte Dorello und warf seine Pistole unter dem starren Juwelenblick der gläsernen Wächter fort. »Seht mich nicht so an, Doktor«, sagte er matt, als er sich zu Kriss drehte. »Seine hochheilige ›Mission‹ war das Einzige, das ihn am Leben gehalten hat. Es war ein Akt der Gnade.«

»Es war *Mord*! Ihr seid nichts als ein feiger Mörder!«

Dorello nickte nur, als habe er nichts anderes von ihr erwartet, und betrachtete den Leichnam des Generals.

»Er hatte Euch das Leben gerettet!« Kriss wischte sich das Nass von den Wangen. »Euch allen!«

»Und wir haben unsere Schuld acht Jahre lang abbezahlt.«

»Und jetzt wollt ihr die Obelisken an die nächste kriegstreibende Nation verkaufen?«

»Nein, nicht an die nächste.« Dorello versuchte ein Lächeln. »An die höchstbietende.« Ein paar Graujacken stimmten enthusiastisch zu.

»Es wird wieder Krieg geben!«, rief Kriss verzweifelt aus. Die Griffe ihrer Wächter schienen sich in ihre Schultern zu krallen.

»Es wird immer Krieg geben, Doktor.« Dorello zuckte mit den Achseln. »Krieg ist menschlich. Niemand von uns wird das ändern können. Aber wer über genug Geld verfügt, braucht sich selbst vor Krieg nicht zu fürchten.«

»Was machen wir mit der Leiche, Markon?«, fragte ein Mann mit gezwirbeltem Schnurrbart.

»Begrabt ihn draußen irgendwo. Es passt, dass er hier seine letzte Ruhe findet.« Erst jetzt schien Dorello zu seinem alten Selbst zurückzufinden. »Nun macht nicht so lange Gesichter«, sagte er zu seinen Kameraden, während zwei von ihnen Ruhndors Leiche nach draußen schafften. »Überlegt lieber schon mal, was ihr mit eurem Anteil anstellt!« Es hob die Stimmung sehr schnell.

»Und was wird aus uns, *Herr Hauptmann*?«, fragte Lian. Hass loderte in seinen Augen.

Dorello grinste breit. »Nun, ich hatte den Eindruck, dass es Euch auf der Vulkaninsel gut gefiel. Eure grünen Freunde werden sich freuen, Euch so bald wiederzusehen. Aber vorher könnt Ihr Euch noch einmal nützlich machen, Doktor, indem Ihr die Kristalle nach Fallen –«

Da ertönte ein Schuss. Und noch einer. Und noch einer. Alle Blicke wurden zum Eingang des Gewölbes gerissen – Kriss sah zu, wie eine der Graujacken, die den General fortgeschafft hatten, der Mann mit dem Schnurrbart, die Stufen hinabfiel und leblos auf dem Boden liegen blieb. Stiefel polterten auf der Treppe – im nächsten Moment stürmte eine Horde bewaffneter Männer und Frauen die Halle. Sie trugen lange Mäntel und blitzende Harnische. Ohne Fragen zu stellen, eröffneten sie das Feuer auf die Graujacken. Donner und Schreie und der Qualm von Schießpulver füllten das Herz von Dalahan.

Kriss hatte keine Ahnung, wer die Fremden waren oder was sie wollten, aber sie wusste, dass dies der Moment war, auf den sie solange gewartet hatte. Sie und Lian sahen einander an – und rissen sich mit einem Mal von ihren Wächtern los. Lian trat einen von ihnen um und schmetterte dem anderen seinen Schädel gegen die Nase, bevor er losrannte und einen von Kriss' Bewachern mit der Schulter rammte. Der letzte der vier Wächter machte Anstalten sich auf Kriss zu werfen, als eine Pistolenkugel in den Rücken des Mannes schlug und er mit großen Augen umkippte.

Kriss lief zu Lian, sie schlang die Arme um ihn und hielt ihn fest, während ihr ganzer Körper zitterte.

So schnell, wie das Gefecht entbrannt war, war es auch schon wieder vorbei. Die Fremden hatten im Kampf acht ihrer Kameraden verloren, aber gut drei Dutzend von ihnen standen noch.

Der Großteil der Graujacken hingegen lag verletzt oder tot am Boden. Der Rest, kaum eine Handvoll, stand mit erhobenen Händen da und flehte um Gnade.

Weitere Schritte ertönten von der Treppe. Mit geschulterten Musketen und Säbeln an ihren Gürteln geleiteten zwei der fremden Soldaten eine Frau in einem langen Samtmantel in das Gewölbe. Sie war sehr schön, ihr Haar lang und braun, die Schläfen grau. Ein Lächeln lag auf ihren Lippen, als sie Kriss in der Menge ausmachte.

»Doktor Odwin«, sagte Baronin Gellos und zog ihre ledernen Handschuhe aus. »Wie schön, Euch wiederzusehen.«

Scherben

»Und Lian«, die Baronin kam auf sie zu, während ihre Soldaten Haltung annahmen, »du glaubst gar nicht, wie froh ich bin, dass es dir gut geht.«

»Ihr kennt mich doch, Madame.« Lians Lächeln kam Kriss falsch vor. »So leicht kriegt man mich nich' unter.«

Kriss begriff überhaupt nichts mehr. Warum war er nicht genauso überrascht, verwirrt, verdattert wie sie, seine Herrin zu sehen? Natürlich, sie hatte gewusst, dass die Baronin auf dem Weg war. Aber wie hatte sie Dalahan gefunden? Wie war sie an Ruhndors Leuten vorbeigekommen?

Kriss überkam das schreckliche Gefühl, etwas unglaublich Wichtiges verpasst zu haben. Als käme sie zu spät zu einem Theaterstück. Nur halb nahm sie wahr, wie ein Soldat einen ihrer Graujackenwächter anherrschte, ihm den Schlüssel für die Fesseln zuzuwerfen. Als Lians Eisenketten endlich klirrend von ihm abfielen, streckte er ächzend vor Schmerz die Arme aus und rieb sich die wunden Handgelenke.

»Wie geht es deiner Schulter, Lian?« Die Baronin betrachtete besorgt den roten Fleck auf Lians Hemd.

»'S geht wieder, Madame«, sagte er. Kriss kannte ihn mittlerweile gut genug, um die Furcht aus seiner Stimme herauszuhören.

»Sehr schön.« Mit einem mütterlichen Lächeln streichelte die Baronin Lian über das Haar. »Ihr habt eine Menge hinter euch. Aber jetzt seid ihr außer Gefahr.«

Kriss setzte zu einer Frage an, aber es war Dorello, der sie aussprach: »Wo kommt Ihr so plötzlich her?«

Die Hände erhoben, stand der frühere Adjutant des Generals keine zwanzig Schritten von ihnen entfernt, eine Pistole im Rücken. Tiefe Verwirrung lag in seinen blassblauen Augen.

»Hauptmann Dorello«, sagte die Baronin. Es klang wie ein Fluch. »Ich fürchte, zwischen uns ist noch eine Rechnung offen.«

»Madame!« Dorello versuchte sein patentiertes Lächeln. »Hochwohlgeboren! Bitte! Ich bin sicher, wir können uns irgendwie einigen –!«

Die Baronin nickte dem Soldaten hinter ihm zu.

»Nein, wartet!«, rief Dorello panisch. »I-Ihr könnt die Kristalle haben!«

Kriss kniff die Augen zusammen, als ein Schuss krachte. Dorello stürzte mit dem Gesicht nach unten zu Boden. Kriss bekam eine Gänsehaut, als sie hörte, wie seine Nase mit einem leisen Knirschen brach. Dorellos Tod brachte ihr keine Genugtuung. Im Gegenteil, sie zitterte.

»Das war für Kapitän Bransker.« Die Stimme der Baronin war voller Verachtung.

Kriss versuchte, nicht zu Dorellos Leiche zu sehen, oder zu den anderen toten Männern und Frauen, die um sie herum verteilt lagen wie Puppen nach einem Wirbelsturm. Der klebrig-süße Geruch von Blut, gemischt mit Schießpulver lag in der Luft. Tod. Das ganze Gewölbe stank danach und das Gewimmer der Verletzten klang wie ein entsetzlicher Chor. Sie wollte weg von hier – nur weg.

»Wie-Wie seid Ihr hierhergekommen, Madame?« Irgendwie schaffte sie es, die Worte herauszubringen, ohne dass sie zu einem Krächzen wurden.

»Mit der *Kompassnadel* natürlich«, antwortete die Baronin. »Kurz nach Eurer Begegnung mit dem Schiffsfresser sind wir aus Miloria aufgebrochen. Auf dem Weg erfuhren wir dann, wo sich Dalahan befindet – und wie es aussieht, kamen wir gerade noch rechtzeitig hier an.«

›Erfuhren‹? Woher? Von Orrm und seinem Volk? Hatten sie den Kinder der Erde etwas angetan? Aber Kriss erhielt keine Gelegenheit zu fragen, denn die Baronin

fuhr im gleichen vergnügten Plauderton fort:

»Wir hatten die Insel aus dem Westen angeflogen und sind außerhalb der Stadt gelandet. Danach haben wir uns zu Fuß zum Palast aufgemacht und uns von dessen Rückseite Zugang verschafft. Ich bezweifle, dass die restliche Besatzung der *Morgenstern* uns bemerkt hat. Ruhndors Lakaien innerhalb des Palastes dagegen haben uns auf jeden Fall bemerkt.« Baronin Gellos schmunzelte und ein paar ihrer Soldaten stimmten mit ein.

»Nein!« Kriss schüttelte heftig den Kopf. »Das … das hatte ich nicht gemeint! Woher - woher wusstet Ihr, wo die Insel liegt - und dass der General und seine Leute –?«

»Mein Lian hat es mir verraten«, sagte die Baronin sanft und tätschelte dabei eine Tasche ihres Mantels, als wäre das Teil der Antwort.

Kriss blinzelte. Ihr Magen schien sich in eine Faust aus Blei zu verwandeln. »Was? Aber - wie?« Sie drehte sich zu Lian. Doch er wandte beschämt den Blick ab.

»Ich hab' getan, was Ihr verlangt habt, Madame!«

»Das hast du, Lian.« Wieder streichelte die Baronin ihn. Kriss sah Lians Nasenflügel zucken. »Und ich bin stolz auf dich. Sobald wir zu Hause sind, werde ich das Gerät entfernen.«

Das Gerät? Kriss blickte von der Baronin zu Lian. Ein schrecklicher Verdacht stieg in ihr hoch und ließ sie nur noch mehr schwindeln.

»Ihr habt versprochen –!«

»Dich freizulassen, sobald deine Arbeit beendet ist, ja.« Bedauern lag in den Worten der Baronin. »Leider gibt es immer noch eine Menge zu tun. Schließlich müssen wir diese Brocken irgendwie nach Hause schaffen. Und ich glaube kaum, dass wir die ganze Insel nach Miloria fliegen können. Es würde zu sehr auffallen, meinst du nicht auch? Hmm.« Sie tippte sich nachdenklich ans Kinn. »Wie es scheint, müssen wir die Dinger zerlegen … oder einen Tunnel bis an die Oberfläche sprengen.«

»Die Leute von der *Windrose* sind noch auf Ruhndors Schiff«, erinnerte Lian scharf.

Die Baronin nickte ernst. »Ich habe sie nicht vergessen, Lian. Aber die Zeit drängte, wir mussten hier sein, bevor Ruhndor die Kristalle zerstören konnte, daher hatten wir noch nicht die Gelegenheit, sie zu befreien. Doch das hat keine Eile. Die wenigen verbliebenen Handlanger des Generals stellen keine Bedrohung dar. Und ohne Ruhndor können sie nicht abheben, wie du weißt.« Sie drehte sich zu einem Soldaten: »Hauptmann. Eure Leute sollen hier aufräumen. Ich will nicht, dass jemand über die Leichen stolpert. Und versorgt die Verwundeten – auch die des Generals. Wir sind schließlich keine Unmenschen.« Letzteres sagte sie mit einem Seitenblick zu Kriss, als wollte sie sichergehen, dass sie sie auch hörte.

»Zu Befehl, Madame!«

Die Soldaten machten sich augenblicklich an die Arbeit. Einige packten zu zweit Arme und Beine der Toten, während andere die verletzten Graujacken auf die Beine brachten, oft unter Androhung von Gewalt.

»Geht es Euch gut, Doktor?«

Die Worte der Baronin erreichten Kriss, als wäre sie unter Wasser. Sie versuchte verzweifelt, Blickkontakt mit Lian aufzunehmen. Doch er vermied es immer noch sie anzusehen. »Ihr … Ihr wusstet die ganze Zeit von den Speichern, Madame?«

»Oh nein!« Die Baronin lachte. »Nein. Ich wusste nur, dass, was immer sich auf Dalahan befindet, sehr wertvoll sein musste und Geld für unsere Sache bringen würde. Dieser Fund hier allerdings übertrifft alle meine Erwartungen.«

»Eure … *Sache*?«

Die Baronin verwirrte sie noch mehr mit einer knappen Verbeugung. »Doktor Odwin … Krisstenja. Ich stehe tief in Eurer Schuld. Ihr habt dem Königreich Miloria einen unschätzbaren Dienst erwiesen.«

»Äh, habe ich, Madame? Und … wie?«

Baronin Gellos seufzte, so wie Bria es früher getan hatte, wenn sie ein schwieriges Thema erläutern musste, ohne zu wissen, wie sie anfangen sollte. »Krisstenja – ich respektiere Euch zu sehr, um Euch etwas vorzumachen, daher bin ich ehrlich zu Euch.

Ich weiß, Ihr interessiert Euch nicht halb so sehr für Politik wie für Archäologie. Dennoch müsst auch Ihr wissen, dass ein Reich nur so stark ist, wie der König, der es regiert. Und so leid es mir tut, dies zu sagen, aber Seine Majestät ist alles andere als ein starker König. Er ist kurzsichtig und unfähig. Sicher habt Ihr von den parandirischen Truppen munkeln hören, die sich hinter der Grenze sammeln. Es wird nicht lange dauern und König Bekkard wird sich zu einem neuen Krieg hinreißen lassen – lange bevor Miloria dazu bereit ist. Wenn unsere Heimat weiterhin frei und unabhängig bleiben soll, dann muss ihn jemand davon abhalten.«

Kriss starrte sie an. »Ihr wollt Seine Majestät stürzen?«

»Ihr sagt das, als sei es etwas Schlechtes.« Ein flüchtiges Lächeln erschien auf den Lippen der Baronin. »Krisstenja – es ist nur eine Frage der Zeit, bis die benachbarten Königreiche Milorias Schwäche ausnutzen und uns angreifen. Sicher wollt Ihr das genauso wenig wie ich.«

»Stattdessen wollt Ihr ihnen zuvorkommen. Ist es das?«

»Nein«, sagte die Baronin sanft. »Meine Verbündeten und ich … wir wollen keinen neuen Krieg. Im Gegenteil, wir wollen den Frieden bewahren.«

»Und wie helfen Euch die Kristalle dabei?«

»Sobald ein fähigerer Herrscher auf dem Thron sitzt, werden wir eine neue ælonische Armee aufbauen. Niemand wird es wagen, uns anzugreifen, wenn wir genug Stärke zeigen.«

Kriss fürchtete sich vor der Antwort auf ihre nächste Frage. »Und was habt Ihr mit mir vor? Das Gleiche wie mit Hauptmann Dorello?«

Die Baronin lachte, warm und glockenhell. »Aber Krisstenja, ich bitte Euch, seid nicht albern. Warum sollte ich das tun, hm? Wie ich sagte: Ich bin Euch zu tiefstem Dank verpflichtet. Man wird Euch zu Hause als Heldin feiern. Stellt Euch vor, wie stolz Eure Mutter auf Euch wäre. Oder Euer Vater. Soweit ich weiß, habt Ihr ihn im Krieg verloren. Ihr könntet andere junge Menschen davor bewahren, das gleiche Schicksal zu erleiden.

Ich verspreche Euch sogar, dass Dalahan erhalten bleibt. Wir werden der Insel genug Energie lassen, damit sie weiterhin schwebt. Ihr könntet den Rest Eures Lebens der Erforschung der dalahanischen Kultur widmen.«

Kriss sah die Baronin an. »Ihr wollt also Waffen bauen, um sie dann niemals einzusetzen?«

»Ich wusste, Ihr würdet es verstehen.«

Ihre eigenen Worte schmeckten Kriss bitter wie Galle. »Bitte verratet mir noch eines: Wer wird die anderen Königreiche vor Miloria schützen?«

»Bitte?«

»Wer wird sie davor bewahren, von Eurer neuen ælonischen Armee angegriffen zu werden?«

Die Baronin legte eine Hand aufs Herz. »Krisstenja, ich gebe Euch mein Wort. Es liegt nicht in unserer Absicht, ein neues Großes Feuer zu entzünden.«

Kriss hielt ihren Blick. Sie hatte geglaubt, in der Frau eine Geistesverwandte zu sehen. Jemanden, der ihre Liebe zur Archäologie teilte. Warum die Enttäuschung so schmerzte, wusste sie nicht – immerhin hätte sie es vorhersehen müssen. Denn es stimmte, niemand war, was er schien. Nicht General Ruhndor, nicht Markon Dorello oder Lian. Und auch nicht Nejana Gellos.

Erst jetzt nahm sie aus den Augenwinkeln wahr, wie Lian seine rechte Hand an seine Hüfte gelegt hatte, den Zeigefinger und den Mittelfinger gekreuzt. Kriss erinnerte sich an ihre erste Begegnung mit Dorello in der Großen Bibliothek, als Lian ihr mit dem gleichen Zeichen zu verstehen gegeben hatte, dass dem Mann nicht zu trauen war.

Doch sie hatte die Baronin längst durchschaut. Sie würde sie nicht freilassen. Niemals. Schließlich konnte sie nicht riskieren, dass Kriss König Bekkard und anderen von dem Plan der Frau berichtete.

»Was sagt Ihr, Krisstenja?« Die Baronin sah sie freundlich an. »Werdet Ihr uns helfen?«

Und Kriss lächelte wie ein Frühlingsmorgen. »Aber natürlich, Madame. Ich weiß, die Speicher sind bei Euch in guten Händen.«

Die Baronin war sichtlich erleichtert. »Danke.«

»Madame!«, rief der Hauptmann. »Auf ein Wort!«

Baronin Gellos legte Kriss die Hand auf die Schulter. »Was ich getan habe, geschah allein zu Eurer Sicherheit, Krisstenja. Vergesst das nicht. Bitte erkläre es ihr, Lian.« Sie warf ihrem Schützling einen letzten Blick zu, dann wandte sie sich an den Hauptmann, um die beste Möglichkeit zu erörtern, die Ælon-Kristalle aus dem Gewölbe zu schaffen.

Kriss hatte Lian noch nie zuvor so elend gesehen. Nicht im Turm der Lavawürmer. Nicht, als er mit blutender Schulter vor ihr gelegen hatte. *Nicht du auch,* dachte sie. *Bitte nicht.*

»Man nennt es ’nen ›ælonischen Spion‹.« Seine Stimme klang leblos, leer. Selbst jetzt noch vermied er es, sie anzusehen. »’S is’ ganz klein, winzig. Ungefähr so.« Er zeigte auf den Nagel seines kleinen Fingers.

»Man schluckt's runter und es bleibt in deinem Bauch. Es is' die ganze Zeit mit 'nem ander'n Gerät verbunden – 'ne Kristallkugel, so groß wie 'ne Faust. Alles, was ich seh' und höre, wird an das Ding übermittelt – damit *sie* es sieht und hört. Und wenn nich' sie, dann ihre Diener. So oder so, wenn ich nich' spure … dann gibt's Schmerzen. Oder Schlimmeres.«

Kriss hatte das Gefühl am Boden festzufrieren.

Sie wusste, was ein ælonischer Spion war. Vor über dreihundert Jahren hatte die Geheimpolizei des Kiradianischen Reiches dieses Gerät zur Bespitzelung ihrer Gegner – und der eigenen Mitglieder – verwendet. Und sie wusste auch, dass sie heutzutage in allen zivilisierten Ländern verboten waren. Trotzdem sickerte die Bedeutung seiner Worte nur langsam in ihren Verstand.

»Weißt du noch, wie ich gemeint hab, 's gibt 'n paar Dinge, die ich dir nicht sagen darf?« Erst jetzt drehte Lian sich ihr zu und grinste kraftlos mit einem Mundwinkel. »Tja, das war eins davon.«

Die Erinnerungen stürmten auf Kriss ein. Auf einmal ergab alles Sinn. Warum er vor Beginn ihrer Reise immer den Eindruck gemacht hatte, die Baronin könnte ihn hören und deswegen ständig seine Aussprache verbessert hatte. Warum er geglaubt hatte, »andere Hilfe« könne kommen, als sie im Turm gefangen waren. Seine Bauchkrämpfe, wenn er etwas Abfälliges über seine Auftraggeberin gesagt hatte. Seine vermeintlichen Selbstgespräche.

All das hätte sie sehen müssen. Aber sie war wie blind gewesen.

Er hatte sie ausspioniert. Genau wie Umi. Sie dachte an all die Dinge, die sie ihm erzählt hatte, als sie allein gewesen waren – nur dass sie eben *nie* allein gewesen waren. *Jedes Wort, seit sie zusammen gewesen waren … jeder Kuss.*

Sie sah ihn an und auf einmal stand ein Fremder vor

ihr. »Es gab nie einen geheimen Treffpunkt, den du und der Kapitän abgesprochen habt …«

»Nee.« Lian schüttelte den Kopf. »Bransker hat 'n and'res Gerät in seinem Quartier gehabt, mit dem er das Ding in meinem Bauch überall ausfindig machen konnte. Für Notfälle. Er … er war übrigens der Einzige, der sonst davon gewusst hat.« Er schien nicht ernsthaft zu glauben, dass es sie beruhigen würde. »Kriss … Ich wollt's dir sagen, ehrlich – aber sie hätt's nich' erlaubt!«

Kriss starrte ihn an und berührte ihre Lippen. Sie erinnerte sich an den ersten Kuss, in der Nacht vor dem Angriff des Schiffsfressers. Wie er sich von ihr zurückgezogen hatte. »Ich kann nicht«, hatte er gesagt. Warum? Weil er genau gewusst hatte, dass dieser Moment kommen würde, der Moment, wenn sie erfuhr, dass er sie verraten hatte? Ein neuer Gedanke traf sie wie ein Peitschenhieb. Was, wenn die Baronin ihm befohlen hatte, so zu tun, als würde er etwas für sie empfinden, um in ihrer Nähe zu sein, um sie auszuhorchen?

Sie ballte die Hände zu Fäusten. Sie zitterten. Ihre Augen brannten.

Was konnte sie noch glauben?

Ihr wurde übel. Sie fühlte sich krank. Ihre Haut brannte und fröstelte gleichzeitig.

»Ich hätt's dir gesagt, wenn ich gekonnt hätt'!« Lian klang so jämmerlich wie nie zuvor. »Bitte glaub mir! Aber sie hat versprochen, mich erst freizulassen, wenn ich tu', was sie sagt!«

»*Zu Eurer Sicherheit*«, hatte die Baronin gesagt, als sie ihr Lian zur Seite gestellt hatte. Nur dank des Spions waren sie und ihre Leute rechtzeitig gekommen, bevor Dorello mit den Kristallen verschwinden konnte. Jedoch nicht, um sie oder Lian zu retten. Nur um ihr »Eigentum« zu schützen. Krisstenja Odwin war für sie nur ein Mittel zum Zweck.

Lians Augen glänzten feucht. »Bitte sei nich' böse!«

Er wollte nach ihrer Hand fassen, aber sie ließ es nicht zu. Wut kochte in ihr hoch. Sie war benutzt worden wie ein Spielzeug und sie hatte die Baronin direkt hierher geführt – und wofür? Für einen weiteren Krieg.

»Bitte!« Lians Stimme bebte. »Ich liebe dich! Das is' die Wahrheit!«

Da blickte Kriss zu ihm auf. Und für einen Moment verrauchte ihre Wut, als sie ihn sah, so kläglich, gebrochen. Ganz anders als der Junge, in den sie sich verliebt hatte und doch derselbe.

»Bitte sag was!«

Sie nahm seine Hand und drückte sie.

»Ich glaube dir«, sagte sie.

Lian begann durch seine Tränen zu lächeln.

»Ich weiß, dass du keine Wahl hattest.« Sie strich ihm eine Haarsträhne hinters Ohr. »Aber sie wird dich nicht gehen lassen«, flüsterte sie. »Dafür liebt sie dich zu sehr – auf ihre eigene, kranke Art. Sie wird dich bei sich behalten. Für immer.«

»Sie hat es versprochen«, sagte Lian. Aber seine Miene verriet ihr, dass sie aussprach, was er insgeheim immer befürchtet hatte.

Eine Weile standen sie nur so da, in den Armen des anderen. Kriss blickte an Lian vorbei und sie sah die Baronin im Kreise ihrer Soldaten, sah die gläsernen Wächter mit ihren mitleidslosen Blicken aus blauen Edelsteinen – und die Kristallobelisken, wegen denen so viel Blut vergossen worden war. Ælon. Die Gier der Menschen danach schien nichts als Tod und Elend zu bringen. Sie dachte an das Allerheiligste im Tempel der Zeit. An das Skelett des Grabräubers, getötet von lebendigem Sand, der auch Alrik und sie beinahe verschlungen hätte und –

Kriss riss die Augen auf. Sie löste sich von Lian, für einen Moment von einer Idee erfüllt.

Er schien zu ahnen, dass etwas in ihr vorging. Aber er stellte keine Fragen. Sie beide wussten, dass die Baronin die Antwort hören würde.

»Krisstenja.« Wie von ihren Gedanken gerufen, kehrte Baronin Gellos zu ihnen zurück. »Entschuldigt, ist dies ein schlechter Zeitpunkt?«

Kriss wischte sich die Wangen trocken. »Nein«, log sie. »Überhaupt nicht. Ich habe nur gerade daran gedacht, wie schön es ist, bald wieder zu Hause zu sein.«

Die Baronin lächelte mitfühlend. »Dann darf ich Euch um einen letzten Gefallen bitten?«

Kriss sah sich um. Als wären es bloße Mehlsäcke, hatten die Soldaten die Toten neben der Tür gestapelt. Einer davon war der tote General. Kriss unterdrückte ein Schaudern. »Einen Gefallen, Madame? Äh, natürlich. Welchen?«

»Die Dalahaner haben diese Kristalle garantiert nicht ungeschützt gelassen. Wenn es hier Fallen gibt, könnt Ihr mit Eurer Erfahrung uns bestimmt helfen, sie zu umgehen.«

»Natürlich, Madame«, sagte Kriss. »Mit dem größten Vergnügen.«

Lians Blick flehte sie an, vorsichtig zu sein – was auch immer sie vorhatte. Kriss holte tief Luft und versuchte, ihre zuversichtliche Miene beizubehalten.

Sie spürte die Blicke der Soldaten und der Baronin in ihrem Rücken, als sie sich vorsichtig dem nächsten gläsernen Wächter näherte. Sie richtete dabei ihre Brille, in der Hoffnung, dass dies besonders gelehrt wirkte.

Sie sah ihr eigenes Spiegelbild in dem blauen Edelsteinauge der Statue größer werden. Das Ding war fast dreimal so groß wie sie selbst und keine zehn Schritte von ihr entfernt. Das Ælon in dem Kristallturm dahinter glitzerte und flirrte wie Diamantenstaub im Wind. Für einen Moment hatte Kriss die Befürchtung, die funkelnde Säule könne auf sie stürzen.

Jeder Fehler würde ihr letzter sein. Und selbst wenn ihr Plan gelang, bestand die Gefahr, dass sie und Lian dafür mit dem Leben bezahlten.

Schweiß lief ihr über die Haut. Ihre Zunge klebte am Gaumen fest. Sie schluckte mit knochentrockener Kehle.

Auf halbem Wege stieß ihr Fuß gegen einen Gegenstand. Dorellos Pistole. Sie schloss kurz die Augen und sammelte sich. Ihre Hand berührte Brias Brille in ihrer Tasche. *Hab keine Angst*, hörte sie ihre Mutter sagen.

Kriss verharrte einen Moment. Atmete einmal tief durch, dann ein zweites Mal.

»Madame!«, rief sie schließlich.

»Krisstenja?« Die Baronin ließ Lian stehen und näherte sich ihr.

Kriss drehte sich um. »Ich gebe Euch und Euren Soldaten eine letzte Chance, diese Insel zu verlassen.«

»Bitte?« Die Baronin grinste, als habe sie etwas sehr Komisches verstanden.

»Dalahan gehört den Toten. Ich kann nicht zulassen, dass Ihr die Kristalle mit nach Hause nehmt. Bitte seid vernünftig und verlasst die Insel.«

Einige der Soldaten feixten. Kriss konnte es ihnen nicht einmal verübeln.

Tu es!, sagte Lians Blick. Sie fragte sich, ob er noch so zuversichtlich gewesen wäre, wenn er gewusst hätte, was sie vorhatte.

»Und wenn wir uns weigern?«, fragte die Baronin amüsiert. »Was wollt Ihr dann tun?«

»Das!«, antwortete Kriss. Sie bückte sich nach der Pistole, packte den Griff aus poliertem Bernsteinholz – und schleuderte die Waffe gegen den Obelisken hinter der Statue. Doch sie schlug nur ein paar Splitter aus dem Kristall, mehr nicht.

»Ich fürchte, das war nicht sehr hilfreich, meine Teure«, sagte die Baronin.

Und die gläsernen Wächter erwachten zum Leben.

Schillernde Staubteilchen schossen aus versteckten Ælon-Speichern unter den Füßen der Riesen und füllten deren durchsichtige Leiber, als schlüpften bunte Geister in gläserne Rüstungen. Zehn Juwelenaugen glühten im Einklang auf – und die Statuen begannen sich zu bewegen. Schritt für Schritt stapften sie auf die Menschen zu und kreisten sie ein, ihre klingenbewehrten Hände drohend erhoben.

Genau wie Kriss gehofft hatte, bildeten die Soldaten der Baronin augenblicklich einen Ring um ihre erschrockene Herrin. Eine erste Welle von Musketenfeuer donnerte auf, dann eine zweite, während die leergeschossenen Waffen neu geladen wurden. Aber die Soldaten stellten sehr schnell fest, dass die gläsernen Wächter aus etwas sehr viel Härterem bestanden als Glas, und ihre Kugeln prallten von den funkelnden Leibern der Giganten ab wie von Diamant.

Schon bei der ersten Bewegung der Wächter hatte Kriss kehrtgemacht und war zurückgelaufen. Das gläserne Monstrum, das sie mit der Pistole beworfen hatte, folgte ihr. Anfangs noch langsam und behäbig wie ein alter Graubuckel, gewann es mit jedem Schritt an Geschwindigkeit. Kriss spürte seine Masse hinter sich, hörte das Krachen seiner Füße auf Stein. *Schneller! Schneller!*

Mittlerweile herrschte pures Chaos. Die anderen neun Wächter hatten begonnen, den Kreis aus Soldaten auseinander zu schlagen – Männer und Frauen flogen schreiend durch die Luft. Wieder und wieder krachten Schüsse, blaue Juwelen glühten durch den Nebel von Musketenrauch. Kriss hatte keine Ahnung, was mit der Baronin geschehen war, ob sie noch lebte oder von den Wächtern zerquetscht worden war. Ihre einzige Sorge galt Lian. Keuchend sah sie sich um. Wo war er?

Plötzlich rammte sie etwas von der Seite und riss sie um, kurz bevor die transparente Faust des Wächters die Steinplatten zerschmetterte, auf denen Kriss eben noch gestanden hatte. »Lian«, krächzte sie, Schießpulverqualm ließ sie Husten. Ohne ein Wort sprang Lian neben ihr wieder auf, ergriff ihre Hand und zerrte sie auf die Beine. Im selben Moment nahm sie der Wächter wieder ins Visier und setzte ihnen nach.

Kriss strengte jeden Muskel an, um mit Lian Schritt zu halten. Sie liefen querfeldein vorbei an den Soldaten, die mit Musketen, Säbeln oder bloßen Fäusten gegen die Wächter vorgingen.

Selbst durch die verqualmte Luft sah Kriss, dass der Ausgang des Gewölbes sich geschlossen hatte, genau wie damals die Tür im Allerheiligsten.

»Wie … kommen … wir da … durch?« Jeder Atemzug brannte in ihren Lungen, als habe sie pulverisiertes Glas eingeatmet. Der Wächter verfolgte sie noch immer, holte auf.

Schweiß glänzte auf Lians Stirn, er blinzelte in einem fort gegen den Qualm an. »Bei drei lass mich los und lauf zur Seite!«, rief er über den Lärm.

»Was hast du –?«

»Tu es einfach! *Drei!*«

Kriss gehorchte wie aus Reflex. Sie trennte sich von ihm und schlug einen Haken, während Lian weiter zur Tür rannte. Der Gigant blieb dicht hinter ihm. Er hob den massigen Arm zu einem Schlag, der einen Baum entwurzelt hätte. Lian sprang zur Seite und warf sich zu Boden –

Kriss blinzelte ungewollt, als die Faust des Wächters die Tür wie ein Rammbock durchbrach. Lian war längst wieder auf den Beinen. Mit nur ein paar Schritten Abstand rannte er an dem gläsernen Ungetüm vorbei und winkte mit den Armen. »Hierher! Fang mich, wenn du kannst!«

Der Kopf des Wächters drehte sich um hundertachtzig Grad. Sein Auge blitzte auf, als es Lian anvisierte. Der Wächter ließ von der Tür ab und stapfte ihm hinterher.

»Kriss! Lauf!«

Und Kriss lief. Sie hetzte zum Ausgang und rettete sich durch die demolierte Tür auf die ersten Stufen der Wendeltreppe. »Lian!«

Er war noch immer damit beschäftigt, den Wächter auszumanövrieren. Mit angehaltenem Atem verfolgte Kriss, wie der Gigant wieder und wieder ausholte. Seine Schläge zerbröselten Stein, aber Lian war zu schnell für ihn. Der Wächter hob ein weiteres Mal den Arm - und Lian warf sich zwischen seine gläsernen Beine. Bevor der Wächter sich umgedreht hatte, war Lian längst unter ihm hindurch getaucht und setzte seine Flucht zur Tür fort.

Doch der Wächter gab die Jagd nicht auf. Er stapfte Lian nach, der Abstand zwischen beiden schrumpfte bei jedem Schritt. Kriss stand auf der ersten Stufe und streckte Lian die Hand entgegen. Er hatte die Tür gerade passiert, als der Wächter hinter ihm ausholte. Sein Körper war zu groß, um durch die Tür zu passen - doch nicht sein Arm.

Nein!

Kriss packte Lians Handgelenk, zog ihn zu sich auf die Treppe. Die Faust des Wächters schoss durch die Tür; Kriss und Lian landeten schmerzhaft auf den Stufen, nur einen Augenblick, bevor durchscheinende Klingen sie zerfetzt hätten. Kriss war nicht fähig zu atmen, zu *denken*, als die Diamantfaust des Wächters für einen Moment über ihren Köpfen schwebte. Steinsplitter flogen, als sie auf die Treppe krachte; Kriss und Lian hatten sich im letzten Moment zu beiden Seiten gerollt und rappelten sich auf. Sie rannten die Stufen hinauf, während hinter ihnen der Arm des Riesen frustriert gegen Wände, Decke und Boden schlug.

Selbst als das Geräusch von brechendem Stein irgendwann verstummte, wagte Kriss es nicht aufzuatmen.

»Woher wusstest du –?«, begann Lian, nach Luft ringend.

Kriss schüttelte den Kopf. »Wusste ich nicht«, japste sie. »Ich dachte mir … die Statuen stehen nicht umsonst dort unten!«

Einen Herzschlag lang lauschten sie den Schreien und Schüssen aus der Halle der Obelisken. Dann hasteten sie weiter die Treppe hinauf, so schnell, dass Kriss nach den ersten paar Windungen ganz schwindelig wurde.

Schritte polterten ihnen entgegen.

»Keine Bewegung!«

Zwei Soldaten der Baronin – einer groß und dick, der andere klein und dünn – machten vor ihnen Halt, die Musketen im Anschlag. »Wo wollt ihr hin?«

Kriss erstarrte. Zum Glück besaß Lian mehr Geistesgegenwart als sie. »Gut, dass ihr kommt! Die Baronin und die anderen brauchen Hilfe! Schnell! Irgendwelche Ælon-Monster haben sie angegriffen!«

»Aus dem Weg!«, forderte der dicke Soldat. Kriss und Lian drückten sich an die Wand des Treppenhauses, um ihn und seinen Kameraden passieren zu lassen. Sie warteten, bis die Soldaten außer Sicht waren – dann setzten sie ihre Flucht fort. Völlig außer Atem erreichten sie bald darauf das Foyer des Palastes. Lian ließ Kriss' Hand los. »Bleib hier!«, sagte er und machte Anstalten umzukehren. Kriss hielt ihn fest.

»Was hast du vor?«

»Keine Zeit für Erklärungen! Wart' hier auf mich! Versteck dich, falls einer kommt!«

»Lian –!«, begann sie, aber er brachte sie mit einem Kuss zum Schweigen. »Bin gleich zurück!«, versprach er.

Den Arm schützend vor das Gesicht gehoben, sah Baronin Nejana Gellos hilflos mit an, wie ihre Soldaten von den Kristallriesen in Windeseile aufgerieben wurden. Weder Feuer noch Stahl hielten die Dinger auf. Sie schleuderten mit einem Arm drei Männer durch die Luft und ließen mit dem anderen einen Kugelhagel an sich abprallen.

»Madame!«, rief einer der drei Soldaten, die sie wie menschliche Schutzschilde umgaben, während der Rest versuchte, die Glasmonster so weit wie möglich von ihr fernzuhalten. »Madame, Ihr könnt nicht hier bleiben!«

Ein Mann flog kreischend an ihnen vorbei und schlug mit schepperndem Harnisch auf dem Boden auf.

Die Baronin brauchte einen Moment, ihren Schrecken abzuschütteln. »Nein! Lian – wo ist Lian?« In ihrer Panik hatte sie ihn völlig aus den Augen verloren. Auch Krisstenja Odwin war verschwunden. Das kleine Biest hatte sie ausgetrickst. Es war beinahe zum Lachen.

Die Baronin spürte einen Stich von Eifersucht, als ihr klar wurde, dass Lian wahrscheinlich bei ihr war. Doch egal, wo er sich versteckte, sie würde ihn überall finden. Sie griff in ihre Manteltasche. Ihre Hand umfasste gerade die Messing-und-Kristallkugel darin, als einer ihrer Leibwächter rief: »Madame!«

Die Baronin erstarrte, als sie das Edelsteinauge sah, das sie ins Visier genommen hatte. Das Glasmonster preschte auf sie zu. Eine Handvoll Soldaten baute sich vor ihm auf. Sie hätten genauso gut versuchen können, sich einer Lawine entgegen zustellen.

»Zurück!«, befahl der Anführer der Leibwächter. Er packte die Baronin an der Schulter und zog sie hinter sich her, während die anderen beiden die Musketen hoben und auf die ælonische Maschine feuerten. Die Baronin hielt den Atem an. Eine Kugel prallte wirkungslos ab, die andere ließ das Juwel im Haupt des Monsters in einem Regen blauer Splitter zerspringen.

Das Ungetüm bäumte sich auf und stieß einen

stummen Schrei aus. Es schlug um sich, doch es traf nichts außer Luft. Es war blind!

»Die Augen!«, brüllte der Leibwächter. »Feuert auf die Augen!«

Mit schmerzhaft pochendem Herzen sah die Baronin zu, wie das geblendete Glasmonster weiter ziellos durch die Halle stapfte und dabei um sich schlug. Es kam einem der Obelisken gefährlich nahe. »Haltet es auf!«, schrie Nejana Gellos.

Aber als ihre Leute begriffen, war es schon zu spät. Die wirbelnden Fäuste des blinden Wächters krachten gegen den Kristallturm. Glänzende Scherben flogen und das Monster hämmerte weiter und weiter. Der Obelisk geriet ins Wanken – und stürzte im nächsten Moment wie ein gefällter Baum. Die Baronin presste die Hände an den Kopf, als der Obelisk mit ohrenbetäubendem Klirren gegen den nächsten Ælon-Speicher krachte, der seinerseits umgerissen wurde. Eine Wolke aus gleißendem Staub hüllte das Gewölbe ein, bevor sie sich im nächsten Moment verflüchtigte. Splitter von Glas und Stein flogen durch die Luft.

»Nein!«, wollte die Baronin ausrufen, da begann der Boden unter ihren Füßen zu beben. Mauerwerk und ælonische Lampen stürzten von der Decke, regneten auf Soldaten, Glasmonster und Obelisken gleichermaßen herab.

»Madame!«, rief der Anführer der Leibwächter. »Kehrt zurück zum Schiff! Schnell! Wir versuchen von den Kristallen zu retten, was wir können!«

Lian hetzte die Stufen hinab. Auf einmal war da wieder Hoffnung. Der Moment, vor dem er sich die ganze Zeit gefürchtet hatte, war gekommen und wieder vergangen und sie hatte ihm verziehen! Es gab ihm ein wenig von seinem alten Selbstvertrauen zurück, und das war gut, denn er brauchte jedes Quäntchen davon – oder er würde niemals frei sein.

Er zweifelte nicht daran, dass die Baronin zu allem fähig war. Lian hatte von ihrem Ehemann gehört, Baron Gellos, der die Stelzer in seinen Stallungen besser behandelt hatte als seine Frau und ihren Sohn. Dann, eines Tages, hatte sein Herz einfach aufgehört zu schlagen. Niemand hatte es laut ausgesprochen, aber Lian war nicht der Einzige, der es für möglich hielt, dass Gift im Spiel gewesen war. Aber er hatte keine Angst vor ihr. Nicht mehr.

Vielleicht hatte er Glück. Vielleicht gelang es ihm, ihr in den Wirren des Kampfes die Kugel zu entreißen. Vielleicht war die Baronin auch schon tot und er musste nur noch sichergehen, dass das verfluchte Gerät zerstört war.

Vielleicht würden die Wächterdinger ihn auch zermalmen …

Staub rieselte ihm ins Haar, als die Treppe plötzlich erbebte. Ächzend blieb Lian stehen. Mit angehaltenem Atem stützte er sich an der Wand ab und fühlte, wie das Mauerwerk unter seinen Händen zitterte. Aus den Eingeweiden der Insel ertönte ein tiefes Grollen, wie das Magengrummeln eines urtümlichen Ungeheuers. Und Schritte, vor ihm, auf der Treppe.

Es kam so schnell wie eine Henkersaxt:

Glühende Klingen durchbohrten seinen Magen und drehten sich in seinem Fleisch. Kalter Schweiß brach ihm aus, Schmerz lähmte jeden seiner Gedanken. Lian hielt sich den Bauch, doch es forderte nur noch mehr Schmerz heraus und zwang ihn in die Knie, raubte ihm den Atem. Er schrie.

Durch die roten Flecken vor seinen Augen sah er die Baronin auf der Treppe näherkommen. Ihre Miene war betrübt, ihr Blick verletzt, während ihre Hand die Kugel aus Messing und Kristall drückte, die bunter Staub umflirrte.

»Du hast mich bitter enttäuscht, Lian«, sagte sie.

Sie hatte nicht wirklich einen Plan. Die ganze Zeit war ihr vorrangiger Gedanke gewesen, aus dem Gewölbe zu entkommen. Wie sie von der Insel fliehen konnte, davon hatte Kriss nur eine vage Vorstellung.

Vorsichtig spähte sie durch eines der zerbrochenen Fenster in den knochenübersäten Vorhof des Palastes, wo noch immer die *Morgenstern* ruhte. Und sie würde das wohl noch eine ganze lange Zeit tun. Kriss verstand, warum die Baronin dem Schiff keine große Dringlichkeit beigemessen hatte. Ohne Ruhndor war es nur ein hässlicher Metallkoloss.

Aber Lorgis, Barabell und die anderen waren noch an Bord, eingesperrt im Frachtraum. Zumindest hoffte Kriss das. Sie musste sie befreien - nur wie? Sie hatte keine Waffen und Lian war immer noch nicht zurück.

Sie wusste, was er vorhatte und dass es an Selbstmord grenzte. Alles in ihr drängte sie dazu, zu ihm zu laufen.

Da begann der Boden unter ihren Füßen zu beben. Kalter Schrecken durchfuhr Kriss. Sie drückte sich gegen die Wand, während Teile der Decke zu Boden krachten und Glas barst.

Eine Erinnerung blitzte auf und für einen Augenblick floh sie wieder mit Alrik durch den Tempel der Zeit, während dieser in sich zusammenfiel.

Die Kristalle!

Sie mussten sie irgendwie beschädigt haben!

Kriss hielt es nicht länger aus. Sie stieß sich von der Wand ab, während um sie herum der Palast erzitterte.

Noch bevor sie den Raum mit dem Zugang zur Treppe erreicht hatte, hörte sie den Schrei.

Lians Schrei.

Der Schmerz verging. Einen Moment lang war er nur damit beschäftigt, zu Atem zu kommen. Lian betastete seinen Bauch, befürchtete, seine Finger in Blut zu baden, aber da war nichts, kein Blut, keine Wunde. Nun, von seiner Pein befreit, drängte sich ihm wieder das Grollen der Insel ins Bewusstsein. Der Staub und Mörtel, die von der Decke rieselten.

Keuchend blickte er zu der Baronin auf und eine Miniatur ihres Gesichts war in der Kugel zu sehen. Er hörte ihre Worte doppelt: einmal aus ihrem Mund und gleichzeitig aus dem Artefakt.

»Nach allem, was ich für dich getan habe, nach allem, was ich dir gegeben habe, willst du einfach davon laufen? Wie hast du dir das vorgestellt?«

Er kämpfte sich auf die Beine. »Zu … einfach«, keuchte er.

»Ich will dir nicht wehtun, Lian«, sagte die Baronin eindringlich. »Aber ich werde es tun, wenn du mich dazu zwingst.«

Er fühlte Glas in seinem Magen zersplittern. Er presste die Kiefer zusammen, bis er glaubte, seine Zähne selbst würden bersten. Dann hörte es plötzlich auf.

»Jetzt steh auf«, hörte er die doppelte Stimme der Baronin über sein Keuchen. »Wir müssen diese Insel verlassen!«

»Nein.« Lian legte die Hände an die Mauer, kämpfte sich auf die Beine.

Die Baronin sah ihn verwirrt an.

»Ich geh' nich' mit Euch!«

Nägel, die seinen Bauch durchbohrten. Feuer, das ihn von innen zerriss. Seine Beine zitterten. Nur mit äußerster Mühe konnte er sich davor bewahren zusammenzubrechen.

»Das war ein Befehl, Lian!«

Er presste jedes einzelne Wort zwischen seinen Zähnen hervor. »Und Ihr … könnt ihn Euch … sonst wohin stecken!«

Sie nahm ein wenig von dem Schmerz zurück. »Warum tust du mir das an?« Auf einmal klang ihre Stimme so leise und zerbrechlich. »Ich liebe dich!«

Lian konnte nicht anders. Er begann zu lachen, so bitter, dass er glaubte, Galle zu schmecken. Er schaffte es, einen Schritt auf sie zu zu machen. »Kriss hat recht, Ihr seid krank.«

Das schien sie ihm übel zu nehmen. »Du hast mir zu gehorchen, Lian!«

»Nein«, sagte er. »Nich' mehr.« Er wagte einen weiteren Schritt, aber neue Qualen trafen ihn wie ein Blitzschlag. Seine Beine gehorchten ihm nicht länger, er stolperte, landete auf einer Stufe, nur eine Armlänge von der Baronin entfernt. Dort lag er, ein schreiendes Bündel Schmerz, zitternd und bebend im Einklang mit der untergehenden Insel. Er streckte die Hand nach der Kristallkugel aus, aber die Baronin hielt das Gerät aus seiner Reichweite.

»Sei kein Narr«, sagte sie inständig. »Und komm mit mir!«

»Nein«, krächzte er.

Die Baronin schloss einen Moment die Augen. Sie sah nicht glücklich aus. »Wie du willst …« Ihr Daumen drückte den Knopf auf der Kugel fester. Lian hatte nicht einmal mehr die Kraft zu schreien. »Dann bleib!«

»*Hört sofort auf!*«, rief eine Stimme.

Unter Qualen sah Lian auf.

Mit den Händen an der Wand abgestützt, kam Kriss auf der bebenden Treppe zum Stehen.

Lian lag zehn Stufen unter ihr, vor Schmerzen gekrümmt, das Gesicht zu einer gequälten Grimasse verzerrt. Der Anblick zerdrückte ihr das Herz.

»Nein!«, brachte Lian hervor. »Nich'! Hau … ab!«

Die Baronin stand zwei Stufen unter ihm. Ihre rechte Hand lag auf der Wand, ihre linke hielt eine mit Messing verzierte Kristallkugel, in der Kriss ein Mosaik aus bunten Partikeln sah, das ihr eigenes Gesicht darstellte. »Hör besser auf ihn, Kind«, sagte die Baronin.

»Ich sagte, Ihr sollt aufhören!« Tränen liefen über Kriss' Wangen, als sie zu Lian lief und sich zu ihm beugte. Sie hielt seine Hand, spürte, wie sich seine Muskeln unter den Schmerzen eisenhart verkrampften. »Ihr bringt ihn um!« Das gleichzeitige Echo ihrer eigenen Stimme, das aus der Kugel erklang, verwirrte sie für einen Moment.

»Nein«, sagte die Baronin. »Ich erinnere ihn nur daran, wo er hingehört.« Sie blinzelte, als ein Stück Mörtel vor ihren Augen zu Boden fiel.

Wie lange noch, bis die Insel unterging? Alles drängte Kriss zu fliehen, aber das würde sie nicht, nicht ohne Lian. »Madame, bitte! Kommt zur Vernunft und lasst ihn gehen oder wir werden alle sterben!«

Lian gab einen unterdrückten Schrei von sich. Kriss spürte seine Schmerzen am eigenen Leib.

»Ich habe nicht vor, mit dieser Insel unterzugehen«, rief die Baronin über das Beben hinweg. »Lian und ich kehren zurück zum Schiff. Aber ich fürchte, du wirst nicht mitkommen, Kind. Eure kleine Romanze endet hier.« Sie blickte über die Schulter, die Treppe hinab. »Soldaten, zu mir!«, rief sie.

Aber ihre Soldaten konnten sie nicht hören. Ihre Körper lagen kreuz und quer durch das Gewölbe im Herzen der Insel verstreut. Keiner von ihnen hatte das geheime Wort gewusst, dass die gläsernen Wächter eingefroren hätte und so hatten die gläsernen Wächter sie einen nach dem anderen ausgelöscht, wie ihre Schöpfer es ihnen vor über zwanzig Jahrhunderten befohlen hatten.

Als der letzte der Soldaten gefallen war, stapfte ein Großteil der Wächter über die Leichen hinweg, zurück an ihre angestammten Plätze und verharrte dort regungslos.

Doch die Wächter, denen die Männer der Baronin die Augen ausgeschossen hatten, tobten weiter durch das Gewölbe, blind und rasend vor Zorn. Ihre Fäuste zerschmetterten die verbliebenen Obelisken, bis nur noch Scherben übrig waren und Schleier weißer Energie, die durch die Luft geisterten, so flüchtig wie Gedanken.

Ihre Artgenossen sahen dem ungerührt zu. Sie waren nicht darauf abgerichtet worden, ihresgleichen anzugreifen. Keiner von ihnen konnte den Untergang von Dalahan verhindern.

Alle ælonische Kraft, die noch verblieben war, um die Insel in der Luft zu halten, befand sich nun in den hauchdünnen Adern aus Kristall, die quer durch den Erdboden Dalahans verliefen. Und ihre Ladung wurde schwächer. Und schwächer.

Die Verzweiflung gab ihr Kraft. Kriss sprang über Lian hinweg. Mit einem Kampfschrei, der sie selbst verblüffte, warf sie sich auf die Baronin. Lians Peinigerin riss die Augen auf. Zusammen fielen sie zwei, drei Stufen hinab, doch die ganze Zeit krallte sich Baronin Gellos an der schrecklichen Kugel fest. Kriss lag auf der Frau, versuchte nach dem Ding zu greifen, doch die Baronin trat sie zurück. Kriss schlug gegen die Wand, kam wieder auf die Beine, genau wie Baronin Gellos. Das Beben wurde immer schlimmer. Kriss hörte Stein knirschen, Mörtel und Staub regneten unablässig auf sie herab.

Sie wagte einen neuen Angriff, aber diesmal war die Baronin vorbereitet. Ihre rechte Hand zuckte vor wie eine Totenkopfviper, mit langen Fingernägeln umklammerte sie Kriss' Hals und drückte zu. Kriss ächzte, spürte, wie sich das Blut in ihrem Gesicht staute. Ihre Finger versuchten, sich aus dem Würgegriff zu befreien. Sie trat nach der Frau vor ihr, aber die Baronin schlug sie gegen die nächste Wand. Grelles rotes Licht blitzte auf, dann folgte für einen Moment Dunkelheit.

»Soldaten!«, rief die Baronin abermals, ohne eine Antwort zu erhalten.

Kriss ließ die Hand der Baronin los, versuchte wieder, nach der Kristallkugel zu greifen. Vergeblich.

Die Baronin schlug sie erneut gegen die Wand. Kriss biss sich fast die Zunge ab, als sie zusammen mit dem aufschreienden Schmerz die Zähne aufeinander presste. Sie spürte Blut ihren Hinterkopf hinab rinnen, warm und dick. Ein Nebelschleier schien das Treppenhaus und das Gesicht der Baronin einzuhüllen.

»Du hättest mir geben sollen, was ich verlangt habe, Kind«, sagte Baronin Gellos. Möglich, dass ihr Bedauern echt war. »Jetzt werdet ihr beide hier st–!«

Ein besonders heftiges Beben erschütterte die Insel. Reflexartig ließ die Baronin Kriss los, kämpfte um ihre Balance. Kriss ballte eine zitternde Faust. Sie schlug zu und traf die Frau in die Brust. Die Baronin knallte gegen die Wand und ihre Hand ließ die Kugel los. Über das Beben hörte Kriss ein gläsernes *pling-pling-pling*, als das Gerät die Stufen hinab fiel. Unter Schmerzen rappelte sie sich auf, die Welt schien um sie herum Karussell zu fahren und ihre Beine waren wie aus Gummi. Dennoch setzte sie der Messing-und-Kristallkugel nach, die fünf Stufen tiefer zum Stehen gekommen war. Doch in ihrer Hast rutschte ihr rechter Fuß ab, sie stolperte, fiel die Treppe hinab. Sie schrie auf, als eine Stufe ihr in den Rücken schlug. Staub rieselte in ihren offenen Mund. Irgendwo, weit unter sich, hörte sie das Bersten eines Turms aus Glas. Sie schüttelte den Kopf, versuchte, wieder klar denken zu können, doch alles, was es brachte, war Schmerz. Die Kugel lag zwei Stufen über ihr, ein unschuldiges Kleinod, ohne einen Sprung oder Kratzer. Wenn sie die Hand ausstreckte, konnte sie sie erreichen –!

Da sah sie die Baronin über sich aufragen, ihr Haar und der Mantel grau vor Staub, ihr schönes Gesicht von Wut verzerrt. Ein Messer lag in ihrer Hand. Kriss versuchte auf die Beine zu kommen, vergeblich. Die Baronin holte aus –

Und kreischte auf, als ihr jemand den Arm auf dem Rücken verdrehte.

Lian, bleich wie der Tod, hatte die Frau gepackt und zwang ihr das Messer aus der Hand, bevor er sie mit einem Tritt die Treppe hinabstieß. Sie rollte fünf, sechs Stufen hinab und blieb dort liegen.

Kriss griff nach der Kugel – und schlug sie gegen Stein, bis das Gerät in Scherben und verbogenem Messing lag und das Ælon sich verflüchtigte. Sie sah auf.

»Lian«, murmelte sie mit schweren Lippen. »Bist du –?«

»Ja.« Er reichte ihr die Hand, zog sie auf die Beine. Sie hielten einander fest.

»Ich dachte, sie bringt dich um!«

»Hätt' sie nich'«, sagte Lian ernst. Er strich ihr das Haar aus dem Gesicht, betrachtete das Blut an seinen Fingern. Kriss tastete nach der Platzwunde an ihrem Hinterkopf, sah, wie Lians Augen vor Zorn funkelten.

»Ihr könnt diese Insel nicht verlassen!«, hörten sie die Baronin sagen.

Kriss und Lian drehten sich zu ihr um. Die Frau kam unter ihnen wieder auf die Beine, unsicher wie ein neugeborener Stelzer. Blut lief über ihre Stirn.

»Kommt zur Vernunft«, sagte Kriss wieder. »Bitte!«

Die Baronin wollte etwas antworten, doch was immer es war, es ging im Lärm unter, als der Palast ein weiteres Mal erschüttert wurde. Eine ælonische Lampe zersprang und tauchte diesen Teil des Treppenhauses ins Halbdunkel. Ein Steinklotz löste sich von der Decke. Kriss und Lian wichen im letzten Moment zurück.

Kriss fuhr es eiskalt den Rücken hinab, als sie die Baronin schreien hörte. Durch den Staubnebel sahen sie die Frau auf der Treppe liegen. Ihr rechter Fuß war unter dem Stein begraben.

»Helft mir!« Die Baronin streckte die Hand nach Kriss und Lian aus. »Mein Bein!«

Weitere Teile des Mauerwerks lösten sich und krachten rings um sie zu Boden. Die Insel starb.

»Bitte!«, flehte die Baronin. Mitleid zerdrückte Kriss das Herz. Noch bevor sie sich rühren konnte, lief Lian auf die Baronin zu, die Arme schützend über den Kopf gehoben. Er beugte sich zu ihr und strengte sich an, sie von dem Steinklotz zu befreien.

Kriss sah die Baronin gerührt lächeln. Sie musste wissen, dass sie Lians Hilfe nicht verdient hatte.

Dann brach die Treppe unter ihr zusammen. Die Baronin stürzte hinab und verschwand unter Schutt und Staub. Kriss wusste, dass ihr letzter Schrei sie noch lange Zeit verfolgen würde. Sie sah Lian um seine Balance kämpfen. Sie sprang vor und griff seine Hand, zog ihn von dem Loch zurück.

Sie rannten die Treppe hinauf, Steine schlugen ihnen gegen Rücken und Schultern, doch sie ignorierten den Schmerz und liefen weiter, immer weiter, bis sie das Treppenhaus hinter sich gebracht hatten.

Möbel waren umgefallen und unter Teilen der Decke begraben. Kristallleuchter verteilten sich in schillernden Splittern auf dem Boden. Sie hatten das Foyer fast erreicht.

»Die Matrosen auf der *Morgenstern!*«, rief Kriss. »Wir können sie nicht mit der Insel untergehen lassen!«

Lian nickte. »Aber was machen wir dann? Wie kommen wir von hier weg?«

»Die *Kompassnadel!*« Kriss erinnerte sich an die Worte der Baronin: *»Wir hatten die Insel aus dem Westen angeflogen …«*

»Und wenn sie uns nicht an Bord lassen?«

»Dann bleiben uns noch … die Fluggeräte am Lufthafen!«, keuchte Kriss.

Sie durchquerten das Foyer, während hinter ihnen ein Teil der Decke zusammenbrach. Durch das gesprengte Eingangsportal sahen sie das Schiff des Generals. Die *Morgenstern* hatte sich nicht vom Fleck gerührt.

Die letzten Graujacken dagegen schon.

»Hände hoch!«, brüllte eine von ihnen und drohte mit der Pistole.

Nur zehn Männer und Frauen bauten sich vor ihnen auf, jeder bis an die Zähne bewaffnet. Unter ihnen waren die Frau mit dem Zopf und der glatzköpfige Mann mit der mehrfach gebrochenen Nase, die sie zuletzt beim Kap der Bösen Vorahnung gesehen hatten. Die Nervosität war ihnen allen ins Gesicht geschrieben. »Ich sagte, Hände hoch!«

Kriss und Lian taten wie ihnen geheißen, während der Vorhof des Palastes unter ihren Füßen wackelte. Jenseits der Mauern sah Kriss die Spitzen der Stufenhäusern in sich zusammenfallen.

»Stehenbleiben!«, rief die Graujacke. »Was ist passiert? Wo sind Ruhndor und der Hauptmann?«

»Sie sind tot«, sagte Kriss.

»Und das sind wir bald alle, wenn wir nich' abhauen!« Panik lag in Lians Stimme.

Die Graujacken sahen einander an. »Ihr kommt mit an Bord!«, entschied ihr Anführer.

»Seid ihr taub?«, rief Lian. »Die verdammte Insel geht jeden Moment unter, zusammen mit uns!«

»Es gibt ein Luftschiff«, sagte Kriss so hastig, dass sie fast über die eigenen Worte stolperte. »Es kann uns von hier wegbringen, aber –!«

»Wo?« Die Obergraujacke richtete die Pistole auf sie.

»Aber wir führen euch erst dorthin, wenn ihr die Gefangenen freilasst!«, stellte Kriss klar.

Sie, Lian und die Mannschaft der *Morgenstern* schreckten gleichermaßen zusammen, als hinter ihnen eine Wand zusammenbrach.

»Ich habe gefragt, wo!« Die Obergraujacke richtete ihre Waffe auf Lian.

Kriss begegnete dem Blick des Mannes, ohne zu blinzeln. »Wenn ihr ihn erschießt, dann müsst ihr mich auch erschießen, denn ich werde nichts sagen. Wenn ihr leben wollt, dann lasst die Gefangenen frei und kommt mit uns. Ihr könnt euch natürlich auch auf eurem Schiff verbarrikadieren und darauf hoffen, dass die Trümmer der Insel es nicht im Meer begraben. Aber selbst wenn ihr den Untergang übersteht, werdet ihr ohne Antriebe auf dem Verbotenen Meer treiben, bis ans Ende eurer Tage. Und bis ihr das Luftschiff gefunden habt, ist es längst zu spät. Wir –«, sie stoppte, als ein weiterer Teil des Palastes in sich zusammenstürzte, »– wir sind eure einzige Chance, das hier zu überleben!«

Die Blicke der Graujacken waren düster.

Der Wald war gerettet. Doch die fliegende Insel war zum Untergang verurteilt.

Orrm hatte sich mit einer Schar seines Volkes auf der Spitze des Turmes versammelt. Durch das Fernrohr, das Kriss hier in ihrer Eile zurückgelassen hatte, beobachtete der Älteste, wie die Wolken, die Dalahan bislang vor den Augen der Welt verborgen hatten, vom Wind zerrissen wurden und den Blick freigaben auf die nackte Erde, die einen Großteil der Insel ausmachte. Die Bäume und Häuser auf ihrer Oberfläche wirkten wie dünnes Moos auf einem braunen Felsen. Orrm sah die Ränder der Landmasse erbeben, während die Insel allmählich sank. Erdbrocken, so groß wie Häuser, stürzten ins Meer und schlugen dabei turmhohe Fontänen auf. Dalahan zerfiel, Stück für Stück. Der Anblick bekümmerte Orrm. Ein Teil von ihm hatte geglaubt, die Insel würde ewig existieren. Doch mehr als das sorgte ihn der Gedanke an Krisstenja Odwin. Er hoffte, dass sie am Leben war, auch wenn er fürchtete, sie niemals wiederzusehen.

Erschrockenes, fast ehrfürchtiges Schweigen überkam seine Artgenossen, als Dalahan bald darauf endgültig entzweibrach. Unfähig, sich länger gegen die Schwerkraft zu wehren, schlugen seine Überreste auf dem Ozean ein. Orrm und die anderen sahen die Flutwellen, die sich langsam, aber unaufhörlich auf dem Meer ausbreiteten und letztlich auch ihre Insel erreichen würden. Doch dies war nicht die erste Tsunami, welche ihre Heimat erlebte, und es würde auch nicht die letzte sein. Welches seltsame Treibgut die Wellen wohl in den kommenden Tagen an Land spülen würden? Möglicherweise würde sein Volk zum Hüter der letzten Überbleibsel von Dalahans Kultur werden.

Orrms Blick ging hinauf zum Himmel und fand dort einen weißen Fleck zwischen den Wolken. Das Luftschiff hatte die Insel kurz vor ihrem Niedergang verlassen und floh nach Westen.

Zurück

Auch Jahre später noch war die Erinnerung klar wie Kristall. Sie brauchte nur die Augen zu schließen, und wieder rannte sie zusammen mit Lian und den anderen um ihr Leben, während die namenlose Stadt um sie herum starb. Häuser stürzten in sich zusammen, Staubwolken hüllten die Menschen auf ihrer Flucht ein. Zusammenbrechende Triumphbögen und kippende Statuen drohten sie zu erschlagen, Schluchten klafften in den Straßen auf wie hungrige Mäuler und fraßen die Überreste steinerner Helden, während der Erdboden unter ihnen grollte und ächzte und stöhnte und grausame Winde über die Insel fegten. Es war, als habe Dalahan sich geschworen, die Flüchtlinge mit sich in den Tod zu reißen.

Als das Schiff kurz darauf die Ankertaue kappte, standen Kriss und Lian vor seiner offenen Tür und sahen zu, wie die Insel zerbrach und vom Meer verschlungen wurde; ein Traum, getötet von menschlicher Dummheit und Gier. Die Wasserfontänen, die die Erdmassen dabei aufschleuderten, erreichten fast den Kiel der Kompassnadel, *während sich das Luftschiff weiter hinauf in den Himmel kämpfte …*

Das Schiff hielt Kurs nach Westen, zurück nach Miloria. Zurück nach Hause.

Am Abend des ersten Tages ihrer Heimreise, als Kriss die Kabine betrat, die sie sich mit Lian teilte, fand sie ihn am Bullauge vor. Er sah hinaus auf das Meer und bemerkte erst nach einem Moment, dass sie zurück war. Er drehte sich zu ihr und strahlte über beide Ohren. »Ich bin frei!«, sagte er. »Ich hatt' ganz vergessen, wie das is'. Ich kann machen, was ich will, gehen, wohin ich will. Kriss, ich bin frei!«

Und er küsste sie. »Danke«, sagte er. Und sie küsste ihn zurück, glücklich darüber, dass er glücklich war.

»Was ist mit dem Ding in deinem Bauch?«, fragte sie.

»Ich weiß nich'.« Er zuckte unbesorgt mit den Achseln. »Schätze, es löst sich irgendwann auf. Oder 's landet früher oder später da, wo alles landet, was ich mal runtergeschluckt hab.«

Zum ersten Mal fanden sie den Mut sich auszusprechen und Kriss erzählte Lian, wie sie sich in ihn verliebt hatte, obwohl sie es erst nicht hatte wahrhaben wollen. Und Lian berichtete ihr davon, wie Baronin Gellos ihn bei seinem versuchten Einbruch erwischt und ihn mit vorgehaltener Pistole gezwungen hatte, den æloni-schen Spion hinunterzuschlucken, der fortan jeden seiner Fluchtversuche mit Schmerz bestrafte.

Erst am Morgen des zweiten Tages traute sich Kriss ihn zu fragen: »Wohin wirst du gehen, jetzt, wo du frei bist?«

Er sah sie an, plötzlich seltsam schüchtern. »Na ja, ich dacht' … ich mein' … ich würd' gern bei dir bleiben.« Und zögernd fügte er hinzu: »Das heißt, wenn du das noch willst.«

Sie lächelte. »Manchmal bist du wirklich schwer von Begriff.« Den Rest des Tages sprachen sie nicht viel. Sie waren zu sehr mit anderen Dingen beschäftigt.

Kurz nach ihrem Aufbruch von Dalahan, bevor die *Kompassnadel* zwischen den Wolken eingetaucht war, hatte Kriss der Heimat der Kinder der Erde nachgeblickt, bis diese hinter dem Horizont verschwunden war. Ein Stein war ihr vom Herzen gefallen, als sie gesehen hatte, dass kein Rauch mehr von ihr aufgestiegen war. Auch der Dschungel schien unangetastet zu sein. In Gedanken hatte sie Orrm und seinem Volk Lebewohl gesagt und gehofft, dass die *Morgenstern* das letzte Schiff gewesen war, das sich je auf ihre Insel verirrte.

Lian und sie hatten mit den Matrosen vereinbart, niemandem von den Kindern der Erde zu berichten. Lorgis hatte nur gegrinst: »Wir sind doch nich' irre,

Doktor. Wenn wir irgendwem davon erzählen, steckt man uns doch in die Klapsmühle.«

»Und wir sind immerhin lange genug eingesperrt gewesen«, hatte Barabell hinzugefügt.

Als die Tür zum Frachtraum der *Morgenstern* aufgeflogen war, waren die Matrosen sofort auf die Beine gesprungen.

»Doktor!«, hatte Lorgis halb überrascht, halb ungläubig gerufen, als er Kriss gesehen hatte. Wie vielen seiner Kameraden war auch ihm der Schrecken deutlich ins Gesicht geschrieben gewesen. Niemand hatte gewusst, was vor sich ging und wieso die Insel plötzlich erbebte.

»Keine Zeit für lange Erklärungen!«, hatte Kriss gesagt. »Kommt!«

Es waren nur noch sechzehn Graujacken übrig gewesen; die Matrosen waren ihnen um neun Mann überlegen. Kriss hatte die Spannung in der Luft fast körperlich spüren können. Die Leute von der *Windrose* waren bereit gewesen, auf Ruhndors Leute loszugehen, trotz deren Waffen. Kriss hatte die beiden Parteien auseinandergehalten. »Ihr habt später noch Zeit, euch die Köpfe einzuschlagen! Das Schiff wartet!« Innerlich hatte sie gebetet, dass es stimmte, dass die *Kompassnadel* tatsächlich noch warten und nicht ohne die Baronin abheben würde. »Aber erst werft ihr eure Waffen weg!«, hatte sie den Graujacken befohlen, während jenseits der Palastmauer eine Statue wie ein gefällter Baum gestürzt war. »Die Besatzung wird euch schon von Weitem erkennen – und sie lassen euch nur mit uns zusammen an Bord!«

»Gebt uns Euer Wort, dass Ihr uns mitnehmt!«, hatte eine weibliche Graujacke gefordert.

»Ich gebe Euch mein Wort!«, hatte der Maat der *Windrose* eilig versichert.

Kriss hatte es für einen Trick gehalten, als die Graujacken gehorcht hatten. Sie konnte es auch jetzt kaum glauben.

»Wo ist das Schiff?«, hatte Lorgis gefragt.

Kriss hatte die Augen geschlossen und sich daran erinnert, dass die *Morgenstern* die Insel von Nordosten angeflogen hatte. Dann hatte sie in die Richtung gezeigt, die sie für Westen hielt. »Da lang!«

Während die Besatzung der *Kompassnadel* ihren üblichen Pflichten nachging, hielten Lorgis, Barabell und die anderen Matrosen die Graujacken unter strenger Bewachung. Man hatte Ruhndors (oder vielmehr: Dorellos) ehemaligen Leuten eröffnet, dass man sie den Gendarmen übergeben würde, sobald das Schiff Miloria erreichte.

Die Graujacken hatten Zeter und Mordio geschrien, doch letztlich – unbewaffnet und eingesperrt wie sie waren – keine Dummheiten angestellt. Kriss hoffte, dass dies den Rest des Fluges so bleiben würde.

Es war schon schwer genug gewesen, den Kapitän der *Kompassnadel* zu überzeugen, die Graujacken an Bord zu nehmen. Das Letzte, was ihnen fehlte, war ein blutiger Aufstand, so kurz vor ihrem Ziel.

Außer Kriss und Lian wusste niemand an Bord der *Kompassnadel* vom Schatz der gläsernen Wächter. Natürlich war den Matrosen und den Graujacken klar, dass eine gewaltige Menge Ælon nötig gewesen war, die Insel am Himmel zu platzieren, doch Kriss und Lian hatten ihnen erzählt, dass alle Kristalle beim Untergang Dalahans zerstört worden waren. Es war nicht wirklich eine Lüge, aber …

»Vielleicht sind die Kristalle gar nicht alle kaputt«, sagte Kriss, als sie am Abend ihres zweiten Reisetages mit Lian auf dem Bett lag, eingehüllt von Dunkelheit.

»Die Insel is' abgestürzt, Kriss.«

»Ja«, sagte sie und beobachtete die Sichel des Roten Mondes durch das Bullauge. »Aber es kann sein, dass noch ein paar Brocken von den Speichern übrig sind, voll von Ælon. Irgendwo auf dem Grund des Meeres.« *Zusammen mit den Leichen von Ruhndor, Dorello und der Baronin,* dachte sie und schauderte.

Und so kamen sie überein, den Standpunkt Dalahans in Rätseln und Versen zu verschlüsseln, so wie Veribas es getan hatte. Für zukünftige Archäologen, in friedlicheren Zeiten.

Am vierten Tag überflog die *Kompassnadel* die Grenze von Miloria und steuerte Tamalea an. Kriss konnte sich an dem Flickenteppich aus Dächern, Straßen und Schornsteinen gar nicht sattsehen. *Endlich zu Hause!*

Die Glockentürme der Weißen Kathedrale schlugen gerade zur Mittagsandacht, als das Schiff seine Ankertaue über dem Lufthafen auswarf.

»Also dann, Doktor«, sagte Lorgis, als er und seine Kameraden das Schiff über das Fallreep verließen. »War 'ne Ehre mit Euch fliegen zu dürfen.« Es war Kriss peinlich, als er sich vor ihnen beiden verneigte. »Und mit Euch auch, Herr Berris.«

»Lian«, verbesserte Lian.

Kriss tat es leid, sich so bald von den drei Matrosen zu verabschieden. Als sie sah, wie Nesko das Pflaster unter seinen Füßen küsste, musste sie lachen. »Was wird jetzt aus euch?«

Barabell zuckte mit den Achseln. »Tja, wir werden wohl auf irgend'nem anderen Schiff anheuern müssen.«

»Macht Euch um uns keine Sorgen, Doktor«, sagte Lorgis. »Tüchtige Luftfahrer wie wir werden immer gebraucht.«

»Aber vorher«, sagte Nesko zaghaft, »muss jemand der Frau des Käpt'ns Bescheid geben.«

Sie schwiegen einen Moment in Gedenken an Kapitän Bransker. Schließlich umarmte Kriss jeden der Matrosen. »Viel Glück, euch dreien.«

Ihnen fehlte das Geld für eine Kutsche, daher schlenderten Kriss und Lian zu Fuß durch Tamalea, auf dem Weg zur Universität. »Sicher, dass er dort is'?«, fragte Lian.

»Ganz sicher«, sagte Kriss.

Als sie die altehrwürdigen Korridore der archäologischen Fakultät durchquerten, ernteten sie erstaunte Blicke von Studenten wie Professoren gleichermaßen und auf einmal tanzte um sie herum ein Reigen grauer Roben. »Doktor Odwin, Ihr seid ja schon zurück!« – »Doktor Odwin, ist es wahr, dass Ihr nach Dalahan gesucht habt?« – »Habt Ihr die Insel gefunden, Doktor Odwin? Nun sagt schon!«

Es gab ringsum lange Gesichter, als sie ihre Antworten auf später vertagte.

Lian grinste, als sie weitergingen. »Schätze, du wirst dir noch den Mund fuss'lig reden. Vielleicht sollt'st du wirklich 'n Buch über uns're Reise schreiben. Oder wenigstens die meisten Teile davon.«

Kriss überlegte. Auf einmal gefiel ihr der Gedanke. »Ja. Vielleicht sollte ich das wirklich.« *Nur für mich,* dachte sie. *Nur zum Spaß.*

Ihr Klopfen an der Tür zu Alriks Büro verhallte ohne Antwort.

Sie hielt einen ihrer Kollegen an, der an ihnen vorbei kam. »Sagt, Doktor Mandras, ist Professor Dawalus in einer Vorlesung?«

Mandras sah sie bedauernd an. »Oh, es tut mir leid, Doktor Odwin. Ich dachte, Ihr hättet es schon gehört: Professor Dawalus ist leider nicht mehr bei uns.«

Kriss erstarrte.

»Großer Weltengeist!« Der Gelehrte lachte nervös und wischte sich die Stirn. »Nicht, wie Ihr denkt! Ich meine, er befindet sich gerade außerhalb der Universität!«

»Wo ist er?«, fragte Kriss.

Die Luft flirrte über der Wüste von Ka-Scha-Raad und die Todesboten zogen auf schwarzen Schwingen ihre

Bahnen über dem Zeltlager der Ausgrabung. Schon aus der Ferne konnte Kriss die Ruine des Tempels der Zeit sehen. Und die winzigen Gestalten der Ausgrabungsmitglieder, die wie weiße, um den Steinhaufen herumwuselnde Insekten wirkten. Graubuckel waren eingespannt worden, um die schwersten Brocken zu bewegen.

Es gab verwirrte und erstaunte Blicke, als das unangemeldete Luftschiff über der Ausgrabungsstätte niederging und wieder wurde Kriss mit Fragen bedrängt.

»Bitte beruhigt euch!«, sagte sie. »Ihr werdet schon noch alles erfahren! Aber erst –!«

Sie stoppte, als sie Alrik aus einem Zelt treten sah, auf seine Krücke gestützt, und noch bevor er wusste, wie ihm geschah, lief sie auf ihn zu und fiel ihm um den Hals. »Kriss!«, rief er aus und drückte sie an sich. »Mädchen, wo kommst du denn so plötzlich her?«

Tränen liefen ihr über die Wangen. »Dekan Bojarill hat uns den Flug bezahlt!« Erst jetzt, wo sie Alrik wieder hatte, konnte sie glauben, dass ihre Reise vorbei war.

»Nein, ich meine … solltest du nicht auf Weltreise sein? Ich habe ewig auf einen Brief von dir gewartet, irgendein Lebenszeichen! Ich dachte schon, dir sei was zugestoßen!«

»Ist es auch«, sagte sie und lächelte, als er ihr die Wangen abwischte. »Viel zu viel.«

Alrik musterte sie.

»Was ist?«, fragte sie.

»Irgendwas an dir ist anders«, sagte er. »Ich kann nicht mit dem Finger drauf zeigen, was.« Er drückte sie noch einmal an sich und hielt sie für eine lange Zeit, bis Lian sich räusperte.

»Kennen wir uns nicht, junger Mann?«, fragte Alrik und ließ Kriss los.

Lian grinste. »Noch nich' so wirklich«, sagte er.

Alrik grinste zurück. »Na, ich merke schon, ihr habt

viel zu erzählen. Aber nicht in der vermaledeiten Sonne. Kommt mit ins Zelt!«

Sie setzten sich auf Klappstühlen um einen Klapptisch zusammen und während ihr Gastgeber ihnen frisches Wasser eingoss, berichtete er den beiden, dass es ihm gelungen war, weitere Finanziers für eine zweite Ausgrabung des Tempels ausfindig zu machen. »Natürlich war die kleine Zuwendung der Baronin auch nicht zu verachten.« Alrik hob das Glas, um auf Baronin Gellos anzustoßen, und war verblüfft, dass Kriss und Lian es ihm nicht gleich taten.

»Wie lange seid ihr schon hier?«, fragte Kriss.

»Erst seit zwei Tagen. Natürlich haben wir kaum etwas geschafft - besonders ein gewisser Ausgrabungsleiter mit seinem lahmen Bein nicht. Aber wir sind frohen Mutes.«

»Ich kann helfen, wenn Ihr wollt«, sagte Lian. »Ich mein', ich bin zwar kein Gelehrter oder so. Aber ich hab zwei starke Hände.«

»Genau die brauchen wir hier.« Alrik klopfte ihm auf die Schulter. »Guter Mann!« Er blickte Kriss über den Becherrand an. »Aber jetzt spann deinen alten Lehrer nicht auf die Folter. Wie ist die Expedition gelaufen? Was habt ihr gefunden?«

Und Kriss und Lian erzählten es ihm. Manchmal fielen sie einander ins Wort und lachten darüber, während Alrik die beiden stumm betrachtete und wissend vor sich hin lächelte. Er zündete seine Pfeife an und unterbrach sie kein einziges Mal, als sie ihm von der Reise nach Dschakura berichteten, der Begegnung mit Umi, ihren Abenteuern im Smaragdwald und dem Einbruch ins Museum von Hestria.

Kriss sah Alrik mitfiebern, als er von ihrer Gefangennahme durch Ruhndor und der anschließenden Flucht hörte und er hing an ihren Lippen, als sie den Tauchgang im Haus des Schläfers schilderten, den

Angriff des Schiffsfressers und ihre Landung auf der Insel der Kinder der Erde.

»Ihr nehmt mich auf den Arm«, sagte er mit hochgezogenen Augenbrauen.

Kriss schüttelte den Kopf und legte die Brille ihrer Mutter vor Alrik auf den Tisch. Sie sah, wie er mit den Tränen rang, als sie ihm erzählte, was mit Bria geschehen war. »Sie hatte keine Schmerzen«, sagte Kriss. »Und sie ruht in Frieden.«

Alrik nickte und wischte sich die Augen ab. »Verdammter Sand«, murmelte er.

Lian übernahm von hier an und umschrieb mit großen Gesten das erneute Auftauchen des Generals, die Flucht durch den Tunnel in den Urwald und ihren Flug nach Dalahan.

Alrik lauschte der Erzählung vom Tod des Generals und dem Auftritt der Baronin. Als Kriss und Lian beim Untergang der Insel angekommen waren, waren draußen die Monde aufgegangen. »Und hier sind wir nun«, schloss Kriss.

»Und das ist die Hauptsache, Mädchen.« Alrik schmauchte nachdenklich seine Pfeife. Sein Blick war auf die Flamme der Öllampe gerichtet. »Dennoch«, sagte er irgendwann. »Jammerschade, dass du keine Schätze von der Insel mitgenommen hast.«

Kriss lächelte. »Nur einen«, sagte sie und fasste nach Lians Hand.

Zu guter Letzt ...

Lieber Leser,

wenn Dir *Der Schatz der gläsernen Wächter* gefallen hat, und Du glaubst, anderen Lesern und Deinen Freunden könnte es genauso gehen, würde ich mich riesig freuen, wenn Du Dir die Zeit nehmen könntest, ein paar Zeilen auf Amazon zum Buch zu hinterlassen.

Wenn Du wissen möchtest, wenn mein nächstes Buch erscheint, trage Dich in meinen kostenlosen Newsletter auf **www.dane-rahlmeyer.de** ein. Außerdem erhältst Du dort weitere Infos über meine Arbeiten und exklusive Extras.

Natürlich freue ich mich auch über direktes Feedback. Du kannst mir jederzeit eine Mail über meine Seite schreiben.

Vielen Dank und bis zum nächsten Mal,
Dane

5583741R00260

Printed in Germany
by Amazon Distribution
GmbH, Leipzig